A FARSA

C.L. TAYLOR

A FARSA

Tradução
Daniel Estill

1ª edição

Rio de Janeiro | 2018

Copyright © C. L. Taylor 2015

Título original: *The Lie*

Texto revisado segundo o novo
Acordo Ortográfico da Língua Portuguesa

2018
Impresso no Brasil
Printed in Brazil

CIP-BRASIL. CATALOGAÇÃO NA PUBLICAÇÃO
SINDICATO NACIONAL DOS EDITORES DE LIVROS, RJ

T24f
Taylor, C. L.
A farsa / C. L. Taylor; tradução de Daniel Estill. – 1ª ed. – Rio de Janeiro: Bertrand Brasil, 2018.

Tradução de: The lie
ISBN 978-85-286-2231-7

1. Ficção inglesa. I. Estill, Daniel. II. Título.

17-46069

CDD: 823
CDU: 821.111-3

Todos os direitos reservados. Não é permitida a reprodução total ou parcial desta obra, por quaisquer meios, sem a prévia autorização por escrito da Editora.

Direitos exclusivos de publicação em língua portuguesa somente para o Brasil adquiridos pela:
EDITORA BERTRAND BRASIL LTDA.
Rua Argentina, 171 – 2º andar – São Cristóvão
20921-380 – Rio de Janeiro – RJ
Tel.: (21) 2585-2000 – Fax: (21) 2585-2084

Atendimento e venda direta ao leitor:
mdireto@record.com.br ou (21) 2585-2002

Agradecimentos

Agradeço imensamente à minha editora, Lydia Vassar-Smith, por compreender o que eu pretendia fazer com este livro e por acreditar e me apoiar em todas as etapas desse, por vezes, doloroso caminho! *A farsa* não seria o livro que é sem as suas ideias e sugestões. Agradeço também a Caroline Ridding e a todos da Avon, pelo entusiasmo e trabalho árduo. Obrigada a Alex e Jo, da agência de relações públicas LightBrigade, pelo excelente trabalho na promoção de meus livros, e um grande abraço à minha maravilhosa agente, Madeleine Milburn, por ser minha líder de torcida constante e por fazer o máximo para eu manter minha sanidade durante um ano bastante estressante. Agradeço também a Cara Lee Simpson, por todo o trabalho árduo.

A versão atual de *A farsa* não poderia ter sido escrita sem a gentileza de Anna James e do abrigo de animais de Little Valley, em Exeter (RSPCA). Little Valley faz um trabalho maravilhoso cuidando de animais rejeitados, abandonados e vítimas de maus-tratos nas áreas ao sul, leste e oeste de Devon, e Anna, muito gentilmente, me proporcionou uma visita guiada pelo abrigo, respondeu às minhas milhares de perguntas sobre procedimentos e práticas, bem como às incontáveis mensagens de texto e e-mails que lhe enviei posteriormente. Não tenho palavras para agradecer, Anna.

Obrigada também à dra. Charlotte McCreadie, pelo conhecimento médico, a Paul Finch e Sharon Birch, por responderem às minhas perguntas sobre procedimentos policiais, e a Fionnuala Kearney, que ganhou o concurso online "Autores das Filipinas" para batizar um "vilão" deste livro. Ela o nomeou Frank Cooper.

Minha imensa gratidão à minha família, pelo amor e apoio intermináveis: Reg e Jenny Taylor, Bec, Dave, Suz, Sophie, Rose, Steve, Guinevere, Nan, vovô, Angela e Ana. E aos meus amigos maravilhosos: Joe Rotheram, Becky Harries, Bex Butterworth, Laura Barclay, Kimberley Mills, Claire Bagnall, Rowan Coleman, Julie Cohen, Kellie Turner, Tamsyn Murray, Miranda Dickinson, Kate Harrison e Scott James. Amo vocês, meninas (e menino), do fundo do coração. Obrigada por segurarem a barra comigo.

Dedico este livro a Laura B., Georgie D. e Minal S., as amigas com quem viajei para o Nepal em 2006. Ao contrário das garotas de *A farsa*, foram realmente as melhores férias de nossas vidas, e por todos os bons motivos. Obrigada por essa viagem incrível, garotas — e por não terem me matado! (Juro que nenhuma das personagens foi inspirada em vocês).

Finalmente, agradeço ao meu mais incrível e compreensivo companheiro, Chris, e ao nosso lindo e alegre filho, Seth. Nada disso significaria qualquer coisa se não fosse por vocês dois.

Para Laura B., Georgie D. e Minal S.

Capítulo 1

Hoje

Sei que ele é encrenca antes mesmo de pôr os pés no prédio. Dá para ver pelo jeito como bate a porta do carro e cruza o estacionamento pisando duro, sem nem esperar para ver se a esposa baixinha de óculos vem logo atrás. Ao chegar às portas de vidro da recepção, olho de volta para a tela do computador. Melhor evitar contato visual direto com um agressor. Quando a gente passa doze horas por dia com animais perigosos, aprende-se muito sobre confronto, medo e hostilidade — e não só em relação a cães.

O sino em cima das portas toca quando o homem entra na recepção, mas continuo a alimentar o banco de dados com os detalhes de uma avaliação de sete dias. Um pastor-alsaciano chamado Tyson, que foi trazido por um inspetor há uma semana. Temos avaliado o animal desde então e identifiquei problemas comportamentais com outros cães, gatos e seres humanos — o que não causa surpresa num ex-cão de guarda de um depósito de drogas. Algumas pessoas acham que um cão como Tyson deve ser sacrificado, para seu próprio bem, mas sei que podemos reabilitá-lo. Seu passado não precisa definir seu futuro.

— Cadê a porra do meu cachorro?

O homem apoia os cotovelos no balcão da recepção e levanta o queixo do rosto magro e encovado, cheio de desprezo. Os ombros são estreitos sob uma jaqueta de couro grande, a calça jeans pende frouxa nos quadris.

Não deve ter mais do que uns quarenta e tantos anos, cinquenta e poucos, no máximo, mas parece que a vida não o poupou. Desconfio de que seu cachorro seja de uma raça perigosa. Homem pequeno, carro grande. Cachorro grande também. Não admira que o queira de volta. Sente falta da extensão canina de seu pênis.

— Posso ajudá-lo? — Viro para encará-lo e sorrio.

— Eu quero o meu cachorro. Um dos meus vizinhos viu o inspetor aparecer quando eu não estava em casa. Pegaram o animal no meu quintal dos fundos. Eu o quero de volta.

— O nome dele é Jack, é um Staffordshire bull terrier, tem cinco anos. — A esposa de óculos entra bufando na recepção, a calça legging preta frouxa nos joelhos, o batom cor-de-rosa aplicado com cuidado e o cabelo grisalho puxado para trás num rabo de cavalo apertado.

— E o seu nome é? — Volto a olhar para o marido.

— Gary. Gary Fullerton — responde o homem, ignorando a esposa.

Sei qual é o cão de que estão falando. Jack foi trazido há quatro dias. O olho direito estava fechado de tão inchado, o lábio, rasgado e sangrando, e a orelha esquerda tão mutilada que o veterinário teve de cortar metade. Estivera numa briga e, obviamente, não havia sido a primeira. Dava para ver pelas cicatrizes no corpo e pelos ferimentos na cara. O proprietário, com certeza, tinha acabado de sair da delegacia. Provavelmente, sob fiança enquanto aguardava uma audiência.

Meu sorriso se desfez.

— Acho que não vai dar para eu ajudar vocês.

— Eu sei que ele está aqui — diz o homem. — Vocês não podem ficar com ele. Não fizemos nada de errado. Ele se meteu numa briga no parque, só isso. A gente tem sete dias para pegá-lo de volta. Foi o que o meu colega disse.

Mudo de ângulo para me desviar dele e ficar com os ombros de frente para o computador. Já não estamos mais nos encarando.

— Sinto muito, mas não posso discutir casos especiais.

— Oi! — Ele se inclina sobre o balcão, estica o braço e puxa o monitor para mais perto. — Estou falando contigo.

— Gary... — a esposa toca o braço dele. Ele olha para ela com raiva, mas solta o monitor. — Por favor — ela espia meu nome no crachá. — Por favor, Jane, só queremos ver o Jack, só isso, apenas para ver se ele está bem. Não queremos nenhum problema, só ver nosso garoto.

Seus olhos estão marejados por trás dos óculos, mas não sinto pena dela. Deve saber que Gary leva Jack para brigar. Provavelmente, reclama de vez em quando, talvez já tenha tentado limpar Jack com um pano úmido depois, mas, no final das contas, não fez nada para impedir que o cão fosse estraçalhado.

— Sinto muito — balanço a cabeça. — Realmente não posso tratar de casos individuais.

— Que porra de caso? — ruge o homem, mas as mãos estão caídas junto ao corpo. A disposição para brigar se foi. Sabe que não tem argumento nenhum, e os gritos são apenas uma exibição. O pior é que provavelmente ama o cachorro. Sem dúvida, ficou orgulhoso quando Jack ganhou as primeiras lutas. Provavelmente, encheu-o de biscoitos para cachorro e ficou abraçado com ele, lado a lado no sofá. Mas, então, Jack começou a perder e Gary não gostou; ficou com o orgulho ferido e continuou levando-o para as rinhas, na esperança de que seu espírito de luta retornasse, de que sua sorte mudasse.

— Está tudo bem, Jane? — Sheila, minha gerente, entra na recepção vindo do corredor à minha direita e apoia a mão no meu ombro. Ela sorri para Gary e sua esposa, mas tem os lábios tensos, indicando que ouviu toda a conversa.

— Estamos indo. — Gary bate com a palma da mão direita no balcão. — Mas vocês não vão se livrar da gente assim.

Ele se vira e caminha de um modo arrogante em direção à saída. A esposa fica parada no mesmo lugar, as mãos cruzadas na frente, implorando em silêncio para mim.

— Vamos embora, Carole! — grita Gary.

Ela hesita, apenas por um segundo, os olhos ainda fixos nos meus.

— Carole! — chama o homem de novo, e ela sai trotando obedientemente ao seu lado.

O sino toca quando saem da recepção. Atravessam o estacionamento em fila indiana, Gary na frente, Carole atrás. Se ela olhar para trás, vou atrás dela. Invento uma desculpa para falar com ela sozinha. Aquele olhar que ela acabou de me dar... não foi só por causa do cão.

Olha para trás, Carole, olha para trás.

As luzes piscam quando Garry aponta a chave para o Range Rover e ele abre a porta. Carole se senta no banco do passageiro. Gary fala alguma coisa enquanto ela se acomoda, e depois tira os óculos e esfrega os olhos.

— Jane — Sheila aperta meu ombro de leve. — Que tal uma boa xícara de chá?

Entendi as entrelinhas: Jack é assunto seu, Carole, não.

Ela segue para a sala dos funcionários, mas para de repente.

— Ah! Esqueci de te dar isso — ela me entrega um envelope. Meu nome completo está escrito à mão na frente: Jane Hughes, Abrigo de Animais Green Fields. — Uma carta de agradecimento, suponho.

Enfio o polegar sob a dobra e abro o envelope, enquanto Sheila aguarda, curiosa, na porta. No interior, apenas uma folha de papel A4, dobrada em quatro. Leio rapidamente e logo volto a dobrá-la.

— Então? — pergunta Sheila.

— É dos novos donos da Maisie. Adaptou-se bem, estão apaixonados por ela.

— Ótimo — ela aprova com a cabeça e segue para a sala dos funcionários.

Espero seus passos desaparecerem e, então, olho pelas portas de vidro para o estacionamento lá na frente. A vaga está vazia no lugar onde o veículo de Gary e Carole estivera estacionado.

Abro o pedaço de papel em minhas mãos e leio novamente. Há somente uma frase, escrita no centro da página em esferográfica azul:

Eu sei que o seu nome verdadeiro não é Jane Hughes.

Quem quer que tenha mandado isso para mim sabe a verdade. Meu nome real é Emma Woolfe e, nos últimos cinco anos, tenho fingido ser outra pessoa.

Capítulo 2

Há cinco anos

Daisy não diz uma palavra quando me sento diante dela à mesa. Em vez disso, empurra um copo com uma dose de bebida para mim e olha para longe, distraída por um grupo de homens que se espreme para abrir caminho pelo pub até uma mesa vazia perto dos banheiros. Um deles, no final do grupo, um cara barrigudo e de cabelos escuros e bem curtos, dá uma segunda olhada para ela. Cutuca o homem ao lado dele, que faz uma pausa, olha para trás e faz um sinal para Daisy, um gesto de aprovação. Ela o recusa levantando uma sobrancelha e então olha para mim.

— Beba! — grita ela, apontando para o copo. — E fala depois.

— Bom ver você também.

Não pergunto o que tem no copo. Nem sequer cheiro o conteúdo. Em vez disso, entorno tudo e pego a taça de vinho branco que Daisy empurra para mim. Mal sinto o sabor, sob o efeito do gosto final da bebida com anis do copo anterior.

— Tudo bem, querida?

Balanço a cabeça e tomo mais um gole de vinho.

— O babaca do Geoff está enchendo seu saco de novo?

— Sim.

— Então, peça demissão.

— Como se fosse tão fácil assim!

— Claro que é fácil, porra.

Daisy passa as mãos pelo cabelo loiro e o joga rapidamente sobre os ombros, fazendo com que caia ao longo das costas.

— Você imprime uma carta de demissão, entrega a ele e depois sai, com a opção de mostrar o dedo do meio.

Um homem levando dois copos de cerveja esbarra em minha cadeira com o quadril. A cerveja entorna e encharca meu ombro esquerdo.

— Desculpe — digo automaticamente. O homem me ignora e segue em frente, na direção de seus amigos.

Daisy revira os olhos.

— Não.

— O quê?

Ela me lança um olhar inocente.

— Não começa com essa palhaçada de ficar pedindo desculpas, e nada de ir atrás dele.

— Como se eu fosse...

— Você iria. — Ela dá de ombros. — Bem, alguém tem que te defender. Quer que eu também vá falar com o seu chefe? Porque você sabe que eu iria.

O celular dela toca sobre a mesa e é rapidamente atingido por um dedo com a unha roída. Seu delineador foi cuidadosamente aplicado, o cabelo loiro está liso e brilhante, mas as cutículas estão levantadas e o esmalte vermelho está lascado e descascando. Suas unhas são a única fissura em sua armadura perfeitamente polida. Ela percebe que estou olhando, esconde os dedos fechando as mãos e os enfia no colo.

— O cara é metido a machão, Emma, só isso. Ele fica te criticando e faz você se sentir uma bosta desde o seu primeiro dia lá.

— Eu sei, mas dizem que ele vai assumir a chefia do escritório de Manchester.

— Você fala isso há três anos.

— Não dá para eu simplesmente sair.

— Por quê? Por causa da sua mãe? Pelo amor de Deus, Emma, já está na hora de você crescer um pouquinho. Você está com vinte e cinco anos. Você só tem uma vida, faça o que tem vontade de fazer. Foda-se a sua mãe!

— Daisy!

— O quê?

Ela esvazia o copo e bate com ele na mesa. Pelo seu olhar embaçado, desconfio de que aquela garrafa de vinho não é a primeira da noite.

— Alguém tem que te dizer isso, e pode muito bem ser eu mesma. Você tem que parar de se preocupar com o que ela acha e fazer o que tiver vontade. Essa sua obsessão com o que a porra da sua família pensa já está dando no saco. Você está nessa desde a faculdade e...

— Desculpe se te chateei. Eu achava que nós fôssemos amigas.

Pego a minha bolsa e me levanto, mas Daisy estica o braço sobre a mesa e segura o meu pulso.

— Não seja assim. E para de se desculpar, cacete! Senta aí, Emma.

Sento na ponta da cadeira. Não consigo falar. Se abrir a boca, vou chorar, e detesto chorar em público.

Daisy continua segurando a minha mão.

— Não estou sendo babaca. Só quero que você seja feliz, só isso. Você sempre me falou que já economizou o suficiente para ficar três meses sem trabalhar.

— Esse dinheiro é para o caso de emergência.

— E isso é uma emergência. Você está sofrendo. Venha trabalhar no *pub* comigo até conseguir alguma outra coisa. Ian vai aceitar você na hora, ele adora ruivas.

— É pintado.

— Pelo amor de Deus, Emma.

Seu telefone vibra sobre a mesa e *Love the way you lie*, de Rihanna e Eminem, atravessa as vozes e os ruídos do pub.

Daisy levanta uma mão para mim e pega o celular.

— Leanne? Você está bem? — Fecha o ouvido com um dedo e contrai a testa, concentrada. — Certo. Sim, eu vou para aí. Dá só uns quinze minutos para a gente pegar um táxi. Tudo bem? Certo. Vejo você daqui a pouquinho.

Ela enfia o celular na bolsinha de mão em cima da mesa e olha para mim. Seus olhos azuis estão preocupados, mas também brilham com animação.

— Era a Leanne. Está naquele novo clube gay, Malice, no Soho, com a Al. A Al está atrás da Simone e da nova namorada dela.

— Merda.

Pego a minha bolsa e tiro o casaco do encosto da cadeira.

— Tudo bem se a gente for embora? Sei que estávamos falando sobre o seu trabalho, mas...

— Tudo bem. — Eu me levanto.

— A Al precisa da gente. Vamos pegar um táxi.

Ficamos em silêncio enquanto o táxi espirra a água das poças e as luzes brilhantes do West End de Londres passam apressadas por nós. As ruas estão excepcionalmente vazias, a chuva forte empurrou os moradores e turistas para dentro dos pubs já lotados, com as janelas embaçadas pela condensação.

Daisy olha para o celular.

— Você sabe que hoje é o aniversário da morte do irmão dela, né?

— Do irmão da Al?

— Sim. Liguei para ela na hora do almoço.

— Como é que ela estava?

— Puta da vida.

— Merda, no trabalho?

— Não, estava matando o trabalho. Ela estava no pub.

— Ela tem feito muito isso, ultimamente.

— É, quando não está espionando a Simone — diz Daisy, e trocamos um olhar.

Já faz mais de um mês que Al e Simone se separaram, mas o comportamento da Al está se tornando mais errático a cada dia. Está convencida de que Simone a deixou porque conheceu outra pessoa e está decidida a descobrir quem é. Passa horas no Google em busca de "pistas", e criou vários perfis falsos no Facebook, para tentar ter acesso à página da Simone e de qualquer outra pessoa que seja amiga dela. Nenhuma de nós previu a separação, muito menos Al, que vinha pensando em pedi-la em casamento. Economizou durante meses para comprar um anel e pagar um safári no Quênia, para fazer o pedido durante um passeio de elefante, o bicho favorito da Simone.

— Aqui estamos, senhoritas — diz o motorista por cima do ombro, estacionando diante do letreiro de neon cor-de-rosa do Malice.

Daisy enfia uma nota de dez pela divisória de vidro e abre a porta do táxi.
— Vamos lá pegar a Al.

— Com licença, querido. Obrigada. — Daisy abre caminho com os ombros pela escada lotada de gente e sigo na sua cola. Nós nos apertamos pelo trajeto até a pista de dança, no térreo, procurando Leanne e Al, mas não vemos sinal de nenhuma delas. Nem de Simone.
— Banheiros!
Daisy se vira e acena com o celular para mim quando chega ao topo da escada e dobra à esquerda.
Forço meu caminho pela multidão de mulheres bebendo cerveja e batendo papo do lado de fora do banheiro feminino, até finalmente conseguir entrar.
— Oi!
Uma mulher grande, vestida com uma camiseta esportiva e jeans folgados, estica o braço tatuado para barrar a minha passagem e tento me espremer para passar por ela.
— Tem fila.
— Desculpe, só estou procurando uma amiga.
— Emma, aqui!
A porta de uma cabine se move e Daisy acena para mim pela abertura. Faz uma cara sem graça para a mulher na fila.
— Desculpa, mas estamos resolvendo uma crise aqui.
— Malditas lésbicas — diz a mulher —, sempre fazendo melodrama.

Não tem espaço para eu me apertar dentro da cabine, então me estico do lado de fora e enfio a cabeça pela porta. Al está sentada na privada com a cabeça entre as mãos. Leanne e Daisy estão imprensadas contra a parede dos dois lados dela. A cada dois segundos, a porta principal se abre e a batida da música inunda o ambiente, enquanto as mulheres entram e saem, resmungando quando se apertam para passar por mim à procura de uma cabine vazia.
— Al, querida. — Daisy puxa o vestido para cima e se agacha junto da amiga. — Vamos levar você para casa.

Al sacode a cabeça. As bainhas da calça estão molhadas com água da chuva e o cadarço do tênis está desamarrado. Um pedaço de celofane aparece sob o braço da camiseta. Ela fez outra tatuagem, mas não consigo ver o que é.

Leanne encontra meus olhos, como se me notasse pela primeira vez. Pintou a franja de rosa depois da última vez que nos vimos. O cabelo preto estilo chanel sempre pareceu meio sério, mas, com a franja rosa e os óculos pretos de armação grossa geek dominando seu rosto fino, parece que está usando um capacete de motocicleta.

Ela encolhe os ombros e vira o braço para mim, de modo que eu veja seu relógio de Mickey Mouse. É meia-noite. Ela abre e fecha os dedos para mim e depois deixa dois para cima. Merda, Al está bebendo há doze horas.

Não é a primeira vez que Leanne precisou chamar Daisy e a mim para levarmos Al para casa. Com quase 1,70 m, pesando 90 kg e com o temperamento de um touro, apenas nós quatro juntas conseguimos manobrá-la para qualquer lugar, ainda mais quando está bêbada. Simone costumava conseguir, mas havia uma vantagem: Al estava apaixonada por ela. Sempre conseguia convencê-la a ir para casa, independentemente de quanto tivesse bebido.

Duas das garotas que estavam lavando as mãos na pia atrás de mim começaram a rir, e Al olhou para cima.

— Elas estão rindo de mim? Estão rindo de mim, porra?

Ela tenta se levantar, mas Leanne empurra seu ombro para baixo e Daisy também a segura firmemente pelo pulso, prendendo-a à privada.

Olho para trás.

— Elas não estão nem te vendo.

— Elas sabem. — Al passa a mão pelo cabelo moicano. — Todo mundo sabe. — Eu sou a palhaça da vez.

— Não, não é — diz Daisy. — Relacionamentos acabam o tempo todo, Al. Ninguém está te julgando.

— Ah, é? Então por que a Jess da recepção me perguntou se era só uma entrada quando eu cheguei?

— Não seria porque você chegou sozinha?

— Ah, não fode, Daisy — ela se solta da mão de Daisy com um safanão —, você não sabe de nada. Nunca levou um chute na vida.

— Bom, *eu* já — digo —, e sei como dói, especialmente quando se é trocado por outra pessoa. Eu suspeitei do Jake por um tempo, mas quando ele...

— Emma!

Leanne faz um sinal *para eu calar* a boca, com o dedo atravessando a garganta.

— Não estou dizendo que a Simone trocou você por alguém — digo, mas é tarde demais. Al levantou e está me empurrando para passar.

— Se ela estiver aqui com aquela piranha, vai ser hoje. Vou acabar com a raça dela. Vou acabar com as duas. Sapatonas filhas de uma puta.

— Al! — Daisy sai atrás dela, segurando seu braço. — Ela não vale a pena.

— Muito bem, Emma.

Leanne me fuzila com os olhos por baixo da franja rosa.

— Acabei de conseguir que ela se acalmasse e você a atiça de novo.

— Ela não me pareceu muito calma.

— Você não viu como ela estava antes. Esmurrando as paredes da cabine. Quase conseguiu que nos botassem para fora.

— Desculpa. Eu não queria...

Ela me empurra para passar.

— Você nunca quer, Emma.

Quando encontro as outras, estão no centro da pista de dança, no andar de baixo, cercadas por um círculo de gente. Al está bem no meio, apontando o dedo para Simone e para outra garota que não reconheço. Daisy e Leanne estão ao lado dela.

— Eu sabia, porra! — diz Al. — Sabia que você estava de caso com a Gem.

— Na verdade — Simone fica de frente para ela, mesmo sendo muito mais baixa e mais magra —, a gente se juntou depois que eu e você terminamos, mas isso não é da sua conta.

— Acho que você vai ver que é.

Al se vira para a outra mulher, que se aproxima de Simone e passa um braço musculoso pelos ombros dela. Ela mede pelo menos 1,80m, toda firme e musculosa, queixo quadrado e cabelo raspado. Físico de boxeadora e a atitude correspondente.

— Você pensa que é esperta, né? — responde Al — Tirando a Simone de mim?

— Não penso nada.

— Claro que não. Uma besta quadrada feito você não pensa nada mesmo.

A boxeadora acha graça.

— Se manda, Al. Ninguém quer saber de você, muito menos a Simone. E, para o seu governo, não fui eu que a tirei de você, ela veio correndo para mim.

— Mentira! A gente era feliz antes de você começar a fuçar por aqui.

— Será que eram mesmo? Segundo a Si, você é uma controladora possessiva que não a deixava sair.

— Foi isso que você disse para ela? — Al olha para Simone. — Que eu sou uma louca controladora? Depois de tudo que eu fiz por você? Quando a gente se conheceu, você não tinha onde morar. Você não tinha nada, Simone, e eu te deixei vir morar comigo sem cobrar aluguel. Eu te dei dinheiro para a boate. Eu faria qualquer coisa por você.

— Você me sufocava.

Os olhos de Al encheram-se de lágrimas.

— Então, você tinha que ter me falado, e não sair correndo com esse buldogue.

— Você me chamou de quê? — A boxeadora tira o braço dos ombros de Simone e dá um passo na direção de Al. — Fala de novo na minha cara, sua vaca gorda.

— Vá se foder!

Al dá um meio pulo para a frente e esmurra a mulher mais alta antes de Leanne ou Daisy conseguirem segurá-la. Seu punho acerta o queixo de Gem, e ela cambaleia para trás. O pé dela escorrega no chão coberto de cerveja e ela despenca. A multidão uiva de excitação e, com o canto do olho, vejo um homem da segurança, rádio na orelha, vindo em nossa direção. Daisy também o vê e gesticula para que eu ajude Leanne, que empurra Al para a porta desesperadamente.

Agora não é mais necessário haver muita persuasão para convencê-la. Está tão cheia de si que praticamente desliza pelo salão.

— Isso, porra!

Ela soca o ar, se encolhe e aperta a mão direita junto ao peito. Olha para trás enquanto nos apressamos para a saída.

— Cadê a Daisy?

Leanne e eu nos olhamos.

— Ela vai ficar bem. Está conversando com o segurança.

— Que piranha!

Al sai rindo do prédio até entrar no táxi que está nos esperando.

Capítulo 3

No dia seguinte, não faz nem dez minutos que me sentei à minha mesa quando Geoff, meu chefe, aparece. Dá uma parada atrás de mim, põe a mão no encosto da cadeira. Chego o mais para a frente que consigo, até ficar apoiada na ponta da cadeira.

— Atrasada de novo, Emma.

— Desculpe — mantenho meu olhar fixo na planilha diante de mim —, o metrô atrasou.

É mentira. Só conseguimos pôr Al na cama às duas da manhã, e depois tive de esperar por um táxi para me levar de volta para Wood Green. Quando caí na cama, já tinha passado das três.

— Você vai ter que compensar esse atraso. Quero você aqui até as sete.

— Mas preciso estar em Clapham nesse horário, meu irmão vai se apresentar numa peça.

— Deveria ter pensado nisso hoje de manhã e acordado mais cedo. — A cadeira range quando ele apoia todo o seu peso nela e se inclina até que a sua boca esteja a alguns centímetros ao lado do meu rosto. Sinto sua respiração quente e azeda no meu ouvido. — Estou esperando essa planilha até a hora do almoço para poder olhar antes da reunião com a equipe de vendas hoje de tarde. Ou devo achar que isso também vai atrasar?

Minha vontade é mandá-lo pegar a planilha e enfiar naquele lugar. Em vez disso, fecho o punho e aperto as unhas contra a palma das mãos.
— Vai estar pronta.

Trabalho como secretária de Geoff há três anos. Ele é o diretor de vendas da United Internet Solutions, uma empresa desenvolvedora de software e otimização de mecanismos de busca. Era para ficar lá apenas por três meses, seria apenas mais um dos meus inúmeros empregos temporários depois da faculdade, mas ele renovou meu contrato e depois me ofereceu um aumento de quinhentas libras e um cargo permanente. Daisy, na época, disse para eu recusar e fazer alguma outra coisa, mas a única coisa que eu realmente queria ser era veterinária, o que não seria possível com um diploma de Administração. E eu já não aguentava mais trabalhar como temporária.

Esperei que Stephen Jones, o vendedor predileto de Geoff e autoproclamado "macho alfa", passasse, entrasse em seu escritório e fechasse a porta para que eu pudesse ir até o banheiro com o celular escondido na manga. Confiro as cabines para ter certeza de que nenhuma das outras mulheres que trabalham na UIS está por ali e teclo o número da minha mãe. É terça-feira, o que significa que ela deve estar em casa. Ela trabalha numa clínica que ela e papai abriram quando eram recém-casados e sem filhos, mas só vai lá às segundas, quartas e sextas. O telefone chama várias vezes até ela finalmente atender. Tem o celular há anos, mas ainda não descobriu como configurar o correio de voz.

— Você não deveria estar trabalhando? — É assim que ela me atende. Nada de "Olá, Emma", ou "Tudo bem, querida?", apenas "Você não deveria estar trabalhando?".

— Estou no trabalho.

— E deveria estar no telefone? Não vai querer aborrecer seu chefe, não depois da última avaliação.

— Mãe, será que dá para só... Deixa pra lá. Olha, não vai dar para ir ver o Henry hoje à noite.

Ouço um longo, profundo e exagerado suspiro.

— Ah, Emma.

Ali está: seu tom de decepção, perfeitamente afinado para fazer com que eu me sinta uma merda.

— Sinto muito, mãe. Eu queria muito ir, mas...

— Henry vai ficar decepcionado. Você sabe como ele deu duro para montar esse espetáculo solo. Convidou vários agentes para essa noite e é muito importante contar com o público ao lado dele e...

— Eu sei.

— Você sabe que ele quer levar a peça para Edimburgo, não sabe? Nunca tivemos tanto orgulho.

— É, eu sei de tudo isso, mas o Geoff...

— Você não pode pedir a ele com jeito? Tenho certeza de que ele entenderia se você explicasse o motivo.

— Já pedi a ele. Disse que tenho que ficar até as sete porque cheguei atrasada de manhã.

— Ah, pelo amor de Deus! Então você não vem por sua própria culpa? Não me diga que ficou na rua bebendo até tarde com aquelas amigas de novo.

— Sim. Não. Tivemos que ajudar a Al. Eu já contei como ela ficou mal por causa da Simone faz pouco tempo, e...

— E é isso que eu devo dizer ao Henry? Que suas amigas são mais importantes do que sua própria família?

— Isso não é justo, mãe. Fui a todos os jogos do George e estava lá quando a Isabella abriu o estúdio de dança dela.

Passei a maior parte da infância arrastada de um evento para outro dos meus irmãos, um hábito que ficou tão entranhado que a primeira coisa que faço todas as manhãs é conferir o calendário da cozinha para ver quem está fazendo o quê. Isabella é minha irmã mais velha. Tem 32 anos, é uma ex-dançarina, absurdamente linda, casada e com um filho. George é o irmão mais velho. Tem 28 e é jogador profissional de golfe. Mora em St. Andrews e raramente o vejo. Henry é o mais novo, tem 24 e será o próximo Jimmy Carr, segundo a minha mãe.

— Mãe?

Ela faz uma pausa, que se alonga por um, dois, três, quatro segundos.

— Mãe? Você ainda está aí?

Ela suspira novamente.

— Você tem que voltar para o trabalho. Parece já ter problemas demais.

Esfrego meus olhos.

— Você pode dizer para o Henry que estou desejando boa sorte a ele?

— Posso. Falo com você em breve. É melhor voltar ao trabalho. Dê duro e nos deixe orgulhosos.

A linha fica muda antes que eu tenha tempo de responder.

Capítulo 4

Hoje

Estou sentada na sala dos funcionários, com a carta na mão, minha bolsa carteiro aos meus pés. Já se passaram seis horas desde que a Sheila me entregou o envelope, e já perdi a conta de quantas vezes o examinei. Ali está meu nome, meu nome falso, Jane Hughes, em cima de Abrigo de Animais de Green Fields, Bude, próximo a Aberdare, Wales. Há um selo padrão no canto superior direito. Foi carimbado, mas o carimbo está muito borrado para identificar a cidade ou a data. A carta está escrita em esferográfica azul, à mão e em letra cursiva. As palavras não são grandes, não estão em negrito, nem são berrantes. Estão escritas com cuidado, corretamente pontuadas e sem erro ortográfico.

— Você não parou de ler isso aí desde que eu entreguei — diz Sheila, dando um passo em minha direção, com a mão esticada.

— Posso ver?

— Não é nada. Como eu disse, é só uma carta dos donos da Maisie. — Amasso o papel e jogo no lixo antes que ela possa me alcançar. Acerto o aro, mas a bolinha cai lá dentro.

Sheila para quase no meio da sala. A mão esticada cai para o lado, e ela solta um pequeno "Ah", mas não vai tirar a carta de dentro do cesto. Em vez disso, sorri para mim com um jeito intrigado e vai até o cabide de casacos no canto da sala. Pega o casaco impermeável, a bolsa enorme de cima de uma das cadeiras e a pendura no ombro.

— Então, estou de saída — diz ela. — Você vem amanhã?

— Claro.

— Verifique se todos os portões estão trancados antes de sair. Não queremos o senhor quatro por quatro e seus amigos tentando sequestrar algum cachorro no meio da noite, não é?

— Eu fecho tudo, não se preocupe.

— Não vou. — Ela abre um sorriso, se despede com um gesto e segue em direção à porta.

Trinta segundos depois, o sino da entrada principal tilinta quando ela sai. Tiro a carta da lixeira, guardo de volta no envelope e enfio no bolso de trás. Em seguida, pego o celular da minha bolsa.

Há duas mensagens e uma ligação não atendida.

17:55 — Mensagem de Will:

O jantar de hoje à noite ainda está de pé? Bj

17:57 — Chamada não atendida de Will.

17:55 — Mensagem de Will:

Desculpe, só queria conferir. Você come robalo, né? Sei que tem um peixe que você não gosta, só não consigo lembrar se era robalo ou pargo. Não está muito tarde para dar um pulo no Tesco, se você não gostar do peixe!

Merda, esqueci que ia jantar no Will.

O telefone vibra na minha mão e uma melodia ressoa por todo o ambiente. *Will.*

Sinto-me tentada a passar o dedo da direita para a esquerda e fingir que estou trabalhando até tarde, mas ele só vai se preocupar e ligar de novo.

— Alô? — Coloco o telefone junto ao ouvido.

— Jane! — Ele fala meu nome alegremente, a voz cheia de carinho.

— Oi! Desculpa eu não retornar sobre o jantar, mas acabei meu turno neste minuto. Um dos cães teve uma diarreia explosiva quando eu estava dando uma última olhada nas coisas e tive que pegar a cama dele e colocar na máquina de lavar.

— Mmmm, diarreia explosiva. Adoro quando você fala essas coisas sujas para mim.

Ele dá uma risada. Quero rir também, mas não consigo.

— E aí, você ainda vai vir esta noite? — Sua voz deixa transparecer uma leve tensão. Nossa relação ainda é incipiente em muitos aspectos. Ainda estamos nos comportando muito bem, sentindo o terreno e nos conhecendo melhor. — Porque eu fiz uma aposta com a Chloe, sabe?

Chloe é a filha dele. Tem nove anos. Will ainda não está oficialmente divorciado da mãe da menina, mas estão separados há um ano e meio e, segundo ele, levando vidas separadas há muito mais tempo do que isso.

— Que tipo de aposta?

— Ela acha que você vai estar morta amanhã de manhã.

— Você não pode cozinhar tão mal assim!

— A primeira vez que nós a levamos para ver a noite da fogueira, ela cheirou o ar e disse: "Parece o papai cozinhando".

Dessa vez, caio na risada de verdade e a tensão se dissipa.

— Acho que chego aí em meia hora — digo. — Só preciso trancar as coisas aqui e passar em casa para tomar um banho.

— Precisa mesmo? — Pergunta Will. — Eu estava esperando ansiosamente por uma lufada de *eau* de diarreia.

— Você é nojento.

— E assim mesmo você continua gostando de mim. O que será que isso diz sobre você?

Meu sorriso desaparece no mesmo segundo em que saio da sala dos funcionários. Primeiro, tranco as portas da recepção, depois atravesso o prédio até a área do canil. Sou recebida por latidos frenéticos no momento em que saio para a penumbra do anoitecer. Entro no canil e verifico se as portas de todos os cubículos estão fechadas, se as camas e os brinquedos estão limpos e se todos têm água em suas vasilhas. Conferi tudo antes do final do meu turno, mas preciso ter certeza de que tudo ainda está em ordem antes de ir embora. À medida que percorro o prédio e me aproximo dos cubículos, os latidos aumentam e as grades são sacudidas, com Luca, Jasper, Milly e Tyson se jogando contra elas. Apenas Jack fica imóvel e em silêncio, olhando para mim com o olho bom.

— Você vai ficar bem, rapaz — falo baixinho, desviando os olhos para não fazer contato visual direto com ele. — Vai ficar bem.

Ele abana o rabo de um lado para outro, num movimento hesitante. Quer confiar em mim, mas não tem certeza se deve. Diferentemente de Luca, Jasper e Milly, os dados de Jack não vão aparecer no nosso site anunciando que ele está disponível para adoção ao final do período de sete dias de observação. Em vez disso, assim como Tyson, vamos cuidar dele até seu caso de negligência ir a julgamento, qualquer que seja a data que isso venha a acontecer. Ele pode ficar aqui por meses, mas não estou pensando em ir a lugar algum. Ou melhor, não estava até a chegada daquela carta.

Verifico o cubículo seguinte e atravesso o pátio para conferir o gatil. Dois dos gatos pressionam as patas contra o vidro e miam melancolicamente, mas os outros me ignoram.

Passo rapidamente pela pequena instalação dos animais, verificando se as portas estão trancadas e se as janelas estão bem firmes. Aqui é mais silencioso, e meu reflexo, pálido e fantasmagórico, me acompanha de uma janela para outra enquanto me apresso pelo corredor.

— Olá! Olá!

Dou um pulo com a voz de Freddy, o papagaio, que cruza a gaiola e vem para perto de mim.

Ele inclina a cabeça para um lado, os olhos redondos fixos em mim.

— Olá! Olá!

Pertencera a um major do exército da reserva chamado Alan que o ensinou a xingar visitantes desavisados, especialmente testemunhas de Jeová e vendedores insistentes. Quando Alan morreu, nenhum de seus parentes tinha qualquer interesse por Freddy, então ele acabou vindo para cá. Sua raça tem uma manutenção cara, e não acho que ele vá ficar aqui por muito tempo, mas costumamos encorajar os visitantes mais sensíveis a passarem por ele o mais rápido possível.

— Tchau, Freddy — me despeço enquanto sigo para a porta de entrada.
— Até amanhã.
— Piranha! — Ele me xinga depois que passo. — Tchau, tchau, piranha!

Will está falando comigo há uns dez minutos, mas não faço a menor ideia sobre o quê. Ele começou a me contar alguma coisa engraçada que aconteceu na escola esta manhã, uma criança de uns dez anos confundiu tentáculos com testículos na aula sobre polvos, mas a conversa mudou depois e dá para ver, pela sua expressão, que sorrir e concordar não são a melhor resposta.

A carta parece estar queimando e abrindo um buraco no meu bolso. Deve ser de um jornalista, é a *explicação lógica*. Mas por que não assinar? Por que não incluir um cartão de visita? A menos que estejam deliberadamente tentando me assustar para me fazer falar com eles... Cinco anos já se passaram desde que voltei para a Inglaterra, e quatro anos desde que um jornalista tentou me convencer a vender a minha história, então por que agora? A não ser que seja isso — cinco anos desde a nossa viagem ao Nepal, e agora estão querendo desenterrar tudo de novo.

— Você mentiu, né? — Pergunta Will, e levanto os olhos.

— Como?

— Sobre o robalo. Não é de pargo que você não gosta, é de robalo. Por isso você não tocou em nada.

Nós dois olhamos para o peixe intocado no meu prato, o molho de endro e manteiga congelado em torno dele como uma espessa mancha amarelada de óleo.

— Desculpa, mas é que estou com a cabeça cheia.

— Fala... — ele passa a mão pelo cabelo escuro e apoia o queixo na mão, os olhos fixos nos meus. — Você sabe que pode me contar qualquer coisa.

Será que posso mesmo? A gente se conheceu faz três meses, começamos a transar há um mês e meio, e ainda assim parece que a gente mal se conhece de verdade. Sei que seu nome é William Arthur Smart, tem 32 anos, é separado e tem uma filha de nove anos chamada Chloe. É professor de uma escola primária, gosta de música folk, seus filmes favoritos são a trilogia *Star Wars*, e não suporta coentro. Ah, e tem uma irmã chamada Rachel. O que ele sabe sobre mim? Meu nome é Jane Hughes, tenho trinta anos, sem filhos e trabalho no abrigo para animais de Green Fields. Gosto de música clássica, meu filme favorito é *Pequena Miss Sunshine* e não gosto da textura do pargo. Tenho dois irmãos e uma irmã, Henry, George e Isabella. Tudo isso é verdade. Quase.

— Qual foi a pior mentira que você já contou? — pergunto.

Ele franze a testa por um instante e depois sorri.

— Eu disse para a minha professora que o meu pai era o Harrison Ford quando eu tinha dez anos. E que ele me deixaria levar a *Millennium Falcon* para a escola se eu prometesse não arranhá-la.

Foi uma resposta tão tipicamente dele que foi impossível não achar graça. É uma boa pessoa. Nada do que ele disse ou fez nos últimos três meses me deu motivos para pensar diferente, mas não confio nos meus instintos. Podemos passar anos de nossas vidas com alguém e, mesmo assim, continuar sem conhecer a pessoa. Então, como confiar em alguém que mal conheço?

— Olá? — ele abana a mão na minha frente. — Alguém aí?

— Como?

— Acabei de perguntar por que você me fez essa pergunta. Sobre a mentira.

— Por nada, só curiosidade.

Ele fica me olhando por um tempo, suspira de leve e estica a mão para pegar meu prato.

— Vou trazer a sobremesa. E se você não comer o meu mundialmente famoso *cheesecake* de framboesa, vou te levar ao médico para ver se o seu paladar está funcionando.

— Will — chamo no momento em que ele entra na cozinha.

Ele põe a cabeça para fora da porta, ainda com meu prato na mão.

— Obrigada.

Ele parece confuso.

— Mas você nem gostou do peixe.

— Eu não estava falando do peixe.

— Então, por quê?

Tenho vontade de agradecer por não insistir para que eu fale do meu passado e por simplesmente me aceitar como ele me vê, mas as palavras ficam presas na minha garganta.

— Por isso. — Aponto para a garrafa de vinho e para as velas tremeluzentes na mesa. — Era exatamente disso que eu estava precisando.

Ele para, como se tentasse descobrir se estou sendo sarcástica ou não, e então abre um enorme sorriso.

— Se você acha que me bajular vai te livrar de provar meu *cheesecake*, pode esquecer. Sabe disso, não sabe?

Capítulo 5

Há cinco anos

— Então você dormiu com o segurança?

Daisy dá uma risadinha por trás da xícara de chá.

— Alguém tinha que arrumar uma distração para ele não atirar a Al pela porta.

Leanne tira os olhos do celular.

— Então, dormiu.

Faz uma semana desde que arrastamos Al para fora da boate, e nós três estamos reunidas no pequeno apartamento de Leanne, em Plaistow, na zona leste de Londres, para encontrar a melhor maneira de ajudá-la. Daisy e Leanne estão sentadas de pernas cruzadas na cama de solteiro, a colcha de crochê embolada em cima do carpete velho, e eu, na única cadeira do quarto, uma coisa dura de madeira do lado da janela. Do outro lado da sala, há uma cozinha simples: pia, micro-ondas, geladeira e um fogão elétrico portátil de duas bocas. Ao longo da parede oposta à cama, tem um suporte para cabides e uma pequena cômoda com uma TV de tela plana de 14 polegadas em cima. Leanne tentou alegrar o ambiente com a foto de um ensolarado campo de papoulas, um pequeno Buda de porcelana, uma placa dizendo: "Apenas a verdade libertará", no peitoril da janela, e uma plantinha ao lado do fogão, mas, mesmo assim, o lugar é inegavelmente frio. Nos dois anos que Leanne morou aqui, essa foi a segunda vez que ela me convidou para uma visita. Correção: que Daisy me convidou. Leanne mandou uma mensagem para ela sugerindo que se encontrassem para conversar sobre a melhor forma de ajudar Al; Daisy sugeriu que eu viesse também.

— Certo — Leanne se ajeita na cadeira e empurra os óculos sobre o nariz. Ela está excepcionalmente falante desde que chegamos, o que é um pouco estranho, considerando o que disse para Daisy no telefone sobre Al ter largado o emprego três dias atrás e sua preocupação diante da possibilidade de Al tentar o suicídio. — Eu estive pensando sobre a melhor maneira de ajudar Al e tive uma ideia.

Daisy apoia a caneca sobre o gaveteiro.

— Fala.

— Temos três grandes problemas para resolver. — Leanne para, saboreando o fato de ter capturado a atenção do público, e levanta o dedo indicador. — Um: Al está vigiando Simone e Gem de perto. Passou a noite de ontem literalmente aos pés da porta da frente da casa da Gem, esperando que ela saísse, e aí a Simone chamou a polícia.

— Merda!

Leanne levanta as sobrancelhas.

— Eu sei. Aparentemente, só tiveram uma "conversinha" com ela e a mandaram embora, mas se ela voltasse... Deixa pra lá. — Ela levanta outro dedo. — Dois: Al está stalkeando Simone na internet. Agora que ela está desempregada, não larga a porra daquele notebook. Passei por lá ontem e, quando ela foi ao banheiro, dei uma olhada na tela. Estava em algum tipo de fórum sobre como hackear contas do Hotmail. E três — ela acrescenta antes que eu possa interrompê-la de novo —, bem, meio que liga os problemas um e dois. Ela está passando tempo demais sozinha. A gente precisa ficar de olho nela, mas nenhuma de nós pode fazer isso vinte e quatro horas por dia, sete dias por semana. Então... — ela faz uma pausa dramática — Vamos sair de férias com ela.

— Isso! — As pulseiras de prata de Daisy chacoalham quando ela dá um soco no ar. — Vamos para Ibiza. Adoro aquilo lá. Conheço um cara que trabalhava naquelas festas Manumission que pode nos conseguir ingressos grátis.

— Você deu para ele?

Ela me mostra o dedo médio.

— Ah, então deu — eu digo e ela ri.

— Então? Ibiza? Ian vai me dar folga, e eu tenho um mês até meu próximo emprego temporário. Oba, oba! Ibiza, aí vamos nós.

A cama geme em protesto quando Daisy começa a quicar para cima e para baixo.

— Por quanto tempo? — pergunto. — Tenho três semanas de férias, mas gostaria de deixar uma para o Natal.

— Peça demissão. Sinceramente, Emma. Vai ser a melhor decisão da sua vida. Vamos para Ibiza e, na volta, você consegue outro emprego. Você pode bancar. Na semana passada, você me disse que tem dinheiro guardado para se manter por três meses.

— Na verdade... — Leanne tenta interromper levantando a mão, mas Daisy ignora.

— Vamos lá, Emma, pela Al. Ela vai adorar passar duas semanas em Ibiza. Ela foi para lá no ano passado, não foi?

— Ela não foi para lá com a Simone?

— E qual é o problema? Ela não vai estar lá dessa vez, vai?

— Não sei, mas ela vai ficar lembrando de quando as duas estiveram lá, e...

— Emma! — interrompe Leanne. — Posso falar uma coisa, por favor?

— Por que você está pegando no meu pé? Não sou a única que está falando.

— Como eu estava dizendo — ela olha para Daisy por cima dos óculos —, acho que devemos sair de férias, mas para um lugar onde: a) ela esteja bem longe da Simone, b) sem acesso à internet, e c) onde possa pôr a cabeça no lugar.

— Tipo onde?

— Nepal — responde Leanne.

— Onde?

— Nepal! Fica na Ásia, perto do Tibete.

Daisy torce o nariz.

— E por que a gente iria para lá?

— Tem um retiro incrível nas montanhas, chamado Ekanta Yatra. Meu professor de ioga me falou de lá! — Ela mostra o celular para Daisy e toca na tela. — Clima delicioso, comida caseira, ioga, um rio para mergulhar, uma cachoeira, massagens, tratamentos faciais. A gente pode passar um dia em Katmandu e depois mais duas semanas no retiro. Daí pegamos um avião para um lugar chamado Chitwan e fazemos um safári na floresta. Seria a maior aventura das nossas vidas.

Leanne está com o rosto iluminado. Nunca a tinha visto com uma expressão tão energizada; em geral, está sempre muito abatida e cansada. É absurdamente magra, e Daisy e eu já nos perguntamos várias vezes se ela estaria sofrendo de algum distúrbio alimentar.

— Posso dar uma olhada? — Estico a mão para seu celular. Ela coloca o aparelho na minha mão aberta, sem uma palavra.

Percorro o site. Parece que Ekanta Yatra é administrado por um grupo de ocidentais que se conheceram numa viagem pela Ásia e resolveram abrir um "retiro do mundo" na cordilheira do Annapurna, uma área popular entre trilheiros. O lugar é lindo, e a ideia de passar umas duas semanas de mordomias, lendo romances e nadando num rio de águas cristalinas, é muito atraente, mas...

— Não tem Wi-Fi — digo.

— Algum problema?

— Bem, sim. Eu me candidatei a algumas vagas e não vou poder olhar meu e-mail.

Leanne desliza para fora da cama e atravessa a sala em cinco passos, para pegar a chaleira e enchê-la com água da torneira.

— Você não precisa ir, Emma. Ninguém está te obrigando.

Não é que Leanne e eu não gostemos uma da outra; somos *amigas*, mas só quando estamos com Daisy ou com a Al. Não saímos para beber juntas, nem ficamos trocando mensagens sem parar. Rimos das piadas uma da outra e nos presenteamos em nossos aniversários, mas nunca fomos muito próximas ou calorosas. Não sei o motivo disso. Talvez por não ter gostado do jeito como ela me olhou de cima a baixo quando nos conhecemos. Talvez porque esqueci de pegar uma bebida para ela quando fui ao bar pegar a próxima rodada. Ou talvez porque, às vezes, quando conhecemos alguém, você sente que a pessoa simplesmente não gosta de você, e essa impressão nunca mais te abandona.

— Vou fazer com que ela vá, nem que seja à força — diz Daisy, pulando da cama para o meu colo — Você vai, não vai? — segura meu rosto entre as mãos e mexe minha cabeça para cima e para baixo. — Olha só, ela disse que vai, vai sim.

— Parece caro.

— Não mais caro do que passar duas semanas em Ibiza — diz Leanne, enquanto enche as três canecas com água quente.

— Al perdeu o emprego — digo. — Como é que ela vai pagar?

— Eu pago para ela — diz Daisy — ou, então, o papai paga. — Ela pula do meu colo e volta para a cama, mas vejo seu sorriso disfarçado. Acho que ela nunca vai perdoar seu pai por tê-la mandando embora para a escola no momento em que ela mais precisou dele. Tinha apenas seis anos, e a irmãzinha morrera tragicamente um ano antes. Pouco depois da morte da irmã, incapaz de lidar com a dor, a mãe dela se matou. O pai de Daisy, corretor de ações, justificou a decisão de mandá-la para o internato dizendo que isso lhe daria alguma estabilidade na vida, além de uma figura materna com uma governanta, mas, para Daisy, foi como ser abandonada novamente. Por isso ela é tão implacável quando se trata de cortar amizades ou encerrar relacionamentos. É melhor deixar do que ser deixada, por mais dolorosa que a separação possa ser.

— Então? Vocês vão ou não? — Leanne se vira para nos olhar, uma caneca fumegante em cada mão. Ela está sorrindo de novo, mas o sorriso não chega aos seus olhos. Ela se encolhe para passar por mim e ir até o gaveteiro. O chá respinga sobre o tampo de pinho quando ela coloca as canecas em cima. — Acho que a gente poderia ir no mês que vem.

— Mês que vem? — Encaro Daisy, mas ela dá de ombros. Seu chefe, Ian, come na mão dela. Ele a deixa trabalhar no The King's Arms sempre que ela está entre um trabalho temporário e outro, então ele nem vai piscar se ela chegar de repente e disser que está saindo de férias por três semanas. E Leanne é uma aromaterapeuta com um espaço alugado num salão de beleza, então pode sair quando bem entender. Geoff não vai facilitar nem um pouco para me deixar viajar por três semanas até o Nepal.

36

— Você tem direito a tirar uma folga — diz Daisy, como se tivesse acabado de ler a minha mente. — Ou, simplesmente, se demitir.

— Daisy...

— Tudo bem, tudo bem. — Ela levanta as mãos, como se estivesse se rendendo. — Mas, se você não for, eu nunca mais vou falar com você.

— Promete?

— Hã, hã.

— Isso é um sim? — Leanne junta as mãos diante dela. — Vamos para o Nepal?

— Só se a gente conseguir convencer a Al.

Daisy sorri.

— Deixa isso comigo.

Capítulo 6

Não faço a menor ideia do que Al e Leanne estão rindo. É a nossa primeira noite no Nepal, o bar está lotado e, como a Leanne passou na minha frente para pegar o último lugar da mesa, estou meio agachada, meio inclinada na mureta baixa que separa a área das mesas da banda de rock. Falei banda de rock, mas o que os quatro músicos nepaleses estão tocando não se parece em nada com qualquer rock que eu já tenha ouvido. O baterista e o baixista estão fora do tempo, e o guitarrista parece estar tocando uma música completamente diferente. Daisy acena com a cabeça para mim do outro lado da mesa, põe a língua para fora, levanta as mãos para o alto, os dedos em forma de chifres, numa imitação loura perfeita do Gene Simmons.

— Yeah! — ela grita e sacode o cabelo para frente e para trás, fingindo ser uma metaleira tocando um solo de guitarra que faria Jimmy Page chorar. Tiro a minha cerveja da mesa, que balança precariamente.

— Eita! — diz Daisy, esfregando a nuca e olhando para a banda, à espera de alguma reação. O guitarrista levanta o polegar e grita algo ininteligível.

Leanne grita, às gargalhadas, como se aquilo tivesse sido a coisa mais engraçada que já vira, enquanto Al, à minha esquerda, seca a garrafa e pega o celular. O bar não tem Wi-Fi, mas isso não a impediu de ficar conferindo as mensagens de texto a cada dois minutos.

— Bebida! — grita Daisy, levantando-se de um salto. — E vamos jogar. Cardeal Paf ou Eu nunca?

— Cardeal Paf! — diz Leanne, empurrando a cadeira para trás para se levantar.

Daisy a dispensa com um aceno de mão.

— Eu pego essa. Você fica com a próxima rodada.

O silêncio cai sobre a mesa quando a banda faz uma pausa, e Daisy se desvia das mesas até o bar, com seus shorts jeans de cintura baixa, a alça do sutiã escapando sob a blusa de alcinha e escorregando pelo ombro. Todos os homens olham quando ela passa. É a única mulher que conheço que se requebra quando anda.

Leanne cutuca Al.

— Viu aquele casal se beijando perto da janela? Ela está com a mão dentro da bermuda dele. Nojento.

— É mesmo — responde Al, sem tirar os olhos do celular. É como se ela soubesse que tudo o que fizemos essa noite, imitar metaleiros, piadas, comentários, bebidas, foi uma exibição para tentar deixá-la animada e distraída, e para que parasse de pensar na Simone. Não funcionou. Normalmente, Al está ligada na Daisy, contando histórias e fazendo comentários espertos, mas ela se fechou em sua concha desde que falamos sobre a vinda para o Nepal, um mês antes, e não houve enrolação nem conversa fiada que a fizessem sair.

— Vou ao banheiro. — Ela se levanta, enfia o celular no bolso da calça cargo e sai, apressada.

Leanne e eu a observamos se afastar.

— Ansiosa para chegar a Pokhara amanhã? — pergunta Leanne.

— Mal posso esperar. Você não imagina quanto eu preciso de uma massagem. Quanto tempo leva a viagem de ônibus?

— Umas seis horas.

— Nossa!

— Eu vi uma lojinha na esquina logo depois do hotel. A gente devia comprar água e alguma coisa para comer depois do café da manhã.

— Boa ideia.

Ficamos em silêncio enquanto olho para o bar.

Estamos no primeiro andar de um prédio na área central de Thamel, o bairro turístico de Katmandu, e o som das buzinas dos carros entra pelas janelas abertas. As paredes são pintadas de vermelho-vivo e decoradas com luzes de fada e pinturas de templos e cadeias de montanhas.

— Gente! — Daisy retorna ao campo de visão carregando uma bandeja com oito copinhos, no momento em que Al volta para a mesa. — Tem uma parede depois do bar onde as pessoas escreveram um monte de coisa. A gente tem que escrever alguma coisa lá. Vamos!

— Não sei o que escrever. — Daisy morde o pedaço de giz e se encolhe com o rangido alto que toma conta do ambiente.

— Eu sei. — A ponta da língua de Al aparece no canto da boca enquanto ela arrasta o giz pela parede. Todo aquele trecho da parede foi pintado com tinta de quadro-negro e está coberto de desenhos, mensagens, datas e obscenidades.

— Foda-se, Simone! — Leanne faz uma careta, lendo a frase de Al em voz alta. — Sério, Al, você não pode deixar isso escrito aí.

— Por que não? — Al cruza os braços e admira sua obra na parede.

— Porque é negativo demais. Essas férias são para a gente começar coisas novas.

— Está certo, então. — Al estica a manga da blusa por cima da mão e esfrega a parede. — Pronto.

— Foda-se? — diz Leanne, e todo mundo acha graça. — Só isso?

— É o máximo que você vai conseguir de mim. Sua vez, Emma. — Ela me entrega o giz.

— Ai, meu Deus! — Olho para Daisy, que ainda está pensando no que vai escrever, agora com uma mancha clara de giz borrando o lábio inferior. — Também não sei o que escrever.

— Então, me dá isso aqui. — Leanne tira o giz da minha mão e, antes que eu possa reclamar, ela começa a escrever na parede. Quando dá um passo para trás, está sorrindo com ar de satisfação.

— Que porra é essa? — Al examina o que ela escreveu.

É mais comprido do que as coisas que as outras pessoas escreveram e, para caber, ela teve de entortar a frase e contornar os demais escritos, como uma cobra.

— É uma citação da Maya Angelou — explica Leanne. — "A saudade de casa vive dentro de todos nós, o lugar seguro aonde podemos ir como somos, sem sermos questionados".

Eu me esforço para não revirar os olhos. É a cara da Leanne bancar a profunda num lugar em que todo mundo desenha paus e colhões e escreve coisas do tipo "Amo cerveja".

— Legal, já sei. — Tiro o giz dela e vou lendo em voz alta enquanto escrevo. — Emma, Daisy, Al e Leanne: a maior aventura de nossas vidas.

Daisy chega para frente e me empurra para fora de seu caminho. Ela apaga "a maior aventura de nossas vidas" e substitui por "amigas para sempre".

— Pronto. — Ela se afasta e nos puxa para um abraço desajeitado. — Perfeito.

Al vasculha a mochila, tira duas latas de cerveja lá de dentro e joga uma para mim. Saímos do bar há meia hora e voltamos para o hotel, com a finalidade declarada de dormir, mas Al parece ter outras ideias.

Pego a cerveja.

— Para que isso?

Ela se acomoda de volta na cama e tira os tênis.

— Por não ser uma idiota.

— O que você quer dizer?

— Hoje de noite. Foi tipo o show de Daisy e Leanne. Ou melhor, o show de Daisy, com apenas uma mulher na plateia.

— Elas estavam tentando te animar. — Abro a cerveja e dou um gole. A gente fez um sorteio para decidir quem ia ficar com quem no hotel. Leanne queria ficar com Al, e era para eu ficar com Daisy, mas Daisy achou que seria divertido "dar uma sacudida nas coisas", principalmente porque íamos dividir os quartos no retiro e na floresta também.

— Eu sei, eu teria achado graça, se não fosse tão triste.

— Al!

Ela sorri com ironia por trás do anel da lata.

— Vamos lá, Emma. Deu para ver você torcendo a cara.

— Bem — dou de ombros. — Talvez um pouco. Eu me senti como se tivesse que segurar um cartaz de neon apontando para a nossa mesa e dizendo "Estamos Nos Divertindo!".

— Melhores amigas para sempre! — Al solta uma gargalhada e a tensão que eu senti a noite toda se desfaz. Alguém bate à porta e nós duas travamos.

— Entra! — grita Al.

A porta se abre e a cabeça loura de Daisy aparece.

— As duas putinhas estão se divertindo sem mim? Ela aponta para as cervejas se fingindo horrorizada. — E estão bebendo todo o *free shop*!

Al pega a mochila e joga uma cerveja para Daisy.

— Junte-se a nós, vamos ser amigas para sempre!

Ela dá uma gargalhada que enche todo o quarto.

Capítulo 7

Hoje

— Jane? Você tem um minuto?

Estou com o braço enfiado até o cotovelo em ração de cachorro quando Sheila me chama. Ela está de pé na porta do quarto de mantimentos com uma mulher que eu nunca vi antes. Diferentemente de Sheila, que mede quase 1,80 m e é toda peito e bunda, a mulher ao seu lado é bem pequena. Não tem mais do que 1,50 m, a camisa polo azul-marinho de Green Fields sobra nos ombros e desce reta pelo peito liso. A calça cinza quase cobre a ponta dos tênis pretos.

— Claro — levanto, deixo a concha de ração em uma das vinte tigelas de metal sobre a mesa à minha direita, limpo as mãos nas calças e vou até elas.

— Jane, esta é Angharad, uma das novas voluntárias. Angharad, esta é Jane, responsável pelos cachorros.

— Oi! — digo, sorrindo para a recém-chegada. De longe, ela parecia ter uns 19 anos, mas, de perto, dá para ver que tem quase a minha idade. Ela ajeita uma mecha do cabelo com um bom corte estilo chanel atrás da orelha e sorri para mim.

— Oi. — Ela estende a mão e eu a cumprimento.

— Angharad está num intervalo entre empregos neste momento — diz Sheila — e resolveu trabalhar como voluntária enquanto procura algo fixo.

Pediu especificamente que fosse na seção de cachorros. É apaixonada por eles, pelo que parece.

— Que bom! — sorrio para Angharad.

— Certo, então vou deixar vocês sozinhas — Sheila nos cumprimenta com a cabeça e sai.

— Você disse que vem de bicicleta para o trabalho. Você mora aqui perto? — Angharad pergunta enquanto passamos apressadas por Freddy e vamos ver o cercado dos porcos selvagens na parte mais alta do terreno.

— Numa casa no final da rua. Dá para ver Green Fields do meu jardim dos fundos.

— Nossa, é bem perto. Você trabalha há muito tempo aqui?

— Três anos, mais ou menos.

Estou fazendo a visita guiada oficial do abrigo com ela. Ela já foi apresentada ao lugar quando compareceu à noite de voluntariado, mas prefiro conversar enquanto caminhamos a ficar parada de frente para ela no silêncio do quarto de mantimentos.

— Onde você se preparou?

— Bicton, perto de Exeter. Fiz uma graduação em Gestão e Bem-Estar Animal quando tinha 25 anos.

— Então, você foi uma estudante tardia?

Não sei dizer por sua expressão se ela espera que eu entre em detalhes sobre o que eu fazia antes do curso e por que esperei até os 25 anos para ir estudar bem-estar animal, mas ignoro seu questionamento silencioso. Em vez disso, aponto para os porcos. Eles nos saúdam com grunhidos e guinchos crescentes à medida que vamos nos aproximando.

— Bill e Ben. Acho que você não vai ter muito contato com eles, já que vai passar a maior parte do tempo com os cachorros, mas cuidado se alguém te pedir para ajudar. São meio selvagens — explico —, não sabemos muito bem qual a mistura, mas eles são bem mais perigosos do que parecem. E espertos também.

Angharad aponta para os vários cadeados, trancas e correntes no cercado.

— São muitos cadeados.

— Já fugiram várias vezes desde que chegaram aqui, mas eu acho que conseguimos vencê-los. São umas pestes também. Se der as costas para eles, vão tentar te morder. É por isso que sempre os trancamos no cubículo quando limpamos a área externa, e vice-versa. Eles já me trancaram lá dentro uma vez.

Ela dá uma risada e fico surpresa com sua transformação. Lá se foi o olhar concentrado de estudiosa, cravado em sua expressão desde que fomos apresentadas. O riso sai em roncos e é tão contagiante que começo a rir também.

— Você está brincando? — diz ela, quando consegue parar de rir.

— Não estou, não. Eu estava sozinha limpando o cubículo, a porta estava fechada e um deles empurrou a trava com o focinho e me trancou do lado de dentro. Tive que usar a vassoura para empurrar a trava de volta e conseguir sair.

— Você acha que eles fizeram de propósito?

— Vai saber! Não entendo muito de porcos, selvagens ou domésticos. Com os cachorros, na maioria das vezes, pelo menos, dá para prever como provavelmente vão reagir.

— Se também fosse fácil assim com as pessoas... — Ela me olha de lado. Não a encaro de volta.

— Com certeza — faço um sinal para ela me seguir pelo caminho. — São bem mais difíceis de entender do que os porcos.

— Então? — Sheila me pergunta quando estou pegando meu almoço na geladeira. — Como vão indo as coisas?

— Angharad? — Eu me sento numa das cadeiras duras de plástico enfileiradas na sala dos funcionários e abro a tampa do Tupperware. O cheiro sem graça dos sanduíches de queijo derretido e tomate sobe e se espalha. Eu devia ter aceitado a oferta de Will e levar uma fatia de *cheesecake* junto com o meu almoço. — Ela está indo bem. Estava bem quieta no começo, mas agora está mais à vontade e não para mais de falar. Cheia de perguntas, mas dá conta do trabalho. Não reclamou quando teve que limpar o vômito do Jasper ou de ter ficado uma hora na lavanderia, lavando os cobertores e a roupa de cama.

— Você acha que ela vem amanhã?

— Acho que sim. Pareceu bem animada para ficar por aqui.

Dou uma mordida no sanduíche enquanto Sheila trabalha em seu computador num canto da sala, mas cuspo de volta, sutilmente, num guardanapo. O pão está encharcado por causa da umidade do tomate. Não estou mesmo com muita fome. Fora umas mordiscadas no *cheesecake*, eu praticamente não comi mais nada desde ontem de manhã.

— Ela estava querendo muito trabalhar com você, sabia?

— Como?

— A Angharad — diz Sheila —, quando veio na noite do voluntariado, pediu especificamente para trabalhar com você.

— É mesmo?

— Sim. Perguntou quem trabalhava com os cachorros, e, depois que ouviu todos os nomes, disse: "Eu gostaria de trabalhar com a Jane, se possível".

Levantei os olhos bruscamente.

— E por que ela disse isso?

Sheila para de digitar e olha para mim por cima do ombro.

— Sabe-se lá? Talvez tenha visto seu nome no jornal local na época em que estávamos coletando dinheiro. Talvez você tenha ajudado algum amigo dela a adotar um cachorro. Sei tanto quanto você.

O computador apita e Sheila se volta para a tela, soltando um suspiro irritado.

— Por que será que as pessoas fazem isso?

— Fazem o quê? — pergunto, enquanto enrolo o sanduíche de volta no papel celofane e o devolvo ao pote.

— Enviam *spam* no formulário de contato do nosso site. Qual a finalidade? Até parece que eu vou clicar nesses links idiotas de pílulas para impotência, ou seja lá o que for. Olha só isso aqui, é ridículo, e nem faz o menor sentido. "Daisy não morreu." Que diabos isso significa? É algum animal? A gente não tinha um furão chamado Daisy?

O Tupperware se espatifa no chão quando me levanto. Atravesso a sala como num sonho e olho para o computador por cima do ombro dela. O programa de e-mail está aberto.

— Está vendo? — Ela aponta para a tela. — Olha só isso. "Daisy não morreu." Só isso. Esquisito, né? Jane? Aonde você vai? O que houve? — Sua voz me segue enquanto corro para fora da sala direto para o banheiro, uma mão agarrada à garganta e a outra segurando os espasmos na minha barriga. — Jane?

Capítulo 8

Há cinco anos

— Vocês tinham que ter visto! — Daisy levanta da cadeira e faz uma mímica, fingindo estar correndo ao lado de um carro, com o casaco preso na porta fechada. — As perninhas grossas correndo pelo asfalto, a cara gorda toda vermelha, e a Emma pendurada do lado de fora da janela gritando: "Para o carro! Para!".

Ela termina a história com um floreio e fica em silêncio por uma fração de segundo enquanto Al e Leanne olham para mim, até que o silêncio é quebrado por uma explosão de gargalhadas.

Daisy continua a gritar "Para, para!" bem alto, enquanto pula para cima e para baixo, as sandálias com salto anabela batendo no chão do pátio, uma garrafa de vinho tinto numa mão e um copo cheio balançando na outra.

Dou um gole no meu vinho, olho para a fogueira estalando e observo as faíscas voando para o alto. É a nossa segunda noite em Pokhara, estamos sentadas no pátio, de biquíni. As toalhas molhadas estão largadas aos nossos pés como cães adormecidos, o céu é um cobertor preto pontilhado de furos e a noite é avivada pelo som das motos, buzinas de carros e cigarras. Era para ser uma pausa com mordomias, duas noites luxuosas num hotel em Pokhara, no alto de uma montanha, antes da caminhada subindo o Annapurna até Ekanta Yatra. Não sei se é a umidade, o e-mail nojento que

Geoff me mandou um dia antes das férias, questionando minha capacidade de dar conta do meu trabalho, ou o fato de que Daisy passou três dias rindo da minha cara, mas estou achando difícil acompanhar as frivolidades. Lá em Londres, posso me recolher ao meu apartamento no norte da cidade quando as coisas ficam um pouco excessivas, mas nós quatro não nos separamos nem um segundo desde que chegamos aqui.

— Ah, Emma, qual é? — grita Daisy. — Anime-se!

— Não estou desanimada.

— E a sua cara sabe disso? — Ela dá uma risada e olha para Al e diz: — Não é? —, mas Al não responde. No máximo, dá um risinho quase sem mexer a boca. Há algum tempo a gente não via Daisy tão bêbada assim.

— Estou bem, Daisy — respondo. — É só porque eu já tinha ouvido a história antes, só isso.

— Aah! — ela levanta as sobrancelhas e arregala os olhos. — Me perdoe se a estou aborrecendo, senhorita Emma Woolfe. Será que não estou sendo uma boa contadora de histórias? Queiram me perdoar.

— Bom, eu acho você engraçada — diz Leanne. Ela está sentada de pernas cruzadas na cadeira, os joelhos pontudos aparecendo por cima dos braços, o casaco de lã cinza enrolado nos ombros.

— Obrigada, minha querida. — Daisy se curva ligeiramente e cambaleia para cima de mim. — O que está pegando, tristezinha?

— Nada. Esqueça. Pego meu copo de vinho e me levanto. — Vou dar uma caminhada por aí. Daqui a pouco a gente se vê.

Afasto-me rapidamente e vou para a escuridão do jardim, acompanhada da voz debochada de Daisy. Está fazendo seu sotaque nortista, uma mistura de Yorkshire e Geordie. Eu nem mesmo sou do norte, nasci em Leicester, mas, segundo Daisy, "todo mundo que mora depois de Watford é nortista". Ela e Al afirmam que são de Londres, mas, na verdade, Al é de East Croydon, e Daisy, de Elmbridge, no Surrey, supostamente a Beverly Hills da Inglaterra, só que Daisy não fica muito por lá. Ela saiu direto do colégio feminino de Cheltenham para a universidade em Newcastle. Aparentemente, preparava-se para Oxford ou Cambridge, mas estava mais interessada em pegar os garotos à noite nos jardins do que em passar nos exames com as notas mais altas, e tudo o que conseguiu foram três conceitos C. Foi morar em Londres depois da faculdade.

— Daisy, você é hilária! — Leanne acha graça da imitação que Daisy faz de mim como se fosse a coisa mais engraçada que já ouvira. Sete anos se passaram desde que me imitou pela primeira vez na faculdade e, aparentemente, a piada ainda não ficou velha.

Caminho devagar em torno da piscina, tomando cuidado para ver se não há nenhuma cobra, lagarto ou sapo nas lajotas molhadas, depois desço pelos degraus sinuosos até o jardim. Está mais escuro aqui, longe da luz do hotel e do brilho da fogueira, mas a lua está cheia e clara, e subo até o topo do monte, onde me ajeito na beirada de um banco de madeira. Estamos no Nepal há apenas dois dias e ainda me sinto transportada para outro planeta. Há quarenta e oito horas, estávamos em Katmandu, na barulheira das buzinas e do tráfego louco, com homens de bicicleta levando cargas oscilantes e traiçoeiras, macacos pulando de um prédio para outro, os filhotes agarrados ao peito. Agora, em Pokhara, a cordilheira do Annapurna paira como um dragão escuro a distância, enquanto o lago mais abaixo, negro em contraste com o brilho das luzes da cidade, cintila ao luar. Londres não poderia parecer mais longe do que neste exato instante.

Dou um gole no vinho e coloco o copo no chão. Ele balança precariamente, mas não entorna. Estou mais bêbada do que imaginava. O som da voz de alguém cantando *Holiday*, da Madonna, aos berros, chega até mim pelo ar da noite. Fazem uma pausa e ouço o estardalhaço de alguém pulando na piscina, e a cantoria é retomada. É a Al. A risada faz parte da encenação de que ela está legal, do jeito como estava quando queimou uma foto de Simone cerimonialmente na fogueira e prometeu que "nunca, mas nunca mais, iria se envolver com uma sapata novinha outra vez". Três mil quilômetros de distância e uma garrafa de vinho tinto lhe bastaram para superar o amor da sua vida. Se fosse tão fácil assim...

Leanne começa a cantar junto, a voz fina repetindo as palavras *holiday* e *celebrate* e depois se calando pelo restante da música, já que não sabe a letra. Al ri e Leanne ri, Al dança e Leanne dança, Al canta e Leanne canta. Leanne faz exatamente a mesma coisa que Daisy, é o seu *modus operandi*. Ela me lembra um daqueles pássaros que pulam das costas de um rinoceronte para o outro, pegando carona, catando comida e aproveitando a proteção de um animal maior.

Um movimento nas folhagens à minha direita me faz olhar em volta. As folhas na base se agitam bem de leve quando um lagarto se arrasta para fora. Os dedos macios colados ao chão, os olhos bulbosos se mexendo de um lado para outro. Observo, fascinada. Eu só tinha visto um bicho assim no zoológico. Tem uma beleza estranha, quase do outro mundo, com olhos negros que não piscam.

— Olha você aí! — Daisy chega, batendo os pés pelos degraus em minha direção, uma garrafa de vinho cheia numa mão, um copo na outra e um cobertor pendurado no braço.

— Não me odeie, Ems! — Ela se joga no banco ao meu lado, envolve meu pescoço com o braço direito e me puxa para perto dela. O vinho tinto transborda da garrafa e pinga no meu biquíni. — Eu estava só de brincadeira.

— Eu sei. — Tiro a garrafa de sua mão e a coloco no chão, consigo me libertar de seu braço, mas ela continua a empurrar o cobertor no meu rosto, tentando secar o vinho desajeitadamente. — Mas eu gostaria que você parasse de brincar à minha custa.

— Para de ser tão sensível. É só curtição.

— Claro, né? Afinal, sempre gostei de ser gozada pela minha família desde criança. — Percebo o tom de choro e autopiedade em minha voz, mas não consigo evitar. Daisy é uma bêbada agressiva, enquanto eu sou do tipo sentimental.

— Ah, pelo amor de Deus! — Ela solta um suspiro exagerado. — Às vezes acho que a Leanne está certa.

— Sobre o quê?

— Sobre você.

Eu me afasto alguns centímetros dela.

— Pode falar.

— Não. — Ela me encara com os olhos apertados. Havia tirado as lentes de contato mais cedo, pois estavam ficando ressecadas no final do dia, e é vaidosa demais para usar óculos. — Você vai ficar puta.

— Fala.

— Não. — Um sorriso paira em seus lábios e ela balança a cabeça. Está tão bêbada que essa conversa se transformou num jogo. Ela sabe que é perigoso, mas não consegue se conter.

— Fala logo, Daisy.

— Tá legal, tá legal. Tudo bem. Ela acha que você às vezes é muito baixo-astral. Fala umas coisas que estragam o clima. Seus pais são médicos, ainda estão casados, seus irmãos e sua irmã são bem-sucedidos e você tem um emprego que te paga bem, mesmo com aquele seu chefe babaca. Em comparação ao que Leanne já passou, com o que todas nós já passamos, você não tem tanto assim para reclamar. É só isso.

— E você concorda com a Leanne, não é?

— Às vezes.

Olho para ela, surpresa. Há sete anos Daisy e eu somos melhores amigas, e essa é a primeira vez que ela me diz que me acha dramática. Leanne tenta encontrar um jeito de nos separar há anos, desde que nos conhecemos na faculdade. *Las tres amigas*, foi como Leanne se referiu a si mesma, Daisy e Al quando as três ficaram em Newcastle no primeiro Natal porque nenhuma queria voltar para suas famílias. Eu também queria ficar, mas minha mãe começou com sua chantagem emocional para cima de mim. Disse que a vovó não estava muito bem e me perguntou como eu me sentiria se perdesse o último Natal com ela porque resolvi ficar me embebedando com as minhas amigas (vovó continua viva e passa bem). Leanne fez de tudo para me excluir quando voltei para o Ano Novo. Convidou Al e Daisy para ir ao cinema, boates e jantares nos seus dormitórios, sempre dizendo para Daisy que tinha me convidado, mas que eu tinha dado alguma desculpa sobre precisar estudar e não quisera ir. Sei que Leanne e Daisy têm passado mais tempo juntas em Londres do que o normal, pois ambas têm horários flexíveis, Daisy no pub e Leanne no salão, e, em consequência, ficaram de babás da Al durante os preparativos para a viagem, mas eu nunca iria imaginar que elas passavam o tempo falando mal de mim.

— Obrigada, Daisy. — Eu me levanto. — Eu te peço para parar de gozar da minha cara e você usa isso como desculpa para me criticar.

— Deixa de ser tão sensível, merda! — Ela também se levanta. — E, de qualquer jeito, a história não era contigo. Era sobre aquele idiota que você pegou. Era ele quem eu estava zoando. Foi engraçado.

— Não foi engraçado. O Elliot poderia ter sido atropelado.

— O nome dele era Elliot, é? E eu achando que era só um cara qualquer querendo dar uma trepada. Ele foi grosso e mereceu ser chutado para fora do táxi. Eu te fiz um favor, Emma.

— Não, não fez não. Você o pôs para fora porque ele te chamou de bêbada vagabunda. Daisy, você ameaçou descobrir onde ele trabalhava e ir atrás dele se ele me comesse e depois não ligasse mais.

— E daí?

Seus olhos brilham. É impossível tentar ser racional com ela nesse estado. A noite agora só pode seguir dois caminhos: ou ela vai começar a discutir, ou vai desmaiar. E, se eu ficar quieta, posso ter sorte com a segunda opção.

Sorte coisa nenhuma. Daisy entrou no modo discussão e não vai calar a boca.

— Porque ele tentou me beijar, sabia, Emma? O adorável Elliot que você está defendendo tanto. Ficou dando em cima de mim quando você foi ao banheiro do Love Lies. Foi por isso que eu o coloquei para fora do táxi, e não porque me chamou de bêbada vagabunda. Ele era um merda e não te merecia.

Eu estava quase respondendo quando...

— Surpresa! — Al pula do degrau mais alto e cai perto de Daisy. Ainda encharcada da piscina, ela envolve Daisy num abraço de urso molhado e coloca uma mão em cima de sua boca. Daisy luta para se soltar, mas as duas sabem que é só brincadeira. Al olha para mim e sorri. — Chega de discussão, vocês duas. Estamos de férias, lembram? Ah! Olha só aquele lagartinho.

— Que lagartinho? — Leanne desce a escada com cuidado. Ela aperta o cardigã cinza nos ombros, mas não para de tremer.

— O que vocês duas estão fazendo? Deu para ouvir vocês gritando lá da piscina.

— Aqui. — Al se agacha e estica a mão para pegar a criatura. O lagarto dispara e some debaixo do banco.

— Deixa o bicho. — Daisy puxa Al pela alça preta do biquíni. — Vamos pegar mais vinho e voltar para a piscina.

— Nunca tinha visto um desses antes. — Al espia atentamente debaixo do banco.

— Al! — Daisy puxa seu biquíni de novo, mas dessa vez é repelida.

— Agora não, Daisy.

A expressão de brincadeira some do rosto de Daisy, ela se vira, abraça a si mesma, de costas para nós, e olha em direção ao lago.

— Vou pegar a minha câmera. Vem comigo e pega um cobertor. — Al se levanta e faz um gesto para Leanne, ainda sentada no degrau mais baixo, olhando para nós através da escuridão. — Parece que você está com frio.

— Claro. — Leanne hesita. Está sentindo a tensão entre nós e se divide entre ir com Al ou ficar para descobrir o que aconteceu.

— Vamos lá — Al insiste, segurando Leanne pelo cotovelo e a puxando escada acima —, a gente aproveita para pegar mais vinho também. Acho que o gerente do hotel ainda está acordado.

Daisy não dá atenção à saída de Al e Leanne, que tropeçam nos degraus e se atrapalham com os arbustos. Em vez disso, continua a olhar para o lago. Também me viro para os degraus. Escolher ficar e discutir não vai resolver nada. Estamos bêbadas, cansadas e precisamos dormir.

— É assim que vai ser?

— Como? — me viro de volta.

— Isso. É assim que vai ser? Você e Al inventando desculpas para não perder tempo comigo?

Nessas horas é que me pergunto quanto mais ainda vou aguentar. Daisy insiste, insiste e insiste, quase como se estivesse testando as fronteiras de nossa amizade para ver até onde eu vou suportar. Se eu ficar, ela vai me acusar de desistir facilmente, de não fazer pé firme em minha própria defesa; se eu sair, comprovo a teoria de que ela sempre acaba abandonada por todo mundo. É um beco sem saída.

— Não olha para mim como se não soubesse do que estou falando, Emma. Primeiro, você sai por aí quando a gente está se divertindo na fogueira, aí a Al me ignora sempre que eu a chamo para entrar na piscina comigo. E teve aquela primeira noite em Katmandu, quando vocês duas fingiram que estavam com *jet lag* por causa do fuso horário em vez de ficarem bebendo comigo.

— A gente *estava* com *jet lag.*

— Vocês estavam rindo e bebendo cerveja lá no quarto. Por que não podiam fazer isso no bar, comigo?

— Daisy, foi uma latinha para cada uma, não era nenhuma festa. Poxa! — Eu me aproximo dela e ponho uma mão em seu ombro. — Você precisa ir para a cama.

— Não. — Ela se desvencilha de minha tentativa de cobri-la com um cobertor com um gesto brusco e o atira no chão. — Não quero ir dormir. Quero outra bebida e voltar para a piscina. Cadê o meu vinho?

Ela olha para o banco. A garrafa de vinho está no chão, onde eu a deixei. O lagarto saiu de debaixo do banco e ficou a uns dois centímetros da garrafa.

— Acho que você não precisa de mais vinho, Daisy.

— Não me diga do que eu preciso.

Ela me empurra para fora do caminho e segue em direção ao banco. O animal se move rapidamente na direção da garrafa. Daisy diminui o passo, pisando lentamente na ponta dos dedos sobre o salto anabela de cortiça, como se estivesse tomando cuidado para não espantar a criatura. Fico esperando o lagarto disparar com a aproximação dela, mas o animal não se mexe. Agarra-se ao chão ao lado da garrafa com as patas de ventosas, o único movimento é o vaivém dos olhos.

Daisy para de caminhar, se abaixa e estende a mão direita para a garrafa de vinho. A perna esquerda treme, ela dá mais um passo e esmaga o lagarto no chão com o salto anabela. Agarra o gargalo da garrafa ao mesmo tempo e a levanta acima da cabeça. Olha em torno, procurando-me com uma expressão vitoriosa.

— Peguei!

Olho para ela, sem acreditar. Ela acabou de pisar no pequeno lagarto. De propósito. A pausa, o tremor da perna, o passo. Não precisava de nada daquilo para pegar a garrafa de vinho. Já estava perto o bastante para pegá-la.

— Por que você está olhando? — Ela leva a garrafa aos lábios e dá um gole.

— Você acabou de esmagar o lagarto.

— Eu? — Ela fica sobre uma perna, segura o tornozelo esquerdo com a mão direita e puxa para olhar mais de perto, apertando os olhos no escuro. Perde o equilíbrio imediatamente e se agarra ao banco para não cair. — Merda!

— Você não o viu? Estava do lado da garrafa.

— Estava? Não dá para ver nada com essa luz, cara. — Ela passa o braço pelo meu ombro. — Vamos lá ver o que as outras duas estão aprontando.

Capítulo 9

— Você está bem? — Al toca as costas da minha mão. — Você não desceu para o café da manhã.

— Não estava encontrando meus comprimidos.

Estamos sentadas no último banco do ônibus velho e enferrujado que nos levará até a base da montanha, de onde subiremos a pé até o retiro. É muito mais frágil do que o ônibus que nos trouxe de Katmandu para Pokhara, mas, segundo Leanne, essa viagem vai levar só meia hora, não vamos ficar nos arrastando por seis horas. Fui a primeira a subir no ônibus e sentei perto da janela, dobrando meu casaco impermeável para cobrir as molas espetadas para fora do estofamento do banco. Al, Leanne e uma Daisy de óculos escuros chegaram vários minutos depois. Al imediatamente se acomodou ao meu lado.

— Os comprimidos contra malária?

— Não, para ansiedade. Procurei em todos os lugares. Tenho certeza de que os coloquei na mala.

— Devem estar numa bolsinha qualquer. Não se preocupe, vou te ajudar a procurar quando chegarmos a Skanky Yaka, ou seja lá qual for o nome daquele lugar.

— Valeu, Al.

Caímos num silêncio de ressaca. Não ficamos bebendo por muito mais tempo na noite anterior. Quando voltamos para o pátio, Leanne já tinha ido para a cama, e, sem sinal do gerente do hotel, só tínhamos a meia garrafa de vinho da Daisy para dividir entre nós três. Quando me arrastei para o quarto que estava dividindo com Leanne, ela já roncava baixinho.

Dou uma olhada pelo resto do ônibus. Leanne está soltando uma gargalhada por causa de alguma coisa que Daisy acabou de falar. Ela parece incrivelmente jovem com uma camiseta *My Little Pony* e calça jeans justa, enquanto Daisy parece ter se arrastado da cama para dentro das roupas. Daisy percebe meu olhar e aperta as laterais da cabeça com as mãos.

— Sua ressaca está tão forte quanto a minha? — pergunta ela.

Concordo com a cabeça.

— Eu me sinto no inferno.

Satisfeita com a resposta, ela senta de volta e cochicha alguma coisa com Leanne, que olha para mim e dá uma risada.

Fecho os olhos e tento recuperar a lembrança de Daisy pisando no lagarto, mas as imagens se turvaram na minha mente por causa da ressaca e da falta de sono. Se ela não conseguia me focar sem as lentes de contato, mesmo sentada ao meu lado no banco, como poderia ter visto o bicho? Minhas lembranças estão confusas. Só pode ser. Não é possível que ela tenha pisado deliberadamente num ser vivo, não depois das acusações que sua mãe lhe fez quando a irmã morreu.

Al funga com uma risada ao meu lado, e abro os olhos.

— Você não tirou uma foto daquele lagarto, tirou? — pergunta ela. — Acabei de lembrar que era para eu ter ido pegar minha câmera, mas estava tão fissurada atrás de mais bebida que esqueci por completo.

— Não. — balanço a cabeça. — Não tirei, não.

— Sem estresse — ela dá de ombros. — Tenho certeza de que a gente vai ver vários outros.

Felizmente, chegamos ao posto maoísta minutos depois. A mesa deles fica numa plataforma no final de uma ponte precária que liga o café na base da montanha ao início da trilha. Nenhuma de nós se espanta ao vê-los ali, todos os bons guias de viagem advertem para a "taxa turística", mas as armas em suas cinturas nos pegam de surpresa. Shankar, nosso guia de trilha, sinaliza para nos aproximarmos. Tento interpretar sua expressão. Muitos nepaleses apoiam os maoístas, mas outros tantos os temem. A expressão nos olhos de Shankar não deixa transparecer nenhum pensamento.

Daisy é a primeira a se aproximar, ombros para trás e queixo para cima. Passa a mão pelo cabelo e sorri para o homem atrás da mesa ao lhe entregar o passaporte, o visto para a trilha e 150 rúpias, mas é ignorada. A expressão do homem se mantém inalterada enquanto folheia o passaporte e entrega o dinheiro ao guarda à sua esquerda, que enfia as notas num bolso do cinto. Daisy estica o braço para pegar o passaporte, mas se assusta quando o homem dá um tapa na sua mão.

— Eu aviso quando pode pegar — diz o homem atrás da mesa. Ele a encara por um tempo insuportavelmente longo e então baixa os olhos para o visto sobre a mesa, diante dele. Volta a abrir o passaporte e compara o nome no visto com o que está no passaporte, depois olha de novo para Daisy.

— Por que você aqui?

— Hum... — Ela pigarreia. — Só para subir até o topo.

Leanne nos instruiu sobre o que dizer. Ela acha que os maoístas vão nos cobrar mais caro se acharem que vamos ficar num estabelecimento ocidental em vez de nos hospedarmos numa das pousadas com proprietários nepaleses.

— Ter certeza disso? — Ele continua a encará-la.

— Claro. Estou louca para ver a vista lá de cima. Dizem que é fantástica.

Ele empurra os pertences de Daisy sobre a mesa para ela e a dispensa com um gesto. Não dirige a palavra para Al, nem para Leanne, nem para mim, nossos documentos são examinados em silêncio. Terminada nossa inspeção, os dois homens armados guardando cada lado do portão dão um passo para trás e nos deixam entrar na trilha.

Daisy segura no meu braço no instante em que passamos.

— Nossa! — diz ela, empurrando os óculos escuros para cima da cabeça. Está com olheiras e o branco dos olhos está coberto de veias vermelhas.

— Que loucura!

Ela me solta e passa o braço pelo de Shankar antes de começar a subir a trilha. Se ela percebeu sua retração com o contato físico indesejado, não demonstrou qualquer sinal.

Os músculos do meu quadril doem com o movimento de esquerda e direita à medida que vou subindo pelos três mil degraus do monte Annapurna. Eu esperava degraus de fato, acho que todas nós esperávamos, mas nem sequer são blocos de concreto de tamanho uniforme; são lajes de pedra escavadas na encosta, tão irregulares e instáveis que é preciso prestar atenção onde apoiamos os pés. É uma escada rústica, precária e sinuosa, como a de um conto de fadas. Ou de um pesadelo. À exceção de Al, todas nós frequentamos uma academia de ginástica lá em Londres, mas correr 5 km em 33 minutos numa esteira nos deixa tão preparadas para uma subida dessas quanto treinar saltos em poças d'água para atravessar o canal da Mancha a nado.

São duas da tarde e Shankar lidera a subida, pedra por pedra, com o mesmo entusiasmo e a mesma energia de quando começamos, cinco horas antes. Daisy e Leanne seguem seus passos, ambas ofegantes e xingando sempre que olham para cima e veem quantos degraus ainda faltam para chegarmos ao final da trilha. Estamos cercadas por montanhas verdes rajadas de marrom pelos arrozais e com picos nevados que nos ocultam do restante do mundo. Nunca estive num lugar que me deixasse tão sem fôlego pela beleza, ou tão quebrada pelo esforço. Passamos por burros mais cedo, amarrados uns aos outros, galgando os degraus com enormes fardos amarrados no lombo, forçando os joelhos, os cascos escorregando sob o peso das cargas. Um deles carregava uma geladeira amarrada à sela como se fosse a coisa mais normal do mundo. Ver os pobres animais subindo e tropeçando, com as cabeças abaixadas e os olhos tristes, era mais do que eu podia suportar. Eu queria soltá-los e dizer aos seus condutores que submetê-los àquela vida desgraçada era muita crueldade, mas segurei a minha língua.

Al arrasta-se atrás de mim, o rosto vermelho, a mochila enorme balançando de um lado para o outro a cada passo, o cinto aberto na cintura e as mãos nos quadris. Mais ou menos a cada dez passos, ela para e suga o inalador com o medicamento para asma, e então retoma o caminho. Se eu fosse Al, pediria para irem mais devagar ou para fazerem mais paradas, mas ela é teimosa como uma mula e está determinada a chegar ao retiro antes do anoitecer portanto não reclamou uma só vez. Ouço o puf-puf do inalador e paro de andar. É a segunda vez nos últimos cinco minutos.

— Você está bem?

Ela tira a mochila das costas, inclina-se para frente e segura os joelhos com as mãos. Inspira o ar da montanha como se fosse um peixe sufocando no anzol.

Coloco a mão no seu ombro.

— Veja se consegue levantar e ficar reta. Curvada desse jeito, você pressiona os pulmões.

Meu irmão Henry tinha asma quando criança, então o ataque dela não me assusta. Em compensação, fico bem incomodada pelo fato de estarmos a 3.500 metros acima do nível do mar e a pelo menos cinco horas e meia de distância do hospital mais próximo.

Al se endireita, coloca as mãos na cintura e levanta o rosto para o céu com esforço, ainda tentando puxar o ar para dentro dos pulmões. As bochechas continuam com um tom intenso de vermelho, mas não é para elas que estou olhando. É para os lábios. Estão rosados, e não azuis. Um bom sinal.

— Respira bem fundo — digo. — Devagar. Nada de pânico. Inspira... Expira... Inspira... E expira... Relaxa os ombros. Você está contraída porque está com medo. Relaxe os ombros e solte todo o ar que conseguir, depois inspire fundo de novo.

Ouço a voz de Daisy na minha cabeça enquanto falo, repetindo exatamente as mesmas palavras para mim alguns meses atrás, quando fui tomada por um ataque de pânico. Estávamos num cinema lotado, gente em todos os lugares, um calor infernal. O filme era um thriller que Daisy queria ver e, cada vez que o personagem principal pulava, eu pulava junto. Cada vez que via sombras onde não havia nada, eu também via. À medida que seu mundo encolhia e ficava mais claustrofóbico, o mesmo acontecia com o meu, e então me convenci de que não havia ar suficiente no cinema para todo mundo respirar. Tive de sair.

— Está tudo bem, moça?

Nosso guia desce agilmente pela encosta e retorna até nós, a mochila pequena nas costas. O rosto de Shankar tem marcas do tempo adequadas a um homem que está beirando os cinquenta anos, mas ele se move como se tivesse vinte a menos.

— Ela está respirando bem? — pergunta, ao chegar.

— Não. Não está respirando bem, não. Acho que a altitude pode estar afetando sua asma. Talvez fosse bom a gente voltar lá para baixo.

— Não! — grita Leanne, tão alto que dou um pulo. Não tinha percebido que ela e Daisy também haviam se aproximado.

— Como?

— A gente... A gente tem que continuar em frente — diz ela, com o pescoço começando a ficar vermelho. — Não deve estar faltando muito até o retiro, e pode ser que eles tenham um médico ou uma enfermeira lá.

— Mas, se a altitude está piorando a asma dela, o melhor a fazer é descer — diz Daisy.

Concordo com a cabeça. Milhares de pessoas fazem esse caminho todos os anos, mas, de vez em quando, alguém morre. Nenhuma de nós quer fazer parte dessa estatística.

— Ainda acho que a gente tem que continuar até o retiro — diz Leanne. Seu olhar vai de Al para os degraus, como se esperasse desesperadamente que Ekanta Yatra surgisse diante de nós num passe de mágica. — Já chegamos até aqui. Seria uma pena desistir agora. Você consegue andar mais um pouco, não consegue, Al? Podemos ir devagar, parando várias vezes. E, como eu disse, tenho certeza de que vai ter alguém lá para ajudar.

Daisy e eu nos entreolhamos. Normalmente, Leanne seria a primeira a colocar a saúde da melhor amiga acima de tudo, e desceria a montanha de uma só vez para procurar ajuda. E ainda tem o fato de ela estar discordando de Daisy. Isso *nunca* acontece.

— Tá, tá, já ouvimos o que você disse, mas conjecturas não vão fazer surgir um nebulizador num passe de mágica, não é? — digo. — Vai haver médicos e enfermeiras lá em cima ou não?

Leanne dá de ombros.

— Não sei. Provavelmente. Tem gente de várias profissões lá, e...

— Vamos descer. — Daisy levanta as mãos. — Não vamos arriscar a saúde da Al. Tenha dó. — Ela empurra Leanne de leve. — Vamos embora.

— Não! — Leanne se vira rapidamente para o lado e, pela fração de um batimento cardíaco, tenho a impressão de que ela vai bater em Daisy. — Vocês podem descer se quiserem, mas eu...

— Será que vocês podem parar de falar de mim como se eu estivesse morta, ou sei lá o quê? — Al sai do meu lado e levanta as mãos. — Estou aqui, sabiam? Sério, agradeço a preocupação, mas ninguém vai perder as melhores férias das nossas vidas só porque eu sou uma chaminé balofa com os pulmões estragados e arrastando meu peso. — Ela bate de leve no pneu da barriga sobrando por cima da cintura da bermuda cargo.

Daisy sacode, decididamente, a cabeça.

— Belo discurso, mas ninguém gosta de uma heroína morta.

— Não fode, Daisy! — Al solta uma risada e olha para Shankar. — Qual a distância até a gente chegar lá? Tipo, quanto tempo falta?

Ele encolhe os ombros.

— Uns trinta minutos, quarenta, talvez.

— Muito bem, então.

Al tenta pegar a mochila, mas Shankar é mais rápido. Eles ficam num impasse, cada um segurando uma alça, olhos nos olhos, um insistindo para o outro recuar. Normalmente, não haveria hipótese de Al deixar um homem fazer algo que ela mesma fosse capaz de fazer.

— Moça. Eu carrego. Você respira. — Shankar fala com uma tenacidade implícita e, apesar de Al balançar a cabeça, dá para ver que sua determinação foi abalada. A vermelhidão intensa baixou, mas ela ainda respira com dificuldade.

— Eu levo a sua — diz ela, tirando a pequena mochila das costas do guia. — A gente troca, mas só até eu recuperar o fôlego. Cinco minutos, dez, no máximo.

Quarenta e cinco minutos depois, Shankar tira a mochila de Al das costas e a coloca no chão como se fosse um travesseiro, e aponta para a construção no final de uma pequena trilha descendo à nossa esquerda.

— Chegamos.

Erguendo-se por cima do manto de nuvens que nos cerca, vemos três casas separadas, interligadas por caminhos cercados, a silhueta dos telhados de três níveis como os dos templos chineses desenhada contra a paisagem. As molduras das janelas são pintadas em tons de vermelho, ocre e turquesa; degraus de pedra conduzem até uma imensa porta de madeira na entrada da casa principal. Um muro alto cerca todo o terreno e um grande portão de madeira fecha o retiro para o restante do mundo. Bandeiras de oração tremulam ao vento e a brisa nos traz o som de risadas.

— Nossa — solto minha própria mochila, inclino o corpo para o lado para ela escorregar para o chão, me estico para trás e solto um gemido de alívio e satisfação ao alongar as costas e aproximar as escápulas uma da outra.

Daisy corre para perto de Leanne, segura o braço dela e apoia a cabeça em seu ombro.

— Ah, meu Deus, é ainda mais lindo do que no site.

Leanne sorri com o elogio, solta a mochila e passa um braço em torno de Daisy.

— Eu não falei? E todo mundo achando que eu ia trazer vocês para algum tipo de cabana.

— Na verdade — diz Al, subindo os últimos degraus —, achei que íamos ficar sentadas no meio de um arrozal, meditando por doze horas todos os dias, e depois seríamos obrigadas e engolir sanduíches de feijão-mungo.

— Os arrozais estão lá embaixo da montanha — diz Leanne, apontando. — Pode ir!

— Lá está o rio! — Daisy se afasta de Leanne e aponta com entusiasmo para a distância. Forço meus olhos através das árvores até conseguir distinguir uma coisa azul e brilhante. — Será possível que eu esteja ouvindo uma cachoeira?

— Provavelmente — Leanne pega a mochila de volta e a coloca nos ombros. — Vamos lá, eles estão nos esperando.

Daisy solta um grito e desce correndo atrás dela pela trilha. Espero Al nos alcançar. Ela tira a mochila de Shankar dos ombros e entrega a ele. Ele a coloca nos ombros sem qualquer esforço.

— Obrigada — ela estende a mão direita. — Eu não conseguiria chegar aqui sem a sua ajuda.

Shankar aperta a mão dela ao mesmo tempo que toca o próprio antebraço com a mão esquerda, em sinal de respeito.

— Sem problema, moça.

— Para você — Al tira uma nota de cem rúpias do bolso. — Por favor. — E enfia o dinheiro na mão dele.

Ele aceita o dinheiro com um sorriso e guarda a nota na pequena carteira de couro presa ao cinto, e então se vira para começar a voltar pela descida da montanha.

— Você não quer entrar? — pergunto. — O mínimo que podemos fazer é te oferecer um sanduíche e uma xícara de chai. Tenho certeza de que os proprietários não vão se importar.

O sorriso desaparece de seu rosto.

— Não, obrigado.

— Por favor, você não pode voltar tudo de novo sem descansar. Não está certo.

Ele olha hesitante para a esquerda, onde, ao final da trilha, está o retiro.

— Não. — Uma emoção que não consigo identificar atravessa seu rosto e logo desaparece.

— Mas...

As palavras somem quando Shankar se vira e, sem dizer mais nada, começa a descer a montanha.

— Emma, Al, vamos! — Gritam as meninas lá de baixo.

Um homem alto, com cabelos na altura dos ombros, vestindo bermuda camuflada e camiseta cinza de manga comprida, segura o portão aberto do lado delas.

— Olá! — grita o homem, acenando com a mão. — Eu me chamo Isaac.

Capítulo 10

Hoje

Sheila me mandou voltar para casa, sem perguntas. Ela me ouviu vomitando no banheiro e, imediatamente, me diagnosticou com um distúrbio gástrico. Nem me deu a oportunidade de protestar.

— Quando vi você mordiscando a ponta daquele sanduíche, achei que não estava bem. Você não deveria estar sem fome a essa hora. Vá para casa, Jane. Não queremos arriscar que você passe isso para mais gente, já estamos com falta de pessoal por aqui.

Acho que ela teria me levado de carro para casa se eu não tivesse dito que tinha vindo de bicicleta. Não faria o menor sentido me levar, já que eu estava a cinco minutos pedalando de casa, numa descida.

Isso foi há duas horas. Passei os últimos trinta minutos na frente do meu notebook. Achei que seria mais difícil encontrar Al. Achei que, cinco anos depois, seria impossível localizá-la, mas, diferentemente de mim, ela não mudou de nome. Tem até perfil no Facebook. Alexandra Gideon. Havia apenas três pessoas com esse nome na lista e duas delas morando nos Estados Unidos. Sua imagem de capa mostra o litoral de Brighton e a foto do perfil mostra um arco-íris, e essas são todas as informações de que disponho para prosseguir, mas sei que é ela. Ela sempre disse que queria sair de Londres e se mudar para Brighton.

Quatro anos já se passaram desde a nossa última conversa. Mantivemos contato por alguns meses depois que voltamos do Nepal, falando pelo telefone todos os dias, tentando entender o que tinha acontecido, mas, então, Al vendeu a história para a imprensa e tudo mudou. Não consegui entender o motivo para ela ter feito isso. Liguei para ela várias vezes, implorando para que me explicasse por que ela havia traído o nosso acordo, mas ela ignorou minhas ligações. Não sei se foi pelo dinheiro ou pela atenção, vai saber, mas foi o pior tipo de traição possível, especialmente depois de tudo pelo que passamos.

Aperto a tecla delete, o cursor dispara da direita para a esquerda e a mensagem que eu vinha tentando escrever há meia hora é engolida. Começo de novo:

Al, sou eu.

Não. Criei essa conta do Facebook como Jane Hughes, e ela não vai saber quem é.

Al, é a Emma. Sei que você provavelmente não quer falar comigo, mas eu preciso de ajuda.

Apago a última frase.

Al, é a Emma. Acho que a Daisy ainda está viva. Por favor, entre em contato comigo. Esse aqui é o meu celular...

Toco o botão na base do *trackpad*, pronta para clicar em enviar, mas mudo de ideia de novo. Será que ela já sabe? Quem quer que tenha escrito a mensagem no site de Green Fields talvez já tivesse falado com Al. Se eu a encontrei em questão de minutos, outra pessoa também poderia encontrar.

Pego meu celular e toco no nome do Will. Só cai na caixa postal. Seu tom é profissional e impessoal, mas o som de sua voz é reconfortante.

— Oi, Will, é a Jane. Pode ligar para mim quando sair da escola? Preciso falar com você, é importante.

Coloco o telefone sobre a mesa, ao lado do notebook. Olho para a tela, tamborilando sobre o botão na base do *trackpad* com o indicador direito.

Apagar ou enviar? Apagar ou enviar? Meu coração me diz que posso confiar em Al. Minha cabeça diz que não.

Clico em enviar.

No instante em que Will põe os olhos em mim, me agarra num abraço apertado.

— Me desculpa, querida. Achei que eu tivesse mencionado que era a noite dos pais hoje. — Ele se afasta, com as mãos nos meus ombros. — Você está bem? Parecia preocupada ao telefone.

— Sim... Eu...

Entrego uma garrafa de vinho a ele.

— Meu dia foi meio estranho e...

O som das vozes de duas pessoas conversando nos alcança e um casal de passeadores de cachorros passa por nós perto do jardim de Will, seus casacos com refletores brilhando com a luz da casa.

— Vamos conversar lá dentro?

— Claro! — Ele passa um braço pelos meus ombros e me conduz para dentro da casa.

O hall está aquecido e iluminado. Dezenas de fotos em preto e branco de Will e Chloe, e de Will com vários amigos e parentes, sorriem para mim na parede. Do outro lado, há uma imensa gravura falsa de Banksy, onde se vê um AT-AT grande, de *Guerra nas Estrelas*, dizendo a outro AT-AT menor: "I am your father" (Só sei o nome deles porque Will me disse).

— Preciso explicar por que fui tão idiota ontem à noite — digo, enquanto vou para a sala. — O motivo pelo qual te perguntei sobre a mentira foi...

— Oi, Jane! — Chloe acena para mim do sofá, onde está sentada de pernas cruzadas com um tear de fazer pulseiras numa mão e uma agulha de crochê na outra. Não tira os olhos da televisão no canto da sala, onde um filme da Disney toca uma música a todo volume.

— Oi! — Olho interrogativamente para Will. Em geral, no período escolar, a filha só fica com ele nos fins de semana.

— Ah, sim, a Chloe... O outro motivo por que demorei um pouco para te responder. Sara me ligou durante minha última reunião. Ela cortou o dedo na lâmina de um processador e precisou que eu pegasse Chloe para ela poder ir ao pronto-socorro. — Ele olha para o relógio sobre a lareira. Já passa das nove. — Concordamos que seria melhor Chloe passar a noite aqui. Sabe Deus quanto tempo ela vai ter que esperar para ser atendida!

Sara é a ex-mulher do Will. Estão separados, mas continuam amigos. Segundo Will, a relação foi ficando cada vez mais fraternal nos anos que se seguiram ao nascimento de Chloe, mas foi só depois de Sara admitir que havia começado a se interessar por um colega e Will sentir alívio em vez de ciúmes que resolveram a encarar a situação. Sara começou a se relacionar com o colega, mas o relacionamento se desfez quase tão rápido quanto começou.

— Aqui — ele me passa a garrafa de vinho tinto que eu trouxe —, que tal você ir abrindo o vinho na cozinha enquanto levo Chloe lá para cima? A gente vai poder conversar melhor depois que ela estiver na cama.

— Certo.

— Posso fazer uma pulseira para você, se você quiser, Jane! — diz Chloe, acenando com o tear para mim. Ela tem o mesmo sorriso largo do pai. — Quais são as suas cores favoritas? Ou então eu faço uma de arco-íris, se você quiser.

— Uma pulseira de arco-íris vai ficar linda.

— Também posso fazer coleiras para os animais de que você cuida. Ou você pode vender lá no abrigo e juntar dinheiro para...

— Cama! — diz Will, com um sorriso no rosto. — Você já conversou bastante com a Jane. Chega de desculpas, vamos lá para cima.

Chloe fica triste.

— Mas...

— Podemos conversar sobre suas ideias nesse fim de semana, Chloe. — Olho para Will, que concorda com a cabeça. — Na verdade, podemos conversar lá em Green Fields. Eu te levo para a visita guiada VIP.

— Sério!? — Chloe joga os colares para o lado e corre para mim. Ela me abraça pela cintura e enfia a cabeça na minha barriga.

Apoio a mão sobre a sua cabeça e sinto seu cabelo fino e delicado.

— Você é muito sortuda, sabia? — diz Will. — Não é todo mundo que eles deixam passear lá por Green Fields.

— Mas eu acho que não vai dar para você visitar os cachorros — digo. — Eles ficam chateados com as visitas de muitas pessoas desconhecidas.

— Tudo bem — Chloe olha para mim. — Eu só quero ver os gatos e os furões e os camundongos. E o papagaio de boca suja.

— O-o quê? — Will finge estar chocado, e Chloe solta um risinho.

— Vou fingir que não ouvi isso. Vamos lá, hora de escovar os dentes.

— Boa noite, Jane — Chloe abraça minha cintura de novo, sai correndo, passa pelo pai e sobe as escadas, de dois em dois degraus.

Will e eu trocamos sorrisos e ele encosta a mão no meu rosto.

— Obrigado. Ela ficou muito feliz.

Dou de ombros.

— Não foi nada.

— Mesmo assim...

Seu olhar se demora, a emoção por trás de seus olhos é profunda e intensa. No terceiro encontro, conversamos sobre nossas intenções de não nos envolvermos em nada "sério", e ainda não estamos oficialmente "juntos", mesmo com Will insistindo para que eu conhecesse Chloe, há três semanas. "Esbarramos" uma na outra quando estávamos dando comida para os patos no lago, no centro da cidade, e ele me apresentou como "minha amiga Jane". Ela aceitou a apresentação sem perguntas, mas arregalou bastante os olhos quando lhe contei qual era o meu trabalho. Desde então, ela fica em cima do pai para que nos encontremos sempre.

Sinto o peito apertado com a ansiedade. Não deveria ter dito a Chloe que a levaria para visitar o abrigo nesse fim de semana, não quando estou prestes a contar para Will que minto para ele desde o dia em que nos conhecemos. Deixei-me levar pela animação dela; esqueci que nada disso é real.

— Melhor eu ir abrir o vinho. — Toco sua mão de leve, desvio o olhar e me afasto. — Dê um beijo de boa-noite na Chloe por mim.

Ele se vira para a escada. Sobe os degraus de dois em dois, como a filha, e entra no banheiro do segundo andar.

A cozinha está mais fria do que o restante da casa. Os talentos culinários de Will são explicitados pelo suporte de temperos bem organizado à direita do fogão e pela prateleira repleta de livros de receitas com as folhas manchadas e onduladas. À esquerda do fogão, uma adega bem abastecida com uma variedade de tintos, brancos e rosés e duas garrafas tamanho *magnum* de champanhe, além de um farto suprimento de chocolates no armário em cima das canecas, presentes de pais de alunos agradecidos, sem dúvida.

Procuro o abridor na gaveta de talheres e tiro a rolha da garrafa de vinho tinto. Não espero o vinho respirar. Em vez disso, pego a maior taça que achei entre os muitos guardados no armário, encho pela metade e bebo quase tudo. Volto a completá-la e sirvo outra para Will.

Ouvindo o barulho de passos no teto em cima da minha cabeça, atravesso o hall e volto para a sala. Desligo a televisão, ajeito as pulseiras espalhadas por cores nos respectivos compartimentos, e, sem nada mais para fazer, eu me sento no sofá e pego o iPad do Will.

Passo o dedo da esquerda para a direita para desbloquear a tela, ele comprou esse iPad há poucas semanas e ainda não resolveu colocar uma senha. Enviei a mensagem para Al às sete horas. Será que ela leu? Se ela for viciada no Facebook como a metade das garotas do trabalho, vai ter lido no instante em que o celular apitou com uma notificação de nova mensagem. Talvez já tenha até respondido.

O som das risadas agudas de Will e Chloe chega pela escada enquanto faço meu login no Facebook.

O ícone de mensagens no alto da tela ainda está azul. Nenhuma mensagem da Al. Ela ainda nem leu a minha. Estou quase deslogando quando percebo outra guia aberta no navegador. Will estava lendo um tabloide on-line, um que ele já criticou várias vezes. Clico em cima.

Só a manchete toma um terço da página.

Humilhada, abandonada e traída.
Inglesa escapa de culto mortal
que lhe tirou duas amigas e
quase perde a própria vida.

Alexandra (Al) Gideon, 25 anos, de Londres, fala com exclusividade a Gilly McKensie sobre as férias de sonho que se transformaram num inferno quando ela e três amigas — Daisy Hamilton, 26, Leanne Cooper, 25, e Emma Woolfe, 25 — viajaram para o Nepal. Agora, Al revela toda a verdade sobre o que realmente aconteceu e o mistério por trás do desaparecimento de Daisy e Leanne...

Paro de ler. Já conheço o texto. É o artigo que Al vendeu, o motivo pelo qual não nos falamos há quatro anos.

Mas por que o Will está lendo isso? Não tem como ele me conectar a essa história. A não ser que...

Enfio a mão no bolso de trás, mas não encontro o bilhete. Ainda está na minha calça de trabalho, embolada numa pilha no chão do banheiro, onde a deixei antes de tomar banho, depois que cheguei do abrigo. Será que a mesma pessoa que me enviou a nota procurou Will para contar a ele que não sou quem ele pensa que eu sou? Isso pode explicar o motivo real para ele não ter respondido ao meu recado por umas duas horas — ele quis me investigar na internet primeiro.

Uma tábua do assoalho range em cima da minha cabeça.

E se foi ele quem enviou o bilhete?

Pego um dos livros de exercícios escolares de cima da mesa de centro e dou uma folheada. Em uma das páginas, há o desenho de uma planta, feito a lápis, com todas as partes identificadas pela letra irregular de uma criança — caule, estame, pétala etc. Debaixo do desenho, em esferográfica azul, está escrito:

Ótimo trabalho, muito bem!

A caligrafia é pequena e elegante.

O chão range de novo, mais alto dessa vez, e entro em pânico, pego a minha bolsa-carteiro, enfio o livro dentro dela e vou para o corredor.

— Desculpe, Will — grito para o alto da escada. — Tenho que ir. Houve uma emergência no trabalho.

— Espera aí, Jane — ele responde. — Já vou...

A porta fecha com um clique atrás de mim antes de ele terminar de falar.

Capítulo 11

Há cinco anos

— Peguem um pufe e fiquem à vontade — diz Isaac, apontando para uma sala escura e fresca. Sua voz soa profunda e ressonante, com um leve sotaque escocês. Ele passa a mão pelo queixo com a barba por fazer. — Deixem as mochilas onde quiserem. Vou só pegar um chá para vocês. Vocês devem estar exaustas depois da subida.

— Você não faz ideia — Daisy abre um sorriso antes de ele sair da sala. Ela tira a mochila das costas com um gemido. A bagagem cai no chão com uma batida surda. Al, Leanne e eu fazemos o mesmo, e despencamos em nossos pufes, que pegamos na pilha no canto da sala.

— Esta é a sala de meditação — diz Leanne, com reverência. — No site, eles dizem que meditam três vezes por dia. A primeira sessão é às cinco da manhã.

Al dá uma risada.

— Bem, então não vou passar muito tempo aqui.

Olho ao redor, observando tudo. O chão é de madeira polida escura, as paredes são de reboco grosso, pintadas de azul-turquesa vibrante e enfeitadas com bandeiras de oração e pequenas luzes decorativas. Há uma estante num lado da sala e um altar de madeira do outro, com um grande crânio de ouro ocupando o centro com imponência, um gongo de metal à sua direita e várias velas votivas sobre pratos dourados à esquerda. A fumaça de incenso gira pelo ar em colunas, saindo de dezenas de suportes espalhados diante do crânio dourado, em vasos de plantas e apoios de madeira por toda a sala, o perfume penetrante de jasmim deixa o ar pesado.

— Então, aqui estamos — diz Isaac alguns minutos depois, abaixando a cabeça ao passar pela porta e entrar com uma bandeja cheia de canecas de metal fumegantes.

Ele leva a bandeja para Leanne primeiro, agachando-se para lhe oferecer uma caneca. Ela se ajeita e o fixa com os olhos, e então morde o lábio inferior, como se tentasse esconder o sorriso. Al se vira para mim e me olha com incredulidade. Nos sete anos desde que conheço Leanne, ela nunca reagiu a um homem dessa maneira. Seu *modus operandi* normal diante da aproximação de um homem é de desconfiança, seguida de sarcasmo e deboche, disfarçados de piadas. Ela só tinha saído com dois caras durante todo esse tempo em que nos conhecemos: com o líder da Sociedade Socialista na faculdade durante seis meses, até se separarem por motivos desconhecidos; e, depois, com um holandês que conheceu na ioga, quando nos mudamos para Londres, mas terminaram após três meses, quando ele voltou para a Holanda. Al acha que ele partiu o coração dela, mas Leanne nunca falou com ninguém sobre como se sentiu, nem mesmo com Al. Diferentemente de nós, que sempre analisávamos os relacionamentos até o último fio de cabelo, Leanne se recusava a falar sobre sua vida privada. Se raspar a superfície, o resultado é mais superfície.

Isaac se endireita e leva a bandeja para Daisy, que joga o cabelo para trás e afasta os ombros, de modo que Isaac é recebido por um decote oferecido ao se abaixar. Ela não faz qualquer esforço para disfarçar sua atração por ele, por que faria? Quando Daisy se interessa por um homem, deixa isso bem claro e, com os longos cabelos louros, a cintura fina e os seios empinados, nove em cada dez vezes, consegue fisgá-lo. Diferentemente de nós, ela jamais foi dispensada e nunca teve o coração partido. Vai atrás de um homem até pegá-lo, mas jamais baixa as defesas, nunca se deixa derrubar por ninguém. Ela larga o cara e vai em frente se houver algum risco de isso acontecer. Não é preciso ser psicólogo para saber que isso tem a ver com o fato de ela ter sido abandonada pela mãe aos cinco anos.

Al cumprimenta Isaac com indiferença quando ele lhe oferece o chá. Ele diz alguma coisa que não consigo ouvir, ela dá uma risada e batem as mãos no alto num high five. Sinto um frio na barriga no momento em que ele se levanta e vem na minha direção. Não sei por que, mas homens atraentes me deixam insegura e desajeitada. Minha boca fica seca e preciso me esforçar para conseguir conversar.

— Oi, Emma... — Isaac se agacha na minha frente. Seus olhos são castanhos, calorosos, realçados por cílios e sobrancelhas escuros. Sorriem para mim quando ele me entrega o copo de chai. — Tudo bem?

— Sim. — Aperto os lábios. — Tudo bem.

— Legal. — Seu olhar desliza do meu rosto para minhas pernas. — Você levou um tombo na subida da montanha?

— Sim, como você...

— Sua calça está rasgada. — Ele passa um dedo suavemente pelo corte na minha calça de algodão empoeirada. Eu recuo, mesmo que a pele do joelho já não esteja mais sensível. — Desculpa, não quis te machucar. — E afasta a mão rapidamente. — Se ainda estiver doendo, a Sally tem um estojo de primeiros socorros na cozinha.

— Está tudo bem, de verdade.

— Certo. — Ele sorri calorosamente e se levanta. Então atravessa a sala, pega um pufe e o coloca diante de nós. — Então — diz, abrindo bem as mãos —, sejam bem-vindas a Ekanta Yatra. Sei que vocês deram uma olhada no nosso site, então serei breve, pois devem estar doidas para tomar um banho, dormir ou fazer qualquer outra coisa. Fundei Ekanta Yatra há três anos, com Isis, Cera e Johan. Vocês logo vão conhecê-los. Nós viajávamos separados e ficamos amigos quando nos encontramos na mesma hospedaria, em Pokhara. A gente estava procurando algum lugar para ser um retiro do mundo, e juntou o pouco dinheiro que tinha para comprar isso aqui. Era só uma cabana quando nós compramos.

— Está lindo agora — diz Leanne, e Isaac sorri para ela.

— Ainda bem, a gente trabalhou muito. Johan é o sueco grandalhão que vocês vão ver circulando por aí. É o encarregado da horta e dos animais, e de qualquer coisa externa, basicamente. Isis é a baixinha de cabelo grisalho. Ela tem formação em massoterapia e terapias holísticas, então é com ela que vocês vão se entender para as massagens faciais e as sessões de aromaterapia. Cera é a mulher alta e elegante que vocês vão ver por aí também. É ela quem faz este lugar funcionar, quem faz com que esteja tudo limpo e arrumado e que não falte nenhum ingrediente na cozinha. E eu sou Isaac. Conduzo a meditação, dou os seminários e... hum, preparo um chai razoável também.

Todo mundo ri.

— Isso é tudo, basicamente. O resto que vocês precisam saber está no pacote de boas-vindas, nas suas camas. — Ele então pega uma pequena lata verde no bolso de trás da calça. Abre a tampa e nos oferece o conteúdo, meia dúzia de cigarros enrolados. — Alguém aceita?

O sorriso de Leanne se desfaz.

— Mas nós estamos num pagode. Achei que fumar... bem, achei que era proibido.

— A gente medita aqui — responde Isaac, um cigarro pendurado no lábio inferior —, e pratica ioga no pátio lá fora, e esse tipo de coisa, mas aqui não é um retiro religioso. Somos uma comunidade de gente que quer criar uma vida própria fora da sociedade dominante.

Ele faz uma pausa e sopra a fumaça para o teto.

— Quando vocês olharem o pacote de boas-vindas, vão ver que temos horas certas para as refeições, meditações e seminários, mas o que vocês vão fazer é assunto de cada uma. Vocês podem se envolver tanto quanto quiserem, ou não se envolver com nada. Ekanta Yatra é um lugar para a gente fugir do estresse e do desgaste do dia a dia, e apenas *ser*. O mundo lá fora poderia aprender muita coisa com o nosso modo de vida aqui.

— Estou sempre disposta a aprender coisas novas — Daisy escorrega do pufe e engatinha na direção de Isaac, desviando-se de Al e Leanne como uma gata. Pega um cigarro da latinha de Isaac e olha para ele, esperando, o cigarro pendendo entre os lábios.

— Acho que você pode aprender muito. — Ele acende o cigarro dela, mas seus olhos estão em mim.

— Olá, meninas — diz uma voz atrás de nós, e Isaac desvia o olhar.

De pé, junto à porta, está uma mulher alta e esbelta, lábios pálidos, cabelos longos com *dreadlocks* cor de areia escura descendo do alto da cabeça. Ela caminha em nossa direção, atravessando a sala com leveza, de pés descalços, arrastando a saia estilo sári pelas tábuas corridas do piso, um colar de contas descendo até o umbigo à mostra. Seu sorriso é beatífico, os olhos, suaves e compassivos. Emana uma serenidade hipnótica.

— Olá — diz, o olhar benigno pousando sobre o rosto de cada uma de nós até ela parar ao lado de Isaac. Ela levanta o braço e agita o cabelo com a mão, depois olha para Daisy. Seu sorriso se abre. — Sou a Cera. Sou responsável pela casa, qualquer problema com o aquecimento solar dos chuveiros, ou se quiserem um lanche entre as refeições, qualquer coisa, é só falar comigo.

— Oi! — digo, levantando a mão. Al e Leanne fazem o mesmo.

— Vou mostrar onde vocês vão dormir daqui a pouco — continua —, e depois vamos fazer a visita guiada, mas, primeiro, preciso de seus passaportes, por favor.

— Eles acham que a gente vai fugir no meio da noite sem pagar — diz Al. Ela encontra meus olhos e sorri. Seis anos atrás, nós quatro fomos de carona de Newcastle para Edimburgo e ficamos num hotelzinho administrado pela mulher mais esnobe do planeta. O banheiro estava sujo, os lençóis, manchados, e as cortinas do quarto fediam a ovo podre, mas ela se recusou a nos colocar em outro quarto. A mulher só deu uma farejada, resmungou alguma coisa sobre "essa *porcaria de estudantes*" e saiu. Ficamos bebendo na rua até as quatro da manhã, voltamos para pegar nossa bagagem e fomos embora sem pagar. A ideia foi de Daisy, é claro, mas nenhuma de nós precisou de muito convencimento. Afinal, a gente nem chegou a dormir lá de verdade, não é?

— Vocês iam ter que passar por mim primeiro — diz Isaac, e pisca para Al. Ele então alonga os braços para cima e se levanta. — Vou deixá-las com você, Cera — diz, antes de ir para a saída, o cigarro ainda pendurado entre os dedos, e abre a porta. — Vejo vocês depois, meninas!

— Então, tchau, Isaac! — responde Daisy do lado de seu pufe abandonado. Se ela fosse um cachorro, estaria com o pelo eriçado. As próximas duas semanas certamente serão interessantes, pois Daisy não aceita rejeição nenhuma numa boa.

— Nossa! — Daisy olha pela porta para o chuveiro e depois para nós. — O site não estava mentindo quando disse que as instalações eram básicas. Tem uma pia de cozinha aqui dentro. Literalmente.

— Deixa eu ver. — Ela se afasta para me deixar dar uma olhada também. Ela está certa. São duas cabines com chuveiros, cada uma com uma porta rústica, duas privadas com as mesmas portas e, no fundo, uma pia de cozinha com um espelho redondo emoldurado com um mosaico colorido em cima.

— As privadas são de sentar ou de agachar no chão? — grita Al.

Entro no banheiro e abro a porta de uma das cabines das privadas.

— Privadas decentes.

— Bem, já é alguma coisa — Daisy revira os olhos e volta para o dormitório feminino. Ela para ao lado do colchão indicado para ela no canto do quarto e o cutuca com a ponta do chinelo. — Pelo menos a gente tinha camas de verdade no colégio interno. Deus sabe o que vai passar por cima de mim no meio da noite.

— Não seja assim — diz Leanne, sentada de pernas cruzadas no colchão ao lado, fechando o guia com um estalo.

— Isso aí, Daisy. — Al levanta os olhos do cigarro que está enrolando. — Todo mundo sabia que ia ser simples. Aqui é o Nepal, não o Hilton.

— Tudo bem que seja simples. Tudo bem dividir o quarto com vocês. Mas isso? — Ela aponta para as paredes rústicas cor de cereja e para a fileira de colchões alinhados nas laterais do quarto. — Parece um curral para depositar todas as mulheres juntas num quarto. Sabe Deus com quem a gente vai dormir aqui!

— Daisy... — Eu me aproximo para colocar o braço em seu ombro, mas mudo de ideia. A melhor maneira de lidar com ela quando entra nesse clima é ignorar. Ela praticamente não disse mais nada depois que Isaac saiu da sala de meditação, nada quando Cera mostrou a sala rústica de jantar, a cozinha básica, o pátio de ioga, o pomar, a horta, o cercado de cabras, o galinheiro ou as cabanas de massagem, e foi a única que não soltou gritos animados quando fomos guiadas até o rio e a cachoeira. O único momento em que seu rosto expressou algum registro de interesse foi quando voltamos para a casa e Cera apontou para a direita, informando que era o corredor para o dormitório masculino. A expressão se desfez no momento em que viramos para a esquerda.

É impressionante, de fato. A gente viaja meio mundo para uma das mais incríveis cadeias de montanhas da Ásia e ela se irrita porque o Isaac não correspondeu aos seus avanços. Eu acharia graça, caso não fosse minha melhor amiga.

— Aposto que as outras mulheres roncam — diz Daisy. — E fedem.

— Bom, então você vai estar em boa companhia — diz Al. — Não consegui dormir com vocês peidando e roncando ontem à noite.

— Não fode, Al — responde Daisy, mas o canto de sua boca sugere um sorriso. Ela tira o saco de dormir de dentro da bolsa, abre sobre o colchão e começa a mexer na mochila. — Quem quer vodca com limão? Acho que merecemos.

Todo mundo levanta a mão.

— Vocês viram isso? — Leanne acena com o pacote de boas-vindas. — São três sessões de ioga por dia, logo depois da meditação. Acho que vou fazer duas por dia, uma pela manhã e outra à noite.

— Por que diabos você vai querer uma coisa dessas? — Al lambe a seda Rizla, enrola o cigarro e o enfia atrás da orelha. — A não ser que você queira adicionar *superflexível* ao anúncio.

— Que anúncio?

— Aquele que você cola nos telefones públicos de Londres.

— Ha, ha ha! Sério, ninguém está a fim de meditar ou de fazer ioga? — insiste Leanne.

— Não, obrigada — Al balança a cabeça. — Pretendo ficar largada e não fazer absolutamente nada por duas semanas.

— Daisy?

Daisy serve a vodca na tampa da garrafa e engole de um trago. Faz uma careta e olha para Leanne.

— Você disse alguma coisa?

— Perguntei se alguém vai querer experimentar um pouco de meditação ou de ioga.

— Talvez. — Ela dá de ombros. — Será que os homens fazem ioga? O Isaac? — E olha para mim. Não passa de uma fração de segundo, mas o suficiente para confirmar minha suspeita sobre seu mau humor.

Ela solta um grito quando um par de meias a acerta em cheio no meio dos olhos.

— Vocês são tão chatas! — Al joga outro par de meias nela, e, dessa vez, acerta a orelha esquerda. — Homens, homens, homens, homens, homens. Me dá um gole dessa vodca e depois vamos para o rio. Alguém a fim de tomar banho pelada?

Capítulo 12

— Me ajudem a lembrar. Por que a gente está fazendo isso mesmo? — pergunta Al enquanto mexe uma panela de dahl com tanta força que as lentilhas quentes e viscosas quase transbordam para o lado de fora.

— Porque alguém — Daisy fuzila Leanne com um olhar irônico — achou que seria bom colaborar com a comunidade. Às cinco da manhã!

Todo mundo ri, inclusive Leanne, e eu esfrego meus olhos com o antebraço. Ardem tanto que quase não consigo enxergar, por causa das lágrimas. Al e eu estamos cortando a cebola para o *curry*, e a montanha de legumes dentro do saco no chão não parece diminuir.

Três dias se passaram desde que chegamos a Ekanta Yatra. A maior parte do tempo, ficamos ao ar livre, lendo ou dormindo nas redes coloridas penduradas entre as ameixeiras e castanheiras do pomar, praticando ioga no pátio atrás da casa principal e nos desafiando para ver quem ficava mais tempo sob a cachoeira, rindo e gritando com a água gelada trovejando em nossas cabeças e congelando nossos corpos. Chega a ser chocante estar fazendo algum "trabalho" de verdade novamente.

— Isso tudo não pode ser só para o café da manhã — diz Al, suplicando com os olhos para Rajesh, o chef de cozinha, sentado num banquinho, descascando batatas. Ele está com as pernas abertas e os joelhos afastados, as cascas de batatas cobrem sua enorme barriga como confeitos granulados sobre um cupcake.

— Isso mesmo. Precisamos de muita comida para encher as barrigas de trinta pessoas.

Soltei a faca e limpei o rosto com a barra da camiseta. Sem ar-condicionado, uma janela tão podre que só abria uma fresta e o vapor abafado de *curry* enchendo o ambiente, aquilo ali parecia mais uma sauna. Raj já estava na cozinha quando Shona, uma das integrantes da comunidade, nos levou lá para dentro. Depois de nos dizer o que queria que fizéssemos, Raj se sentou no banquinho e começou a descascar as batatas. Essa foi a primeira vez que ele falou desde então, e o som de sua voz me faz relaxar, mas não muito. É um tanto desconfortável tentar conversar com alguém sentado em silêncio ao seu lado, observando tudo, mas sem dizer uma única palavra. Isso acontece muito por aqui, gente da comunidade circulando, carregando pacotes sabe Deus de quê de um quarto para outro, limpando, meditando em locais aleatórios, parando junto às portas. Raramente falam conosco, mas estão sempre observando, sempre ouvindo. Não consigo parar de sentir que estão esperando a gente fazer alguma coisa, mas não faço ideia do que possa ser.

— E você faz isso todos os dias? — pergunto. — Esse trabalho na cozinha?

— Claro, esse é o meu trabalho.

— Você não prefere ficar no jardim, cuidando da horta, tomando um ar fresco?

Raj solta uma batata descascada no balde aos seus pés e olha para mim, a faca quase solta na mão.

— É o que acabei de dizer, Emma. É o meu trabalho.

Uma gota de suor aparece no alto de sua testa e escorre até sumir no arco grosso e peludo de uma sobrancelha. As narinas se abrem, pulsando num ritmo silencioso, enquanto continua a me olhar fixamente.

— A gente pode ir pegar um pouco de água? — pergunta Daisy, quando já não aguento mais sustentar o olhar de Raj por nem um segundo a mais. — Estou com a garganta seca.

— Tem água na torneira — ele faz um gesto para a pia. Quando ele olha para outro lado, me sinto aliviada.

— Eca! — Daisy torce o nariz. — Você não tem nada que venha numa garrafa por aqui não?

— Não — Raj balança a cabeça. — Nossos suprimentos estão acabando. Duas pessoas da comunidade, Ruth e Gabe, foram reabastecer em Pokhara. Devem voltar logo — diz com um sorriso sutil no canto da boca que logo desaparece. — Supostamente.

De pé, do lado de fora de uma das cabanas, eu seguro um bocejo. Estávamos nos preparando para entrar nos sacos de dormir e apagar depois de encerrar as tarefas da cozinha quando Cera entrou silenciosamente no dormitório feminino para nos dizer que as cabanas haviam sido preparadas para nossas massagens de cortesia. Nenhuma de nós iria recusar uma oferta dessas, por mais cansadas que estivéssemos. Assim, Al, Daisy e eu nos arrastamos para fora e fomos para as cabanas. Leanne ficou para assistir a uma palestra de Isaac sobre desintoxicação da mente. Acho que a expressão de Al para descrever a decisão dela foi "cabeçuda da porra!".

— Oi, Emma... — Kane me cumprimenta quando abro a porta da cabana e dou um passo para dentro, mas não dá para ir muito além da porta. A cabana não tem mais do que uns dois metros de comprimento por um e meio de largura. Tudo branco — o chão, o teto, as paredes e os cobertores empilhados formando uma cama estreita no meio do quartinho. Até a vela queimando numa mesinha no canto, a única fonte de luz no lugar, também é branca. As únicas coisas que não são brancas são dois aros de metal aparafusados nos cantos da parede do lado oposto à porta. Parece que estou prestes a receber uma massagem onde antes amarravam os bodes.

Kane está de frente para mim, as pernas abertas, os braços cruzados sobre o peito largo, uma sombra cobrindo metade do rosto.

— Entre e feche a porta. Pode sentar — ele aponta para a pilha de cobertores.

Faço o que ele manda, mas não fecho a porta totalmente. O ar está carregado com o cheiro de incenso de jasmim. O perfume enfumaçado enche a minha garganta, o cheiro é tão adocicado que dá para sentir o gosto. Olho para Kane com insegurança enquanto ele se senta de pernas cruzadas diante de mim.

— Oi! Meu nome é Kane. — Ele estende a mão carnuda para eu apertar. Ele é pouca coisa mais alto do que eu e, provavelmente, poucos anos mais novo, mas, corpulento e com a cabeça raspada, sua presença domina todo o espaço.

— Emma.

Ele abre um enorme sorriso quando aperto sua mão. Seu rosto se transforma. As sobrancelhas pesadas sobem e covinhas profundas aparecem nos cantos de sua boca, e qualquer preocupação minha por ter de dividir um espaço tão pequeno com um homem totalmente estranho se dissipa.

— Você já fez reflexologia alguma vez, Emma? — pergunta.

Balanço a cabeça e ele me explica que todas as partes do corpo se conectam aos pés e que, se eu tiver um bloqueio em alguma área específica, ele será capaz de sentir.

— Já ajudei um monte de gente — prossegue. — Chegaram aqui com dor nas costas, doenças de pele, depressão, síndrome do intestino irritado Consegui ajudar todo mundo com o meu tratamento. De verdade. Olhe só isso... — Ele empurra um caderno pelo chão para mim. — Esses são os depoimentos das pessoas que eu já tratei. Dá uma olhada.

Vou folheando página por página e as palavras que mais chamam a minha atenção são "melhor", "transformado", "mágico", "curado". Já estou prestes a contar sobre meus ataques de pânico, mas ele levanta a mão.

— Não me diga o que está errado com você. Vou saber assim que tocar seus pés. Deita ali para mim, Emma, e tire os chinelos. Vou começar pela limpeza dos pés.

Fecho os olhos e tento relaxar enquanto Kane esfrega meus pés com algo que parece uma toalha molhada e fria, e depois começa a lambuzá-los com óleo. Fico aterrorizada e animada, ao mesmo tempo. Aterrorizada pela possibilidade de Kane sentir o motivo dos meus ataques de pânico, animada por esperar que talvez ele possa fazer alguma coisa que me traga alívio. Agora sim, foi *isso* que imaginei quando Leanne lançou a ideia de um retiro no Nepal: tratamentos holísticos, massagens e relaxamento. Nada de acordar cedo para descascar batata e ficar encarando um homem estranho.

— Você é uma boa pessoa. — Dou um pulo ao ouvir a voz de Kane e abro os olhos. Ele ainda está abaixado, de joelhos no fundo da cabana, apertando as solas dos meus pés. — Você se preocupa com os outros, mas se sente usada às vezes.

Tento responder, mas ele balança a cabeça.

— Não quero que você fale nada. Você carrega muita dor, mas não fala com ninguém sobre isso — continua, enquanto pressiona os dedos do meu pé. — Você sente como se merecesse a dor, mas está errada. Você precisa se perdoar pelo que fez, Emma.

Tenho vontade de dizer que ele está falando um monte de merda, que pegou a pessoa errada, mas não conseguiria falar nem que tentasse. Estou arrasada com o que ele acabou de dizer. Não sei como ele percebeu tanta coisa sobre mim, mas eu só consigo ficar respirando.

— Certo — diz, e sacode meu pé esquerdo e depois o direito, de um lado para outro. — Agora vamos ver o que está errado fisicamente. Me avisa quando doer alguma coisa. Não se preocupe se doer, significa apenas um congestionamento que precisa ser eliminado. Que tal aqui? — Uma lágrima solitária escorre pelo meu rosto quando ele aperta a sola do pé direito, mas a pressão não tem nada a ver com o motivo de eu estar chorando.

Balanço a cabeça para indicar que não.

— E aqui?

Ele desliza os dedos para a lateral do pé, mas não sinto dor e balanço a cabeça de novo.

— Que tal aqui? — Sinto ele bater no meu tornozelo.

— Não.

— Aqui?

— Não.

Kane inspira ruidosamente pelo nariz e a primeira coisa que me ocorre é que estou fazendo alguma coisa errada. Não estou respondendo como deveria. Por que nada dói?

— Aqui?

Solto um grito quando ele pressiona um ponto sensível sob o tornozelo. Falei cedo demais.

— Algum caso de diabetes na família?

Concordo com a cabeça, atônita.

— E aqui? — Me contorço enquanto ele pressiona a panturrilha com a mão. — Problemas com os pulmões?

Concordo novamente. Ele deve ter captado que sinto como se não pudesse respirar quando tenho um ataque de pânico.

— E aqui? — Seus dedos afundam na parte interna, macia e carnuda, do meu pé direito. — Problemas digestivos — diz, num tom de júbilo, e faço uma careta quando ele aperta o mesmo ponto novamente. — Diarreia. A comida passa direto por você.

— Hummm... Até que não.

— Tem certeza? Porque com certeza estou sentindo certa sensibilidade aqui.

— Bom, às vezes, eu acho.

— Alguma dificuldade para dormir? Você sofre de insônia.

Dou de ombros. Não quero dizer que não, ele estava indo tão bem.

— Dá para perceber isso — prossegue, enquanto amassa o ponto dolorido com os dedos. — Umas duas sessões por semana e você vai ficar novinha em folha. Agora, se você não se incomodar de ficar de calcinha, podemos começar a massagem. Tem uma toalha do seu lado direito. Deite de bruços e eu vou esticá-la por cima de você. Vou ficar de costas. Avise quando estiver pronta.

Ele se vira e fica de costas para mim, as mãos enfiadas no fundo dos bolsos da bermuda. Será que eu realmente quero suas mãos em mim? Receber uma massagem de uma mulher num salão de beleza, ou num spa, é uma coisa, mas deixar um homem qualquer te massagear? Kane pigarreia. Se eu quisesse, poderia juntar minha roupa e dar o fora da cabana. Voltaria para a casa antes mesmo de ele perceber a minha saída. Olho de volta para a porta, para a fresta de luz do sol iluminando minha cama de cobertores, tiro minha camiseta e o short de uma vez e me deito de barriga para baixo. Puxo a toalha sobre mim até ela cobrir minha calcinha.

— Pronta? — pergunta Kane.

— Pronta — respondo.

A massagem para, uma brisa fresca entra pela porta semiaberta e mexe no meu cabelo. Meus membros são pesos mortos e meus pensamentos estão confusos, dançando à beira do subconsciente enquanto resisto ao sono. Entreabro os lábios para perguntar a Kane se posso sair, mas estou tão cansada que não consigo abrir os olhos.

— Shhhh — Kane faz ao colocar as mãos de volta nos meus ombros. Ele pressiona meus músculos com a base das mãos e faz círculos lentos, deslizando as mãos pela minha pele coberta de óleo, depois pressiona os polegares nos pontos de tensão. Eles estalam e se acomodam enquanto meses de tensão são massageados. Solto um gemido de alívio.

Mentalmente, peço que trabalhe no pescoço, dolorido e rígido após quatro noites dormindo num colchão fino, mas as mãos permanecem nas costas, escorregando e deslizando sobre a pele, acariciando os ombros. Seu toque está mais leve agora, as pontas dos dedos mal tocando meu corpo, e sou atravessada por um arrepio. É um toque sensual, como se eu estivesse sendo acariciada em vez de estar recebendo uma massagem, mas não resisto, apenas espero que ele continue a trabalhar os nós de tensão dos meus músculos.

As mãos de Kane deslizam até a base da espinha e ele envolve meu quadril com os dedos, depois sobe pela cintura e levo um susto quando ele aperta a lateral dos meus seios e suas mãos se movem de volta para os ombros. De súbito, estou superatenta, o corpo formigando, antecipando para onde seus dedos irão em seguida.

— Shhh — suas mãos se movem pelos ombros e, quando os polegares esfregam os nós de tensão acima das escápulas, me forço a relaxar novamente. Foi um acidente. Ele não queria fazer isso. Estou sendo excessivamente sensível.

Suas mãos voltam para a lateral do meu corpo, parando ao chegarem na curva dos seios, e os dedos roçam os mamilos.

— Kane! — me viro de lado, uma mão cobrindo os seios, mas o homem que está me massageando não é Kane.

— Tudo bem, Emma? — Isaac senta de cócoras e sorri para mim.

— Não. — Pego as minhas roupas. — Não está nada bem. Cadê o Kane?

— Kane precisou sair. Você parecia tão relaxada que achei que não ia se incomodar se eu entrasse no lugar dele. Se incomoda?

Claro que me incomodo. Nunca recebi muitas massagens, mas até eu sei que qualquer massagista profissional não troca de lugar com outro sem avisar ao cliente, para não falar dos toques inapropriados. Eu deveria ter pedido uma mulher para fazer a massagem em mim; deveria ter confiado nos meus instintos.

— Tenho que ir.

O sorriso não deixa os lábios de Isaac enquanto me esgueiro sob ele e vou recuando em direção à porta com as roupas apertadas contra o peito.

— Eu... Eu preciso ir.

Alguém me agarra no instante em que bato a porta da cabana atrás de mim.

— Ouviu isso? — Al me segura pelo braço e aponta para a frente, ao longo do rio, na direção da terceira cabana da fila.

Ainda com as roupas apertadas contra o peito, seguro a mão dela e a puxo para longe, na direção do pomar, antes que ela diga qualquer outra coisa. Ela pareceu confusa, mas disposta a me acompanhar em minha corrida, o chão de terra machuca as solas dos meus pés descalços. Quando chegamos à nossa rede favorita, fico de costas para ela e visto o sutiã, a camiseta e os shorts, sem tirar os olhos da porta fechada da cabana número um.

— Daisy transando — diz Al, apontando para a terceira cabana quando me viro de volta para ela — com o Johan, aquele sueco de cabelo comprido, ouve só.

Tudo que consigo ouvir é o canto das cigarras e dos passarinhos, e a minha cabeça martelando nos ouvidos, mas, ao olhar para além do pomar, outro som chega até mim. Um homem grunhindo e uma mulher gritando e gemendo de prazer. Já ouvi esse som antes. Ouvi quando Daisy e Al, bêbadas, dormiram juntas no meu apartamento há sete anos (um acontecimento único sobre o qual nenhuma de nós jamais falou). Ouvi depois de desmaiar no sofá ao final de uma noite de bebida pesada, umas semanas atrás, e descobri Daisy no chão da sala com o homem que eu levara comigo.

— Al — digo —, tem uma coisa que preciso te contar sobre a minha massagem. Kane estava me massageando, só que... — Ela se vira para olhar para mim, os olhos cheios de lágrimas. — O que é isso? O que foi que houve, Al?

Ela esfrega a mão no rosto e sacode a cabeça, mas as lágrimas continuam rolando.

— Al — aperto seu braço. — O que é?

— O Kane... — Ela pigarreia e respira fundo. — O Kane te disse alguma coisa estranha? Ele falou alguma coisa sobre alguém que você perdeu?

— Alguém que eu perdi? O que você quer dizer?
— A Isis sabia sobre o Tommy, Emma. Ela falou o nome dele. — Ela se afasta, passa as mãos pelo cabelo e dá alguns passos em direção à casa, depois se vira. — Ela estava me aplicando reiki, com as mãos em concha sobre meu rosto, eu estava de olhos fechados e senti um cheiro morno e mentolado nas palmas da mão dela, e então ela falou o nome dele, "Tommy", simples assim. "Você perdeu seu irmão Tommy."

Tommy, o irmão de Al, morreu num acidente de moto quando tinha dezoito anos e ela, quinze. Foi no dia seguinte à saída dela da casa dos pais, depois que ela foi suspensa da escola por bater numa menina que estava espalhando o boato de que Al era uma "sapata suja" que ficava espiando as meninas do oitavo ano no vestiário. O pai se recusou solenemente a conversar sobre o assunto, enquanto a mãe reagiu com lágrimas e recriminações, culpando tudo pelo lesbianismo de Al, do ibuprofeno que ela tomara durante a gravidez de Al ao fato de que eles a haviam deixado brincar com os brinquedos do irmão. Al não conseguiu lidar com tudo aquilo, arrumou uma mala e pegou um ônibus para a cidade. Tommy achou o bilhete que ela deixou sobre a mesa da cozinha quando voltou do trabalho e foi atrás dela. Foi atingido por um carro em um cruzamento. Testemunhas oculares disseram que Tommy estava acima do limite de velocidade e que o motorista só o viu quando já era tarde demais.

— Sério, Emma. Ela sabia tudo sobre ele. Ela sabia sobre a moto. Sabia quantos anos a gente tinha. Sabia quais foram as últimas palavras dele e sobre mamãe e papai discutindo se ele iria querer doar os órgãos. Sabia tudo.

— Você contou sobre ele a alguém daqui? Talvez ela tenha ouvido você conversando com Leanne ou com a Daisy.

— Não. Nunca mencionei o Tommy. Nem mesmo uma única vez. E ninguém sabe quais foram as últimas palavras dele, a não ser eu, mamãe e papai, e vocês três.

— Alguém deve ter contado a ela.

— Quem? Nunca contei para mais ninguém, a não ser para você, Daisy e Leanne. A Isis disse que, se a gente se libertar de todos os nossos vínculos mundanos, um canal se abre dentro da gente através do qual nós podemos alcançar o mundo dos espíritos... e... Merda! — Ela segura a cabeça entre as mãos como se tentasse afastar aqueles pensamentos. — Ela disse que o Tommy estava ali, com a gente. E continuou a repetir suas últimas palavras para mim, sem parar. Não posso ficar aqui, Emma. Não foi para isso que eu vim. Não era o que eu queria. Isso aqui é um lugar fodido. Fodido da porra.

Abraço Al quando ela se joga em cima de mim, e fico segurando-a pelos ombros trêmulos enquanto soluça com a cabeça encaixada no meu pescoço. A porta da cabana ao lado da minha se abre e Isis sai, piscando, ofuscada pela luz do sol. Ela encontra meus olhos e sorri. Não sorrio de volta.

Capítulo 13

Hoje

Ainda estou olhando para o bilhete. Não é a letra de Will. A letra "a" tem um formato diferente em todo o texto da nota, com uma curva no alto, mais parecida com o "a" de um teclado do que um "o" fechado com um rabinho.

Bato no volante da van com a palma da mão aberta, frustrada. *É claro* que não é a letra de Will. Que motivo ele teria para tentar me assustar desse jeito? Todo mundo que o conhece, incluindo o diretor de sua escola e os membros do conselho, acham que ele é um bom homem. Ou ele enganou a todos nós e se trata de um sociopata de alto desempenho, ou é uma pessoa tão verdadeira e carinhosa quanto de fato parece ser.

Eu estava sendo ridícula por achar que ele seria responsável pela carta. Ridícula e paranoica. Estava mentindo para mim mesma quando disse que o passado não molda nosso futuro. Ou talvez estivesse apenas desejando que fosse assim. Nossas lembranças são as únicas coisas das quais não podemos fugir, as únicas coisas que não podemos alterar.

Tiro o celular do bolso e toco no teclado com o polegar. Preciso me desculpar com Will por sair correndo de lá enquanto ele colocava Chloe na cama ontem à noite. Tive uma reação exagerada quando vi que ele estava lendo o artigo da Al sobre Ekanta Yatra no iPad. Quaisquer que possam ser os motivos para ele estar lendo aquilo, é impossível que tenha alguma má intenção. Precisamos conversar. *Eu* preciso conversar. Digito o texto com cuidado.

Will, me desculpe pela noite passada. O alarme disparou no trabalho e fiquei com medo de que alguém tivesse entrado lá para pegar um cachorro de volta.

Apago a última frase. Preciso parar de mentir.

Will, me desculpe pela noite passada. Preciso conversar contigo. Podemos ir beber alguma coisa hoje à noite no The George? 20h, pode ser? Bj.

Pressiono "Enviar" e percorro meus contatos até parar em "Celular mamãe". Já se passaram três meses desde que nos falamos pela última vez. Ela insistiu, como vinha fazendo dede que voltei do Nepal, para que eu voltasse a morar com ela e "parasse com aquela bobagem de caridade e arranjasse um emprego decente". Ah, e que consultasse um psicólogo. Já repeti inúmeras vezes para ela que estou bem, que estou fazendo o que sempre quis fazer de verdade e que me sinto mais feliz do que nunca, mas ela não me ouve. Na opinião dela, preciso voltar para casa para lidar com o meu "trauma não resolvido". Não sei de onde tirou essa frase, provavelmente leu num jornal.

Não sei por que fiquei esperando que ela estivesse diferente depois da minha volta do Nepal. Talvez porque eu tenha mudado, achei que ela também teria se transformado.

Enfio o celular de volta no bolso e abro a porta da van. Sheila enviou uma mensagem hoje de manhã perguntando se eu não me incomodaria de fazer uma coleta, já que a dona do animal morava a uns poucos quilômetros da minha casa. Normalmente, são os inspetores da Green Fields que fazem as coletas, mas, nesse caso, era apenas um casal de coelhos de uma aposentada que não tinha como ir deixá-los no abrigo. Tratava-se apenas de passar lá para pegar os bichinhos.

Joan Wilkinson me recebe na porta com um coelho debaixo de cada braço e os olhos cheios de lágrimas. É tão magra que dá para ver o contorno de suas clavículas através do roupão florido. Tem os olhos e as maçãs do rosto encovados, a boca marcada por rugas e os cabelos ralos e grisalhos presos com um grampo cor-de-rosa brilhante da Hello Kitty. Deve ter pelo menos uns setenta anos.

— Você é do abrigo Green Fields? — pergunta, olhando para a logomarca na minha camisa polo e depois para a caminhonete.

— Sim, sou a Jane. Me disseram que a senhora precisa de ajuda. Parece que os coelhos estão um pouco fora de controle, não é?

Joan aperta os coelhos um pouco mais. Um deles, cinza, reclama, esperneando junto à barriga dela com a pata esquerda.

— Eu dou conta, sabe? Não queria ligar para vocês, mas minha vizinha me obrigou. Ela disse que eles estavam entrando no jardim dela e que era só uma questão de tempo para o cachorro pegar um deles.

— Esses dois parecem bem. — Aponto para os coelhos em seu colo, para tranquilizá-la. — O pelo está bonito, os olhos estão brilhantes e vivos. Será que posso entrar para a gente conversar um pouquinho?

Ela me olha desconfiada, depois relaxa e abre a porta um pouco mais com o cotovelo.

— Você deu azar se quiser um chá, o leite acabou. Mas pode tomar água, se quiser.

— Não se preocupe — eu a tranquilizo com um sorriso —, tomei um chá antes de sair de casa.

O cheiro de amônia me atinge no momento em que coloco o pé dentro da casa. É como entrar numa gaiola de coelhos que não é limpa há anos. Da altura da cintura para cima, a sala parece normal: sobre a lareira, bibelôs de bailarinas de porcelana ao lado de fotos emolduradas e desbotadas de casamentos, piqueniques e de crianças brincando num jardim; uma pilha de revistas *Reader's Digest* espalhadas sobre uma mesinha ao lado de uma poltrona de veludo; e um pano rendado bege estendido no encosto de um sofá cor-de-rosa empoeirado. Tudo exatamente como se pode esperar da casa de uma senhora idosa. Porém, o piso conta uma história completamente diferente. O tapete bege está coberto de manchas de urina, serragem e bolinhas de fezes de coelho. Os coelhos estão espalhados por todos os lados, dez ou doze, pelo menos, pulando em meio a tiras de jornal rasgado, rolos de papel higiênico e verduras podres, roendo as folhas de uma dracena anêmica num canto da sala e espiando sob os móveis. O ar está tomado pelo cheiro de serragem, pelo e fezes.

Não se trata simplesmente de uma criação de uma "senhora aposentada sem condições de cuidar de um casal de coelhos"; é trabalho para um dos inspetores. Oficialmente, eu deveria ligar para a Sheila e dizer para ela providenciar uma inspeção, mas quero ter certeza de que nenhum dos animais está sob perigo imediato.

Procuro manter minha expressão neutra enquanto caminho com cuidado por entre os detritos e me sento na beira da poltrona. Joan caminha de leve ao meu lado, os dois coelhos ainda esperneando em seus braços. Ela está com os olhos arregalados, os lábios contraídos.

— Há muito tempo que a senhora tem seus coelhos, dona Joan?

— A vida toda. — Ela evita meus olhos, fitando um ponto qualquer à esquerda do meu rosto. — Ganhei um coelho quando fiz cinco anos e só pude ficar com ele por alguns meses.

— O que houve?

— Fomos para a Índia. Meu pai era missionário e minha mãe era enfermeira.

— Entendo, deve ter sido muito difícil.

— Foi, sim.

— E a senhora não teve nenhum bichinho lá na Índia?

Ela balança a cabeça.

— A mamãe disse que não seria justo com eles, pois teríamos que nos mudar de novo.

— Certo.

— Adotei esses dois depois que o meu Bob morreu. — Ela dá uma olhada na foto desbotada de casamento sobre a lareira. — Ele não deixava eu ter coelhos. Disse que o Spot ia pegar eles.

— Spot é o seu cachorro? — Não há sinal de cachorro na sala, nenhuma guia, cama ou tigela.

— Sim.

— Onde ele está?

— Fugiu.

Alguma coisa no jeito como olha de relance para a porta no outro lado da sala me deixa nervosa.

— A senhora reportou a fuga?

Ela encolhe os ombros.

— Talvez, não me lembro direito. Não foi culpa minha. Ele não queria ficar aqui depois que o Bob morreu.

— Faz quanto tempo que seu marido faleceu?

— Um ano e meio.

Seus olhos se enchem de lágrimas e é difícil não sentir pena dela. Os casos de crueldade podem parecer curtos e grossos quando aparecem na mídia, mas nem sempre são homens e mulheres malvados que abusam dos animais. Muitas vezes, envolvem pessoas sozinhas e desesperadas, com problemas mentais. Pegam os animais achando que serão boas companhias, mas descobrem que não conseguem lidar com eles. Se a pessoa mal consegue cuidar de si mesma, como poderá cuidar de um bicho também?

— Sinto muito pela sua perda. Deve ter sido muito triste. A senhora tem filhos ou parentes para lhe fazer companhia?

Ela balança a cabeça novamente.

— Meus pais morreram e meu irmão mora em Leeds. Sempre fomos só eu e o Bob. A gente não podia ter filhos.

— Sinto muito.

— Não precisa. — Ela olha novamente para o ponto à esquerda da minha cabeça. — Fomos muito felizes.

Aponto para a porta do outro lado da sala.

— A senhora se incomoda se eu der uma olhada?

— Por quê? — O olhar melancólico desaparece.

— Só para ter uma ideia de quantos coelhos a senhora tem.

— Dezesseis.

— Certo, mas eu gostaria de vê-los mesmo assim, se a senhora não se importar. Pode ser?

Dou um passo em direção à porta, mas Joan me segura pelo pulso com uma força surpreendente para uma mulher da sua idade e compleição física. Os dois coelhos escapam de seus braços e pulam em direção às cortinas.

— Você pode ir até a cozinha, mas na despensa, não.
— Por que não?
— Tem um problema com as moscas. Não quero que deixe que elas saiam e incomodem os coelhinhos.

Na cozinha, encontro mais três coelhos, um numa gaiola de arame e os outros dois no armário sob a pia. Há muito que aquele armário não tem mais porta, as dobradiças estão cobertas de ferrugem. A pia e o entorno estão cobertos de panelas, potes e pratos, jornais amassados, contas, bolsas plásticas e um monte de lixo. No canto da cozinha, há duas outras portas, ambas fechadas. Uma com painel de vidro dá para o lado de fora. A outra, que suponho ser a da despensa, está com a maçaneta pendurada.

Vou até lá, desviando dos sacos de lixo e da comida podre. Uma lâmpada pendurada num fio desencapado zumbe ameaçadoramente sobre a minha cabeça. Não é apenas a inspeção que Sheila precisa chamar, mas a assistência social também precisa ser acionada.

— Você já viu tudo o que precisava — diz, atrás de mim. — E eu gostaria que você fosse embora. Mudei de ideia sobre você levar meus coelhos.

Eu esperava por isso. Tive cuidado e procurei disfarçar minha reação, mas ela não é idiota. Sabe que não vou apenas levar um casal de coelhos e deixá-la em paz. Eu poderia simplesmente ir embora. Explicar o que iria acontecer a seguir, voltar para a caminhonete e ligar para o abrigo, mas não posso sair sem dar uma olhada na despensa. Se houver algum animal lá dentro e ele morrer porque eu não tomei uma atitude, jamais vou me perdoar.

— Eu gostaria de ver a despensa, por favor, Joan.
— Não. — Ela balança a cabeça violentamente. — Não!
— Por favor, eu só quero te ajudar.
— Não preciso da sua ajuda.
— Acho que precisa, sim.

Seguro a maçaneta e duas coisas acontecem ao mesmo tempo. No momento em que entro na despensa, um enxame de moscas cobre o meu rosto como uma nuvem escura zumbindo e a porta bate atrás de mim. Cubro o rosto com as mãos, com as moscas zumbindo ao meu redor, pousando nos meus braços, nas mãos, no cabelo, no pescoço. O ar pesa com o cheiro da morte. Tenho ânsias de vômito e cubro a boca com a dobra do cotovelo. Não tem nenhuma janela e a escuridão é total a não ser pela pequena área iluminadas sob a porta. Levo um tempo para me acostumar, mas então eu vejo, deitado junto aos meus pés, coberto de larvas: o corpo em decomposição de um cachorro.

Tento pegar a maçaneta, mas ela não está lá, deve estar perto dos restos mortais do cachorro. Deve ter caído no chão quando a porta bateu. Tento abrir golpeando-a com os ombros e depois chuto com toda a minha força.

— Dona Joan! — Bato na porta com um punho, o rosto ainda coberto com o braço. As moscas estão nos meus ouvidos, no cabelo, entrando por dentro da camisa polo. — Senhora Joan! — Bato de novo. — Joan, você tem que pegar a maçaneta do seu lado e enfiar a haste de volta no buraco para eu poder encaixar a maçaneta aqui do meu lado. Joan? Você está aí?

Paro de bater e escuto, mas não ouço nada além do zumbido das moscas.

Meu peito é invadido pelo pânico e me jogo com todo o peso do corpo contra a porta.

Estou prestes a gritar pelo nome de Joan novamente quando sinto o bolso de trás da calça vibrar.

— Sheila! — Aperto o celular no ouvido. — Estou na rua Allison, vinte e sete. Estou presa. Ela me trancou aqui dentro! Ela vai me atacar, Sheila! Por favor, por favor, me tire daqui!

Capítulo 14

Há cinco anos

— Vocês três têm que ir à palestra do Isaac — Daisy se apoia contra a parede, com uma mão na cintura. — O Johan pode estar lá e não quero estar sozinha.

Al sorri.

— E aí? A gente fica lá sentada feito postes enquanto você provoca ciúmes no Isaac, dando em cima do Johan? Que merda, Daisy, dá para ler você como um livro.

— *Eu* vou à palestra do Isaac.

— Claro que você vai — Daisy revira os olhos para Leanne, que veste um sarongue roxo e um top cinza, com um colar de contas multicolorido até a cintura. Está parecendo uma versão menor e mais magra de Cera.

— E — ela olha para Al e para mim — vocês duas também.

Estamos as quatro reunidas nos chuveiros, nos fundos do dormitório feminino. São 6h55 e a palestra de Isaac começa em cinco minutos. A não ser por Leanne, que assistiu a todas as palestras desde que chegamos até agora, tivemos sucesso em nossos esforços para escapar delas. Com títulos do tipo "Libertando sua mente intoxicada", "Alcançando a realização, rompendo vínculos negativos" e "Fortalecendo a saúde pelo pensamento positivo", não são exatamente muito atrativas.

— Você pode reclamar de mim quanto quiser, Daisy — diz Al, decidida —, mas eu não vou. Não quero dar de cara com a Isis.

Daisy suspira.

— Ai, pelo amor de Deus, Al. Você não vai entrar nessa de novo, né? A Isis tem tanta mediunidade quanto minha mochila.

— Ela sabia de coisas sobre Tommy que eu só tinha contado a vocês.

— Então ela ouviu alguém comentar alguma coisa sobre ele. Leanne, tem certeza de que você nunca falou nada?

Leanne, que ficou mexendo no nó do sarongue com seus dedos finos pelos últimos dois minutos, levanta os olhos.

— Não, Daisy, eu juro. Eu não faria isso com a Al, é muito pessoal.

— Emma?

— Pelo amor de Deus, claro que não!

— Então talvez você tenha falado sem perceber, tipo, quando estava dormindo. Sinceramente, Al, se a Isis deixa você tão surtada assim, é só mandar ela parar de encher o saco, se ela começar a falar de novo. Você não é obrigada a ficar ouvindo essa baboseira de vodu se não quiser. Você conseguiu se safar ontem à noite, não foi?

— Só porque fui deitar cedo e fingi que estava dormindo quando ela chegou. Ela ficou me olhando o tempo todo no jantar. Teria vindo atrás de mim, se eu não tivesse saído de lá.

— E qual é a sua desculpa para não ir, Emma? Achei que você fosse a maior fã do Isaac.

Ela faz a pergunta em um tom casual, mas tem um toque de irritação na voz. Não contei a ninguém, deliberadamente, o que acontecera com Isaac durante a massagem no dia anterior. Al estava muito abalada após a sua experiência, Leanne não parou de falar sobre como Isaac era inspirador e incrível e, caso eu contasse para Daisy, ela iria atrás dele e pronto, seria o fim das férias. Por enquanto, vou fingir que não aconteceu nada e evitar ficar sozinha com ele.

— Só vou se todo mundo for — digo e olho para Al. — Ou fico com você, se você quiser...

— Al — Leanne me olha atravessado, depois segura o pulso de Al. — Por favor, vamos. Eu praticamente não te vi desde que a gente chegou aqui. — Ela aninha a cabeça no ombro de Al e olha para ela, implorando com os olhos. — Sinto sua falta. Eu converso com a Isis se ela aparecer para falar contigo. A gente se dá muito bem, ela me ouve.

Al olha para Leanne por um longo tempo e depois suspira ruidosamente pelo nariz.

— Tá legal, mas, se ela olhar para a minha cara, eu me mando daqui.

A sala de meditação está praticamente vazia. Somos eu, Al, Leanne, Daisy, as duas suecas que chegaram na véspera, um homem que reconheço mais ou menos da hora do café. Ele é pelo menos uns vinte anos mais velho do que o restante de nós. Acho que se chama Frank. Entrou na sala faz dez minutos e foi direto para a prateleira de livros lá no fundo, depois ficou sentado num canto, folheando um livro sobre a cultura maoísta. De vez em quando, ele levanta os olhos, sorri ou acena para mim com a cabeça. Na primeira vez, sorri de volta. Depois, ficou estranho e estou tendo o cuidado de evitar contato visual.

Al não falou nada desde que entramos na sala. Está sentada com as costas apoiadas no reboco grosseiro da parede turquesa, os joelhos dobrados junto ao peito, de olho na porta. Leanne está sentada ao lado dela, do lado oposto a Daisy, ouvindo a narrativa detalhada da maratona sexual com Johan na véspera. Daisy tenta sussurrar, mas fica tão excitada que todos na sala conseguem ouvir cada uma de suas palavras. As garotas suecas se cutucam e acham graça.

A porta se abre, Johan e Isis aparecem. Formam uma dupla improvável. Ele tem quase trinta anos, alto, um metro e oitenta pelo menos, magro e de ombros largos. Ela, por sua vez, é baixa e pequena, e um tanto mais velha, cabelos grisalhos curtos, calça de tecido cru e uma camiseta cinza sem mangas. Quando eles entram na sala, Daisy e Al afastam-se abruptamente. A reação das duas aos recém-chegados não poderia ser mais diferente. Al fecha-se ainda mais, abaixa a cabeça e esfrega a nuca com a mão. Daisy se endireita e abre os ombros, inclina a cabeça para o lado e sorri envergonhada para Johan, mas ele passa direto por ela e se acomoda ao lado de Frank. Eles conversam e, em seguida, Frank concorda com a cabeça, tira o passaporte do bolso de trás e o entrega. Johan guarda o documento no bolso e se levanta. Acena com a cabeça para Isis, que se senta à direita do altar, de frente para o gongo, e segue direto para a saída.

— Babaca — diz Daisy depois que Johan fecha a porta.

Ninguém diz mais nada e um silêncio desconfortável preenche o espaço pelos próximos minutos, até a porta se abrir novamente e Isaac aparecer. Sinto meu rosto esquentar e baixo o olhar para as mãos, entrecruzadas sobre as pernas, antes que ele possa fazer contato visual comigo. Quando levanto os olhos novamente, ele está estendido num pufe diante do altar, de frente para o grupo.

— Estou muito feliz por vocês todos estarem aqui, principalmente sabendo que algumas pessoas não estavam muito certas se queriam participar dessa sessão.

Olho para Al, mas ela está olhando para o chão.

— Ontem, conversamos sobre a desintoxicação da mente — ele tira a lata de fumo do bolso e começa a enrolar um cigarro, trabalhando a seda habilmente com seus dedos longos. — A sessão de hoje vai prosseguir com o tema, só que não vamos falar sobre apego, raiva ou ignorância. Vamos tratar da limpeza de danos emocionais.

Eu me ajeito no pufe. Al não é a única que se sente desconfortável em dividir segredos com pessoas estranhas.

— Eu fui fisicamente abusado na minha infância. Meu padrasto me espancava regularmente. Odiava o fato de minha mãe ter um filho de outro homem. Então, primeiro a engravidou, depois a colocou contra mim. Ela me entregou a um abrigo quando eu tinha oito anos.

Ele para de falar e a frase fica pairando no ar, à espera de uma resposta, mas ninguém diz nada. Eu olho para o chão e percorro um nó da madeira escura com o dedo.

— Isso fodeu com a minha cabeça por muito tempo — continua Isaac —, muito tempo mesmo, e, sem ter a menor ideia disso, eu fodi com a cabeça de outras pessoas também, devido ao que aconteceu comigo.

Ele acende o isqueiro e o cheiro de tabaco queimando toma conta do ar.

— À medida que crescia, fui me tornando a quintessência da babaquice. Adorava a caçada, mas, no momento em que a mulher começava a se importar comigo ou fazer algum tipo de pressão para que eu me comprometesse emocionalmente, eu caía fora. Às vezes, elas se recusavam a me deixar partir e, então, eu me tornava cruel. — Ele faz uma pausa e olha para Isis, que concorda conscienciosamente. — Não queria que ninguém se importasse comigo. Não precisava de seus cuidados, salvação ou de amor. Foda-se aquela porra toda!

Isaac joga a cabeça para trás e solta a fumaça do cigarro, soprando-a longamente em direção ao teto. Depois, endireita-se levemente, apoiado no cóccix, e olha para nós.

— Eu achava que estava me protegendo ao não deixar que ninguém se aproximasse. Achava que estava impedindo que me machucassem, mas só estava piorando as coisas. Estava fodendo com a minha vida — Ele dá de ombros. — E aí conheci essa turma — Olha novamente para Isis — durante uma viagem e comecei a sacar algumas coisas. Fui para a Índia, estudei com iogues, aprendi a deixar as coisas para lá.

De repente, me dou conta de que as palavras dele estão tendo algum efeito sobre Daisy. Seus olhos estão fixos no rosto dele, mas as mãos se agitam no colo, os dedos repuxam a barra da saia. Sei que está pensando sobre a mãe e a irmã. Isaac não foi o único a ter uma infância de merda.

— Como? — pergunta ela, com um tom de voz anormalmente alto e estressado. — Como você deixou para lá?

Isaac sorri.

— Você quer uma solução fácil, não é, Daisy? Quer que eu diga para você "entoe essa meditação", "faça essa massagem", "visite esse templo", e aí toda a merda vai embora.

— Não — responde ela, com uma careta; parece estranha, constrangida. — Não quero que você faça coisa alguma a não ser responder à minha pergunta.

— *Touché*! — Ele ri e a atmosfera na sala fica mais leve. — Certo, vou te contar o que fiz. Eu me abri e comecei a falar. Sobre tudo, com qualquer pessoa que ouvisse, todos os detalhes mais sórdidos. Cada um dos segredos mais sujos que eu guardava comigo havia vinte e quatro anos. Eu achava que guardar tudo comigo, bloquear e fingir que nunca tinha acontecido, tudo isso me fazia mais forte do que os abusos que meu padrasto me infligiu, mas não era bem assim. Eu era um escravo daquilo. Carregava tudo comigo, por toda a parte, como um macaco pendurado no meu ombro, e isso afetava tudo o que eu fazia, tudo o que eu dizia e todo mundo que eu encontrava.

Então eu pus a merda toda para fora, tudo, e depois disso já não tinha mais forças para ferir a mim mesmo.

— Então, agora é assim? Você não trata mais as mulheres como lixo? — A vulnerabilidade tinha desaparecido da voz de Daisy e seu tom confiante e mordaz de sempre estava de volta.

Isaac a olha intensamente, contraindo os olhos por trás da fumaça do cigarro que escapa dos seus lábios.

— Eu não trato ninguém como lixo agora.

Daisy não desvia o olhar, e os dois continuam a se encarar por uma, duas, três, quatro batidas do meu coração. A sala está em silêncio e ninguém se mexe, mas há um frisson no ar, um fio invisível conectando Isaac e Daisy.

— E você, Daisy? — Isaac rompe o silêncio fazendo a pergunta em voz baixa, e todo mundo muda de posição. — Qual é essa bagagem tão pesada que você carrega?

Daisy empalidece e uma linha fina de suor se forma sobre seu lábio superior.

— Eu... — A palavra escapa de sua boca, que volta a se fechar logo em seguida. Ela olha em volta como tivesse acabado de acordar, ainda se dando conta do lugar onde estava. Encontra os olhos de Al e sorri. Al está alerta, tensa sobre as pernas, o corpo voltado para a porta como se estivesse prestes a disparar para fora da sala. — Acho que alguma outra pessoa pode falar primeiro. — Ela olha para mim e ri. — Emma?

Balanço a cabeça. Quaisquer segredos que eu possa ter serão mantidos.

O restante do grupo permanece em silêncio. As duas meninas suecas estão sentadas tão juntas que parecem unidas pelo braço. Frank, o homem mais velho, olha para fora da janela, sem piscar.

— Eu vou primeiro — Leanne se oferece. Está sentada com as pernas cruzadas, o sarongue espalhado pelo chão ao seu redor.

— Obrigado, Leanne — Isaac a cumprimenta com um gesto de cabeça e ela logo se anima, iluminando-se como um farol.

— Na última vez que estive com a minha mãe — começa Leanne —, ela me disse que Deus devia odiá-la. Quando lhe perguntei o que queria dizer com isso, ela respondeu: — Bom, o aborto não funcionou e eu tive que ficar com você pendurada em mim, não foi?

Uma das suecas louras se engasga e eu fecho os olhos. A sala oscila e me sinto enjoada. Não posso ouvir Leanne falar de abortos, não depois do que aconteceu comigo.

Sinto algo mexer no meu joelho e me esforço para manter a calma. É apenas a mão de Daisy. Concentro-me nela, no calor da minha pele sob a palma de sua mão, e imagino o som de sua voz.

Você está numa linda praia no Caribe, deitada sobre uma toalha na areia morna. Sinta a areia com os dedos das mãos e dos pés, Emma. Sinta como se aquecem. Sinta o sol no rosto.

Daisy era a única pessoa que conseguia me acalmar em meus ataques de pânico na faculdade, a única em quem eu confiava e que deixava me ver naquele estado. Ela acariciava meu braço e falava comigo, evocando meu passeio ideal, levando-me a vivenciá-lo em minha mente. Não me fazia fechar os olhos e me concentrar na respiração, mas levava minha cabeça para algum outro lugar, rompia o ciclo da hiperventilação, da taquicardia e dos pensamentos do tipo "eu vou morrer" e minha ansiedade ia se dissipando gradualmente.

— Minha mãe estava bêbada quando disse isso sobre o aborto — prossegue Leanne, e eu volto a abrir os olhos. — Estava sempre bêbada. Meu pai morreu num acidente de carro quando eu tinha quinze anos e mamãe nunca mais parou de beber depois disso. Dizia que ele tinha sido o amor de sua vida, mas isso não a impedia de ficar levando outros homens lá do pub. Perdi a conta de quantos foram.

Ela para de falar e olha para o chão. Está absolutamente imóvel, perdida em pensamentos. Isaac levanta sem fazer barulho, atravessa a sala e se senta de frente para ela, de pernas cruzadas. Não fala nada por alguns segundos. Daisy e eu nos entreolhamos.

— Olhe para mim, Leanne — diz ele, com uma voz tão baixa que mal consigo distinguir as palavras.

Leanne levanta a cabeça, lentamente. Isaac se inclina para frente e olha no fundo dos olhos dela, com uma expressão tão carinhosa, tão preocupada, que ela imediatamente se desfaz em lágrimas.

— Algum dos namorados de sua mãe machucou você, Leanne? — sussurra ele.

Ela balança a cabeça.

— Quem invadia seu quarto quando sua mãe estava desmaiada no sofá, Leanne?

Ela abaixa a cabeça, mas Isaac segura seu rosto imediatamente e a obriga a olhar para ele.

— Quem te feriu?

Ela tenta sacudir a cabeça, mas Isaac segura seu queixo com mais firmeza.

— Quem? — pergunta mais alto, num tom ainda mais urgente. — Quem foi que feriu você, e o que fizeram? — Ele abaixa a alça de um dos ombros do top cinza de Leanne, revelando a palidez de sua pele, que deixa os ossos visíveis. — Quem foi que fez você se odiar tanto a ponto de parar de comer? Quem fez você achar que passar fome era a única maneira de se sentir no controle da situação? — A voz dele agora está tão alta que chega a ecoar pelas paredes e ocupar toda a sala. O cheiro dos palitos de incenso, espalhados por toda parte, enfiados em velas, vasos de plantas ou em suportes de madeira, é intoxicante. O ar está denso, com cheiro de jasmim e carregado de emoção. As paredes rústicas parecem se fechar, reduzindo o espaço, forçando as oito pessoas para cada vez mais perto umas das outras. Quero me levantar, escancarar uma janela e deixar o ar entrar na sala, mas estou aferrada ao meu pufe. — Quem estuprou você, Leanne? Diga o nome dele. Diga em voz alta. Diga e se liberte do poder que ele tem sobre você.

Alguém engasga e, por um instante, acho que fui eu mesma, mas então vejo Al se mexer e levantar. Isis também se ergue e tenta segurá-la, mas Al a empurra para longe.

— Foda-se toda esta merda! — grita e corre para a porta. — Isso é doentio, doentio demais.

Sinto a mão de Daisy apertar meu joelho e a seguro instintivamente. Ela está de olhos arregalados e atônita, e, pela primeira vez desde que a conheço, parece fora de si.

— Fique aqui — digo —, cuide da Leanne que eu vou atrás da Al.

Daisy não responde; ainda está olhando para a porta aberta. Al está se debatendo pelo corredor, arrancando as fotografias das paredes e rasgando as toalhas de mesa. Vidro e porcelana explodem por toda parte quando ela atira os vasos, ornamentos e castiçais no chão.

Capítulo 15

Enrolei Al num cobertor e enfiei um par extra de meias em seus pés, mas ela não para de tremer. Em desespero, puxo-a para mim e a envolvo nos meus braços como num casulo.

— Shhh — sussurro, mesmo ela não tendo dito uma única palavra desde que fugiu da sala de meditação e correu para o dormitório feminino. — Shhhh, Al, está tudo bem.

Ela aperta a cabeça na curva do meu pescoço e treme violentamente. Após alguns segundos, ela se afasta de mim, os olhos faiscando de raiva.

— Você viu aquilo? Viu o que aquele babaca estava fazendo com a Leanne? Ele a estava forçando a... Estava tentando que ela dissesse...

— Eu sei.

— Temos que voltar para lá. — Ela joga o cobertor para longe e se levanta. — Ele está fodendo com a cabeça dela.

— Está tudo bem. — Seguro sua mão com força. — A Daisy está com ela.

— E? Ela não vai fazer nada. — Ela torce o punho para se soltar da minha mão. — O Isaac está fazendo todas vocês de idiotas. É vergonhoso o jeito como vocês três ficam babando a cada palavra que ele diz.

— Isso não é verdade. — Fico chocada e incrédula.

— Ah, não?

— Não.

— E *você* sabia que um dos namorados da mãe da Leanne a tinha estuprado?

Balanço a cabeça.

— Não, nem eu, e, supostamente, eu sou a melhor amiga dela. Por que ela contaria isso para ele e não contaria para mim? Que porra é essa de ficar todo mundo escondendo as coisas de mim? Como se já não bastasse a Simone ter mentido para mim na minha cara e ficar transando com outra pelas minhas costas, agora descubro que minha melhor amiga não pode se abrir comigo sobre uma das coisas mais horríveis que podem acontecer com uma pessoa, mas cospe a história toda para aquele merda, que é um completo estranho. Como será que eu devo me sentir?

— Ninguém está guardando segredos de você, Al. Bem, sim, Simone fez isso, mas aquilo foi outra coisa. E você sabe como a Leanne é. Ela está envolvida com essa palhaçada hippie, que é bem intensa por aqui. Isaac forçou muito a barra para que ela falasse de sua infância.

Al fixa o olhar em mim e, por um segundo, tenho a impressão de que ela vai me bater. Em vez disso, vira-se para o lado e dá um murro na parede cor de cereja atrás da gente. A parede estala quando os nós de seus dedos fazem contato com a madeira e ela fica de joelhos, contraindo-se de dor.

— Deixa eu ver isso. — Tento pegar sua mão direita, mas ela se afasta, com a mão fechada junto ao peito.

— Você não é a única irritada com o Isaac — digo.

— Você está falando da boca para fora.

— Estou? Kane e Isaac trocaram de lugar durante a minha massagem sem me falar nada e o Isaac me apalpou.

Sua boca se abre.

— Você está brincando?

— Não estou, não.

— O que ele fez?

— Mexeu no meu peito.

— Te agarrou? Porra, Emma! — Ela fica de pé imediatamente. — Isso é abuso sexual.

— Ele não me agarrou, ele... — Sinto a garganta esquentar. — ... roçou num dos meus mamilos quando passava a mão pelo lado do meu corpo.

— Apertou? — Ela faz o movimento com a mão esquerda. — Deliberadamente?

— Bem, não. Não foi com força, foi... Não sei... Provavelmente foi sem querer.

— Você não estaria falando isso se acreditasse que foi sem querer.

— Eu... — Balanço a cabeça. — Sei lá.

— Contou isso para a Daisy?

— Não. Achei que ela fosse surtar com ele.

— E é o que ela teria que fazer, mesmo.

— Por favor, Al. — Faço um gesto para ela se sentar no colchão. Com o humor que ela está, iria invadir o escritório do Isaac e partir para cima dele. — Podemos deixar pra lá? Não quero estragar nossas férias criando uma confusão com algo que pode ter sido acidental. Sinceramente, se eu estivesse com medo de Isaac, você acha que eu ficaria sentada na mesma sala que ele?

— Tem certeza? — Ela olha atentamente para mim, mas se senta.

— Tenho. Será que a gente pode esquecer o que eu disse? E, por favor, não conta isso nem para a Leanne nem para a Daisy.

Ela fica pensativa.

— Você sabe que a Daisy transou com o Johan porque estava puta com o Isaac, né? E acho que está meio puta contigo também, por ter dado em cima dele no encontro de boas-vindas.

— Eu não dei em cima dele.

— Não é o que ela acha.

— Ah, pelo amor de Deus! — Eu sabia que esse era o motivo para a Daisy estar estranha comigo. Pego uma de suas camisetas jogadas por ali, dobro e coloco junto da mochila dela. — Se tem alguém que deveria estar puta, sou eu. Ela estava tentando me dizer na outra noite que o cara com quem eu fiquei antes de a gente sair de Londres tentou beijá-la no banheiro, lá no Love Lies. E, na verdade, foi exatamente o contrário. Quando eu saí do toalete, ele me chamou para ir ao bar e me disse: "Fica de olho nessa sua amiga. Ela ficou dando direto em cima de mim quando você saiu da pista. Foi constrangedor. Eu tive que mandar que ela parasse."

— E você acreditou nele?

— Acreditei. — Pego outra camiseta, dobro e coloco em cima da anterior. — E nem foi a primeira vez que isso aconteceu. Umas semanas antes, conhecemos dois caras no Heavenly e fomos para a casa de um deles. O cara que ficou com ela foi embora depois de beber uns drinques e eu apaguei no sofá. Quando acordei, ela estava rolando pelo chão com o cara que eu tinha beijado.

— Não! — Al parece chocada. — E você falou alguma coisa?

— Não, na hora, não. Eu fingi que tinha voltado a dormir, mas falei com ela no dia seguinte, no táxi para casa, e ela só ficou rindo e disse: "Você falou lá no bar que não estava querendo muito ficar com ele." Agiu como se não tivesse feito nada de errado.

— Parece que ela está competindo contigo.

— Eu sei. É esquisito e constrangedor, e eu preciso conversar com ela sobre isso, mas... — Um vulto passa pela porta aberta do dormitório.

— O que foi? — Al acompanha meu olhar.

— Tinha alguém ouvindo lá fora.

Ficamos em silêncio por alguns minutos enquanto olhamos para a porta. Nada acontece.

— Quem você acha que era? — pergunta Al.

— Não faço ideia. Espero que não seja a Daisy. Não vou aguentar outra discussão.

— Outra discussão?

— Não importa. — Pego uma pilha de colares da Daisy, largados e embolados em cima da mochila dela, e começo a desembaraçá-los. Esqueci que não tinha contado para a Al sobre a discussão com Daisy antes de ela pisar no lagarto. Al estava tendo uma noite tão boa, era a primeira vez em semanas que ela não falava de Simone. — Aliás, você sabe se o Johan teve uma sessão de mediunidade com a Daisy na massagem dela?

— O quê? De onde é que veio isso?

— Kane me falou umas coisas bem íntimas antes da massagem, mas ele não fingiu que era médium.

— O que você quer dizer com "fingiu"?

O tom seco de sua voz me faz olhar para cima.

— Você não acredita nisso, né? Que a Isis é uma médium de verdade?

Eu sei que tanto Daisy como Leanne negaram ter contado sobre Tommy para Isis, mas alguém contou.

— Acho isso muito cruel, te dar falsas esperanças de que o Tommy está por perto, cuidando de você e...

— Para. — Ela se levanta, desajeitada, protegendo a mão machucada junto ao peito. Seu rosto está lívido, sem cor alguma. — Não quero mais falar sobre isso.

— Desculpa, Al. — Estico a mão para ela. — Não queria... por favor... senta aqui. Deixa eu examinar a sua mão.

— Não. — Ela me repele e se afasta. — Me deixa em paz.

— Al, espera! — Saio correndo atrás dela no dormitório e atravesso a passarela de madeira até a construção principal, mas a ponta do meu chinelo fica presa em alguma coisa e caio no chão com uma batida surda. Se Al me ouviu cair, ela não deu meia-volta.

— Merda! — Sento com cuidado e levanto a perna da calça comprida. Meu joelho está sangrando.

— Você está bem? — Sinto uma mão no meu cotovelo. Mal reconheço a moça pequena, de cabelo escuro, junto de mim, com um esfregão e um balde encostados ao lado. O nome dela é Sally, uma das integrantes da comunidade de Ekanta Yatra.

— Parece pior do que realmente é. — Meu chinelo, com a tira de couro arrebentada, está caído a meio metro do meu pé. — Meu chinelo arrebentou.

Sally limpa as mãos no avental azul-claro, se abaixa e segura a batata da minha perna entre as mãos, puxando delicadamente para perto dela.

— Grite, se doer.

Ela gira minha perna no sentido horário e depois no anti-horário, movimenta meu calcanhar e pede que eu dobre e estique o joelho enquanto avalia se quebrei algum osso. Por fim, faz um sinal com a cabeça.

— Não quebrou nada, mas precisa de uma limpeza. Consegue andar? — Ela se levanta e me oferece o braço, levando o balde e o esfregão na outra mão. — Tem um estojo de primeiros socorros na cozinha. Você pode se apoiar em mim, se quiser.

Enquanto Sally me ajuda a atravessar a passarela e entrar no corredor para a cozinha, passamos por um homem e uma mulher de joelhos, limpando a devastação deixada por Al em sua fuga da palestra de Isaac. Vidro quebrado e cacos de porcelana tilintam ao serem varridos para dentro de seus baldes. Nenhum dos dois levanta os olhos quando passamos e entramos na cozinha.

— Aqui. — Sally puxa uma frágil cadeira de madeira de debaixo da pesada mesa da cozinha e eu me acomodo nela. Um filete de sangue escorre pela minha panturrilha até o meu pé.

Ela vai até a despensa e volta com um pequeno tubo de plástico, que apoia na mesa. Vasculha seu interior para pegar um chumaço de algodão e uma embalagem com a tampa incrustada de antisséptico.

— Já, já deve parar de arder — diz ela, enquanto limpa o sangue. — Quer alguma coisa para dor? Acho que temos paracetamol, se precisar. — De joelhos no chão de madeira da cozinha, ela levanta os olhos para mim. — Ou quer que eu pegue alguma coisa mais forte?

— Não, estou bem, de verdade. Não está doendo, mesmo.

Desvio os olhos de seu rosto gentil e sorridente para o balde de plástico vermelho e o esfregão velho cinza encostado à parede, e uma questão se forma em minha mente.

— Sally?

— Diga.

— Onde você estava quando me ouviu cair? Não tinha mais ninguém no dormitório.

— Eu estava nos chuveiros — diz ela, enquanto pega outro chumaço de algodão e vai até a pia. — Fazendo a limpeza.

Ela segura o algodão sob a torneira e a abre. Se ela estava nos chuveiros, então não estava fazendo uma limpeza muito vigorosa, ou nós a teríamos escutado. Dá para escutar qualquer coisa que aconteça lá dentro, cada gota, cada jato, a água indo por cada ralo. Tudo.

Então, se não estava limpando, estava ouvindo. Ela me ouviu contar para Al que Isaac me apalpou durante a massagem. Me ouviu chamar Isis de falsa médium. Ouviu cada palavra que nós dissemos.

— Emma, tudo bem? — Sally se apressa pela cozinha, o chumaço molhado de algodão estendido. Pontos pretos aparecem diante dos meus olhos e uma onda de náusea faz com que eu me dobre sobre os joelhos. — Emma? — Ela se abaixa diante de mim. — Emma, você está bem? Você está meio verde. Quer um copo de água?

— Me desculpe — digo, enquanto ela flutua em direção à pia e volta com um copo, que coloca em minhas mãos. Bebo toda a água de uma vez. — Sinto muito por você ter ouvido nossa conversa...

Ela está prestes a responder quando Rajesh, o chef, entra, de repente, na cozinha, o avental branco coberto de manchas vermelhas, laranja e marrom, e envolve Sally num grande abraço de urso, levantando-a do chão.

— Ah, Sally, minha linda!

Ela solta um grito de surpresa, e o rosto largo e moreno do cozinheiro se ilumina, deliciado, ao se voltar para ela. A expressão se transforma em horror ao me ver olhando para ele.

— O que *ela* está fazendo aqui? — Ele afasta Sally de si.

— Esta é a Emma. — Seu sorriso vacila. — Ela é uma das moças novas. Levou um tombo na passarela. Eu estava fazendo um curativo no joelho dela.

— Você tinha que ter me avisado que tinha companhia. Preciso conversar contigo. — Ele olha para trás, na direção do corredor. — Em particular.

— Ok — Sally engole ruidosamente. — O quê... onde?

— Ali. — Ele aponta para a despensa e depois olha para mim. — Eu fiz uma nova mistura de temperos. É experimental, preciso de uma segunda opinião.

Não acredito numa só palavra do que ele diz. O que está acontecendo?

— Você vai ficar bem agora, Emma. É só colocar isso em cima. — Sally me estende um curativo e vai atrás de Raj pela cozinha até a despensa, onde entram e fecham a porta.

Meu joelho dói quando me levanto, mas não envergo e consigo sair da cozinha mancando e seguir pelo corredor. Está vazio, o homem e a mulher desapareceram com suas pás de lixo e vassouras. As fotografias que Al espalhou pelo chão quando fugiu da palestra de Isaac foram devolvidas para cima da mesa em suas molduras, mas sem os vidros. A estátua da deusa indiana Kali ainda está no lugar de sempre e o único sinal tangível da destruição é um pequeno espaço entre dois candelabros de madeira, onde antes havia um crânio de porcelana.

A porta do escritório de Isaac está escancarada. O ruído de vozes chega até mim.

— Está tudo sob controle — diz Isaac. — Ninguém vai a lugar nenhum.

— Mas e a Al? — pergunta outra voz, feminina dessa vez, Cera, provavelmente. — Ela é muito inconstante.

— Tudo bem. O Johan vai cuidar dela.

— Mas e se a Paula falar com ela? Você sabe que ela tem ameaçado falar com as novas garotas tudo sobre...

— Já te disse que está sob controle. Ela vai ficar bem depois do detox dela.

— Foi o que você disse sobre a Ruth.

— Paula não vai recusar. Além disso... — Isaac baixa a voz para um sussurro e não consigo entender mais nenhuma palavra.

Dou mais um passo em direção à porta. Eu sei quem é Paula. Cera nos apresentou quando fizemos a visita guiada. Ela é a garota ruiva que cuida das cabras. Estava xingando feito um estivador enquanto tentava consertar um pedaço de cerca com uma escada velha. Praticamente não fez contato visual quando Cera nos apresentou. E essa foi a segunda vez que alguém mencionou a tal da Ruth nesses dias todos. Raj disse ontem que ela fora a Pokhara comprar mantimentos com Gabe, quem quer que ele seja.

Dou outro passo em direção ao escritório. Uma mão pesada me puxa para trás pelo ombro.

Capítulo 16

Hoje

— Aqui, beba isso. — Will me entrega uma xícara de chá fumegante e se senta ao meu lado no sofá. — Coloquei bastante açúcar.

— Obrigada.

Faz duas horas que a polícia me libertou da cozinha de Joan. Sheila estava com eles. Ela olhou rapidamente para mim e depois me colocaram no carro dela e fomos para casa. Ela passou os primeiros cinco minutos da viagem me dando um sermão por ser tão irresponsável, só se acalmando quando me debulhei em lágrimas. Ficou comigo até Will aparecer e então me abraçou bruscamente e disse:

— Você tem que priorizar a sua própria segurança antes de pensar nos animais, Jane. Se por nenhum outro motivo, pelo menos pelas pessoas que gostam de você.

Isso me fez voltar a chorar.

Agora, Will dá um gole no chá e deixa a xícara num porta-copos na mesa de café.

— Como você está se sentindo?

— Ainda abalada.

— Ela não te trancou de propósito, você sabe disso, não sabe?

— Sei. — Desvio o olhar para outro lado, envergonhada. Ouvi Sheila e Will conversando em voz baixa à porta antes de ela ir embora. Ela deve ter contado a ele que eu dissera no telefone que Joan havia me prendido deliberadamente para poder me ferir.

— Joan disse que a porta sempre fica presa. Ela estava tentando te ajudar.

— Eu sei, a polícia disse.

— Foi ótimo a Sheila ter te ligado naquela hora.

— Foi mesmo. Graças a Deus, Angharad não sabia onde ficava a comida, ou eu estaria lá sabe Deus por quanto tempo.

Will pega o chá e dá outro gole.

— Você acha que ela vai ser processada por maus-tratos?

— Eu não sei. Vão fazer uma autópsia no corpo do cachorro. Se ela foi responsável pela morte dele, o caso vai para o tribunal. Um inspetor vai recolher todos os coelhos. A Mary, lá do trabalho, vai ficar bem ocupada.

— Posso imaginar.

Ficamos em silêncio, o único som são os pássaros cantando nas árvores lá fora. Estamos no outono, minha época favorita do ano. Adoro sentir o ar beliscando, vestir um moletom, a expectativa de beber vinho tinto e assistir a filmes antigos na frente da lareira com o fogo bem alto.

— Jane. — Will estica o braço pelo encosto do sofá e toca meu ombro. — Está tudo bem?

— O que você quer dizer? — Dou mais um gole no chá, mas só tem uma gota no fundo da xícara.

— Você parece... diferente... esses dias, e me mandou aquela mensagem, dizendo que precisava conversar comigo.

— Eu sei. — Coloco a xícara ao lado da dele, em cima da mesa, perto, mas sem encostar.

— Certo. — Ele se vira para olhar para mim, um joelho junto do corpo, o outro pé apoiado no chão. Por sua expressão estoica, sei que está esperando por aquela conversa do "Não é você, sou eu".

— Ontem à noite — digo —, quando você estava colocando a Chloe para dormir, eu peguei seu iPad.

— Isso não é ilegal! — Ele solta uma risada nervosa.

Respiro fundo.

— Eu vi o artigo que você estava lendo, sobre Ekanta Yatra.

— Você estava falando enquanto dormia na outra noite, depois do jantar que eu preparei para a gente. Estava se debatendo na cama e não parava de murmurar "Ekanta Yatra, Ekanta Yatra", enquanto ressonava. É um nome estranho, por isso o reconheci dos noticiários de anos atrás. Eu deveria ter te perguntado sobre isso logo de manhã, mas — ele se mexe, desconfortável — você sempre se coloca na defensiva quando eu faço alguma pergunta pessoal. Eu não deveria ter olhado no Google, mas fiquei curioso. Achei que pudesse me ajudar a te entender.

— E funcionou? Ajudou você a me entender?

Ele olha atentamente para mim.

— Você fazia parte do culto, não é?

— Não era um culto. Era assim que a imprensa chamava, mas era uma comunidade. Era... — As palavras me escapam. Falar sobre Ekanta Yatra e a viagem ao Nepal é como abrir uma cicatriz de cinco anos. É uma ferida profunda, mal consigo tocar a superfície.

— Tudo bem. — Ele se aproxima mais e me puxa para seus braços. — Você não precisa falar sobre isso.

— Preciso. — Olho para seu rosto terno e confiante. — Porque não sou quem você pensa. — Paro e respiro fundo. — Will, meu nome não é Jane Hughes. É Emma. Emma Woolfe.

— Você é ela. — Sua mão se afrouxa. — Você é a garota que aparece numa das fotos. Seu cabelo estava mais ruivo, mas eu sabia que era você. Você é uma das quatro amigas que foram para o Nepal. Você é a outra que conseguiu voltar.

— Sim. — Me afasto de seus braços e olho para baixo, para minhas mãos, com medo de encarar a dor, a confusão e a desconfiança que sei que estarão estampadas no rosto de Will. O relógio em cima da lareira faz tic-tac, tic-tac, tic-tac, em meio ao silêncio.

— Me desculpe. — Esfrego uma mancha clara na minha calça com o polegar. Ainda estou com as roupas do trabalho e minhas pernas estão cobertas de pelo de coelho. — Eu deveria ter te contado sobre meu nome verdadeiro.

— E por que não me contou?

— Não contei nada para ninguém. Nem para a Sheila, nem para a Anne, para ninguém lá no trabalho. Quando troquei meu nome para Jane e me mudei para cá, parecia que eu tinha recomeçado do zero. Depois que a reportagem da Al foi publicada, eu não podia ir a lugar nenhum sem que as pessoas se cutucassem e apontassem para mim, nem em Londres nem em Leicester: "Aquela é a garota do culto."

— Você podia ter confiado em mim, Jane. Eu entenderia por que você tomou essa decisão.

— Mesmo? — Olho de novo para ele. — As coisas estavam tão casuais entre a gente no começo e eu... — Encolho os ombros.

— E você não sabia para onde a gente estava indo?

— Não.

Ele se ajeita no sofá, apesar do desconforto que eu estava sentindo, o foco da conversa havia mudado para a nossa relação.

— Você chegou a descobrir o que aconteceu com as outras duas, Daisy e...

— Leanne.

— Isso. A matéria só dizia que elas simplesmente desapareceram. — Ele olha para mim demoradamente, os olhos em busca dos meus.

Não digo nada, minha cabeça está girando.

— Jane? — diz, e para. — Emma? — Ele tenta dizer meu nome, como se o experimentasse na boca. — Você sabe o que aconteceu com elas?

— Não — respondo. É uma meia-mentira, ainda assim, é mentira.

Apesar de ter me aberto com Will em nossa conversa de ontem mais do que em qualquer outro momento, não contei sobre a mensagem no computador dizendo que Daisy ainda estava viva, ou sobre o bilhete, que enfiei no fundo de uma bandeja de correspondências no aparador da cozinha. Também consegui enfiar o livro de exercícios que peguei na casa dele dentro de sua maleta, misturado com o restante da papelada, sem que ele percebesse. Contei algumas coisas para Will na noite passada, mas não tudo.

Contei o meu nome verdadeiro, mas apenas o esqueleto da minha história. Contei por que havíamos escolhido ir para o Nepal. Contei sobre nossa animação quando chegamos a Ekanta Yatra. Contei como os dois primeiros dias haviam sido gloriosos, os banhos de rio que tomamos, quando jogamos água umas nas outras na cachoeira, lemos livros nas redes e bebemos cerveja em volta da fogueira. Contei sobre quando as coisas começaram a mudar, sobre como nós mudamos, sobre como o lugar se tornou perigoso. Não entrei em detalhes sobre o que aconteceu com Isaac ou com Frank. Não contei sobre Ruth, Gabe ou Johan. Contei que eu sentira medo, mais medo do que em toda a minha vida, e ele me abraçou enquanto eu falava, tirando carinhosamente o cabelo do meu rosto. Ele repetiu para mim que aquilo tudo já havia passado e que eu podia chorar e desabafar, mas meus olhos se mantiveram secos.

Nem tudo havia passado, não importava quantas vezes Will repetisse isso.

Fiquei acordada por horas ontem à noite, revirando tudo na minha cabeça, com Will apagado ao meu lado. Era o medo que mais me inquietava, o medo que acelerou de zero a cem no segundo em que a porta da despensa de Joan bateu atrás de mim. Num minuto, eu estava no presente, olhando para a carcaça de seu cão morto, dando-me conta de que a situação havia acabado de escalar para uma ocorrência judicial, e no seguinte, era sugada de volta ao passado, revivendo o momento mais aterrorizante da minha vida. Até então, eu viera me iludindo por acreditar que havia bloqueado tudo aquilo, que tinha enfiado numa caixa dentro da minha cabeça, marcada com "não abrir", mas o bilhete havia destrancado tudo. E havia alguém por aí determinado a manter as coisas assim.

Devo ter dormido em algum momento na noite passada, porque o alarme do celular de Will me despertou pouco depois das seis da manhã. Ele se levantou e pegou a camiseta da pilha na cadeira ao lado da cama. Quando começamos a namorar, ele deixava as roupas largadas pelo chão, mas a minha mania de arrumação mudou isso.

— Não. — Ele levantou a mão, com apenas uma perna da calça enfiada e a outra de fora quando tirei o edredom de cima de mim e me sentei. — Não, você tem que ficar na cama. Sheila mandou que você não fosse hoje, lembra?

— Will, estou bem. Prefiro ficar no trabalho a passar o dia todo aqui sem fazer nada.

— Você não está bem. — Ele puxou e abotoou a calça, se abaixou junto à cama e apoiou a mão na minha perna. — Você ficou falando enquanto dormia de novo esta noite. Na verdade, gemendo no meio do sono, para ser mais preciso. Quer que eu fique aqui com você? — perguntou, contraindo as sobrancelhas com um ar preocupado. — Ainda não está tarde para eu mandar alguma desculpa. Tenho certeza de que não teria problema.

— Não estou doente.

— Eu sei que não, mas... — Ele apertou minha coxa com firmeza, mas a indecisão estava estampada em seu rosto. A escola tem uma inspeção da Secretaria de Educação marcada para antes do fim do semestre e tem um monte de coisas que ele precisa fazer para deixar tudo preparado.

Coloquei minha mão sobre a dele.

— De verdade, Will. Estou bem. Se eu tiver mesmo que ficar em casa, tenho uma pilha enorme de livros que eu não tive tempo de ler, e, é claro, aquela caixa de filmes de ficção científica que você me emprestou.

— *Battlestar Galactica*. — Seu rosto se ilumina. — Você vai adorar, Emma. Tenho certeza.

— Hummm... — Torço o nariz e ele dá uma risada.

— Falando sério, nem precisa ser fã de ficção científica para gostar. Você não imagina para quantas pessoas eu já indiquei e que acabaram...

— Totalmente viciadas. Já sei, já sei. — Eu o empurro de brincadeira. — Você não tem que ficar me convencendo. Vou te dar uma chance.

— Beleza. — Ele chega para frente e me beija no nariz. — Mas pega leve hoje, está bem?

Dez minutos depois, a porta da frente se fecha, seu velho Ford Fiesta pega com um engasgo e ele dá a ré pela entrada, tomando a direção da rua principal. Fiquei observando pela janela, ele acenou para mim e foi embora.

Isso foi há três horas. Depois, limpei o banheiro, aspirei a sala, molhei todas as plantas, dobrei e guardei a roupa lavada. Tentei assistir a *Battlestar Galactica*, mas só consegui ver um episódio e meio antes de desistir e ir para o quarto com um livro. A história é meio pesada. Ganhou vários prêmios e elogios, mas a linguagem é densa, quase não dá para entender a trama e o personagem principal...

O telefone vibra em cima da mesa de cabeceira, retinindo na base do meu copo de água.

Dois dias já se passaram desde que enviei a mensagem para Al pelo Facebook sobre Daisy ainda estar viva. Talvez ela tenha lido.

Uma onda de alívio misturada com decepção me atravessou no momento em que peguei o telefone. Uma mensagem do Will.

Espero que você esteja bem. Acho que deve ser lua cheia hoje de noite, o primeiro ano está um INFERNO. O que achou de BG? Bj

Sorrio, apesar da decepção.

Lamento, mas não virei fã. Achei o Gaius Baltar muito chato. Sinto muito! Bj

Houve um tempo em que eu fingiria ter adorado um programa de TV, uma música ou um livro só porque todo mundo estava gostando, mas não é mais assim. Meu telefone vibra quase imediatamente. Will deve estar no banheiro; ele nunca envia mensagens no meio de uma aula.

Você tem que dar uma chance a ele. Ele cresce com o tempo. Tipo como eu fiz ;)

Sorrio de novo e logo começo a digitar uma resposta:

Mas você...

Paro, o polegar sobre o teclado, ouvindo o som de pneus de carro sobre cascalhos entrar pela janela aberta. O motor é desligado, eu me sento devagar na cama, levanto e caminho na ponta dos pés até a janela. As cortinas estão abertas e eu fico junto à parede, para não ser vista lá de baixo. Um Polo preto, que nunca vi antes, está estacionado na minha entrada. Não tem ninguém lá dentro.

Fico absolutamente imóvel, esperando a campainha tocar ou alguém bater à porta. Como nada acontece, volto para o quarto e fico congelada, o coração na boca, ao ouvir o chão da cozinha ranger sob o peso de passos.

— Olá? — chamo do alto da escada e ouço. Algumas vozes chegam até mim. — Olá, quem está aí?

Olho para o telefone, mas ele está exatamente como eu deixei, no meio de uma mensagem para Will.

— Olá? — Desço a escada pé ante pé e suspiro de alívio ao ver a televisão do outro lado da sala. Gaius Baltar e Starbuck estão discutindo sobre um jogo de cartas. Devo ter deixado o DVD em pausa e ele reiniciou. Desço correndo os últimos degraus e fico paralisada novamente.

Tem alguém na cozinha, abrindo e fechando as gavetas. Teclo 9-9-9 no telefone enquanto o tilintar de garfos, colheres e facas sendo mexidos chega pelo ar. Seguro o telefone contra o peito, o polegar a milímetros do botão de chamada, e me esgueiro pelo pé da escada.

— Angharad!

Ela dá um pulo ao ouvir seu nome e se vira para mim, segurando uma faca de carne de quinze centímetros na mão direita. Dá um passo para trás, a cor desaparecendo do rosto, a mão fechada junto ao peito.

— Jane! Você me assustou!

Olho para ela e para a porta da entrada, que ficou vários centímetros aberta, e sinto um arrepio com uma rajada de vento gelado invadindo a casa.

— O que você está fazendo aqui?

— Trouxe um bolo para você — diz, segurando a faca com a mão trêmula e apontando para um pequeno pão de ló sobre o balcão. — Sheila me contou que você não estava bem e eu dei um pulo na confeitaria. Ela me falou que você gosta de pão de ló.

— Você não bateu à porta.

— Bati, mas você não respondeu. Dava para ouvir a TV pela caixa de correio e achei que você não fosse conseguir me escutar, por isso eu entrei. A porta não estava trancada. Desculpe. — Seu rosto recupera a cor e fica vermelho. — Dá para ver pelo seu jeito que não era para eu ter entrado, mas não quis deixar o bolo do lado de fora, caso chovesse. — Ela percebe meu olhar para a faca e a coloca junto da chaleira. — Acabei de colocar água para ferver. Eu ia te levar uma xícara de chá e uma fatia de bolo.

A porta não estava trancada? Eu havia saído mais cedo para pegar a roupa lavada, mas não tenho certeza se passei ou não a chave na porta depois que entrei. Talvez não a tenha fechado direito.

— Certo. — Olho de volta para a TV, que ainda está aos brados na sala. Alguma coisa na história dela não faz sentido. Se eu entro na casa de alguém com um bolo, a TV está ligada e não tem ninguém, vou achar que a pessoa foi ao banheiro. A não ser que ela soubesse que eu estava no quarto, mas como poderia saber disso? Passo a mão pelo rosto enquanto volto para a sala e desligo a TV. Estou cansada depois de uma noite maldormida, e perturbada com o que aconteceu no dia anterior. Deixei a porta da frente aberta e Angharad entendeu isso como um sinal de que poderia entrar.

As pessoas por aqui deixam suas portas abertas o tempo todo, suponho; é uma comunidade desse tipo. Ela não fez nada de errado. Estava apenas tentando ser legal.

— Desculpe por te assustar. — Forço um sorriso ao entrar na cozinha. — Não estava esperando companhia, ainda não me acostumei muito bem com esse negócio de "deixe a porta aberta e os amigos entrarão". Não é algo que a gente fizesse em Leicester.

— Você é de Leicester? — O rosto dela se ilumina e eu me cutuco mentalmente para ter mais cuidado. — O meu ex-namorado era de Leicester. A gente costumava ir a uma festa Anos 90 no Fan Club. Você já foi?

Balanço a cabeça.

— Já faz um tempo que não vou a festas.

— Certo. Bem, por aqui o pessoal não é exatamente baladeiro, não é mesmo?

— Não.

Eu me dou conta, enquanto o silêncio cai e ficamos de frente uma para a outra na cozinha, sorrindo e concordando com a cabeça de maneira constrangida, de que, mesmo nós duas tendo praticamente a mesma idade, sinto-me vinte anos mais velha do que Angharad. Ela é empolgada, perspicaz e curiosa, enquanto eu me sinto velha, cansada e sem forças. Cinco anos atrás: essa foi a última vez que saí à noite. Fui ao Love Lies com a Daisy e conheci um cara. Ela o chutou para fora do táxi no caminho de volta para a minha casa. Como era mesmo o nome dele? Levanto os olhos quando Angharad chama meu nome.

— Desculpe, eu estava a quilômetros de distância. O que você disse?

— Eu só estava falando das boates que eu costumava frequentar na faculdade. Você ia? Lembro que você disse que estudou em Exeter, mas acho que você comentou alguma coisa sobre a universidade. Newcastle, não foi?

Minha lembrança do passado pode estar borrada, mas tenho certeza de que não falei nada com Angharad sobre qual universidade frequentei, muito menos de ter estudado numa. Tenho sido muito cuidadosa para não deixar escapar muitas coisas sobre o meu passado desde que me mudei para cá. Will é a única pessoa que sabe alguma coisa sobre a minha vida como Emma. Em parte, sinto-me incrivelmente aliviada por não ter mais que filtrar o que digo para ele, mas também me sinto vulnerável, como se tivesse removido minhas camadas de proteção e exposto meu corpo nu para ele. Porém, no que diz respeito a todos os demais, sou Jane Hughes, abandonei a escola aos dezesseis anos e trabalhei como vendedora e secretária antes de decidir fazer um curso para ser cuidadora de animais aos vinte e cinco anos. Contei para Sheila os nomes de meus irmãos e irmã, e só.

— Não. — Balanço a cabeça. — Acho que você deve estar me confundindo com alguém. Eu nunca estive em Newcastle.

— Ah, está certo. — Um meio sorriso passa pelos seus lábios e ela levanta as sobrancelhas. — Me desculpe, eu me enganei.

Meu olhar se move da mesa da cozinha para o bolo no aparador. Minha mesa é grande, cabem oito pessoas sentadas facilmente e, mesmo assim, ela resolveu enfiar o bolo no pequeno espaço entre a bandeja de correspondência nova e a de correspondência antiga, onde escondi o bilhete.

— Posso cortar uma fatia para você? — Angharad segue meu olhar e toma a iniciativa, pegando a faca. — Tenho certeza de que a Sheila não vai se incomodar se eu me atrasar um pouco. Ela mandou lembranças.

— Não. — Apoio a cabeça numa mão. — Não, obrigada. Me desculpe, Angharad. Não quero ser rude, não depois de você se dar todo esse trabalho, mas estou com uma dor de cabeça terrível. Acho que vou voltar para a cama.

— Ah. — Seu sorriso se desfaz. — Ah, sim, tudo bem.

Sorrio amigavelmente.

— Na segunda, nos vemos no trabalho. Acho que temos um novo morador chegando. Vou te mostrar como é o processo de registro.

— Claro. — Ela volta a sorrir, mas o sorriso não parece sincero. — Ótimo, nos vemos lá, então.

Ela fica me olhando por algum tempo, como se decidisse se iria dizer mais alguma coisa, mas faz um sinal rápido com a cabeça e se despede com um aceno de mão.

— A gente se vê na segunda, Jane.

Ela contorna a mesa e vai para a porta da frente, fechando-a com um estalo.

Espero pelo barulho do motor do Polo e das rodas no cascalho da entrada e então me aproximo da chaleira e encosto os dedos na curva de sua superfície brilhante.

Fria.

Atravesso a cozinha até o aparador, pego o bolo, coloco-o sobre a mesa e me viro. A papelada velha, antes cuidadosamente arrumada na bandeja, está fora da posição. Vasculho os papéis, afastando contas de gás, guias de impostos e artigos de jornal que guardei. O envelope, aquele endereçado para Jane Hughes, escrito com uma letra caprichada em esferográfica azul, desapareceu.

Capítulo 17

Há cinco anos

Em poucos segundos, estou cercada. Isaac e Cera saem correndo do escritório, Sally e Rajesh disparam da cozinha. Daisy tira a mão do meu ombro rapidamente e me olha, apavorada.

— Por que você gritou? — Ela aperta as mãos contra o peito. — Puta que o pariu, Emma, você quase me fez enfartar!

— O que aconteceu? — Isaac põe a mão no meu ombro, olha preocupado para mim. Ele não sabe que eu estava ouvindo a conversa dele com Cera sobre Al.

— Nada. Daisy me assustou, só isso.

Ele olha para o meu joelho machucado.

— O que aconteceu?

— Ela caiu. — Sally vem para o meu lado e passa o braço pelo meu, mas seus olhos não se desviam do rosto de Isaac. Raj dá um passo de volta para a cozinha.

— Eu estava limpando o banheiro feminino e ouvi um barulho, ela estava na passarela. O chinelo dela arrebentou e ela tropeçou.

Isaac se curva e me olha cuidadosamente.

— E você tem certeza de que está bem?

Abano meu rosto com a mão. Faz calor no corredor e todo mundo está muito próximo. Todos estão me observando fixamente, me encarando, esperando que eu fale. Sinto uma gota de suor escorrer pelas minhas costas. Fecho os olhos por um instante, mas, quando abro de novo, as paredes parecem inchar, abrindo-se como balões e voltando a se encolher, espremendo todo mundo para cada vez mais perto, mais e mais, até que a pressão no meu peito fica tão grande que não consigo respirar.

— Você não vai desmaiar, né? — A voz de Sally parece estar vindo de debaixo d'água.

Quero dizer para ela soltar meu braço, e para Isaac sair da frente do meu rosto, mas não consigo falar. Não consigo me mexer. Não suporto a sensação dos dedos de Sally pressionando a minha pele, nem o cheiro de tabaco no hálito de Isaac.

— Que tal a gente ir dar uma volta? — diz Daisy, guiando-me para a porta da frente, levando-me para o ar fresco. Meus joelhos fraquejam, mas ela me mantém de pé.

— Emma! — Sally me chama quando começamos a andar, um passo de cada vez. — Você quer uma bengala? Eu posso conseguir uma, se você precisar.

Não digo nem uma palavra enquanto circulamos o prédio e atravessamos o pátio, normalmente cheio de corpos se alongando e flexionando nas turmas de ioga, mas, agora, surpreendentemente vazio. Vamos descendo a ladeira em direção ao rio com todo o cuidado. Em vez de falar, me concentro na voz de Daisy enquanto ela me manda respirar. Ela repete, sem parar.

— Respire, Emma, apenas respire.

Ela me obriga a sentar cuidadosamente numa grande pedra plana na beira do rio e eu me curvo, com a cabeça entre as mãos. Tudo ainda soa como se eu estivesse sentada no fundo de uma piscina, mas meu coração parou de martelar e o mundo parou de pulsar. Sangue fresco escorre do meu joelho e desce pela perna. Ainda estou segurando o curativo de Sally.

— Você está bem? — Daisy olha para mim enquanto estico a manga da minha camisa de linho e uso para limpar o sangue.

— Não. Não, eu preciso dos meus comprimidos.

Ela se levanta e olha para a casa.

— Onde estão?

— Eu não sei. Não os vi mais desde Pokhara. Procurei por toda parte.

— Merda! — Ela se senta novamente e apoia a mão na base da minha coluna. A blusa está grudada nas costas por causa do suor, mas ela não tira a mão.

— A gente vai achar. Você vai ficar bem. Eu estou aqui, Emma. Você vai ficar bem.

Concordo, mas não tenho muita certeza disso.

— O que você estava fazendo? — pergunta Daisy. — Quando cheguei na porta da frente, você estava parada no corredor com uma cara muito esquisita. Achei que você deveria estar com a Al.

Levanto os olhos para ela.

— Por que você está falando assim?

— Assim como?

— Como se estivesse chateada porque eu estou passando o tempo com a Al.

— Você tem ficado muito tempo com ela desde que chegamos aqui.

— É porque a Leanne está sempre indo meditar ou assistindo a um seminário do Isaac, e eu não quero deixar Al de fora.

Ela fica me olhando por alguns segundos e então inclina a cabeça para trás e dá uma risada.

— Você precisava ver a sua cara! Eu não estava no clima *"Mulher solteira procura"* contigo. Apenas achei que seria agradável passar algum tempo com a minha melhor amiga, só isso. Qualquer pessoa vai achar que você está me ignorando!

— Não estou.

— Tem certeza? — Seus olhos azuis se fixam em mim.

— Claro que tenho. De qualquer forma, o que aconteceu depois que Al e eu saímos da palestra do Isaac? Ele prosseguiu e concedeu o terceiro grau para Leanne?

— Não, ele parou e a Isis a levou para algum lugar. Tentei ir junto, mas o Isaac não deixou. Ele disse que ela era como uma ferida aberta, que a infecção do passado estava purgando e que eu não podia ir junto para não contaminá-la e ela ter que passar por todo o processo de novo.

Dei uma risada.

— Você está me gozando.

— Juro que não estou. Ele leva essas merdas bem a sério. Sorte a dele ser tão gato; caso contrário, não iria se safar. De qualquer forma — ela afasta o pensamento com um gesto —, fui procurá-las pelo terreno, mas não as encontrei em lugar nenhum, e aí voltei para a casa. Foi quando eu te vi parada no corredor, brincando de estátua, totalmente sozinha.

— Eu estava ouvindo a conversa de Isaac e Cera.

— Sobre?

Dou uma olhada para longe. Isaac está debruçado na janela do escritório, fumando um cigarro. Eu jamais admitiria isso para Daisy, mas ele tem alguma coisa de fascinante. Aparentemente, parece frio e relaxado, mas tem muito mais rolando por trás do sorriso e de toda a baboseira budista. Não tenho certeza se compro a história de que ele superou o abuso que sofreu na infância falando sobre isso. Acho que ainda deve doer bem lá no fundo, mas ele encontrou um jeito de bloquear essa dor.

— Al. Acho que estavam furiosos por ela ter quebrado tudo pelo corredor.

Daisy segue meu olhar.

— Você sabia que ele está a fim de mim?

— Como é que é?

— Isaac. Ele está a fim de mim. A Leanne me contou. Ele faz jogo duro, aparentemente.

Eu seguro um sorriso. A disposição de Daisy para se iludir é surpreendente, mas o fato de ela me contar que Isaac gosta dela não é para compartilhar sua surpresa ou satisfação; é para me advertir. Isso é ela marcando território. Se não fosse tão ridiculamente infantil, seria irritante.

— Certo, tudo bem. Interessante.

— Eu sei, gosto de desafios e, segundo Leanne, ele ficou muito puto por eu ter transado com o Johan.

Ela sorri e ajeita o cabelo com a mão, vaidosa, mesmo com Isaac a mais de cem metros de distância.

— Leanne te disse isso?

— Foi. Eu sabia que ele gostava de mim, só não estava conseguindo entender por que ele estava sendo tão babaca, mas agora eu sei que ele teve uma infância de merda, e isso explica muita coisa. Parece que temos mais em comum do que eu pensava. — Seus lábios se contorcem num leve sorriso de autossatisfação e ela segura minha mão.

— Vamos procurar a Al?

Capítulo 18

— Sinto muito, meninas. Já decidi! — Al sopra a fumaça do cigarro, joga a ponta no chão e acende outro. É o quarto que ela fuma desde o jantar.

O céu é um manto negro, está começando a chuviscar e estamos nos protegendo debaixo da mangueira, no pomar no fundo do jardim. A casa brilha como um farol distante, a cozinha se destaca com a luz das lâmpadas elétricas, enquanto o escritório e a sala de meditação irradiam a luz suave e quente de dezenas de velas. A fogueira no pátio estala e solta fagulhas, iluminando Isaac e Johan. Suas silhuetas estão coladas, como se estivessem tendo uma conversa importante. O jardim está em silêncio, exceto pelas águas do rio, o chiado das cigarras e o barulho de Al tragando o cigarro.

Não foi preciso procurar muito longe para encontrá-la. Estava sentada numa das cabanas de massagem, com Johan, fumando um baseado. Ouvimos a gargalhada dela enquanto caminhávamos ao longo da margem do rio. A risada desapareceu quando nos viu, e ela praticamente não disse uma só palavra durante todo o jantar.

— Mas você não pode ir. — Leanne fala em tom choroso e soa desesperada. Ela está enrolada num cobertor de lã de iaque do Nepal. Cada vez que move os braços, para ilustrar seu ponto de vista, o cheiro de cachorro molhado vem na minha direção. — Acabamos de chegar.

— Se isso tiver alguma coisa a ver com o que eu disse antes sobre a Isis e o que ela falou sobre seu irmão — digo —, sinto muito. O que eu falei foi descuidado e indelicado. Eu não queria te deixar chateada, juro.

Al descarta as minhas desculpas com um aceno de mão. A ponta acesa do cigarro dança pelo ar.

— Não se preocupe com isso, Emma.

— Sério, eu realmente sinto...

— Não vamos falar disso. — Ela fixa em mim o olhar. — Certo?

— Vai cair um toró daqui a pouco — diz Daisy, o olhar ainda no pátio.

— Vocês ouviram o que o Johan disse.

Al apoia as costas no tronco da mangueira e acende outro cigarro com o isqueiro. A chama ilumina as escoriações profundas em suas articulações. Ela socou a parede do dormitório feminino com muito mais força do que eu pensava.

— Johan diz um monte de coisas — diz Al.

— Achei que você gostasse dele — Daisy parece indignada.

— Eu gosto, é um cara decente, mas isso não muda nada. Estou indo assim mesmo.

Leanne se arrepia e puxa o cobertor para cima da cabeça.

— É porque não tem sinal para o celular? Sei que é difícil porque você não pode verificar se a Simone te mandou alguma mensagem, mas isso é parte do motivo para termos vindo para cá. Você estabeleceu um vínculo pouco saudável com ela. É preciso reconhecer o seu passado para se libertar. O Isaac acha que...

— Estou cagando e andando para o que o Isaac acha.

Daisy e eu nos entreolhamos. Al nunca cortou Leanne assim antes.

— Sério. — Al se endireita e desencosta do tronco da árvore. — Você devia se ouvir falando, Leanne. Desde que chegamos aqui, é só Isaac isso, Isaac aquilo. Mentes tóxicas, vínculos não saudáveis, meditação sobre o nada; você está até começando a falar do mesmo jeito que ele.

— E isso é tão ruim assim? — O cobertor de iaque escorrega da cabeça de Leanne quando ela se levanta, do alto de seu um metro e meio de altura. Por trás dos óculos, olha para Al com seus olhinhos redondos. — Isaac é feliz, Isis é feliz, Cera é feliz, todo mundo aqui é feliz, só a gente que não. Por que você acha que é assim? Porque eles não têm vínculos não saudáveis e nós temos.

— Eu ia gostar de um vínculo não saudável com o Isaac — diz Daisy, mas ninguém acha graça. Ela olha de novo para o pátio. Não dá para ver o rosto de Isaac, mas dá para perceber, pela postura do corpo, que está olhando para além dos jardins, para o pomar, observando-nos.

Al dá uma tragada no cigarro, inclina a cabeça para trás e exala. A fumaça cinzenta sobe em espirais até desaparecer na escuridão.

— Então, purgar o passado funcionou de que jeito para você, Leanne? Você agora é um feliz raiozinho de sol?

Leanne fica tensa.

— Você não precisa dar uma de babaca por causa disso.

— Desculpa! — Al levanta as mãos. — Eu não quero brigar com você, Leanne, sinceramente, mas este lugar está bagunçando com a minha cabeça. Quero ir embora, preciso, e isso não tem nada a ver com a Simone.

— Espera uns dois dias — diz Daisy. — Vai ter uma festança quando Gabe e Ruth voltarem de Pokhara. Vai ter vodca, aos litros! Chegando aqui no lombo de um jumento. De um jumento, pelo amor de Deus! Só não sei como eles podem se considerar um empreendimento e deixar acabar a comida e a bebida dos hóspedes.

Al balança a cabeça.

— Lamento, chefia, mas não estou interessada. Prefiro voltar para Pokhara e ficar com os pés dentro da piscina.

— Mas a *gente* não vai estar lá.

— Eu sobrevivo. Não demora e vocês logo vão chegar lá para ficar comigo. — Al esmaga a ponta do cigarro no chão com o calcanhar do chinelo. — Melhor eu ir arrumar as minhas coisas, se quiser sair hoje de noite.

— Hoje de noite?

— Não passo mais nenhuma noite dormindo no mesmo quarto que a Isis. Ela me causa arrepios.

— Então vai dormir na sala de meditação — diz Leanne. — Tenho certeza de que eles não vão se incomodar se você levar seu colchão para lá.

Al balança a cabeça.

— Não, tudo bem. Eu já tomei a decisão.

— Mas já está chuviscando, e Johan disse que a chuva vai ficar mais forte! Não é seguro subir ou descer a montanha com chuva. E você vai levar horas.

— É ladeira abaixo e, a não ser que Johan esteja sintonizando a meteorologia direto em sua cabeça, ele está chutando sobre o tempo.

Balanço a cabeça.

— Você não vai sozinha. Eu vou contigo.

— Ela fala! — Daisy finge estar chocada e Leanne acha graça.

— Não precisa — diz Al.

— Eu quero. Não aguento ficar tão no limite assim. Eu ia aproveitar essas férias muito mais se os meus comprimidos estivessem aqui. Tenho certeza de que consigo comprar mais em algum lugar lá em Pokhara. Daisy comprou Valium no balcão, em Katmandu — olho para ela, esperando que comece seu discurso de "Você não pode ir, você é minha parceira", a conversa que ouço sempre que quero voltar mais cedo da balada, mas ela apenas levanta as sobrancelhas e dá um meio sorriso.

— Por favor. — Leanne agarra a mão de Al. — Não vá. Espere mais uns dias. Sei que tenho sido péssima em ficar com vocês, mas podemos dar um jeito nisso. A gente pode ir tomar banho no rio mais vezes, e Raj disse que vai nos dar lições de culinária, se nós quisermos. Eu sei que você adora o *dahl bhat* dele.

Al balança a cabeça.

— Não, sem querer ofender. Não tem nada a ver contigo, Leanne, sinceramente. Só preciso clarear minha cabeça, estou me sentindo claustrofóbica aqui. Olha, a gente só estava planejando ficar uma semana, de qualquer jeito. Encontro vocês lá em Pokhara e depois pegamos o ônibus para Chitwan, para nossa trilha pela floresta.

— Hum... — Leanne solta a mão de Al. — Quanto a isso...

— O quê?

— Eu não cheguei a fazer as reservas.

— Por que não? — Al olha para mim e para Daisy. — Achei que o plano era Kathmandu, depois Pokhara, duas semanas aqui, e então Chitwan. Foi isso que a gente combinou antes da vinda. Vocês não pagaram esse passeio para ela?

Daisy e eu concordamos, enquanto Leanne se mexe de um pé para outro e aperta o cobertor ainda mais em torno de si.

— Eu... É que eu ia reservar, mas achei melhor deixar para resolver na hora... Caso a gente... — Ela olha novamente para o pátio. Isaac está sozinho agora, a luz fraca do cigarro riscando o ar. — De qualquer forma, alguém me disse que era mais barato reservar as trilhas por aqui mesmo.

— Então, a gente vai?

— Bem, como eu disse, não cheguei a fazer as reservas ainda, mas...

— Mas você não acha que a gente deveria ir? E se não houver mais vagas para a semana que vem? — Al faz um gesto de desdém com a mão. — Deixa pra lá, eu organizo isso depois que voltar para Pokhara, se você me der o dinheiro.

— Eu não trouxe comigo. Eu... Eu precisaria ir ao banco.

— Certo. — Al dá de ombros. — Então acho que vamos ter que esperar até todo mundo estar de volta em Pokhara.

— A chuva está aumentando. — Estico uma mão aberta e olho para o céu. Mesmo no escuro, não tem como não ver as nuvens escuras ameaçando um temporal lá em cima.

— Merda! — Al enfia o maço de Marlboro Light na alça do sutiã e solta um suspiro profundo, olhando desconsoladamente à sua volta. — Então que seja amanhã! Acho que consigo aguentar a Isis por mais uma noite. Vamos lá, vamos voltar para dentro antes que o céu caia nas nossas cabeças.

Ela caminha em direção à casa, andando surpreendentemente rápido, e eu a sigo, parando apenas para olhar para trás quando chego ao pátio, agora deserto. A chuva finalmente começa a cair das nuvens pesadas lá de cima, mas a fogueira ainda está acesa, apenas as brasas de um único pedaço de lenha no meio, mesmo Isaac já tendo saído de lá faz tempo.

— Daisy! Leanne! — Protejo os olhos da chuva e grito para as duas, que ainda estão paradas debaixo da mangueira, duas sombras indistintas na penumbra, as cabeças próximas uma da outra, como se estivessem mergulhadas numa conversa. — Vamos embora, vocês vão ficar ensopadas!

Nenhuma das duas me dá atenção.

Capítulo 19

Hoje

— Jane! Que bom te ver! — Sheila me envolve num abraço forte, apertando minha cabeça em seu peito enorme, depois me segura com o braço esticado e olha para mim de cima a baixo. — Como você está se sentindo?

— Ótima — respondo, sendo que, na verdade, nunca me senti tão cansada.

Depois da visita de Angharad, dormi menos ainda do que na noite anterior. Levantei da cama três vezes para procurar o bilhete. Procurei na bandeja de correspondência antiga e na de correspondência nova. Fiquei de quatro e procurei debaixo do aparador e quase tive uma distensão nas costas tentando afastá-lo da parede para poder olhar atrás. Vasculhei o armário, meus bolsos, a sala, mas não havia sinal do bilhete, tinha sumido de vez.

Will me mandou uma mensagem às cinco, dizendo que ia ficar até mais tarde para resolver alguma coisa relativa à inspeção antes do fim de semana, e que depois ia ao pub com o pessoal, para agradecer por toda a trabalheira. Pediu muitas desculpas, explicando que não tinha como se livrar disso, mas que eu estava convidada a me juntar a eles. Recusei. Nunca me encontrei com nenhum de seus colegas e ficar de conversa fiada com estranhos me deixa muito cansada, especialmente quando estou com a cabeça cheia de outras coisas. Will não é o tipo de homem que chega bêbado a fim de transar depois de passar a noite enchendo a cara, então eu sabia que ia passar a noite sozinha.

Fiz de tudo para enrolar e não ir para a cama. Assisti a um drama policial na TV, depois a um documentário sobre a vida na França, então, sem nenhuma outra opção que me interessasse minimamente, comecei a assistir a um episódio atrás do outro de *Battlestar Galactica* até cair no sono, no sofá, por volta das três da manhã. Acordei com um sobressalto às seis, feliz por ver o sol começando a surgir no horizonte.

— Você não parece ótima — diz Sheila. — Precisa comer um pouco mais daquele bolo que a Angharad te deu. Ela me disse que você parecia meio abalada. Tem certeza de que você está bem?

— Estou bem, sim, de verdade. — Tiro meu casaco e o penduro no cabide. Não há sinal do casaco vermelho de lã, que costuma ficar pendurado ao lado.

— Angharad não veio?

Sheila balança a cabeça.

— Ela não vem aos sábados. Hoje você vai trabalhar com o Barry.

Barry é um dos voluntários regulares. Tem 63 anos, é praticamente careca, não muito musculoso, mas é forte. Ele fala com um suave e melodioso sotaque galês, e ninguém diria que já foi sargento do exército. Os cachorros, no entanto, sabem disso muito bem: jamais tentam alguma coisa quando são levados para passear por Barry. Eles o respeitam e o adoram na mesma proporção.

— Você tem um fã-clube ali, sabia? — completa Sheila.

— Quem, Barry?

— Não. — Ela dá uma risada. — Angharad. Ela estava muito interessada ontem no almoço. "Há quanto tempo você conhece a Jane? Ela tem namorado? Ela é muito reservada, não é? Nunca fala sobre a sua vida particular." Quer saber, Jane? Não tenho nada a ver com isso, mas acho que tem alguém de olho em você!

— Sheila!

— Não desse jeito! — Ela ri de novo, mostrando o enorme espaço entre os dentes da frente. — Parece apenas algum tipo de adoração. Acho que ela encontrou sua verdadeira vocação aqui. Não me surpreenderia se ela começasse a fazer perguntas sobre treinamento e um emprego em horário integral. Você me conhece, sou uma boa juíza de caráter. Afinal, fui eu que te contratei!

Meus olhos começam a se encher de lágrimas e eu pisco para segurá-las. Odeio o fato de ter mentido para Sheila, odeio não ser a pessoa que ela acha que eu sou. Quando ela me entrevistou, em nenhum momento me passou pela cabeça que nós teríamos um vínculo mais de mãe e filha do que de chefe e funcionária. Será que eu poderia contar a ela? Será que eu poderia sentar com ela à mesa da cozinha, com uma garrafa de vinho, e contar para ela o que contei para Will? Mas eu só contei uma parte da verdade, e essa é uma situação diferente. Aqui, eu tenho um cargo de responsabilidade. Se eu mentir sobre quem eu sou e sobre o que fiz, como ela vai poder me confiar alguns dos casos mais graves que estamos tratando? Ela teria de me dispensar. Não sei o que eu faria se isso acontecesse.

Porém, talvez já seja tarde demais. Alguém mexeu nas minhas coisas, e só havia duas pessoas na casa. Uma era o Will, a outra era Angharad. E um deles pegou a carta.

Meu rádio começa a chiar quando estou no meio da subida do campo com Jack.

— Tem visita para você na recepção.

Aceno para Barry, que está do outro lado do campo com Bronx, um dobermann poderoso, com uma personalidade agitada e curiosa, e aponto para baixo, na direção do portão do abrigo.

— Vou voltar.

Ele coloca a mão em concha atrás do ouvido e balança a cabeça.

— Voltar! — grito e gesticulo novamente. Dessa vez, ele põe o polegar para cima.

— Desculpe, querido. — Abaixo e esfrego atrás da orelha de Jack. Ele olha para mim, com doces e confiantes olhos castanhos, boca aberta, a baba molhando o peito. Passaram-se apenas alguns dias desde que chegou, mas a mudança é notável. Ele não vai muito com a cara de Barry; na verdade, não vai com a cara de nenhum dos homens que trabalham aqui, mas parece ter se ligado a mim. Encolheu-se nas primeiras vezes que tentei tocá-lo, mas agora se assusta apenas com movimentos bruscos. Ainda não superou sua experiência com as rinhas de cachorro, mas já fez algum avanço, as cicatrizes psicológicas vão se fechando lentamente, junto com as feridas no seu corpo. Eu meio que esperava uma nova visita dos donos de Jack para exigir que o devolvêssemos, mas não vi mais sinal de Gary Fullerton nem de sua esposa. Não posso dizer que não me sinto aliviada.

— Vamos lá, garoto — eu me levanto e voltamos caminhando lado a lado, descendo o campo. — Vamos ver quem são as visitas.

Chloe se joga em cima de mim no instante em que entro pela porta dupla de vidro da recepção. Ela envolve minha cintura com os braços pequenos, a cabeça enfiada na minha barriga.

— Seis horas e ela já estava de pé, de acordo com a Sara — conta Will.
— Animada demais para ficar na cama, pelo jeito.

Estico o braço para puxá-lo para um abraço coletivo, mas ele recua e, em vez disso, aperta minha mão. Pergunto "Ressaca?", só com os lábios, mas ele balança a cabeça.

— Estou bem.

— Hoje à tarde tem a feira da minha escola — diz Chloe. — Você vai? Já fiz umas pulseiras para vender. A senhora James disse que eu posso doar metade do dinheiro para o abrigo. Ia ser muito legal se você fosse. Por favor, diga que vai.

— A que horas começa?

— Às duas.

Meu turno termina na hora do almoço, então, teoricamente, daria para eu ir. Olho para Will, que dá de ombros e se vira para pegar um gato de brinquedo do mostruário da lojinha. Ele balança o bichinho para cima e para baixo com a mão e o guizo dentro dele solta um som metálico.

— Will?

— Sim? — Ele não se vira. O tilintar irritante do guizo continua.

Ou ele está mentindo sobre a ressaca ou tem alguma outra coisa o incomodando.

— Eu vou adorar ir à feira da sua escola — digo para Chloe —, mas não vou poder ficar muito tempo.

— Legal! A gente pode ir ver os gatinhos agora? — Chloe olha para mim e me faz lembrar de Jack, com seus olhos castanhos, grandes e confiantes. — Por favor!

— Claro. — Solto seus braços da minha cintura e pego sua mão. Ela a segura e estica a outra para Will. Saímos da recepção com ela balançando nossas mãos para frente e para trás. Para um estranho, devemos estar parecendo o modelo de pequena família feliz. Feliz, de fato, a não ser pelos estranhos olhares de soslaio que Will continua me lançando.

— São muito fofos, posso ficar com um, papai? Por favor? — Chloe está sentada no chão com um filhotinho tigrado de gato tentando desesperadamente escapar do círculo no qual ela o envolveu com as pernas. Já concluímos a visita guiada pelo abrigo e nos recolhemos no "salão dos gatos", onde potenciais adotantes podem passar algum tempo com os gatos em um ambiente mais natural. O lugar foi decorado com sofás, poltronas, pufes e um rádio.

— Papai?

Will, que não tirou os olhos do telefone desde que nos sentamos, olha para ela. — Como?

— Um gatinho? A gente pode ter um?

Ele olhou de volta para o telefone.

— Vamos ver.

— Isso é um sim?

— Vamos ter que perguntar para a sua mãe.

— Ela vai dizer que sim, eu sei que vai. E, se ela disser não, a gente pode deixá-lo na sua casa, não pode? A gente pode, não pode, papai? Ele pode morar na sua casa e eu fico com ele nos fins de semana. Eu sei que você vai ter que cuidar dele durante a semana, mas eu posso ir para lá mais vezes nas férias e...

— Eu já disse que vamos ver, Chloe.

Ela fica visivelmente assustada com o tom elevado da voz dele e se curva sobre o gatinho, os olhos se enchendo de lágrimas, pega-o no colo e o pressiona contra o peito.

Eu me inclino para Will e falo em voz baixa:

— Está tudo bem?

Ele olha para mim pela primeira vez desde que chegaram aqui, uma hora atrás. Seus olhos procuram os meus.

— Na verdade, não.

— Você quer conversar? Lá fora? Chloe vai ficar bem com os gatinhos aqui. Podemos ficar de olho pela janela.

Ele concorda.

— Vamos dar uma saidinha no corredor, Chloe. Você fica bem aqui?

Ela concorda, sem dizer uma palavra.

— Chloe. — Ele levanta do sofá, atravessa a sala e se agacha junto da filha, com a mão no ombro dela. — Me desculpe por ter gritado com você. Não foi certo. A gente conversa sobre o gatinho quando voltar para casa, tudo bem? Não é uma coisa para a gente decidir às pressas, por mais fofos que esses carinhas sejam.

— Tudo bem, papai. — Chloe não se endireita, mas também não se afasta quando ele afasta a cortina de cabelo de seu rosto e a beija na bochecha.

— A gente vai estar aqui no corredor — Will aponta para a porta.

— Me desculpe — diz ele, no momento em que a porta se fecha atrás de nós. — O comportamento passivo-agressivo da Sara me deixava louco e você merece mais do que isso, Jane... Emma — ele se corrige rapidamente.

Cruzo os braços sobre o peito e me preparo para ouvir a conversa de "Não é você, sou eu", que sei que vem por aí. Ele é uma pessoa correta demais para me deixar no momento em que me abri sobre quem eu sou de verdade, principalmente depois do que aconteceu na casa da senhora Wilkinson, mas agora ele já teve uns dois dias para pensar sobre tudo aquilo. Sua filha começou a se ligar a mim, e ele está preocupado. Quem não ficaria?

— Então, o negócio é o seguinte — ele passa a mão pelo cabelo e pigarreia —, ontem eu me vi numa situação meio estranha lá no pub. A gente estava falando do casamento do Graham e da Claire, que será em breve, e alguém me perguntou se eu queria me casar com você. — Ele faz um gesto de impaciência quando eu inspiro profundamente. — É claro que eu respondi que ainda é cedo demais para a gente, mas a pergunta abriu as comportas e, de repente, todo mundo estava me perguntando sobre você. De onde você é? O que você faz? Quando foi que se mudou para cá? Onde você morava antes? Etc. etc. E então eu me vi... — Ele olha para Chloe pela janela, ela está provocando os gatos com um camundongo cinza com erva de gato. — Eu me vi repetindo tudo o que você já tinha me dito. Não aquilo da outra noite, mas o que você me contou antes, e... — Ele me olha de volta. — Eu me senti um mentiroso... Como se fosse cúmplice de alguma coisa que eu não entendo completamente. E isso me deixou muito incomodado, Jane. Incomodado demais. Sou o coordenador de biologia e estava contando um monte de mentiras à minha equipe, gente que me admira.

— Mas não são mentiras. A não ser pelo meu nome, nada do que eu te contei é mentira. Eu só... eu só deixei algumas coisas do meu passado de fora.

— E eu entendi isso. Entendi que você queria deixar tudo isso para trás e começar uma nova vida, mas não consegui parar de me perguntar se tem mais coisa.

— Mais? — Sinto o celular vibrar no bolso, mas não o tiro de lá.

— Você me contou sobre Ekanta Yatra, mas tem mais alguma coisa que você esteja me escondendo?

O celular vibra de novo.

— Tipo o quê?

— Tipo um marido? Filhos?

— Não.

— Algum crime?

O celular toca pela terceira vez e faço uma expressão atormentada.

— *Não!*

Will olha pela janela para Chloe. Fica em silêncio por um tempo interminável.

— Eu entendo — digo, quando já não suporto mais o silêncio. — Você precisa proteger sua filha. Entendo isso, Will, e se você quiser parar por aqui comigo, eu... Eu aceito isso.

— Mas eu não quero. — Ele olha de volta para mim, medo e confusão por todo o seu rosto, e sinto meu coração apertado no peito. — Gosto de você, Jane. Me desculpe, posso continuar a te chamar assim? Você ainda não é a Emma para mim, ainda não.

— Você pode me chamar de Jane. Até prefiro, na verdade.

Ele abre um sorriso tímido.

— Está certo. Para ser honesto, Jane, para mim é muito difícil assimilar toda essa história. Não é o tipo de coisa que dá para encarar da noite para o dia, preciso de um tempo para processar. Será que você consegue entender isso? Pode me dar um pouco de tempo?

— É claro. Devo dizer para a Chloe que não vai dar para ir à feira da escola hoje à tarde? Posso dar alguma desculpa do trabalho.

— Não. — Will balança a cabeça. — Ela vai ficar muito chateada. Vamos à feira e depois a gente...

Ele deixa a frase pelo meio e eu não a completo para ele.

— É melhor você atender o telefone — diz, quando meu celular toca pela quarta vez. — Eu estava indo mesmo falar com a Chloe que já são quase duas da tarde.

— Está bem. — Enfio a mão no bolso, grata por ter uma desculpa para ficar de costas e ele não ver as lágrimas se formando nos meus olhos.

Arrasto o dedo pela tela enquanto Will abre a porta para o salão dos gatos e vai lá para dentro. Os chamados eram alertas do aplicativo do Facebook, avisando que eu tinha quatro mensagens. Porém, quando vejo, não são de Al: são de Daisy. Daisy, que, supostamente, está morta.

Capítulo 20

Há cinco anos

Al olha para a enxurrada de água correndo como uma cachoeira pelos degraus de pedra.

— Puta que o pariu! De onde é que isso veio?
— Quer voltar?

Ela balança a cabeça.

— A gente já conseguiu chegar até aqui.

É a manhã seguinte ao anúncio de Al de que ela queria ir embora, e nós já estamos descendo a montanha havia mais de uma hora. O progresso é lento. Johan não estava brincando sobre o aguaceiro. A terra ao lado dos degraus é um pântano enlameado, as árvores estão curvadas sob o peso da chuva. Meu casaco impermeável, que o vendedor da loja de camping me disse que aguentava os piores temporais, está grudado nos meus braços e agarrado ao meu corpo. Minha bermuda pende frouxa da cintura, e as meias, sobrando para fora do cano das botas de trilha, estão ensopadas.

Não estava chovendo quando saímos pelos portões de Ekanta Yatra. Tivemos dez minutos inteiros de céu limpo antes de as comportas do paraíso se abrirem novamente. Daisy veio até o portão para se despedir de nós, mas Leanne ficou lá dentro. Oficialmente, estava ajudando Raj a preparar o almoço, mas todo mundo sabia que ela estava mal-humorada.

Sua tentativa de convencer Al a ficar não terminou naquele momento em que viemos do pomar; quando ela e Daisy finalmente voltaram de sua conversa particular entre as mangueiras, ela continuou a insistir e pressionar Al até tarde da noite. Nenhuma de nós conseguiu mais do que quatro horas de sono.

— Ah, meu Deus!

Al olha para mim.

— O quê foi?

— Acabei de me dar conta de que deixamos nossos passaportes lá. Ainda estão lá no escritório do Isaac.

— Não faz mal. Leanne e Daisy levam para a gente quando vierem embora.

— Tem certeza?

— Claro que sim. A Leanne vai lembrar. Ela é bem organizada.

— É mesmo? Ela esqueceu de reservar a viagem para Chitwan. Você não acha estranho ela se lembrar de tudo, tudo mesmo, do repelente de mosquito, do transporte para Pokhara, do guia para nos trazer aqui para cima, e esquecer uma coisa assim?

— Não. — Al balança a cabeça. — Ela disse que só quis deixar para resolver na hora.

— Mas ela trouxe bagagem suficiente para três férias.

— O que você está querendo dizer com isso? — Al passa a mão pelo rosto. Pingos de chuva escorrem de seus cílios.

— Acho que ela não quer voltar. Você viu como ela reagiu quando a gente saiu. Estava quase aos prantos.

— Para com isso.

— É sério. Você já tinha visto a Leanne tão feliz quanto nesses dias?

— É porque ela está de férias.

— E eu também, e você, e a Daisy, e a gente não ficou dando pulinhos por aí, pegando emprestadas as roupas da Cera e da Isis, e nos metendo em tudo quanto é atividade. Você conhece a Leanne; seu modo padrão é o sarcasmo.

Al dá de ombros.

— Acho que você está pegando pesado, Emma. Leanne tem um coração de hippie, e Ekanta Yatra é um paraíso hippie, só isso. — Ela tira o inalador do bolso e aspira.

— Tudo bem, Al?

— Acho que é a altitude. Minha asma está me pegando desde que a gente chegou aqui.

— E não tem nada a ver com você estar fumando vinte cigarros por dia?

Ela me mostra o dedo do meio.

— Que nada, o calor da fumaça abre os meus brônquios.

— Experimente falar isso para a sua médica.

— Foi ela quem me disse para fazer isso. — Ela dá uma risada animada. — Vamos embora, temos que continuar. — Ela apoia um pé com cuidado no degrau seguinte. A água enlameada envolve suas botas e escorre pela montanha, folhas e gravetos rodopiam pela superfície. É difícil ver onde termina um degrau e onde começa o outro.

— Tudo bem. Olha. — Ela dá mais um passo e depois mais outro, pisando com cuidado. — É só a gente ter cuidado e ir devagar e... Aaahhhh! — Seu pé escorrega e ela cai para trás, aterrissando de bunda numa poça.

— Tudo bem? — Dou um passo em sua direção, testando meu peso no primeiro degrau, e estico uma mão.

— Sim. — Ela se vira, enfia as mãos na água e tenta se levantar. — Merda! Meu tornozelo.

— Torceu?

— Acho que sim. Merda!

— Não se mexa, vou tentar te levantar. — Me aproximo um pouco e me abaixo. A água escorre feito uma cascata por cima das minhas botas enquanto enfio as mãos sob os braços dela e me contraio.

— Pronta?

Ela faz que sim.

— Um... dois... três...

Uso toda a força possível para erguer o peso dela, mas ela pesa pelo menos uns 25 quilos a mais do que eu e despenca de volta no rio.

— Você vai ter que me ajudar um pouco — digo. — Será que consegue se apoiar um pouco mais no outro pé?

— Certo. Pronta?

— Um... dois... três... — Ela geme ao apoiar o pé bom no chão e eu a puxo para cima. Por um momento, nós duas balançamos precariamente e meu calcanhar escorrega no degrau, mas conseguimos ficar de pé.

Ficamos em silêncio total por alguns segundos, olhando para a descida da montanha, Al solta um suspiro de desânimo.

— Não tem a menor possibilidade de a gente chegar lá embaixo. A não ser que nós duas façamos a descida sentadas de bunda, como crianças. Vamos ter que voltar e esperar o tempo melhorar. Merda!

Meu coração dói. A desculpa que dei para Leanne e Daisy sobre meus comprimidos para ansiedade foi apenas metade dos motivos para a minha partida. Apesar da bela paisagem e do estilo de vida relaxado e tranquilo, nossa amizade começou a rachar, e os rumores de descontentamento que circulavam, muito mais fáceis de lidar lá em Londres, começaram a falar mais alto. Quando somos forçadas a passar 24 horas por dia juntas, não temos para onde fugir. Não dá para ir embora e ignorar o celular pelo resto do fim de semana. Em vez disso, a atmosfera nos persegue por toda parte, carregando o ar, que vai ficando pesado demais para respirar.

— Leanne vai ficar feliz com a nossa volta — diz Al, com a voz cansada. Está ainda mais frustrada do que eu. Veio para o Nepal para tentar escapar do fantasma que era a sua relação com a Simone, mas, depois da sessão com Isis, se viu forçada a lidar com outros fantasmas que ela preferia esquecer.

— Você pode apoiar seu peso em mim. — Eu a seguro pelo cotovelo e, lentamente, viramos de volta para a subida.

Levamos uma hora para chegar àquele ponto da descida, mas precisamos do dobro do tempo para voltar. Ao chegarmos ao portão de Ekanta Yatra, estamos ambas tremendo e Al está ofegante, encolhendo-se a cada passo. Batemos no portão por uma eternidade até finalmente sermos recebidas por Johan, que examina o tornozelo de Al e a coloca em seus ombros, com a mochila e tudo, como se fosse uma pluma, carregando-a para dentro da casa, até a cozinha, onde Sally, Leanne e Paula estão lavando a louça do café da manhã. Leanne olha para Al e seu rosto se ilumina, mas depois se contrai de preocupação quando Johan a ajuda a se sentar.

— Al, o que aconteceu? — Leanne me empurra para fora do caminho em seu desespero para chegar até ela e fica ao lado da cadeira. A pele sob seus olhos está inchada e escura.

— Torci o tornozelo. Aquilo lá está um banho de lama. — Al tira o casaco impermeável e o larga no chão, depois olha para Leanne com a expressão preocupada — Você está bem? Parece que andou chorando.

— Estou bem. Só estava chateada porque achei que nunca mais ia ver... — Ela coloca a mão na boca como se tivesse acabado de falar o que não devia.

— Cara, você é uma molenga. — Al puxa Leanne para um abraço. Leanne a envolve em seus braços finos num abraço demorado, fechando os olhos vermelhos, aninhando o queixo no ombro de Al. Parece se sentir aliviada e feliz, como alguém que abraça um ente querido na chegada do aeroporto depois de uma longa ausência, e não uma pessoa de quem acabou de se despedir.

— Ah, não! — Leanne se afasta de Al, os olhos vermelhos e preocupados atrás dos óculos voltados para Johan. — Se o tempo está tão ruim, será que o Gabe e a Ruth vão conseguir voltar bem lá de Pokhara?

Ele cruza os braços sobre o peito largo e aperta os lábios levemente.

— Gabe já fez essa rota tantas vezes que consegue voltar de olhos fechados. Ele vai encontrar uma rota alternativa. De qualquer forma — ele desvia o olhar —, preciso ir lá para fora. Se não cobrir a horta com palha, as verduras vão apodrecer.

— Obrigada, Johan. — Al sorri para ele, mas se contrai quando Sally solta sua bota e tira a meia ensopada. — Espero que você não distenda as costas.

— Sem problema. — Ele deixa a cozinha e vai para o escritório de Isaac, com as feições ainda contraídas e carregadas.

Sally se levanta e vai até a pia. Pega uma toalha de chá do escorredor e a coloca sob a torneira.

— Infelizmente, não temos gelo nenhum, então vai ter que ser com uma compressa molhada.

Al agradece baixinho e sorri para Leanne, que está agarrada à sua mão direita, como um molusco à concha.

— Estou tão feliz por você ter voltado. — Ela suspira. — Você não faz ideia de como eu fiquei com saudade.

— A gente ia se encontrar de novo daqui a uma semana — digo. — Desse jeito, parece até que nunca mais nos veríamos. A não ser que... — A névoa em minha mente se desfaz. Existe apenas uma explicação para a reação exagerada de Leanne à volta de Al. — ... a não ser que você estivesse planejando ficar aqui e não voltar para a Inglaterra com a gente.

— Isso aí, Emma — diz Al. — É claro que ela quer largar aquele apartamento arrumadinho dela, com uma geladeira cheia de comida, para ficar dormindo no chão e comer lentilhas pelo resto da vida.

Enquanto Al solta uma gargalhada, uma pontada de irritação atravessa a expressão de Leanne. Ela não diz nada; em vez disso, ajuda Al a tirar a outra bota e se levanta.

— Vou te servir uma boa xícara de chai, Al, para você se aquecer.

— Eu também adoraria uma — digo, um pouco alto demais. — Vou beber depois de tomar banho. Nos vemos daqui a pouquinho.

— Até já! — Al se despede com um aceno enquanto Leanne se vira, atravessa a cozinha e pega uma xícara da prateleira.

— Vou colocar um pouco mais de açúcar para você, Al.

Daisy está de pé no corredor, encostada na parede ao lado da mesa, de braços cruzados. Está usando um vestido longo, um tamanho maior que o dela, com o cabelo preso no alto da cabeça por um lenço índigo.

— Oi — digo, fechando a porta da cozinha. — Voltamos! Al escorregou e machucou o...

— Precisamos conversar. Vamos para o dormitório feminino.

Sem esperar por uma resposta, ela sai do corredor, atravessa a passarela e entra no dormitório. A noite está cheia de sombras, o céu negro, com nuvens de chuva aparecendo pela janela.

— Sente-se, por favor — ela aponta para o meu colchão e se senta no de Al, ajeitando o vestido sobre as pernas cruzadas.

Largo a minha mochila, deixando-a cair no chão com um baque, depois giro um ombro de cada vez.

— O que está havendo? Por que você está tão esquisita?

Daisy força um sorriso.

— Andei pensando em umas coisas.

— Isso é perigoso. — Me deixo cair sentada no colchão e solto um gemido ao desamarrar as botas e tirá-las. As meias ensopadas ficam penduradas nos pés. Tiro-as também e depois abro a mochila para pegar minha toalha, o gel de banho, o xampu e o condicionador.

— Não. — O sorriso de Daisy se desfaz. — Não banque a engraçada.

— Qual é o seu problema? Achei que você fosse ficar feliz por nos ver.

— Não especialmente.

— Ah, pelo amor de Deus, Daisy. — Largo as minhas coisas e me viro para prestar atenção nela. — O que aconteceu?

— Você gosta de ficar falando de mim pelas costas, não é?

— O quê?

— Não banque a inocente, Emma, isso não combina contigo. Aparentemente, você e a Al andaram falando um bocado sobre mim.

— Quem te contou isso?

— Não importa quem me contou. O que importa é que ouviram vocês.

— Foi a Leanne? — Penso nas duas, juntas sob as árvores na véspera.

— Já falei, não importa.

— Tudo bem, não me diga quem foi, mas a gente não estava falando mal de você.

— Não? Então, você não acha que estou *competindo com você*. — Ela joga a cabeça para trás e dá uma risada. — Fala sério, Emma. Você realmente acredita nisso?

— Não fui eu que disse isso, foi a Al.

Ela apoia os cotovelos nos joelhos e se inclina para mim.

— Mas você disse que eu era constrangedora e esquisita, não disse?

— Eu disse que era constrangedor e esquisito quando você vai atrás dos homens que me interessam. Elliot, aquele cara que você tentou empurrar para fora do táxi, ele me disse que você tentou beijá-lo enquanto eu estava no banheiro. E teve aquele cara que eu conheci na Heavenly. Eu *vi* vocês juntos no chão da casa dele.

— Meu Deus, Emma! — Ela olha para o teto e acha graça. — O Elliot de novo? Qual é o problema com esse cara? Você parece determinada a colocá-lo entre nós.

— Não se trata dele, Daisy, mas de você.

— Não, Emma. — Ela me cutuca no bíceps com o indicador. — Trata-se de *você se* preocupar mais com um babaca qualquer, que caga na sua cabeça, do que comigo, sua melhor amiga há sete anos.

Esfrego o braço.

— Não estou me preocupando com ninguém, mas estou de saco cheio de tudo ter a ver com algum homem, o tempo todo. Não dá para ir a um pub tomar um drinque sem você já começar a botar o olho em alguém. A gente não pode sair para comer que você fica o tempo todo analisando o comportamento de algum cara que te interessa. E a gente não pode nunca sair só para se divertir e dançar; tem sempre a ver com pegar alguém.

— Isso não é verdade.

— Ah, não? Você pegou o segurança quando fomos buscar a Al no Malice.

— Para ele não colocá-la para fora!

— A gente já estava indo embora! E agora nós estamos do outro lado do mundo e você está obcecada com o Isaac. — Junto minha toalha e o restante das coisas e me levanto. — E chega, não tenho mais paciência para essa conversa. Vou tomar banho.

— Não. — Ela me segura pelo pulso. — A gente ainda não terminou.

Eu a afasto com um safanão.

— Terminou, sim.

— Acho que a gente precisa dar um tempo. — Ela grita enquanto saio do quarto.

— O quê? — Me viro para olhar para ela.

— Conversei um pouco com o Johan e com a Leanne depois que você e a Al saíram, e eles acham que temos um vínculo nocivo.

— Que merda é essa que você está dizendo?

— Nossa amizade. A gente anda pendurada uma na outra há anos, com um monte de ressentimento acumulado. — Ela faz um gesto para o colchão onde eu estava sentada antes. — Essa nossa conversa acabou de confirmar isso.

A situação é tão ridiculamente melodramática que é impossível não achar graça.

— Então, você está terminando comigo?

Ela dá de ombros.

— Acho que a gente deve passar menos tempo juntas.

— Por causa de uma discussão?

— Não, porque estamos muito apegadas uma à outra. Leanne estava me contando o que Isaac disse no seminário ao qual ela foi, sobre como o nosso apego às pessoas e às coisas nos deixa estressadas, com inveja e amarguradas, e como, se nos libertarmos desses vínculos, fica mais fácil sermos felizes.

— E você acha que vai ser mais feliz se não formos mais amigas?

Ela dá de ombros novamente e, pela primeira vez na conversa, desfaz o contato visual comigo e olha para longe. Não sei se choro ou se jogo o xampu na sua cabeça.

— Galera! — Leanne entra correndo no quarto e se joga em cima de Daisy. Ela dá uma risada quando perdem o equilíbrio e caem no colchão, uma confusão de roupas, pernas e braços. Relaxo por um segundo, aliviada com o fim daquela conversa horrível e absurda com a Daisy.

— Vamos lá, mula-manca! — Leanne grita quando Al entra mancando no quarto, o tornozelo totalmente envolvido numa atadura. — Ainda está caindo o maior temporal lá fora, a gente pode jogar cartas. Que tal pega-bruxa? — Ela olha para mim, rindo abertamente. — Quer jogar, Emma?

— Você está chamando a Emma de bruxa? — pergunta Al, divertida. Ela se acomoda no colchão ao lado de Leanne e pisca para mim.

— Não. — Daisy se apoia num cotovelo e cutuca o nariz de Al. — A Leanne se enganou de nome. O certo é pega-puta!

Al e Leanne gargalham, animadas, e é como aquela segunda noite em Pokhara, tudo de novo, só que, dessa vez, Daisy não parece estar brincando e seus olhos não revelam nenhum resquício de amizade. Ela não olha para mim em nenhum momento para ver se estou rindo com as outras. É como se eu não existisse mais.

Capítulo 21

Normalmente, eu acharia divertido ver a Daisy tentar passar suavemente, sem conseguir, da posição da cobra para a do cão abaixado e terminar embolada, com o rosto vermelho, no meio do pátio, mas estou atenta demais a Leanne para rir. Ela mantém a testa contraída enquanto movimenta as pernas e os braços e se contorce agilmente de uma posição para outra. Daisy e eu praticamente não trocamos uma palavra desde a nossa "conversinha" da manhã anterior, o que tem sido muito constrangedor, especialmente por estarmos confinadas dentro de casa nas últimas 24 horas, devido à chuva e ao tornozelo da Al.

Eu não aceitei o generoso convite de Leanne para jogar pega-bruxa, uma versão distorcida de rouba-montinho. Em vez disso, fiquei lendo meu livro, enquanto ela, Al e Daisy trocavam insultos e jogavam cartas umas nas outras durante uma boa meia hora. Fiquei circulando pelo retiro o resto do dia. Com a chuva lá fora, algumas pessoas ficaram reunidas na sala de meditação, conversando e tocando música, enquanto outras foram dormir ou ler nos dormitórios, ou para a cozinha, ajudar com as refeições. Algumas, mais bem-dispostas, vestiram seus impermeáveis e foram para fora, cuidar dos animais e da horta, mas a maioria ficou do lado de dentro. Sentei-me com Al, Leanne e Daisy na sala de meditação por um tempo, mas aturar a Daisy me ignorando e a Leanne agindo como se não houvesse nada errado foi demais para mim, então fui descascar batatas na cozinha para o Raj. Ele ficou de conversa fiada comigo, mas a sensação de vazio no meu peito, que eu vinha carregando o dia todo, não desapareceu. Pelo contrário, foi ficando cada vez mais forte. Nunca me senti tão solitária ou isolada em toda a minha vida.

A sensação de alívio quando acordamos com o céu azul hoje de manhã era palpável. O chão ainda está molhado, encharcado demais para uma nova tentativa de descer a montanha, mas o pátio secou rapidamente e Isis anunciou a retomada dos exercícios de ioga.

— Agora, então, vocês se deitam nos tapetes, na posição do cadáver, e eu vou guiá-los numa pequena meditação — diz Isis.

O grupo toma posição, todos juntos, menos Frank, que encontra meus olhos. Ele não sorri, nem acena. Mantém o olhar fixo até eu ser forçada a desviar os meus olhos. Leanne percebe o olhar dele e sorri. Apesar da falsidade do seu "Oi, pessoal!" e das tentativas para que todas participassem das incontáveis partidas de pega-bruxa, de brincar de quem-sou-eu e das charadas, ela não podia estar mais feliz com o fim da amizade entre mim e Daisy. Existe uma hierarquia natural em todos os grupos de amigos e estou bem certa de que a Leanne sabe que ela está na periferia. Não basta ser a melhor amiga da Al. Ela quer a Daisy para ela, também. Nada melhor do que ficar com dois pássaros na mão e ainda eliminar a concorrência. A única pessoa que tem sido amiga de verdade é a Al e eu não consegui ficar sozinha com ela desde a nossa tentativa abortada de voltar para Pokhara.

Desvio do grupo na ponta dos pés e me sento nos degraus que vão para o jardim enquanto Isis conduz a meditação coletiva.

Al, que estava havia meia hora na cozinha com Sally examinando seu tornozelo, aparece na porta da casa. Ela acena para mim quando me vê e vem mancando devagar para se sentar animadamente no chão.

— E aí? Parece que você está puta da vida.

— Você não reparou que a Daisy parou de falar comigo?

— Eu vi que as coisas estavam meio estranhas entre vocês duas ontem, mas achei que ia passar. O que aconteceu? — Ela enfia a mão no decote e tira o pacote de Marlboro escondido na alça do sutiã. Acende um cigarro e oferece o maço para mim. Fumo apenas quando estou bêbada, mas aceito assim mesmo. Trago e a fumaça chega ao fundo da minha garganta. A sensação tem algo de estranhamente agradável.

Solto a fumaça expirando com força.

— Alguém contou a ela sobre a nossa conversa do outro dia. Aquela que a gente teve antes de ir embora, quando eu te contei que ela deu em cima do Elliot e do outro cara.

— Jesus! — Ela suspira. — Bom, não fui eu que contei.

— Eu sei, alguém deve ter ouvido a gente.

— E aí ela ficou furiosa.

— Está, comigo. Ela quer que a gente "dê um tempo". — Marco as palavras entre aspas com os dedos no ar. — Aparentemente, ela teve uma conversinha com Leanne e Johan enquanto a gente descia a montanha e eles disseram para ela que nós tínhamos um vínculo nocivo e que ela seria mais feliz se deixássemos de ser amigas.

— Sério? — Al faz uma careta. — Eu sei que a Leanne nos trouxe para esse buraco hippie, mas o Johan me pareceu razoável quando fumei um cigarro com ele no outro dia. Quem sabe eles não estavam só tentando acalmá-la? Você sabe como ela fica quando surta, mas é só dar uns dois dias e ela vai ficar bem.

— Eu só quero ir para casa, Al. Já não aguento mais. Ontem foi horrível. Senti como se não pudesse respirar.

— Sei o que você quer dizer. Ouça, vou conversar com o Johan sobre o tempo e perguntar quando ele acha que será seguro a gente fazer uma nova tentativa de descida. Leanne acha que agora vai ser assim, temporal todas as noites. Era de se supor que ela soubesse que agora é a época das monções aqui, de tanto tempo que ela ficou pesquisando sobre o Nepal antes de a gente...

Ela para de falar no momento em que uma figura robusta aparece ao nosso lado. Frank se agacha e pega um Marlboro Light de Al.

— Muito bem, senhoras — diz ele com o canto da boca enquanto acende o cigarro. — Desculpe interromper, mas o Isaac quer todo mundo na sala de meditação para uma reunião de emergência. Parece que alguém morreu.

O ar na sala de meditação está carregado. Todo o espaço encontra-se tomado por corpos aquecidos, espremidos juntos, cotovelos e quadris apertados, as cabeças viradas para o altar, onde Isaac está de pé, de braços e pernas abertas, os dedos agarrados à madeira, os olhos fechados. Daisy está sentada do lado direito da sala, encostada à parede, apertada entre Johan e Raj. Enquanto estamos nos espremendo para entrar na sala, atrás de Isis e do grupo de ioga, Leanne também vê Daisy. Ela acena com a mão e logo está abrindo caminho entre as pernas cruzadas das pessoas sentadas no chão. Al vai atrás dela, mas para bem no meio da sala e olha de volta para mim. Seu sorriso vacila. Ela não sabe se continua atrás de Leanne ou se fica comigo. Mais gente vai chegando e o caminho entre nós fica bloqueado. Como Al continua atravessando a sala, eu me acomodo onde estou. Faço cara de desculpas para Minka, uma das moças suecas, e abraço os joelhos, para ficar o mais encolhida possível.

A atmosfera está pesada com a expectativa. Ninguém fala nada e, cada vez que o chão range ou estala, com alguém mudando de posição, todos olham em volta.

Um homem que nunca vi antes está sentado aos pés de Isaac. Tem uma constituição pesada, a cabeça raspada, barba longa e escura, uma camiseta do AC/DC e calças camufladas cortadas. Não parece ter muito mais de vinte anos, vinte e dois, no máximo, mas observa a sala com o olhar cansado de um homem com o dobro da sua idade.

— Oi, pessoal. — A voz de Isaac me sobressalta. — Obrigado por virem me encontrar aqui tão rapidamente. Como vocês perceberam, Gabe está de volta. — Ele aponta para o homem sentado aos seus pés.

Várias pessoas gritam olá e acenam, mas Isaac balança a cabeça, pedindo que fiquem em silêncio.

— Porém, temos más notícias sobre Ruth. Péssimas notícias... — A voz dele fraqueja e ele fecha os olhos. Quando abre novamente, as lágrimas escorrem por suas bochechas. Ele tenta enxugá-las e um murmúrio ecoa pela sala. — Um grupo de homens usando balaclavas tentou roubar Gabe e Ruth no caminho de volta pela montanha e, quando Ruth resistiu, um deles a empurrou para fora do caminho, ela caiu e bateu a cabeça. Os homens fugiram com o jumento e com as provisões, Gabe cuidou de Ruth, mas... não havia nada que pudesse fazer. Ruth morreu antes que ele pudesse trazê-la de volta para Ekanta Yatra.

Um suspiro coletivo é seguido por um ruído crescente. Sally, sentada no meio da sala ao lado de Raj, o abraça e enfia a cabeça no peito dele. A única pessoa na sala que não reage à notícia é Gabe. Ele mantém a cabeça baixa, as mãos entrelaçadas no colo.

Isaac levanta as mãos e o vozerio se transforma num murmúrio surdo.

— Vamos fazer uma cerimônia em sua homenagem na quarta-feira à noite. Quem desejar participar deve ir para a margem do rio às dez da noite. Se quiserem ajudar a coletar a lenha para construir a pira, encontrem com a gente hoje, às três da tarde.

— Vocês vão cremá-la? — Estou de pé e as palavras saem da minha boca antes que consiga segurá-las. — Aqui?

Isaac concorda.

— Sem comunicar sua morte à família dela?

— Nós somos a família de Ruth, Emma.

— Você sabe o que quero dizer. Sua família de fato. Seus pais, irmãs, irmãos.

— Nós somos seus irmãos e irmãs — diz Isis em voz alta, do canto da sala.

— É o que ela gostaria que fosse feito — grita outra pessoa.

As vozes começam a vir de todos os lados, umas após as outras:

— Ela amava Ekanta Yatra.

— Este lugar era a sua vida.

— Ruth pertence a este lugar.

Todos os olhos estão fixos em mim e, de repente, me sinto sufocada, como se o oxigênio estivesse sendo sugado da sala. Olho para Daisy em busca de ajuda, mas ela desvia os olhos, Al também não sustenta o meu olhar. Está encolhida sobre si mesma, o rosto pressionado contra os joelhos, as mãos abraçadas às batatas da perna. Ela não aguenta falar sobre morte, nem a de Tommy, nem a de mais ninguém. Ela foi embora do pub uma vez quando Daisy nos perguntou que música gostaríamos que tocasse nos nossos funerais e, bêbada, começou a discursar sobre como cabia a nós ter a certeza de que o babaca do pai dela não fosse convidado para o enterro.

— Então é assim? — pergunto. — Vocês simplesmente vão pegá-la e cremá-la sem comunicar à família? Sem comunicar à polícia nepalesa o que aconteceu? E acham que está tudo bem?

Isaac me olha demoradamente, com ar de pena, como se eu jamais fosse ser capaz de compreender.

— Como sugere que façamos isso, Emma? Não temos internet, telefones ou correio. Mesmo que nos arriscássemos a sermos atacados novamente por esses idiotas tentando voltar para Pokhara, e depois? Não temos qualquer informação sobre os pais de Ruth. Eu nem sei direito o sobrenome dela.

A imagem de nós entregando nossos passaportes no primeiro dia surge na minha cabeça.

— E o passaporte dela? Se for entregue na embaixada britânica, eles poderão localizar os pais, mesmo que ela não tenha preenchido essas informações.

Um homem de cabelo preto, sentado na minha frente, se vira e fala entredentes.

— Senta aí, você está passando vergonha. — Mas Isaac o dispensa com um gesto.

— A Emma é nova aqui. Ela não entende.

O homem me olha uma vez mais com ar aborrecido, dá de ombros e se vira para a frente.

— Ruth queimou seu passaporte após a desintoxicação — diz Isaac. — Todo mundo faz isso quando decide abandonar seus antigos "eus" e se tornar parte de nossa comunidade. A decisão foi dela. Entendo por que você tem dificuldade para processar tudo isso, não é algo com o que você esteja habituada. Ficarei feliz em explicar tudo para você mais tarde, se você quiser.

Quero perguntar para Isaac o que é detox e o que isso implica, mas não quero mais ninguém me mandando calar a boca. Todos estão olhando para mim, querendo que eu me sente e pare de falar. O ar está carregado de incenso. Dá para sentir nos lábios, na língua, no fundo da garganta. A sala está abafada e quente. Olho para trás. Por que a porta está fechada? Frank encontra meus olhos e franze a testa.

— Você gostaria? — pergunta Isaac. — Podemos conversar depois?

— Sim — respondo sem levantar os olhos. — Sim, tudo bem.

Eu concordaria com qualquer coisa que fizesse com que todos parassem de olhar para mim.

— Ótimo. — Isaac junta as mãos e sorri, a atmosfera da sala fica imediatamente mais leve. — A outra coisa sobre o que precisamos conversar é a segurança. Nunca tivemos nenhum problema como esse antes, mas não sabemos quem são essas pessoas e que perigo representam, então precisamos adotar algumas precauções. Sugiro que comecemos a patrulhar o terreno à noite, apenas por algumas semanas. Johan, você vai fazer a patrulha com a Emma. Isis, você fica com a Daisy. Cera, você vai ficar com Frank. Raj, você fica com...

Paro de ouvir e afundo no chão. Frank estica o braço para me apoiar.

— Que pena que a gente não vai fazer um par! — Ele se inclina e se aproxima, tão perto que os lábios roçam minha orelha. Tem um hálito quente e picante, cheirando a cominho e cardamomo. — Eu ia gostar muito de poder conversar com você, só nós dois, alguma hora, Emma.

— Me desculpe. — Me esforço para ficar de pé. — Acho que vou vomitar.

O chão da despensa está frio. Vomitei duas vezes, numa embalagem vazia de margarina que encontrei numa pilha de plásticos no canto, e a friagem das tábuas do piso acalma minhas bochechas em brasa. O som de passos e de vozes conversando entra por baixo da porta, com todo mundo saindo da sala de meditação, indo para o lado de fora.

Um ruído na cozinha me assusta e eu vou mais para o fundo da despensa, apertando-me entre um saco de arroz e um de farinha, enquanto as vozes de um homem e de uma mulher se aproximam.

— Aqui é seguro? Não quero me meter em confusão.

— Está tudo bem, não tem ninguém aqui.

— Vou fechar a porta.

A porta fecha com um clique e o piso de madeira da cozinha range com os passos. O som fica mais alto quando se aproximam da despensa, e eu me encolho, enfiando a cabeça entre os joelhos. É um movimento inútil; no instante em que alguém entrar, serei descoberta. A porta chacoalha nas dobradiças, como se alguém estivesse se apoiando nela com todo o peso, mas não abre e, logo em seguida, ouço o ruído úmido e os estalidos de duas pessoas se beijando.

Os beijos prosseguem por vários minutos e param de repente.

— Gabe não trouxe comida nenhuma. Nada, nem um saco de arroz.
— Reconheço a voz do Raj. — O que eles acham que devo fazer sem novos mantimentos? Não sou capaz de inventar refeições do nada, e estamos quase sem lentilhas. Mesmo racionando o que nos resta, temos o suficiente para apenas uma semana, duas no máximo, e acabou.

Uma mulher solta um ruído compreensivo.

— Por que Isaac mandou a Ruth com o Gabe é que não sei — prossegue Raj. — Gabe já desceu a montanha com o jumento antes e os maoístas nunca criaram nenhum problema com isso. Ele lhes dá uma parte dos suprimentos no caminho de volta e eles o deixam passar.

— Isso supondo que tenham sido os maoístas.

— Quem mais poderia ter atacado os dois?

— Eu não sei.

— Você está bem?

— Não estou, não. Ruth era minha melhor amiga, Raj. Sei que a gente andou estremecida por um tempo, mas isso não muda o fato de que eu jamais vou poder falar com ela de novo. Nunca vou poder pedir desculpas.

— Pelo quê? Você disse para ela falar num tom mais baixo, Sal, mas ela não quis te ouvir. Dava para ouvi-la onde quer que ela estivesse no complexo, reclamando e se lamuriando, ela tinha que ter certeza de que todo mundo estava ouvindo ela falar. E ficava pior perto dos hóspedes, falando coisas fora de hora. Você agiu bem ao se distanciar dela. Caso contrário, não teria sido apenas a Ruth que o Isaac teria chamado para o seu escritório...

Raj baixa a voz e sussurra.

— Ei, ei. Está tudo bem. Não chore.

Imagino Raj puxando Sally para os seus braços e pressionando-a contra seu peito largo.

— Nós estamos seguros aqui, e eu vou dar um jeito com a comida. A gente ainda tem a horta, o pomar e as galinhas, algumas cabras estão absurdamente gordas. Vamos ficar bem.

Eles voltam a ficar em silêncio e experimento esticar as pernas. Sinto o formigar dos pés até o quadril quando começo a me mexer, e as pernas estão dormentes demais para controlar, meu pé voa e acerta o barril na minha frente. A lata grande de feijão em cima dele oscila precariamente e tomba. Consigo apoiá-la com a ponta dos dedos, mas ela escorrega e cai no chão com uma batida metálica. Eles fazem uma pausa, seguida de um sussurro ansioso de Sally.

— Você ouviu alguma coisa?

Rajesh solta sua risada estrondosa.

— Desculpe, foi a minha barriga.

— Tem certeza? Achei que...

— Vamos lá para fora, sentar um pouco na beira do rio. Ordens do doutor Raj.

— Mas...

— Vamos lá, Sal.

Se Sally continua a protestar, eu não sei, pois o som dos chinelos no assoalho de madeira vai sumindo na distância.

Capítulo 22

Hoje

— Jane, você ainda está aí?

A voz manhosa de Chloe entra por baixo da porta da cabine do banheiro.

— Já estou saindo.

Estou agachada numa privada para crianças da escola primária da rua Ringwald, com o celular nas mãos. Segundos depois que eu vi as notificações da conta de Daisy no Facebook, Chloe disparou para fora da sala de estar dos gatos e colocou os dois filhotes nas minhas mãos. Depois de eu colocá-los em segurança, de volta em suas gaiolas, ela segurou minha mão e meio que me guiou, meio que me puxou até o carro do Will, insistindo para que eu me sentasse no banco de trás com ela. Tentei argumentar, dizendo que eu estava com a minha bicicleta, mas Will imediatamente se ofereceu para me trazer de volta depois da feira para pegá-la.

— Jane, todas as pulseiras serão vendidas se você não correr.

— Estou indo!

Meu coração sobe até a minha boca quando o aplicativo do Facebook se abre.

Daisy.

A foto de perfil é pequena, mas dá para ver que é ela. Pequena, o rosto em forma de coração emoldurado por uma juba loura. A cabeça está inclinada para trás e ela está rindo, com um copo de champanhe ou de *prosecco* na mão levantada. São quatro mensagens. Abro uma atrás da outra.

Socorro, Emma!

Clique.

Está muito frio.

Clique.

Você nunca veio me buscar.

Clique. Minhas mãos tremem quando leio a última mensagem.

Não quero morrer sozinha.

O banheiro começa a girar e sinto um aperto violento na barriga.

— Jane! — grita Chloe. — Jane, você está passando mal? Quer que eu chame o papai?

Minha mão está fria e úmida na de Chloe enquanto ela me arrasta pelos corredores estreitos da escola. Eles ecoam com o som das risadas, conversas e choros. Crianças agitadas e pais atribulados passam por mim num borrão. Minhas bochechas ardem, mesmo tendo jogado água fria no rosto enquanto estava no banheiro, e minha língua está azeda com o gosto de vômito.

— Estou vendo o papai! — Vamos nos espremendo entre a multidão na entrada da escola e aspiro o ar fresco sofregamente.

— Papai! — Chloe levanta a mão e acena enquanto me conduz entre os brinquedos do parquinho. — Papai, a Jane passou mal. Ah, olha a mamãe! Mamãe!

Procuro me afastar quando uma mulher magra e alta, vestida com uma saia vermelha até o joelho, botas e jaqueta de couro pretas se vira ao ouvir a voz de Chloe, mas é tarde demais. Ela nos cumprimenta com a mão e olha para mim de cima a baixo. Ajeito a barra da minha camisa polo azul-marinho sob meu casaco impermeável, subitamente me dando conta de que ainda estou vestindo minhas roupas de trabalho.

— Olá, querida! — Sara se agacha e abre os braços, em seguida olha para mim quando Chloe solta a minha mão e corre para abraçá-la. — Você deve ser a Jane. Já ouvi falar muito de você.

Will, ao seu lado, alterna o peso do corpo de um pé para o outro.

— A Jane passou mal — diz Chloe, livrando-se do abraço da mãe. — Ouvi ela vomitando no banheiro.

— Chloe, não deixe a Jane sem graça. — Sara olha para mim com uma expressão de pena. — Você está bem?

— Estou bem. Eu... — Coloco a mão sobre a barriga. — Deve ter sido alguma coisa que comi.

— Você está muito pálida. — Will tira a carteira do bolso. — Aqui. — Ele estende uma nota de cinco libras para Chloe. — Vai comprar uma garrafa de água para a Jane.

— Certo. — Ela pega o dinheiro, sai correndo pelo parquinho e some no meio de uma multidão de crianças em torno do balcão.

— Desculpe. — Sara estende a mão direita. — Will não é muito bom em apresentações. Então deixa comigo, pode ser? Sou a Sara.

Seguro a sua mão. A firmeza de seu aperto me surpreende.

— Jane.

— Chloe já me falou muito de você. Ela não conseguiu dormir ontem à noite de tão animada que estava para ir visitar o abrigo.

— Sim, Will me contou.

Sara olha para ele e força um sorriso.

— É claro. Então... — Ela olha para mim de cima a baixo outra vez. — Você vai voltar para o trabalho depois daqui?

— Não, já encerrei o dia.

— Você sempre trabalha aos sábados?

— De vez em quando, depende da programação.

— É claro.

— Sara é gerente de RH — diz Will, um pouco alto demais. — Ela trabalha na British Telecom.

Procuro alguma coisa para dizer, mas o melhor que a minha mente consegue produzir é "Que ótimo". Toda a minha atenção está no telefone dentro do meu bolso, esperando que vibre novamente. A expectativa me deixa apavorada e desesperada ao mesmo tempo.

— Ajuda a me manter longe dos problemas — diz Sara, com um leve sorriso. No momento em que ela termina de falar, o silêncio fica ensurdecedor.

— Como está seu polegar? — Pergunto, lembrando-me de sua ida ao pronto-socorro.

— Melhorando. — Ela tira a mão esquerda do bolso e mostra o curativo perfeito.

— Que bom — respondo, e o silêncio constrangedor está de volta.

— Acho que a Chloe vai ter que usar os cotovelos para atravessar a fila até o balcão — diz Will, e todos olhamos juntos para lá.

— Eu tenho que ir — digo, quando Sara consulta o relógio.

— Sim — diz, como se estivesse de acordo. — Eu também, prometi a Jo que ia visitar a sua barraca e comprar uns bilhetes da rifa antes. Will, você pode dizer para a Chloe onde vou estar quando ela voltar? — Ele concorda e ela olha para mim. — Adorei te conhecer, Jane. Espero que você melhore logo.

— Obrigada.

O nó de ansiedade na minha barriga vai se desfazendo lentamente à medida que ela se afasta, de cabeça erguida, acenando para os outros pais no parquinho.

— Desculpa — diz Will, assim que ela fica fora do alcance de nossas vozes. — Eu não sabia que ela estaria aqui.

Ele está suficientemente perto para eu poder pegar a sua mão, mas a distância entre nós parece ser bem maior do que isso. É como se estivéssemos ambos envolvidos em campos de força invisíveis; um passo a mais de aproximação e o outro será repelido. Sou tomada por uma vontade súbita de dizer a ele como gostei de assistir a *Battlestar Galactica* na outra noite, após algum esforço, mas sinto que seria muita intimidade. É o tipo de conversa que tínhamos antes de decidir que precisávamos de um pouco de espaço entre nós dois.

— Aí vem ela! — Os ombros dele relaxam quando Chloe surge da multidão de crianças em torno da barraca de bebidas, com uma garrafa de água levantada vitoriosamente sobre a cabeça.

— Consegui! — Grita, correndo para nós e empurrando a garrafa para a minha mão. — Desculpa ter demorado tanto. Assim que cheguei ao balcão, uma mulher de chapéu azul começou a me fazer um monte de perguntas sobre a Jane. — Ela abre a mão direita e entrega um punhado de moedas para Will. — Aqui seu troco, papai.

— Uma mulher fez perguntas sobre mim? — Aperto a mão contra o peito.

— Foi. Ela me perguntou se o papai te chama de Jane ou de Emma. — Ela olha para mim e para Will e de novo para mim, como se avaliasse nossas reações. — E eu disse para ela que aquilo era uma bobeira, porque todo mundo sabe que você se chama Jane.

— Chloe — eu me esforço para manter a voz firme enquanto envolvo o celular com a mão dentro do bolso —, essa mulher te perguntou mais alguma coisa?

Ela balança a cabeça.

— Ela tentou, mas o Connor Murphy, do quarto ano, nos empurrou e o Jake Edwards disse que ia dar um soco nele se ele não ficasse atrás, aí...

Will e eu trocamos um olhar enquanto ela prossegue com a história da luta que nunca aconteceu com sua voz alegre e estridente. Ele então desvia os olhos, balançando a cabeça de leve.

— Como era essa mulher? — pergunto, quando Chloe finalmente faz uma pausa para respirar.

— Normal. — Ela dá de ombros. — Com um chapéu azul.

Capítulo 23

Há cinco anos

— Isso não pode ser legal.

Estamos de pé junto à margem do rio, uma pira retangular de madeira brilha no meio da escuridão ao nosso lado. A única luz é a brasa da fogueira escavada na lama macia hoje de manhã. Dois dias se passaram desde que Isaac deu a notícia da morte de Ruth. De alguma forma, consegui evitar a prometida "conversa" com ele, embora estivesse inquieta, esperando que ele viesse me procurar a qualquer momento.

Al está ao meu lado, segurando a minha mão. Leanne e Daisy estão do outro lado, chorando em silêncio. A cada dois segundos, soltam as mãos para limpar o rosto com os punhos, mas lágrimas frescas tomam o lugar das que acabam de esfregar. Há algo de premeditado naquele sofrimento exagerado. Não conheciam Ruth, jamais a haviam visto, mas soluçavam como se tivessem perdido um parente próximo.

— Precisamos ir ao consulado britânico — sussurra Al de volta. Estamos ladeadas por membros de Ekanta Yatra, então temos que manter a voz baixa. — E à imprensa. As pessoas precisam saber o que está acontecendo aqui.

— A gente precisa voltar para Pokhara primeiro.

— Estamos presas aqui por pelo menos mais um mês, segundo Johan. Não acredito que a Leanne nos trouxe aqui na época das monções. O que ela estava *pensando*?

Que isso ia acontecer, penso, mas não digo nada.

— De qualquer forma — Al dá de ombros —, Leanne e Daisy não parecem estar se incomodando muito em ficar mais pelo tempo que for.

Olho para Daisy. Ela ainda não falou comigo desde a nossa discussão no dormitório feminino. Em vez disso, colou em Leanne e está participando de todas as meditações, palestras e sessões de ioga. Nas refeições, ela se senta com Leanne ou com membros de Ekanta Yatra, enquanto eu me sento a outra mesa. Às vezes, Al se senta comigo, outras, com Daisy. Ela está tentando ser diplomática, mas ainda dói.

— É doentio. — Al sinaliza para a pira. — Essa gente está vivendo em outro planeta.

Ela estava tremendo de raiva quando a encontrei no pomar há dois dias. Escapei da despensa da cozinha sem ser vista, Al estava sentada debaixo de uma nogueira, as articulações da mão direita vermelhas, em carne viva. Havia sangue na casca da árvore. Nenhuma de nós falou nada por vários minutos e ela se jogou para frente e socou o chão duro com ambos os punhos.

— A porra da família dela!

Não preciso perguntar sobre quem ela estava falando.

— Minha vontade é de socar o Isaac. — Os músculos de seu maxilar se contraem. — Queria enfiar minha mão naquela cara metida a besta. Toda aquela gente, Emma, e você foi a única a falar alguma coisa. O que há de errado com esses merdas?

Ela começa a chorar, em silêncio, sentada de pernas cruzadas no chão, com as mãos cobrindo a cabeça. Eu me sento ao lado dela, acariciando-a suavemente até os soluços se acalmarem, ela se ajeitar e pegar o maço de cigarros.

Essa foi a nossa última chance de conversar em particular. Isis e Cera chegam segundos depois, para dizer que precisam de nossa ajuda para limpar as galinhas. Não nos deixaram mais sozinhas em nenhum momento. Mesmo agora, quando estão mais abaixo, junto aos lamentadores, dá para sentir seus olhos em nós. É quase como se soubessem o que estamos planejando fazer.

— Um pouco de silêncio para a chegada do corpo de Ruth, por favor.
— A voz de Isaac soa alta e clara pelo pomar quando ele se aproxima atravessando o pátio. Johan e Gabe estão ao lado dele, cada um com uma tocha na mão direita e uma tigela de incenso balançando em correntes na esquerda. O fogo ilumina seus rostos, lançando sombras sobre seus olhos, bochechas e queixo. Uma nuvem de fumaça paira atrás deles. Seis homens vêm caminhando em meio à fumaça. Carregam um corpo envolto num xale, em cima dos ombros, o rosto de uma mulher, branco como cera, se mostra parcialmente.

Só pode ser a Ruth.

A fila dos lamentadores na beira do rio se abre quando eles se aproximam da pira. Al se encosta mais em mim. Posso senti-la tremendo através do tecido fino de seu casaco impermeável.

— Não consigo ver isso.

— Você consegue. — Leanne olha para ela, o rosto anguloso aparecendo em meio às faixas de tecido que ela usou para envolver a cabeça. — Você é mais forte do que isso.

— Não sou. Não sou porra nenhuma.

Ela fica em silêncio enquanto o corpo é colocado na pira e Isaac pega a tocha que está na mão de Jacob. Ele a segura junto às folhas secas e aos gravetos na base. Quando uma labareda solitária começa a lamber a lenha seca, Al solta a mão da minha e dispara pela escuridão de volta para a casa.

— Eu vou — diz Leanne, colocando a mão no meu ombro. O gesto me desarma. É a primeira vez que ela me toca desde que chegamos aqui. Estará tentando me tranquilizar ou impedir que eu vá atrás de Al? Ela sai apressada no escuro antes que eu possa reagir, o cachecol cai de sua cabeça e esvoaça atrás dela.

Daisy olha para mim sob o capuz de lã. Ela descartou o casaco impermeável e o substituiu por um cobertor de lã de iaque, no estilo das mulheres de Ekanta Yatra. Seus olhos estão inchados e cansados, os lábios apertados numa linha fina.

— Não sei qual é o problema da Al — diz. — Ruth não era próxima da família dela e, obviamente, ela não tinha motivo nenhum para voltar para a Inglaterra. Que outro motivo ela teria para queimar o passaporte?

— Dais... — Seu nome se forma em meus lábios, mas ela se vira e se afasta, caminhando junto à fila das lamentações, antes que eu possa dizê-lo em voz alta. Ela passa por Frank, que me vê olhando e levanta a mão, num cumprimento silencioso. Eu o ignoro, ocupada demais em observar Cera envolver Daisy num abraço caloroso.

As chamas dançam mais altas agora, tocando as pontas soltas do xale funerário de Ruth. Vejo a silhueta de seu perfil mais acima, a curva da barriga, o formato dos braços cruzados sobre o peito. Posso ver tudo isso, um corpo sobre um monte de lenha a cinco metros de mim, mas não sou capaz de aceitar que seja real.

— Difícil de aceitar, não?

— É surreal — digo para Johan, que se aproximou de mim, bloqueando minha visão de Daisy e Cera. Johan não responde. Tem os olhos fixos em Ruth à medida que o fogo envolve seus pés, pernas e tronco. O xale pega fogo rapidamente e ela desaparece numa nuvem negra de fumaça acre.

— O que o Isaac está fazendo? — pergunto, ao vê-lo andar em sentido anti-horário ao redor do corpo três vezes antes de parar.

— Está se despedindo. Os hindus dão três voltas em torno do corpo, uma para Brahma, o criador, outra para Vishnu, o preservador, e a terceira para Shiva, o destruidor, a trindade dos deuses hindus. Fazemos isso para nos despedir do corpo, da mente e do espírito de Ruth.

A fogueira crepita e solta fagulhas, várias mulheres na fila das lamentações cobrem os narizes e as bocas com os lenços ou com os braços.

Olho para Johan.

— A Ruth era um membro popular de Ekanta Yatra?

Um músculo se contrai em seu rosto e ele esfrega os olhos quando uma onda grossa de fumaça cinzenta chega até nós. O fedor de carne assada é repugnante.

— Popular? — O músculo se contrai novamente, mas sua expressão se mantém impassível. — Bom, eu gostava dela.

— E o Isaac?

Ele não responde. Pisca e lacrimeja com a fumaça em torno de nós, mas não tira os olhos do corpo de Ruth.

— Ela veio para cá sozinha? — pergunto.

— Não, veio com a Sally.

Sally e Raj estão conversando, mais abaixo, na fila. Estão de frente um para o outro, de forma a excluir qualquer outra pessoa de sua conversa, mas sem se tocar. Enquanto conversam, as costas das mãos se aproximam e eles entrelaçam os dedos. Um gesto breve, mas íntimo. Sally percebe meu olhar e solta a mão de Raj. Ele olha para ela, surpreso, mas, quando vê para onde Sally está olhando e me vê, dá um passo para trás e se afasta dela.

— O que foi? — Johan olha para mim, curioso, e depois para Sally e Raj. Eles fazem um aceno de cabeça e Johan acena de volta.

— Emma. — Ele olha de novo para mim. — O que você viu?

— Nada.

— Tem certeza?

— Sim.

— Ótimo, porque estamos de patrulha.

— Para quê?

— Falhas e buracos na cerca, qualquer tentativa de invasão. — Ele faz um gesto para além do rio, em direção à cerca. Tochas acesas foram colocadas a cada dois metros, mas boa parte do perímetro está coberta pela escuridão. — Isaac acha que estamos em perigo, por causa das pessoas que atacaram Gabe e Ruth.

Ele sai andando, sem esperar pela minha resposta, a passos largos, rumo ao pomar. Fico no mesmo lugar. Conversar educadamente diante de todos é uma coisa, desaparecer no meio da noite sozinha com ele é outra. Ele participou ativamente para colocar Daisy contra mim, e não confio nele, por mais tranquilo e amigável que Al possa achar que ele seja. Ainda assim, talvez possa responder a algumas perguntas que não quero fazer para Isaac. Espero uns minutos e então começo a andar calmamente atrás dele.

Caminhamos em silêncio por cinco ou dez minutos, circulando pelo perímetro do retiro, parando apenas quando Johan quer investigar uma pequena abertura na cerca ou algum objeto estranho no chão. Até agora, ele catou um chinelo rosa, uma pá de pedreiro e um pedaço de madeira, e jogou no saco de lona que leva a tiracolo. Quando chegamos à pilha de lenha, alta até a cintura, com um machado encostado nela, ele joga o toco de madeira em cima.

— Johan — digo, enquanto ele pega o cadeado e a corrente que seguram o portão da frente e puxa com um safanão. O portão se mantém firme. — Posso te perguntar uma coisa sobre essa história de vínculo?

Ele força o portão com os ombros. A madeira geme com seu peso, mas não cede.

— O que é que tem?

— Você acredita que precisa abrir mão de seus apegos para poder encontrar a paz, certo?

— Isso.

Ficamos em silêncio de novo e damos a volta para retornar ao pomar. Uma mangueira ergue-se a poucos metros da cerca, do nosso lado, os galhos envolvendo o arame farpado como se estivessem desesperados para escapar.

— Então... — Fico em silêncio, pensando em como formular a pergunta. — É algo a ser reprovado se relacionar como um casal? Aqui, digo.

— Você estava no seminário em que Isaac falou sobre apego?

— Não, esse eu perdi.

— Certo, então você não vai entender o que queremos dizer com uma mente tóxica. Basicamente, se não estamos de fato felizes, precisamos libertar nossas mentes da raiva, da ignorância e do apego.

— Então, nada de se apaixonar? Nada de... — o rosto de Daisy cruza minha mente — ... amigos íntimos?

— Você pode amar. Claro que pode. Nós incentivamos positivamente o amor por aqueles em torno de nós, mas desencorajamos o tipo de amor que considera o outro uma propriedade. Quando amamos alguém com exclusividade, estamos receptivos a todo tipo de emoção negativa em nossas vidas, ciúmes, desconfiança, suspeita, apego, carência, desespero, confusão, frustração.

— Você diz isso, mas o que dizer sobre confiança, carinho, ternura, intimidade...

— Partilhamos todas essas emoções coletivamente, Emma. — Johan para de caminhar e me encara. — Mas, como não nos apegamos com exclusividade a uma única pessoa, não há ciúme, posse ou raiva. Não podemos reivindicar alguém como nossa propriedade, assim como não somos donos do ar que respiramos.

— Mas você não sente falta disso? Não sente falta de ter uma pessoa que te ame e que você ame de volta?

A expressão de Johan se mantém inalterada, sem demonstrar emoção, impávida, controlada, mas algo brilha em seus olhos, um lampejo de arrependimento ou anseio, que logo desaparece.

— Não — responde. — Por que sentiria? Me deito com quem eu quiser, quando eu quiser, e ninguém liga pra isso. Não é com isso que todos os homens sonham?

Ele joga a cabeça para trás e solta uma gargalhada, mas o riso parece forçado, as linhas finas ao redor dos olhos não se movem quando as pálpebras se fecham.

Está mentindo.

Capítulo 24

Não há sinal do corpo de Ruth na margem do rio. Tudo o que resta da cremação da noite anterior é uma margem enlameada com dezenas de pegadas, e um retângulo escuro, coberto de cinzas, onde antes estava a pira. O ar está limpo e parado, e as águas rápidas do rio refletem os raios de sol. O som de alegres risadas femininas chega da cachoeira, onde um pequeno grupo brinca sob a cascata.

A cerca parece menor do que na véspera à noite, o arame farpado no alto, menos intimidador. Johan e eu devemos ter dado doze ou treze voltas no perímetro até ouvirmos o gongo indicando o final de nosso turno. Nós conversamos apenas superficialmente, batendo papo sobre as diferenças entre a Suécia e a Inglaterra e sobre a redução das porções nas refeições em Ekanta Yatra. Quando perguntei sobre família e amigos, ele começou a apontar para a variedade da flora e da fauna por onde estávamos passando.

Ao final de nossa patrulha, ele me acompanhou até a entrada do dormitório feminino. Leanne e Al estavam encolhidas, juntas num canto, enquanto Daisy dormia sozinha, a poucos metros delas.

— Johan — chamei quando ele já voltava pela passarela.

Ele se virou.

— Diga.

— Você disse para Daisy que ela deveria romper vínculos comigo?

— Por que eu faria isso?

— Não sei. Achei que talvez você pudesse ter dito isso quando ela te pediu conselhos. Eu não imaginei nem por um segundo que ela pudesse ter ouvido o que eu estava conversando com Al. Eu estava apenas desabafando. Não pretendia magoá-la. Será que você poderia conversar com ela para mim? Tentar explicar?

Ele suspirou de leve.

— Está vendo o que o apego faz com você, Emma? — Ele se virou e caminhou de volta para a casa principal.

— Oi, Emma, como vai você?

Dou um pulo quando Frank se aproxima silenciosamente de mim, as mãos nos bolsos, o queixo barbudo apontado para o peito estreito de pombo.

— Se incomoda se eu me juntar a você?

Minha vontade é dizer que sim, que me incomodo, que estou apreciando esse momento sozinha na margem do rio, observando os redemoinhos da água e a correnteza, mas, em vez disso, balanço a cabeça. Diferentemente de nós quatro, Frank chegou aqui sozinho e não parece ter feito muitos amigos. Suas tentativas de se aproximar de mim foram, no mínimo, terríveis, e desesperadas, na melhor das hipóteses, mas quem sou eu para rejeitá-lo apenas porque lhe faltam habilidades sociais?

— Claro — digo. — Como você está?

— Apavorado.

— A cremação? — Aponto com a cabeça para os restos escuros e cobertos de cinzas.

— Isso e... tudo mais.

— Entendo o que você está dizendo.

— Entende?

— Entendo, sim.

Os olhos de Frank são ligeiramente próximos demais, as pupilas, minúsculos pontos escuros sob a luz brilhante do sol da tarde.

— Isto aqui está a milhares de quilômetros do normal. Certamente não é a mesma coisa que ficar sentado atrás de uma mesa, olhando para a tela de um computador.

— É isso o que você fazia? Antes de vir para cá?

— É, eu era bancário. Trabalhava no Centro. Eu sei, eu sei... — Ele levanta as duas mãos como se estivesse se rendendo. — Não conte para ninguém ou eles vão me servir de alimento para os maoístas.

Eu acho graça.

— Tenho certeza de que não fariam isso de verdade, embora talvez seja melhor não mencionar nada para Leanne. Ela é membro remunerada do Partido Socialista dos Trabalhadores, pelo menos era, enquanto a gente estava na faculdade.

— Foi assim que vocês se conheceram? Na faculdade?

— Foi. Nós quatro nos encontramos lá. Conheci a Daisy na semana dos calouros. Eu tinha perdido minha colega de apartamento na confusão da saída de um show e estava procurando por ela no meio da multidão quando uma garota loura e elegante me cutucou e disse: "Não suporto filas. Se a gente passar por baixo do balcão dos artigos promocionais, pode sair pela saída de incêndio." O alarme disparou e eles tiveram que evacuar todo o prédio dos alunos!

— Parece algo que ela faria.

— Você não sabe da metade!

— Você vai ter que me contar algum dia. — Ele levanta uma sobrancelha. — Então, e as outras duas? Leanne e Al?

— Leanne estava no curso de sociologia com a Daisy e a Al era a melhor amiga dela no alojamento. Leanne apresentou Al para a Daisy... E elas... Elas se deram superbém... — Faço uma pausa. Não menciono o número de vezes que Al passou a mão pelos cabelos de Daisy quando foram apresentadas, ou como seu pescoço ficou vermelho quando Daisy elogiou o casaco que ela estava vestindo. Ficou óbvio para todo mundo, inclusive para Daisy, que Al se sentiu atraída por ela e Daisy se divertiu com isso, flertando descaradamente sempre que nos embebedávamos juntas. Não sei se aquilo teria ficado por ali caso a Daisy não tivesse beijado a Al no bar do prédio dos alunos. Ela estava dando em cima de um garçom que trabalhava naquela noite, e que não deu mais atenção para ela do que alguns acenos de cabeça a noite toda. Com certeza, o beijo chamou a atenção dele, assim como de vários homens que estavam na fila, mas, quando Daisy se afastou de Al, olhou diretamente para o garçom e anunciou, "A colega de quarto da Emma se mandou, então vamos dar uma festa! Quer vir com a gente?", ele simplesmente deu de ombros e se virou para a caixa registradora. Al parecia atordoada, com o beijo ou com a decisão súbita de Daisy de dar uma festa, não tenho certeza, mas, quando Daisy segurou a mão dela e disse: "Azar o seu. Vamos embora, Al", e saiu puxando-a pela mão, Al a seguiu com determinação.

A "festa" intempestiva foi um fiasco total. Só eu, Leanne, Daisy e Al e dois sujeitos do apartamento vizinho que encontramos na escada. Eles pegaram a meia garrafa de vinho que a minha colega de quarto deixou na geladeira, beberam tudo e, como não tinha mais nada para beber, voltaram para casa. Leanne voltou para o alojamento quinze minutos depois e, com Daisy cavalgando a Al no sofá, beijando-a ruidosamente, inventei uma desculpa e fui para a cama. Qualquer esperança que Al pudesse ter de transformar aquela noite em um relacionamento se desfez na manhã seguinte, quando, de ressaca e enrolada num cobertor no sofá, Daisy cutucou Al e, com seu sorriso mais vitorioso cravado no rosto, disse: "Acho que me deixei levar um pouco demais ontem à noite, não foi? Danadinha. Desculpe, querida, isso não vai acontecer de novo." Fiquei com tanta raiva que tive que sair da sala.

— E Daisy apresentou Al e Leanne para mim — digo para Frank.

— Certo. — Ele acena com a cabeça. — E vocês ficaram em contato desde então?

— Mais ou menos. A gente mora em Londres agora, mas não vejo as outras duas tanto quanto Daisy. A gente costumava viver grudada uma na outra.

— Costumava?

— Acho que podemos dizer que superamos a nossa amizade. — Não acredito que estou contando isso a um completo estranho, a verdade sobre a nossa amizade, mas é estranhamente libertador.

— Dizem que as pessoas entram em nossas vidas por um motivo, apenas por um tempo ou pela vida toda. Talvez você precise convidar algumas pessoas novas para entrar na sua vida e ver o que acontece. — Ele se aproxima um pouco mais de mim.

Dou um passo proposital para trás. Não há ninguém no pátio fazendo ioga, e a porta dos fundos está fechada. Também não tem ninguém no pomar nem cuidando da horta. As cabras berram ruidosamente no cercado, mas também estão sozinhas.

— Foi muito bom conversar com você, Frank, mas eu preciso voltar. O pessoal provavelmente está querendo saber onde eu...

— Você viu a Paula? — Ele me toca no braço. — Aquela baixinha ruiva que cuida das cabras.

Paula. Era dela que Isaac e Cera estavam falando no escritório quando os ouvi do corredor. Cera estava preocupada com a possibilidade de ela nos contar alguma coisa, mas Isaac a tranquilizou dizendo que ela ficaria bem após o detox, o que quer que fosse isso. Eu poderia contar para Frank o que eu tinha entreouvido no escritório de Isaac, mas alguma coisa nele me inquietava.

— Paula? Sei, eu... hum... Não, acho que não a vi hoje.

— Ela desapareceu. — Frank agarra meu bíceps com tanta força que eu solto um grito de espanto. — Já faz alguns dias que estou procurando por ela, e nem sinal.

— Frank. — Olho fixamente para o meu braço.

— Desculpa. — Ele me solta, mas não faz nenhuma menção de aumentar a distância entre nós. — Eu perguntei para algumas pessoas se a tinham visto e a resposta sempre é, "Ah, ela estava aqui nesse minuto", ou "Tenho certeza de tê-la visto na sala de meditação há bem pouco tempo". Você a viu? Pensa. Ela dormiu no dormitório feminino na noite passada? Em alguma dessas últimas noites que você se lembre?

— Eu... Eu não sei. — Dou um passo para cima da margem, em direção à segurança da casa. — Vamos fazer o seguinte, vou procurar por ela hoje à noite. Tenho certeza de que ela está bem. Ela vai gostar de saber que você... Ai!

Sou puxada pelo pulso de volta para a margem.

— Frank, para com isso, você está me machu...

— Preciso que você venha comigo. — Ele sai andando pela margem, me arrastando atrás dele. — Se a Paula ainda estiver em Ekanta Yatra, então deve estar trancada em uma das cabanas. Foi o único lugar em que eu não a procurei.

— Tudo bem. — Tento me jogar para trás, cravar os calcanhares no chão para fazer com que Frank vá mais devagar, mas estou de chinelo e ele desliza e escapa na lama molhada. — Me solte e eu vou com você. Não precisa me...

— Não. — Frank se volta para mim. — Não sou idiota, Emma. Eu te vi olhando para a casa. Você quer fugir. Eu estou sendo "esquisito", não é?

— Não, eu juro, eu...

— Era assim no meu trabalho. Todas as secretárias e assistentes se juntavam na copa para ficar rindo e fazendo fofoca sobre mim. Frank Esquisitão... — Seu tom de voz sobe uma oitava. — Era assim que me chamavam. Elas achavam que eu não ouvia, Emma, mas não sou surdo, e, apesar do que pudessem pensar, eu tenho sentimentos.

— Claro que você tem. Eu te entendo perfeitamente. — Ignoro o tum--tum-tum do meu coração e coloco minha mão livre sobre a de Frank. Se eu conseguir levantar um de seus dedos, os demais vão se afrouxar e eu...

— Não, você não entende. — Ele continua me arrastando para a ponte. — Você não tem sentimentos. Não de verdade, não sentimentos genuínos de pessoas genuínas. Não pense que eu não vi a maneira como você torceu o nariz para mim quando tentei ser seu amigo. Não pense que eu não vi você ficar em volta do Isaac e do Johan só porque eles são altos e bonitos. Achei que você fosse diferente, Emma. Quando você questionou o Isaac sobre a morte da Ruth, achei que você fosse alguém com quem eu pudesse me relacionar, alguém que eu pudesse admirar, como eu admiro a Paula, mas foi só te ver puxando o saco do Johan ontem à noite: "Oh, Johan, seu sueco grande e gostosão", "Ah, Johan...".

Enquanto Frank continua a resmungar para si mesmo, me arrastando atrás dele como um saco de batatas, procuro alguma coisa pela margem, qualquer coisa que eu possa usar como arma. Sobraram alguns pedaços de tábuas da pira, mas não passam de restos de carvão retangulares frágeis e se desfazendo. Tento arrancar o galho de uma castanheira enquanto Frank continua a me arrastar pelo pomar, mas está alto demais e meus dedos só encontram o ar.

— Socorro! — grito, ao nos aproximarmos de uma das barracas. — Alguém me ajude!

Fico de joelhos e uso o peso do corpo para soltar meu pulso da mão de Frank e me arrasto de volta em direção à ponte. Sinto uma mão na gola da minha camisa e sou puxada para ficar de pé novamente.

— Para com isso! — grita Frank, me abraçando com força e prendendo os meus braços junto ao corpo. — Você está histérica. Eu só quero a sua ajuda.

— Socorro! — grito novamente. — Soc... — Uma mão cobre a minha boca e abafa o meu grito.

Frank pressiona o lado do seu rosto contra o meu, os pelos curtos da barba arranham minha face, seu suor se espalha sobre a minha pele.

— Fique calma, Emma. Eu não vou te machucar. Só quero a sua ajuda. Estou procurando a Paula. — Ele fala devagar e calculadamente. — Quando eu a encontrar, quando *nós a* encontrarmos, você pode me ajudar a confrontar o Isaac. Ele ouve você, Emma.

— Mmmm — Balanço a cabeça sob a sua mão. — Mmmm.

— Vou ter que amordaçar você. — Ele arranca o lenço da cintura do meu short e amarra por cima da minha boca. — Se você gritar, eles vão vir correndo, e nós nunca encontraremos a Paula. Você entende, não é mesmo?

Concordo com a cabeça.

— Agora, levanta. — Ele coloca as mãos sob as minhas axilas, gemendo ao se levantar. — Anda!

Ele empurra as minhas costas e eu dou um passo para frente, em direção à cabana.

— Sabe no que eu pensei? — diz ele atrás de mim, alguns minutos depois. — Quando cheguei aqui e vi essas cabanas? Achei que elas seriam um excelente lugar para dar uma trepada.

Como eu não reajo, ele me empurra de novo.

— Todo mundo está nessa. Você sabe disso, não sabe? Todo mundo fodendo como coelhos, esses hippies imundos. Sua amiga Daisy deu para uma meia dúzia deles, eu ouvi os homens falando dela. Até aquela sua amiga magricela andou dando para uns dois ou três. Todo mundo se dá bem. Todo mundo, menos eu e você, Emma. Isso não te deixa puta da vida?

Estamos a poucos metros de uma das cabanas. A ponta de uma das "macas" de massagem aparece pela porta escancarada. Aperto os punhos quando Frank me empurra na direção dela.

— Você é diferente, Emma. Você não sai dando para qualquer um. Eu senti isso em você desde a primeira vez que te vi. Você é diferente, especial. Você também percebeu isso em mim, não foi? Por isso você estava tão retraída. Você queria que eu fosse atrás de você, que te perseguisse. Foi isso que me disseram. É por isso que...

Acerto Frank no queixo com toda a minha força. Ele se desequilibra para trás e eu caio em sua direção, desequilibrada pela força do soco, então eu o acerto de novo, dessa vez na garganta, e depois caio em cima dele quando ele despenca no chão. Rolo para longe antes que ele possa se recuperar, rasgo o lenço, me esforçando para ficar de pé e, então, começo a correr. Corro o mais rapidamente que posso por entre as nogueiras, de volta sobre a ponte, em direção à cachoeira, em direção às outras mulheres, em direção à segurança, em direção...

Meu pé direito escorrega e eu despenco no chão.

— Sua puta desgraçada! — Frank está em cima de mim. Eu esmurro sua cara, que está vermelha de raiva, acerto seus olhos pequenos e redondos e sua boca aberta e molhada, mas dessa vez ele me agarra pelos pulsos e segura meus braços ao lado da minha cabeça, primeiro com as mãos, depois com os joelhos. Usa todo o peso do corpo para me manter no chão enquanto se inclina sobre mim e tenta pressionar os lábios sobre os meus. Sacudo a cabeça da esquerda para a direita, mas ele agarra o meu queixo e me faz ficar parada. Ele aproxima o rosto do meu e então sinto seus lábios molhados e a língua nojenta afastando meus dentes. Ele enrosca a língua na minha, depois enfia fundo até a garganta, me fazendo engasgar.

Minha mente entra em hibernação. Arrasta-se para um lugar escuro e espera. Sinto a mão de Frank entre as minhas coxas, encaixando-se por cima dos meus shorts de algodão, meu corpo então dispara e volta a entrar em ação. Apoio os calcanhares no chão de terra, pressionando para cima e para baixo com a cintura, me viro e me contorço, tentando ganhar impulso para jogá-lo para longe de mim, mas ele grunhe na minha boca, agarra meu short pela cintura e arrasta para baixo, pelo quadril, até as coxas. Minha calcinha vai junto.

Frank está respirando rapidamente, o suor pingando da testa, a boca aberta e uma poça de saliva se formando sob os dentes de baixo.

Não consigo me mexer.

Consigo vê-lo. Consigo senti-lo. Consigo sentir seu cheiro.

E não consigo me mexer.

Nem ao menos tenho certeza se ainda estou respirando. Tento virar a cabeça para a esquerda, para a direita, fechar os olhos, bloquear o que está prestes a acontecer, mas não consigo. Não consigo fazer nada a não ser olhar para Frank enquanto ele se debruça sobre mim, segurando meus braços por cima da minha cabeça e apoia o joelho entre as minhas coxas para manter minhas pernas abertas. Ele vai me estuprar e não há nada que eu possa fazer para impedir. Os grilos continuam a cricrilar, o rio continua a roncar, as mulheres na cachoeira continuam a dar risadas, e alguma coisa morre dentro de mim.

E então ouço um rugido e o som de galhos se quebrando, e um som, tump-tump-tump-tump, que parece nunca ter fim. E depois silêncio.

Capítulo 25

Hoje

Já se passaram dois dias desde a feira escolar de Chloe. Logo depois que ela nos contou sobre o que a "mulher de chapéu azul" havia dito, Will a levou para encontrar a mãe e depois me deu uma carona de volta para Green Fields, onde peguei minha bicicleta. Nenhum dos dois disse uma só palavra por todo o caminho. Dava para sentir raiva borbulhando dentro dele como lava, mas, a cada vez que eu tentava dizer alguma coisa para amenizar a situação, as palavras morriam na minha língua.

O que eu poderia dizer? Que eu estava aterrorizada com a possibilidade de que quem estava me enviando mensagens estivesse nos observando também? Sabiam que eu tinha um relacionamento com Will e que Chloe era filha dele.

As mensagens do Facebook não haviam vindo da conta original de Daisy, cuja foto de capa estampava nós quatro: eu, Daisy, Al e Leanne, em alguma boate ou bar de Londres, com os braços em torno umas das outras e copos de bebida em nossas mãos.

Não haviam sido enviadas daquela conta, e, a não ser por um número reduzido de comentários do tipo "Descanse em paz, Daisy", e "Ainda sentimos saudades de você, Daisy", não havia atualizações desde antes de termos deixado a Inglaterra. Não, quem quer que tenha enviado as mensagens criou uma nova conta para ela com a mesma foto do perfil e mais nenhuma informação sobre amigos, nenhuma foto de capa, nada. A única informação era o nome dela e o lugar, Annapurna, Nepal.

Não reli as mensagens enquanto o carro de Will se afastava de Green Fields. Esperei até verificar se todas as portas e janelas estavam trancadas, depois fechei todas as cortinas, me servi uma taça de vinho e, só então, voltei a lê-las.

Socorro, Emma!

Está muito frio.

Você nunca veio me buscar.

Não quero morrer sozinha.

Devem ter sido enviadas com uma diferença de segundos, uma após a outra.

Eu as leio de novo e de novo, depois me sento com meu notebook e vou pesquisar no Google, Daisy Hamilton. Vou clicando página por página de artigos de jornal, todos basicamente repetindo a mesma coisa que o *Daily Mail* já dissera: quatro amigas saíram de férias, apenas duas retornaram. Nenhuma reportagem dizendo que Daisy fora encontrada com vida e bem ou indicando que seu corpo fora encontrado. De maneira alguma ela poderia ter sobrevivido ao que aconteceu. Ou poderia?

Sentada no escuro, após ter ingerido boa parte de uma garrafa de vinho, brinquei de "e se". E se ela estiver viva? E se ela passou os últimos cinco anos me procurando? E se for a Al? Alguma piada de mau gosto? Ela é a única que sabe do meu perfil de Jane Hughes no Facebook. Talvez ela não tenha me perdoado por minha reação ao artigo que ela escreveu, mas a minha raiva foi justificada. Ela foi sensacionalista com tudo o que aconteceu em Ekanta Yatra. Segundo o artigo, ficou parecendo que Daisy, Leanne e eu participamos ardorosamente de orgias e entramos no clima da babaquice espiritual de Isaac, e que foi Al quem teve de me salvar daquilo tudo. Segundo ela, a jornalista distorceu o que ela disse, mas eram tantos detalhes que era impossível que a Al não tivesse contado para ela.

Outra possibilidade me ocorreu ontem à noite. E se Will estivesse fingindo ser a Daisy? Ele estava mexendo no celular segundos antes de o meu telefone apitar. Uma coisa que aprendi no Nepal foi que as pessoas aparentemente mais inofensivas são capazes de cometer os atos mais cruéis. Pode ser algum tipo de jogo doentio para ele, uma maneira de se vingar por eu não ter confiado nele o bastante para contar sobre meu passado. Não, rejeitei a ideia no momento exato em que ela apareceu na minha cabeça. Aquilo era ridículo e, depois de uma garrafa e meia de vinho, eu também era.

— Oi, Jane! — Angharad acena para mim do outro lado da sala. Sete tigelas de alumínio foram colocadas lado a lado sobre o balcão diante dela, todas cheias de ração seca para cachorro. — Achei que eu poderia começar com a comida. Tudo bem?

Para alguém que potencialmente roubou a minha carta, ela parece notavelmente inabalada. No entanto, não tenho certeza de que foi ela, assim é preciso tratar a situação com cuidado.

— Claro. — Olho para a planilha de medicamentos na parede à minha esquerda. — Você também cuidou dos remédios?

— Para Stella, Willow e Bronx? Sim, misturei com a comida. — Ela aponta para as três tigelas, uma de cada vez.

— Ótimo. Vou começar a fazer a limpeza. Fico com o Jack, Vinny, Murphy e o Chester, você pode cuidar dos outros três?

— É claro! Jane! — Ela me chama quando chego à porta.

— Sim?

— Você já está se sentindo melhor?

— Sim, obrigada...

— Que bom! Acho que a Sheila ficou um pouco preocupada com você. Ela me disse que você teve algum tipo de flashback quando ficou presa na despensa da casa daquela senhora. — Ela me olha de um jeito inquiridor.

— Deve ter sido assustador.

— Já estou bem agora.

— Foi há muito tempo que aconteceu? A coisa que te provocou o flashback?

— Prefiro não falar disso, se você não se importar.

— Não, claro que não. — Ela se abaixa para pegar o saco de ração para cachorro.

— Ah, Angharad.

— Sim? — Ela olha para cima.

— Será que você esbarrou no aparador quando foi à minha casa sexta-feira?

— Se eu esbarrei no aparador? — Ela franze a testa. — Não, tenho certeza de que não. Por quê?

— Alguns documentos... Um dos meus documentos desapareceu. Se alguém esbarrou no aparador, vou ter que arrastá-lo para olhar embaixo, mas é muito pesado. Você não viu nada voando pelo chão quando entrou? Uma conta ou uma... — Encaro-a diretamente nos olhos. — Carta?

— Eu não vi nada. — Ela sorri com doçura. Ou é uma excelente mentirosa, ou não faz a menor ideia do que estou falando.

— Você tem certeza mesmo?

— Sim. — Ela concorda com a cabeça. — Mas, se você quiser que eu te ajude a arrastar o aparador, posso ir lá mais tarde. Você gostaria?

— Não, obrigada. — Um pensamento me ocorre e me faz parar na porta. Se Angharad entrou lá em casa porque a porta estava destrancada, então qualquer outra pessoa poderia ter entrado também. Alguém poderia ter entrado sorrateiramente na minha cozinha antes dela e...

Todos os pelos dos meus braços se eriçam e eu sinto um arrepio.

— Está tudo bem? — pergunta Angharad. — Você está completamente pálida.

— Estou bem. — Esfrego os antebraços com as mãos. — Foi só um daqueles momentos.

— Tipo quando alguém caminha sobre a sua sepultura? Tenho isso o tempo todo.

O resto do dia passa num borrão de esfregões, mangueiras, pratos de ração, passeios e vacinas. Estou tão cansada que tudo leva duas vezes mais tempo do que o necessário, e quando quase aplico uma vacina no Murphy, no lugar do Chester, Angharad insiste para que eu me sente e descanse por cinco minutos enquanto ela vai preparar uma xícara de chá. Eu esperava que ela fosse embora na hora do almoço, mas esqueci que havíamos combinado que ela aguardaria um potencial candidato à adoção para uma entrevista hoje.

Agora estamos as duas sentadas à mesa da saleta de entrevistas, no prédio principal. Angharad está ao meu lado, com o senhor Archer à nossa frente, curvado sobre o formulário que lhe foi entregue na recepção, escrevendo diligentemente. É um homem gigantesco, de trinta e poucos anos, olhos apertados e bochechas flácidas.

— Aqui está. — Ele empurra o formulário por cima da mesa na minha direção, se recosta na cadeira e cruza os braços sobre o peito largo.

— Obrigada. — Examino o formulário e sorrio calorosamente para ele. — Então, senhor Archer...

— Pode me chamar de Rob. — Ele fala com um forte sotaque londrino, que não é muito comum por aqui. Isso me faz lembrar da Al.

— Certo. Rob. Você pode me dizer por que está querendo adotar um cachorro?

— Estou desempregado e preciso de companhia. E eu gosto de cachorros. Sempre gostei. E prefiro adotar um, para ajudar, sabe? Em vez de pegar um filhote. — As palavras saem como de uma metralhadora.

— Certo. Ótimo. — Dobro o formulário e anoto sua resposta no verso. — Então você vai poder ficar bastante tempo com o cachorro.

— Vou, sim.

— Vai precisar deixá-lo sozinho em algum momento?

— Não. — Ele balança a cabeça. — Bom, quando eu vou à central de empregos, mas não vou lá com frequência. — Ele solta uma risada seca e passa a mão pela testa. Está calor na sala e ele sua levemente.

— Certo, isso é bom. Não gostamos que os cachorros fiquem sozinhos por muito tempo. Alguns deles tiveram problemas de abandono.

— Certo. Certo.

— Onde você mora, Rob? Casa? Apartamento? Tem jardim?

— Não. Num prédio, mas tem um parque lá perto. Dá para ir passear com o cachorro lá.

— Ótimo. — Sorrio para tranquilizá-lo e anoto mais algumas coisas no formulário. Parece surpreendentemente nervoso para um homem tão grande, mas muitas pessoas se sentem desconfortáveis nessa situação; há um motivo para isso se chamar entrevista, e ninguém quer ser rejeitado.

— Você já teve experiência cuidando de algum cachorro antes?

— Hum... — Ele olha para a mesa e mexe na orelha esquerda. — Já. Tive um cachorro quando era menino, um Staffordshire. O nome dele era Alfie. Vocês têm algum dessa raça?

Não sei se foi só pelo jeito como mexeu os olhos da direita para a esquerda, ou pelo fato de ter ficado batendo o pé direito de leve no chão sem parar desde que falou a palavra "Staffordshire", mas um sinal de alarme acaba de soar na minha mente.

— Você só se interessa por um Staffordshire?

— Sim. — Ele balança a cabeça, concordando repetidamente e passa a mão pelo cabelo ralo.

— E se eu disser que não temos nenhum?

A mesa pula para cima e para baixo com a intensificação das batidas do pé.

— Me disseram que vocês tinham.

— A gente tem... — Angharad abre a boca, mas eu a mando ficar calada com um olhar.

— Posso ir ver? — Ele olha em direção à porta. — A mulher com quem eu conversei ao telefone disse que eu poderia dar uma olhada nos cachorros depois de preencher o formulário.

— É necessário fazer uma inspeção na sua casa antes.

— O quê? — Ele parece realmente surpreso. — Para que fazer isso se não tiver nenhum cachorro que eu queira?

— É uma nova política — digo, torcendo desesperadamente para que Angharad não me interrompa e me contradiga. — Apenas candidatos aprovados podem ver os animais, para diminuir as chances de eles serem perturbados por visitas repetidas.

O senhor Archer esfrega a nuca e olha para a mesa. Parece contrariado.

— Então não tem como eu ver os cachorros hoje?

Balanço a cabeça.

— E vocês com certeza não têm Staffordshires?

— Não.

— Está certo. — Ele esfrega as palmas das mãos na cintura e se levanta. — Nenhum motivo para eu ficar aqui, então. Obrigado pelo seu tempo. — Ele estica a mão para me cumprimentar e, sem mais palavras, sai da sala e vira à esquerda, para a recepção.

— O que foi isso? — Angharad sussurra quando seus passos desaparecem na distância.

— Não sei — respondo —, mas tive um mau pressentimento sobre esse cara.

Capítulo 26

Há cinco anos

— Isaac?

Ele está sentado a um metro de distância, os braços cruzados sobre as pernas, a testa apoiada nos joelhos. Em uma das mãos, ele segura uma pedra coberta de sangue. Pego o meu short, ainda enrolado nos joelhos, e puxo para cima. A ação é automática, estou seminua e preciso me cobrir, mas praticamente não registro o que estou fazendo.

— Isaac?

O corpo de Frank está no chão atrás dele, a cabeça virada para o lado oposto a nós. O cabelo emplastrado, uma poça de sangue ao redor da cabeça como uma aura vermelha.

— Isaac? — Engatinho, trêmula, em sua direção. Tem alguma coisa errada com o meu braço direito. Não consigo mexer. — Você está bem? — Ele se contrai quando eu o toco. — O que aconteceu?

Ele levanta a cabeça e me olha. O rosto está pálido, as pupilas, escuras. Há um hematoma na bochecha esquerda, o lábio está aberto e o olho esquerdo, injetado de sangue.

— Ele está...

Ambos observamos o peito de Frank subir e descer.

— Ele... — O tremor começa na minha mão, sobe pelo braço, atravessa o peito e chega até o queixo. Meus dentes batem uns contra os outros. — Ele estava...

— Eu sei — Isaac se aproxima de mim e passa o braço pelos meus ombros. — Eu sei.

Apoio a cabeça em sua camiseta. Cheira a suor, jasmim, almíscar e calor. Não falamos palavra alguma quando ele se afasta delicadamente de mim e leva as mãos à boca. Um assobio penetrante enche o ar, atravessa o canto das cigarras e corta o rugido do rio. As risadas na cachoeira param abruptamente, substituídas por um novo som, o plaft-plaft de pés correndo pela lama, e então elas aparecem: Isis, Cera, Daisy e Leanne. Param ao se aproximar, a uns dez metros de distância de nós. Daisy arregala os olhos, assustada diante do corpo prostrado e coberto de sangue de Frank.

— O que aconteceu? — pergunta Isis, mas é interrompida pela chegada barulhenta de Kane, Jacob e Kieran.

— Frank está ferido. Preciso que vocês o levem para o porão — Isaac aponta Frank com a cabeça —, e que chamem Sally para examiná-lo e fazer os curativos.

— Parece mais que ele deveria ser levado a um hospital — diz Daisy, mas Isaac balança a cabeça.

— Não é tão ruim quanto parece, e Sally é uma enfermeira capacitada.

Os homens entram em ação rapidamente, abaixando-se para levantar Frank do chão, dois deles segurando seu tronco e o terceiro, seus pés. Eles giram com o corpo e o levam embora, a cabeça apontada para a casa.

— Emma? — Daisy dá um passo em minha direção, o rosto contraído, com uma expressão indecisa, e, por um breve segundo, eu a vejo, a antiga Daisy, aquela que se sentaria ao meu lado na cama, acariciando meu cabelo, me fazendo imaginar o sol sobre o rosto e o mar aos meus pés.

Por favor, Daisy.

Ela olha de volta para a casa. Frank e sua ambulância humana são agora figuras minúsculas a distância, bonecos de palitos, brinquedos de corda.

Me ajude.

Leanne troca um olhar com Isaac, dá um passo à frente e passa o braço pelo de Daisy. Inclina-se para ela e sussurra alguma coisa em seu ouvido.

— Mas... — Sinto a determinação de Daisy enfraquecer.

— Daisy — Isaac sustenta seu olhar por um segundo, dois, três. — Emma vai ficar bem.

Isis e Cera afastam-se sem nem sequer olhar para trás. Enquanto se dirigem para a ponte, Leanne sai atrás delas, os braços cruzados sobre o peito estreito. Após um momento de hesitação, Daisy as segue. Ela se apressa atrás de Leanne, chamando seu nome.

— Venha. — Isaac pega a minha mão.

Olho uma vez mais para Daisy, enquanto ela atravessa a ponte, e seguro a mão dele.

Resisto quando Isaac abre a porta da cabana e inclina a cabeça, sinalizando para eu entrar. Minha mão, ainda na dele, começa a ficar grudenta devido à transpiração.

— Está tudo bem. — Ele abre a porta um pouco mais e o interior se ilumina. Há uma pilha de tapetes no chão, uma mesa pequena num canto e um balde de metal coberto por uma toalha no outro. Não tinha reparado no balde quando vim receber a massagem de Kane. Parece que isso aconteceu num passado remoto agora. — Só quero conversar com você num lugar onde não seremos interrompidos.

Dou um passo para dentro e me encosto contra a parede para Isaac poder passar apertado junto de mim e fechar a porta. A cabana imediatamente mergulha na escuridão.

— Tudo bem — repete ele. — Vou acender uma vela.

As tábuas do chão pintadas de branco rangem sob seus passos até o outro lado, ouço então o estalo de um isqueiro sendo acionado. A escuridão diminui gradualmente quando a chama oscila na ponta do isqueiro, numa pequena dança, para a grande vela de igreja branca sobre a mesa.

— Sente-se. — Isaac pega algo na mesa, depois se acomoda na pilha de tapetes e me chama batendo a mão no espaço ao lado dele. — Sente-se, Emma.

Meus joelhos estalam quando me abaixo até o chão. Isaac me estende uma garrafa. Não tem nenhum rótulo ou selo na tampa. Um líquido escuro balança no interior quando inclino a garrafa de um lado para outro.

— O que é isso?

— Rum. Beba, vai te ajudar a superar o choque.

Desatarraxo a tampa, levo a garrafa aos lábios e dou um gole. O álcool arde e depois esquenta o fundo da minha garganta quando engulo. Dou outro gole, mais um e mais outro. Quando afasto a garrafa, ela está pela metade.

— Um tapa? — Ele não tira os olhos do meu rosto quando me oferece o baseado aceso.

Meu polegar encosta no dele quando eu pego o cigarro, mas quase não registro a sensação. Tudo o que estou sentindo é o travo penetrante do rum na garganta. Levo o baseado aos lábios e dou uma tragada. Tomo mais um gole de rum. Um trago no baseado. Repito.

A vela tremula na mesa e as sombras dançam pelas paredes brancas de madeira da cabana. Eu me inclino para trás e fecho os olhos.

— Como você está se sentindo?

Seu sussurro toma conta da cabana. O tom baixo da voz me envolve como um cobertor.

— Emma? Como você se sente?

Busco uma resposta dentro de mim, mas não há nada lá.

— Emma?

Tento balançar a cabeça, mas o movimento parece intenso demais, então paro.

— Emma? — chama Isaac, a expressão tensa no rosto franzido, e sou engolida por uma nuvem de paranoia tão densa, tão acre, que instantaneamente esqueço como respirar. O tapete desliza debaixo de mim e caio num mergulho que atravessa o chão da cabana, o solo duro, e me vejo flutuando na escuridão, me debatendo, buscando algo em que me segurar, mas só encontro o vazio. Minha mente entra em queda livre. E não consigo respirar. Esqueci como respirar.

— Emma! — Sinto mãos no meu rosto. — Emma, olhe para mim. Você está tendo um ataque de pânico. Olhe para mim. Você precisa desacelerar. Precisa respirar. Respire comigo, Emma...

Seu rosto está a poucos centímetros do meu, as pupilas dilatadas, a ponta do nariz levemente marcada por poros abertos, a região do bigode coberta por uma mancha escura de pelos curtos, afiados e pontiagudos. Sinto como se olhasse por um microscópio.

— Emma, respire. Inspire. Em... um... dois... três.

Tento fazer o que ele manda, mas a respiração continua travando na minha garganta.

— Solte. Expire, Emma. Devagar. Pelo maior tempo que você conseguir, empurre o ar para fora.

Minha respiração escapa em suspiros entrecortados.

— Apenas continue olhando para mim, Emma. Continue a respirar. Inspire. Um-dois-três. Solte o ar. Um-dois-três.

Passados alguns minutos, ou horas, não tenho certeza, estico a mão e toco o braço de Isaac. Consigo respirar, mas ainda estou girando. Preciso me prender no chão.

— Preciso... Preciso deitar.

— Certo. — Ele me guia pelo cotovelo delicadamente enquanto vou descendo no tapete, depois desamarra o casaco de moletom da cintura e dobra como um travesseiro. Gentilmente, enfia o casaco dobrado sob a minha cabeça.

— Feche os olhos — diz baixinho.

E eu fecho.

Acordo com um sobressalto, batendo uma mão contra a parede de madeira à direita e a outra contra algo macio, à esquerda. A vela ainda está queimando em cima da mesa da cabana, mas restam apenas alguns centímetros. Isaac dorme ao meu lado, o rosto voltado para o outro lado, os ombros contraídos, os joelhos dobrados. Em algum momento da noite, eu o procurei com a mão, mas ele não estava lá. Estava cansada demais para me preocupar e voltei a dormir. Ele deve ter retornado depois isso.

— Isaac? — Toco em suas costas. — Que horas são?

Ele esfrega o rosto com a mão e se estica lentamente, apoiando-se no cotovelo. — Eu não sei.

— A gente não deveria voltar para... — Paro de falar quando as lembranças começam a aflorar devagar, de volta para a superfície da minha mente.

— O que foi? — Ele se senta. — Está se sentindo mal de novo?

Balanço a cabeça.

— Emma, fale comigo.

— Cadê a Paula? Frank me disse que ela sumiu. — Esforço-me para sentar, tiro o tapete de cima das pernas e me levanto. — É verdade? Ou ele estava inventando?

Isaac também se levanta. Inclina a cabeça para a esquerda e geme, aliviado, com os estalos do pescoço.

— Paula não sumiu. Está na cabana aqui do lado.

— Por quê?

— Está se desintoxicando. Ela andou perdendo o rumo — completa antes que eu pergunte o que é esse detox —, e precisa de um pouco de tempo para retornar ao seu centro, retomar o seu caminho.

— Que caminho?

— Para o contentamento.

— Ela está trancada na cabana?

— Sim.

Abro a porta. Está escuro como um breu do lado de fora, a única luz é o brilho suave da lua envolta pelas nuvens. Ainda é noite, embora pareça que eu dormi por horas.

— Você pode correr de volta para a casa e soar o alarme, se quiser, mas a Paula está trancada na cabana porque era o que *ela* queria.

Sinto o calor de seu corpo, de pé atrás de mim, e o frio da noite no rosto. A casa está às escuras, a não ser pela luminosidade bruxuleante das velas na sala de meditação. Isaac mandou que Frank fosse levado para o porão. Não faço a menor ideia de onde fica isso.

— O que vai acontecer com o Frank? — pergunto.

— Vamos cuidar dele até que esteja suficientemente bem para ir embora, e então, eu o acompanharei pessoalmente até o portão.

Olho de volta para ele.

— E se alguém o atacar na descida da...

A pergunta inacabada fica suspensa no ar. Isaac não diz nada, mas as extremidades dos lábios se movem para cima, muito levemente. *Você se importa, Emma?*

— Quero vê-la. A Paula — digo.

— Normalmente, eu não interromperia a desintoxicação de ninguém — diz Isaac, tirando uma chave do bolso de trás da calça e enfiando na fechadura —, mas hoje já é o dia em que a Paula vai voltar para a casa mesmo, então... — Ele encolhe os ombros e segura a maçaneta.

O cheiro de fezes e urina me atinge no instante em que a porta se abre, cubro o nariz e a boca com a manga da camisa.

— Sou só eu... — Isaac penetra na escuridão — e Emma. Ela queria ver se você está bem. — Ele olha para mim. — Espere aqui um segundo.

A porta se fecha e fico sozinha, parada no meio da escuridão do lado de fora.

Ouço o ranger dos passos nas tábuas do piso e mais nada pelos minutos seguintes. Finalmente, me chega o baixo rumor de uma voz masculina e a risada aguda de uma mulher.

— Pode entrar, Emma — chama Isaac.

Empurro a porta devagar.

— Me desculpe pelo cheiro — diz Paula, quando entro.

Sua voz é clara, mas as palavras saem arrastadas, juntando-se como mercúrio derramado. Levo algum tempo para me acostumar com a escuridão, mas depois a vejo sentada de pernas cruzadas num canto.

— Me desculpe — me viro para o lado e cubro os olhos com a mão. — Não me dei conta de que...

— Tudo bem. Sinto-me à vontade sem roupa. — Ela faz uma pausa. — Desculpe, esqueci que você é de fora. Já pode olhar agora.

Quando me viro, ela está coberta até o peito com um cobertor. Isaac está de pé ao seu lado, as costas apoiadas na parede, fumando. O aroma do tabaco pouco adianta para disfarçar o cheiro que emana do balde aos seus pés.

— Você quer perguntar alguma coisa para a Paula, Emma? — Ele faz a pergunta casualmente, mas há uma tensão na maneira como está de pé, as costas eretas, um braço cruzando seu corpo, segurando do outro lado.

— Você está bem? — A pergunta é tola, mas foi a melhor coisa em que consegui pensar.

— Estou me sentindo bem pra caralho! — Paula solta outra risada.

— Você concordou em ficar trancada aqui?

Fico esperando que olhe para Isaac. Em vez disso, ela me encara diretamente nos olhos.

— Sim.

Olho para a escuridão, sem saber como continuar. Mesmo que não estivesse aqui por vontade própria, ela não estaria disposta a admitir isso na frente de Isaac. A presença dele ocupa toda a cabana.

— Não me olhe assim. — Paula se levanta e vem abruptamente na minha direção. O cobertor escorrega do seu corpo, mas ela não se detém para pegá-lo de volta. — Não lamente pelo que você não compreende.

— Não estou fazendo isso. Mas você está certa, não entendo o que está acontecendo.

Ela observa minhas mãos, entrelaçadas diante de mim.

— Isso porque você ainda está presa à sua antiga vida. Ainda amarrada a pensamentos, sentimentos e valores que você acha normais, mas que, na verdade, te fazem profundamente infeliz. Quantos anos você tem, Emma?

— Vinte e cinco.

Ela se aproxima mais um passo de mim até seu rosto estar a milímetros do meu.

— E durante quantos desses anos você se sentiu realmente feliz?

Resisto ao impulso de cobrir o nariz com a mão. Seu hálito cheira a álcool, mas também tem alguma outra coisa a mais, um cheiro rançoso que não consigo identificar.

— Alguns.

— Alguns? — Ela sorri, os dentes e o branco dos olhos amortecidos e cinzentos na escuridão. — Ou nenhum? Porque você pode mentir para si mesma quanto quiser sobre o valor da amizade e a importância da família, mas nunca vai conhecer o verdadeiro contentamento até se libertar de seus apegos.

— Já chega, Paula. — Isaac coloca uma mão no ombro dela. — Sente-se. Sente-se e relaxe. — Ele a ajuda a voltar para o chão e a cobre com o cobertor, ajeitando-o sobre o peito e debaixo dos braços, como um pai aconchegando um filho na hora de dormir. — Emma só veio aqui para ver se você estava bem.

— Tenho que ir — digo, dando um passo para trás, de volta para o ar fresco do lado de fora.

Isaac tira o baseado de trás da orelha, pega uma das mãos de Paula delicadamente e coloca o cigarro entre seus dedos. Ela segura e leva até os lábios, ele acende com o isqueiro.

E é nesse momento que eu vejo: a violenta marca vermelha em torno de seu pulso direito, como uma cobra.

Capítulo 27

— Sente-se. — Isaac me aponta a poltrona no canto de seu escritório e não tenho outra escolha a não ser me sentar. São cinco horas da manhã e o som da batida do gongo na sala de meditação ao lado atravessa a parede. Se Isaac tentar alguma coisa, basta eu gritar e as pessoas virão correndo.

Vejo que ele se agacha e enrola o tapete puído e enrugado que fica entre a estante de livros e sua mesa, expondo um alçapão quadrado com menos de um metro de largura no meio do chão. Ele pega o anel de ferro cilíndrico no centro e puxa para abrir, coloca as mãos nas laterais do buraco e abaixa a cabeça para o interior.

— Kane? Sou eu.

Uma voz responde com um grito abafado, ouço o som de rangidos, como de alguém subindo por uma escada enferrujada, Isaac se agacha e a cabeça descabelada de Kane aparece pelo buraco. Ele sorri para Isaac, mas o sorriso desaparece imediatamente quando Isaac aponta para mim com a cabeça.

— Como é que está o Frank? — pergunta Isaac.

— Acordou há umas duas horas. Demos um pouco de água para ele e então começou a reclamar que tinha machucado o braço. Acha que está quebrado.

— O que a Sally acha?

— Não tem certeza. Não tem nenhum pedaço de osso aparecendo. Ela disse que pode ser só uma luxação, talvez uma fratura.

— Ele consegue mexer? Girar o ombro? Mexer os dedos?

— Consegue, bem, conseguia até a gente... — Kane olha para mim.

— Ela deveria estar aqui?

— Ela está legal. É o seguinte, você fica com ele até amanhã, depois a gente toma uma decisão. Não quero que ele fique sozinho, nem por um minuto. Entendido?

— Claro. Mais alguma coisa?

— É só.

A cabeça de Kane desaparece de volta pelo buraco, a escada range sob seu peso quando desce de volta para o porão. Isaac observa sua descida e fecha o alçapão, sacode o tapete e o coloca por cima da tampa, alisando as rugas e as dobras com as mãos.

— Tudo bem? — Ele olha para mim. — Sei que isso parece estranho, mas não tem nenhum outro lugar onde a gente possa cuidar dele e também ter certeza de que você está em segurança. Tem luz lá embaixo, uma cama de acampamento, roupa de cama e outras coisas que ficam guardadas lá.

Concordo com a cabeça, respondendo que estou bem, mas não é verdade. Não sei o que pensar sobre nada disso e me sinto enjoada de tanto cansaço. Não me importa o que aconteceu com a Paula. Não me importa que o Frank esteja trancado num porão debaixo de mim. Só quero ir para longe, para bem longe daqui. Não fosse pelo tempo e pelo tornozelo da Al, eu partiria agora.

— Você está segura. Sabe disso, não sabe? — Isaac estica a mão e me ajuda a levantar. — É importante para mim que você se sinta segura, Emma. Mais importante do que qualquer outra coisa. Agora, que tal você tomar um bom café da manhã e depois dormir?

Dá para saber que o refeitório está lotado antes de eu pisar lá dentro. O tilintar de talheres raspando as tigelas de metal e o som de risos e conversas invadem o corredor e abafam os passos do meu chinelo no chão de madeira. As notícias sobre os acontecimentos de ontem à noite com Frank se espalharam e, no segundo em que eu entrar no salão, todos os olhos se voltarão para mim. Qual é a alternativa? Ir escondida ao dormitório feminino e ficar sozinha com a lembrança do que aconteceu? Não, não posso fazer isso. Ainda não.

Dou mais um passo em direção à porta, mas paro ao ouvir a risada de Daisy cortar o zum-zum do refeitório. O som parece estranho, como se fosse uma lembrança de outra vida. Como ela pode rir depois do que aconteceu comigo? Ela viu como eu estava abalada. Deve ter imaginado que alguma coisa horrível havia acontecido comigo. Por que não está ao meu lado, me dando apoio? Sempre estivemos ao lado uma da outra em todas as situações e, ainda assim, no momento em que mais precisei dela, ela se afastou. Ela queria me confortar, sei que queria, mas o que quer que Leanne tenha cochichado em seu ouvido a fez mudar de ideia. Não posso, não vou deixar isso passar. Não de novo.

O silêncio não cai no segundo em que piso na sala de jantar. Em vez disso, vai se instalando gradualmente, uma colher cai no chão, uma expressão para que os outros se calem, uma mão que se levanta, um olhar significativo. As conversas vão cessando uma a uma, cadeiras são arrastadas pelo chão quando seus ocupantes se viram para mim, sobrancelhas sobem e depois se contraem.

Al, Leanne e Daisy estão sentadas juntas à mesa do lado direito da sala. Isis, Cera e Jacob estão no lado oposto. Raj e Sally estão sentados com Johan à mesa grande à esquerda, com meia dúzia de mulheres. Há uma mesa ocupada por apenas um homem na extremidade esquerda. Durante um tempo interminável, ninguém diz uma palavra até que eu escuto alguém murmurar "vagabunda". Veio da mesa dos homens, onde todos estão olhando para mim com uma expressão inegável de desprezo. Daisy balança a cabeça, Al olha para a tigela e um sorriso bem sutil passa pelos lábios de Leanne antes de ela, súbita e inesperadamente, irromper em lágrimas. Daisy a envolve com o braço e a puxa contra o peito.

— Vagabunda mentirosa.

Dessa vez, vejo quem falou. Um homem de cabelo escuro, não sei seu nome; ele trabalha com os animais e está sempre recolhido em si mesmo.

— Isso aí, você me ouviu. Gente como você não deveria ser permitida aqui.

Sinto um frio na barriga.

— Não sei do que você está falando.

— Não? — Ele levanta as sobrancelhas. — Talvez a gente devesse perguntar para o Frank.

— O que está acontecendo? — Olho para Jacob, que balança a cabeça. — Isis? Cera? — O que está acontecendo?

Todos devolvem meu olhar com rostos impassíveis, com olhares de reprovação. Ninguém diz uma única palavra.

Minhas mãos começam a tremer. A sensação percorre meus braços e depois toma conta de todo o meu corpo. Cada fibra do meu ser treme de medo. Por que ninguém fala comigo? Por que todos estão olhando para mim como se eu tivesse acabado de matar alguém?

— Daisy? Al? Por favor. Alguém. Alguém me diga o que está acontecendo. Não estou entendendo. Eu...

O silêncio é quebrado por uma cadeira sendo empurrada para trás e Al se levanta. Ela não diz nada enquanto atravessa o refeitório. Levanta uma mão quando se aproxima de mim e, por um terrível instante, tenho a impressão de que ela vai bater em mim. Em vez disso, ela agarra meu pulso e me puxa para fora da sala.

Ela não fala nada até estarmos a meio caminho do jardim, ela então solta meu pulso e se vira bruscamente, me encarando.

— Preciso que você me conte a verdade, Emma. — Seu rosto está vermelho e uma linha de suor se forma em sua testa.

— É claro.

— Você mentiu sobre Frank ter te atacado?

— O quê? — Olho instintivamente para o trecho da margem do rio onde aquilo aconteceu. — Não! Claro que não.

— Tem certeza? Porque tem gente sem a menor dúvida de que você mentiu.

— Quem disse isso?

— Alguém que viu o que aconteceu. Disseram que viram você e Frank caminhando de mãos dadas pela beira do rio. Que estavam se beijando e que, aparentemente, você estava caída por ele, depois se deitaram e estavam começando a transar quando você viu o Isaac e gritou que estava sendo estuprada.

Um nó se forma na minha garganta.

— Não é verdade. Frank me atacou.

— Disseram que você o encorajou, Emma.

— É mentira. A Daisy estava lá, e a Leanne também.

Ela balança a cabeça.

— Tudo o que elas viram foi você sentada no chão, o Frank inconsciente e sangrando e o Isaac ao lado dele.

— Al, você sabe que eu nunca mentiria sobre uma coisa dessas. Você sabe!

Ela me olha fixamente, até que a expressão de seus olhos castanhos suaviza, mas se enche de preocupação.

— É claro que sei.

— Ah, meu Deus! — Cambaleio para trás e ela agarra minha mão para me impedir de cair. — Por que você faria isso comigo? Por que me fazer passar por isso?

— Porque... — Ela faz um gesto para que eu me sente na grama, e se abaixa também, ainda segurando a minha mão. — Leanne está convencida. Não sei quem foi que disse isso para ela, e ela se recusa a contar, mas a pessoa fez um bom trabalho em convencê-la de que é verdade. Ela disse que jamais vai te perdoar, não depois de ter compartilhado o que ela viveu na adolescência. Disse que precisou de muita coragem para admitir ter sido estuprada, e não consegue acreditar que você tenha mentido sobre uma coisa assim.

— Mas eu não menti! Não acredito que ela iniciaria um boato desses sem falar comigo antes.

— Na verdade — Al solta a minha mão e alisa a grama para frente e para trás —, foi a Daisy quem começou com o boato.

— O quê?

— Ela está agindo como se vocês duas estivessem competindo para "pegar o Isaac". — Ela simula as aspas no ar com a outra mão. — Que você estava pegando o Frank e, quando viu o Isaac chegar, empurrou-o para longe. Não chegou a dizer se de fato você gritou estupro, mas...

Não consigo aceitar. Isso não parece real. Daisy é minha melhor amiga, *era* a minha melhor amiga. Ela me conhece. Sabe tudo sobre mim. Como pode acreditar que eu faria uma coisa tão horrível, tão imoral? Não consigo acreditar nisso. E não vou.

— Você realmente ouviu a Daisy falar isso, Al?

— Sim... — Al toca no meu ombro. — Emma, Daisy não está sendo ela mesma. Ela engoliu toda a baboseira filosófica do Isaac sobre apego e desapego, e está jogando tudo em cima de você. Não sei por que, mas ela enfiou na cabeça que você é a causadora de toda a sua infelicidade, e que precisa ficar longe de você. Quanto antes formos embora daqui, melhor. Meu tornozelo já está quase bom e Johan considera que o pior da temporada das monções está chegando ao fim. A gente pode tentar descer nos próximos dois dias. Nós estamos quase na nossa data de ir embora mesmo, as coisas já estarão mais calmas até lá.

— Não. — Eu me levanto. — Não vou esperar tanto tempo.

— O que quer dizer?

— Vou dizer para o Isaac contar para todo mundo exatamente o que aconteceu.

— Não! Você só vai criar mais complicação. — Ela tenta me segurar quando me viro para voltar para a casa, mas passo direto por ela.

— Emma! — grita quando começo a correr. — Emma, não! Você vai piorar as coisas.

Capítulo 28

Hoje

Acordo de um salto no instante em que o telefone toca. Já é a quarta noite em que durmo no sofá com as luzes acesas, e todo o meu corpo dói quando me sento e pego o celular. A sala ainda está escura, não há luz entre as frestas das cortinas, e o mundo do lado de fora está em silêncio.

— Alô? — Pressiono o telefone contra a orelha. — Sheila? Que horas são?

— Duas. Ouça, desculpa te incomodar, mas o abrigo foi invadido e a polícia está aqui.

Eu me sento instantaneamente.

— Em Green Fields? Os animais estão bem?

— Estão, mas será que você pode vir para cá? A polícia quer te fazer algumas perguntas. Me desculpe, Jane, sei que a gente está no meio da noite. Eu poderia ir até aí te buscar, mas...

— Sem problemas. Eu pego a minha bicicleta. Chego aí em dez minutos.

Está tão escuro do lado de fora que tenho de usar a luz do celular para encontrar a fechadura do cadeado da bicicleta. Enfio a chave no buraco e a giro. Estou na estrada trinta segundos depois. A luz fraca e amarelada do farol da bicicleta não ilumina mais do que uns dois metros à frente. Tudo o mais está coberto pela escuridão. Chamo de estrada principal, mas é tão estreita que, a cada cem metros, há recuos para que os carros possam encostar e deixar os veículos que vêm na direção contrária passarem. O mato na beira da estrada está tão alto que preciso pedalar pelo meio da rua para não me arranhar. É uma noite clara. A lua está enorme e redonda, a Ursa Maior e Vênus brilham no céu.

Ainda estou grogue de sono, respiro fundo no ar frio da noite para tentar clarear a mente; pedalo com força, inclinada para a frente ao me aproximar da ladeira para Green Fields. Fui a última a sair ontem à noite. Será que tranquei tudo? Repasso mentalmente a minha rotina: verificar se todos os cães estão em seus cubículos, se todos têm água para passar a noite, se a ala dos cães está trancada, faço o mesmo com os gatos e com os animais pequenos, vejo se Freddy está bem, e os porcos também, volto para o prédio principal pelos fundos, tranco a porta, confiro diversas outras coisas e tranco as portas da frente. Vou até a entrada lateral para a área onde os animais ficam, usada pelo jardineiro e para as entregas, verifico se também está trancada. Uma onda de pânico me atravessa. Será que fiz isso? Angharad estava comigo quando verifiquei as fechaduras. Ficou falando a caminho da recepção, perguntando de que viviam meus pais. Tentei me livrar dela, responder qualquer coisa aleatória sobre estarem aposentados, e depois que ela foi para o seu carro, fui conferir a entrada lateral. Ou não? Será que fui logo pegar a bicicleta, ansiosa para conferir o celular pela enésima vez naquele dia?

Alguma coisa pequena e escura salta na minha frente, aperto os freios e paro bruscamente, quase voando por cima do guidom. Um coelho atravessa a rua em pequenos saltos e desaparece no matagal à direita. As folhas se agitam e depois se aquietam.

Merda!

Coloco a mão sobre o coração, subo novamente nos pedais e recomeço. Agora ficou mais difícil, tive de retomar do meio da subida, minhas coxas doem e as rodas giram lentamente, a bicicleta se arrasta morro acima. Faltam apenas uns quinhentos metros e logo estarei lá. Seguro os manetes com força e fico em pé nos pedais, usando meu peso para pedalar. Will me disse para não pedalar assim. Disse que não é a maneira mais eficiente para se subir uma ladeira. Segundo ele, o melhor é levantar o banco e se manter sentada. Fácil para ele falar, suas coxas parecem dois troncos de árvores, já as minhas...

Distraio-me dos meus pensamentos pelo ronco distante do motor de um carro. Está vindo de trás de mim, por isso encosto o mais para a esquerda que consigo e continuo pedalando. Minha luz traseira está acesa, mas, na pressa de sair de casa, esqueci de vestir a jaqueta e de pôr o capacete com refletores. Só conseguia pensar em chegar a Green Fields e ver se meus animais estavam bem. O motorista do carro deve me ver a tempo, aqui em cima tem algumas curvas mais fechadas e, se for alguém local, vai reduzir a velocidade.

O barulho do motor fica mais alto. A marcha arranha quando a pessoa reduz da terceira para a segunda, com a subida ficando mais íngreme, mas está acelerando, e não diminuindo. E se não for alguém daqui? E se for alguém vindo de uma despedida de solteiro, acampado lá em Griffiths' Farm, voltando de cara cheia de uma noitada? O carro acelera e eu pedalo mais rápido. Oscilo de um lado para outro, as pernas queimam, pedalando e pedalando pela subida interminável. Tem uma estrada lateral para uma fazenda daqui a cem metros. Eu posso entrar lá e depois...

A primeira coisa que sinto é um empurrão e, por uma fração de segundo, penso que não foi nada, que o carro apenas esbarrou em mim e eu consegui me equilibrar, mas então sinto minhas mãos sendo arrancadas do guidom e um peso na minha barriga no momento em que sou lançada para cima. Subindo, subindo e subindo pelo ar. Fico em suspensão por uma eternidade até que...

Até que o ar é sugado de meus pulmões, sinto uma dor cortante no lado do rosto e tudo escurece.

— Jane, querida, Will está aqui para te ver.

Alguém acaricia minha mão esquerda e me esforço para abrir os olhos. Não consigo abrir o direito de tão inchado que está devido ao tombo, não enxergo nada com ele. Olho para Sheila pelo olho esquerdo entreaberto.

— Will? — pergunto, com um gemido.

— Eu liguei para ele. Achei que você fosse preferir que ele te levasse para casa.

— Oi, Jane.

Seu rosto está tomado de preocupação quando atravessa o quarto e se aproxima para me beijar.

— Você está horrível.

Tento sorrir, mas sinto dor.

— Obrigada.

— Vou deixar vocês a sós. — Sheila aperta a minha mão de leve. — E você, trate de não se preocupar com Green Fields. Não foi culpa sua. A polícia está conferindo as filmagens das câmeras de segurança. Eles vão pegar os ladrões.

— Obrigada, Sheila.

— Will disse que te leva em casa. Descanse e amanhã eu apareço para ver como você está. Beba, se puder. — Ela me serve um copo de água da jarra ao lado da cama, coloca na minha mão boa, depois pega sua enorme bolsa da cadeira e sai apressada.

Will, ainda de pé à esquerda da cama, arrasta a cadeira na qual ela estava sentada para perto de mim.

— Como você está se sentindo?

— Machucada.

— Tem alguma coisa que eu possa fazer? — Ele olha para o copo com água na minha mão. — Quer um canudo?

Tento balançar a cabeça e faço uma careta.

— Sheila me contou sobre a invasão — diz Will. — Graças a Deus nenhum dos animais foi ferido.

Não por falta de tentativa. A polícia encontrou alicates para cortar cadeados junto à cerca, e sinais de que foram usados em pelo menos três das gaiolas dos cachorros. Felizmente, os intrusos não conseguiram abrir mais do que uns poucos buracos pequenos antes que o latido frenético dos cães acordasse Sheila e ela percebesse o que estava acontecendo. Ainda bem que sua casa fica bem perto do abrigo. Ela me disse que as gaiolas já foram consertadas, mas que estão tendo muito trabalho para limpar as pichações das paredes. Sheila contou que os invasores, quem quer que fossem, escreveram "BABACAS" em pelo menos seis lugares diferentes.

Uma das gaiolas que tentaram arrombar foi a de Jack, e já contei para a polícia sobre a conversa com seus proprietários na semana passada e sobre a estranha entrevista de ontem, com Rob Archer, o cara que queria adotar um Staffordshire bull terrier. Estou convencida de que alguns deles, ou todos, podem ter algo a ver com a invasão. Sheila também contou que viu duas pessoas, provavelmente homens, usando balaclavas, entrarem correndo num carro e fugirem rapidamente. Todos ficaram achando que tinha sido o mesmo carro que me atropelou, mas isso é impossível. Segundo Sheila, eles viraram para a esquerda quando saíram de Green Fields e seguiram em direção ao lago. Eu vinha subindo a ladeira da direita e, a não ser que tenham retornado e estivessem voltando para Green Fields, é muito pouco provável que tenham sido os mesmos que me atingiram.

Eu estava caída na grama junto à estrada quando recobrei a consciência. Não sei quanto tempo fiquei inconsciente, mas, quando abri os olhos, o esquerdo pelo menos, ainda estava escuro, a bicicleta estava caída no mato e meu ombro e braço esquerdos doeram quando tentei me mexer. Sheila e um policial estavam ao meu lado. Eles ouviram o impacto e os pneus do carro cantando na estrada quando o motorista arrancou para fugir. Quinze ou vinte minutos depois, a ambulância chegou. O paramédico receava que eu me sentisse nauseada ou atordoada, e, segundo Sheila, eu não estava falando coisa com coisa nos primeiros minutos após acordar, e ele insistiu que me levassem para a emergência, para eu ser examinada. Estava certo de que eu havia deslocado o ombro esquerdo. Fui logo atendida na chegada ao hospital, sedada, e o médico colocou meu ombro no lugar e o braço numa tipoia. Depois, levaram-me para a observação, onde fiquei esperando para fazer uma tomografia computadorizada. Os resultados chegaram uma hora depois, sem revelar nenhum problema. Preciso apenas que o médico me libere oficialmente para eu poder ir para casa.

— Você conseguiu pegar meu celular?

Will dá uma risada.

— Caramba, Jane! Você é viciada nessa coisa. Sim, sim, eu achei o aparelho. — Ele enfia a mão na bolsa carteiro a tiracolo e me entrega o celular. — A maioria das pessoas pediria uma muda de roupa, um bom livro, mas não, você precisa conferir o Facebook. Ou o seu vício é o Twitter?

Olho para a tela. Nenhuma nova notificação do Facebook, mas tem uma nova mensagem de texto. É de um número que não tenho em meus contatos...

— Chloe mandou dizer oi — diz Will enquanto toco no ícone de mensagem. — Ela queria saber se você está com o braço engessado, porque ela acha que cor-de-rosa é muito mais... Jane? Qual é o problema? Por que você está chorando?

Viro o telefone para ele, para que veja o que está escrito.

— *Só as pessoas legais morrem jovens* — ele lê em voz alta. — *Por isso você ainda está viva.* — Ele olha para mim, de boca aberta. — Que negócio é esse? Jane? — Me encolho quando ele seca uma lágrima da lateral arranhada e inchada do meu rosto. — O que isso significa?

Capítulo 29

Há cinco anos

— Emma! — Isaac se levanta atrás de sua mesa e vem de braços abertos para mim. — Tomou um bom café da manhã?

Estou sem fôlego depois de atravessar o jardim para a casa correndo sem parar, e o empurro quando tenta me abraçar. Ele cheira a cigarro, incenso e desodorante.

— O que está havendo? — Olha para Al, parada atrás de mim. Ela dá de ombros e massageia o tornozelo. Veio mancando por todo o caminho até a casa, tentando insistentemente me convencer a não falar nada para Isaac sobre o boato com Frank. Disse que conversaria com Daisy e Leanne por mim, mas só isso não basta. Não vou deixar que as pessoas pensem que sou o tipo de garota que mentiria sobre uma tentativa de estupro. Isaac viu o que aconteceu; todos precisam ouvir da boca dele.

— Eu também gostaria de saber o que está havendo — diz Leanne da porta, com uma expressão ilegível.

— Ótimo — digo. — Você precisa ouvir isso.

Isaac começa a sorrir ironicamente, olhando de Leanne para mim e de volta para ela.

— O que está havendo?

Leanne cruza os braços magros sobre o peito e se encosta no batente da porta, como se precisasse de apoio para se manter de pé. Ela se recusa terminantemente a olhar de volta para mim. Quem quer que tenha mentido para ela sobre o ataque deve ter sido extremamente persuasivo.

Olho para trás dela, mas o corredor está vazio.

— Onde está Daisy? Ela também precisa ouvir isso.

Faço um movimento para sair e ir atrás dela, mas Isaac segura a minha mão antes que eu chegue à porta.

— Daisy está ajudando a recolher o café da manhã. Apenas me diga o que está acontecendo, por favor. Leanne, entre e feche a porta.

Ela entra no escritório, fecha a porta e se senta no tapete. Al olha para mim de um jeito que parece dizer, "Isso não significa que acredito nela", e senta ao seu lado no chão.

— Ok, então. — Isaac faz um gesto para que eu me sente também, mas prefiro a cadeira e me sento na ponta do assento. Isaac se instala na cadeira atrás da mesa. Balança-se descontraidamente de um lado para outro, as rodinhas se movendo para frente e para trás sobre o tapete gasto que cobre o alçapão.

— Pode falar. O que está havendo?

— Está correndo um boato de que eu menti sobre Frank ter me atacado.

— É mesmo? — Ele para de se balançar e apoia o queixo numa das mãos. — E quem foi que começou com esse boato? — Ele arrasta a palavra "boato" pela língua, como se apreciasse sua sonoridade.

Al e Leanne balançam as cabeças juntas.

— Leanne sabe — respondo.

— Você sabe? — Ele apoia os cotovelos nos joelhos e se inclina para ela.

Quando ela balança a cabeça, Al se afasta com um olhar surpreso no rosto.

— Você sabe, sim! Você disse que havia jurado manter segredo.

— Não, eu...

— Ok, ok. Esqueçam quem começou com o boato. — Isaac levanta as mãos e se recosta na cadeira. Seus olhos se voltam para Leanne por uma fração de segundo e depois retornam para mim. — Eu vou resolver isso, Emma.

— Diga a elas! — Aponto para Leanne e Al. — Conte a elas que o Frank me atacou e que foi por isso que você bateu nele. Diga-lhes que eu não menti sobre isso.

— Emma! — Ele gira a cadeira para mim, apoia a mão em meu ombro e pressiona, inclinando-se para perto e sibila no meu ouvido. — Eu disse que vou resolver isso, e é o que vou fazer.

— Mas...

— Você precisa confiar em mim, está certo? — Há um tom conclusivo na maneira como diz "está certo" que me impede de voltar a questioná-lo.

— Muito bem, vamos beber alguma coisa, que tal? — Ele volta com a cadeira para trás da mesa, abre a gaveta do fundo e pega quatro garrafas de Budweiser.

Nenhuma de nós bebeu cerveja de verdade desde que chegamos aqui. A vodca da Daisy acabou faz tempo, e o mesmo aconteceu com as garrafas de vinho que nós também trouxemos. Estamos aqui já faz doze dias e a única bebida alcoólica é a terrível cerveja artesanal feita por Raj. Deveríamos ir embora em dois dias para uma aventura pelas florestas de Chitwan, a viagem para a qual Leanne nunca fez a reserva. Esses planos agora parecem ter sido feitos em outra encarnação.

Isaac tira as tampas de metal e nos entrega as garrafas, uma a uma.

— Sinto muito por não ter passado tanto tempo com vocês quanto eu gostaria. Obviamente, Leanne compareceu a vários dos meus seminários — ele sorri calorosamente para ela —, mas, Al e Emma, sinto que eu preciso conhecer vocês duas um pouco melhor. — Ele olha demoradamente para Al, como se ainda não a tivesse compreendido totalmente.

— Então, Emma... — Ele se senta na ponta na cadeira, coloca a garrafa entre os joelhos e tira a lata de fumo do bolso de trás da calça. — Me conte um pouco mais sobre você.

— Não tenho nada para contar.

Ele tira a tampa da lata pega um pacote de seda Rizla.

— Me encante.

— Bom... Tenho vinte e cinco anos. Sou de Leicester. Tenho dois irmãos e uma irmã. Meu pai e minha mãe são médicos e...

— Chato. — Ele lambe duas sedas, cola uma na outra, espalha o fumo pelo comprimento do papel. — Diga para a gente o que você acha importante. As coisas com que você se importa.

— Família. Amizade. — Dou de ombros. — Lealdade, confiança.

— Ok — Ele espalha um pouco de maconha por cima do tabaco e enrola o baseado para cima e para baixo entre os dedos. — E o que mais?

— Eu sempre adorei animais. Eu gostaria de ter sido veterinária, mas fui mal nos exames.

— Você também queria concorrer a Miss Universo? Vamos lá, Emma, você consegue fazer melhor do que isso.

Mudo de posição na cadeira, consciente de que Al e Leanne estão olhando para mim em silêncio.

— Não sei o que você quer que eu diga.

— Quero que você me conte alguma coisa que seja realmente significativa, que me faça levantar da cadeira, algo vivo e honesto.

— Muito bem. Acho importante que as pessoas sejam sinceras umas com as outras. A honestidade importa para mim.

— Melhorou. — Ele acende o baseado e traga profundamente. — E o que é que te deixa puta da vida?

— Injustiça, racismo, homofobia.

— A candidata a Miss Universo está de volta.

— Está certo. — Dou um gole na minha cerveja. — Fico puta quando não dão lugar para as pessoas idosas no trem, ou quando acreditam em tudo o que leem nos jornais. Não suporto gente fraca e sem fibra. E quanto ao lixo daquele programa do Jeremy Kyle...

— Pode parar! — Ele me oferece o baseado. — Agora quero que me conte quais dessas coisas que te deixam puta e que, na verdade, você mesma faz.

— Nenhuma delas.

— Verdade?

— Bom, eu não assisto ao programa do Jeremy Kyle, se é o que você quer dizer. — Dou uma risada, mas ninguém me acompanha. Leanne está de olhos fechados.

— Imagino que você também ceda o lugar para idosos — diz Isaac. — Mas e o resto?

Sei aonde ele quer chegar. Quer que eu admita alguma fraqueza.

— Eu gosto de agradar as pessoas — digo. — Eu faço e digo o que os outros esperam, para que gostem de mim. Odeio isso.

— Legal. — Isaac concorda. — Bom.

Coloco a garrafa de cerveja nos lábios e estou prestes a dar um gole quando ele segura a minha mão.

A garrafa bate nos meus dentes de cima.

— Se você pudesse matar alguém neste minuto e se safar, quem você mataria, Emma?

— O quê?

— Você me ouviu.

— Sim, ouvi, mas é uma pergunta ridícula.

— Mesmo assim, quero que você responda.

— Certo, bem, eu não mataria ninguém.

— Mentirosa!

— Não estou mentindo.

— Está, sim! Você não foi sincera em nada disso que falou desde que entrou aqui dentro. Foi tudo calculado, tudo tem que ser cuidadosamente pensado antes de você falar. Mesmo quando disse que precisa agradar as pessoas, outras fraquezas e defeitos te passaram pela cabeça antes, mas você filtrou tudo porque ser alguém que precisa agradar os outros é uma resposta socialmente mais aceitável. Você não está VIVA, Emma, apenas finge que está. Toda essa sua vida de merda é uma mentira. Não são as outras pessoas que a impedem de ser você mesma: é você. Agora, fale a verdade. Se pudesse matar alguém, quem seria?

— Já respondi a essa pergunta, Isaac, e você não está ouvindo a minha resposta. Jamais mataria uma pessoa, podendo ou não me safar. Jamais tiraria a vida de alguém.

— Mentirosa!

A garrafa voa da minha mão quando ele vem para cima de mim e me derruba da cadeira. Bato com a cabeça no chão de madeira e ele vem para cima, montando na minha cintura, as mãos segurando meus pulsos, pressionando-os contra os dois lados de minha cabeça.

— Saia de cima de mim, Isaac.

— Isaac! — Al grita, mas ele ignora.

— Quem você mataria, Emma?

— Ninguém.

— Mentirosa! Quem você mataria?

— Não mataria ninguém.

Ele chega mais para a frente e se senta sobre meu peito. Tento respirar. Al puxa seu braço, mas não tem força suficiente para tirá-lo dali.

— Quem você mataria? — O rosto de Isaac desce de encontro ao meu e sei o que ele está prestes a fazer antes mesmo que faça. Abro a boca para protestar e ele enfia a língua. Meu instinto é morder, e, quando vou cerrar os dentes, ele agarra minha mandíbula com a mão direita, e me impede. Tento soltar o braço esquerdo para empurrá-lo, mas ele apoia o joelho sobre o meu cotovelo e me prende no chão.

Ele recua para perguntar de novo:

— Quem você mataria?

Sou engolida por uma onda de pânico e a sala parece girar.

— Quem você mataria, Emma? Me diga!

Fecho os olhos, mas as lágrimas abrem caminho pelas pálpebras cerradas e rolam pelas bochechas.

— Frank. Está bem? Se eu tivesse que matar alguém, eu mataria o Frank, por tentar me estuprar. Quero que ele se sinta tão apavorado e indefeso quanto eu me senti, aquele filho da puta desgraçado.

— Quem mais, Emma? — Ouço um leve clique, quase imperceptível, mas não consigo virar a cabeça, porque Isaac ainda está segurando meu queixo. — Quem mais está te machucando? Quem mais te magoou? Quem mais você mataria se não houvesse consequências, nenhum julgamento, nenhum remorso? Quem você mataria?

Os últimos doze dias se passam pela minha cabeça, como cenas de um filme mudo. Al e Leanne de boca escancarada, rindo histericamente de Daisy implicando comigo. Daisy esmagando a lagartixa com o calcanhar, a amargura em seus olhos quando Isaac falou comigo no encontro de boas-vindas, o sarcasmo quando falou "Caça-Puta", a cabeça submissa quando Isaac a mandou de volta para a casa depois que o Frank me atacou, e sua expressão arrogante quando um dos homens me chamou de vagabunda hoje no refeitório, quando fui tomar o café da manhã.

Essa viagem era para ser uma aventura, as melhores férias de nossas vidas, mas eu nunca me senti tão solitária, isolada ou rejeitada. E tudo recai sobre Daisy. Ela poderia ter me defendido, mas, em vez disso, agiu para

colocar as pessoas contra mim. Toda a confusão, todo o ressentimento e toda a mágoa desses últimos dias queimam no meu peito e abro os olhos.
— Daisy.
Alguém solta um arquejo de espanto. Porém, não é Al, nem Leanne. É alguma outra pessoa, de pé na porta aberta. Alguém que acaba de ouvir cada uma das minhas palavras.

Capítulo 30

Sei quem está na porta, mesmo sem virar a cabeça. A energia da sala se transforma; o ar não esfria, mas fica parado. Já não ouço mais a respiração lenta e pesada de Al, ou o leve silvo nasal de Leanne. Mesmo Isaac, ainda montado em mim, com a mão esquerda segurando meus braços sobre a minha cabeça, a direita sob o meu queixo, fica em silêncio.

— Ora, isso não é uma graça?

— Daisy, eu não quis dizer isso. Eu só... Eu estava...

Enquanto tento explicar, Isaac sai de cima de mim e vai até a porta.

— Daisy — Ele apoia a mão em seu braço enquanto sussurra seu nome. — Você pode voltar mais tarde?

— Na verdade, meu querido — ela olha para mim, os olhos azuis faiscando —, eu gostaria muito de ficar.

— Estamos em uma sessão. Prefiro que você volte mais tarde, por favor.

Daisy continua a olhar fixamente para mim pelo que parece uma eternidade, os olhos se estreitam, os lábios apertados formam uma linha fina, e então ela dá um passo para trás. A bainha da longa saia púrpura voa em torno de seus tornozelos quando ela se vira e sai em direção à cozinha. Os chinelos batem contra o piso de madeira.

— Eu gostaria que vocês duas também saíssem, por favor — diz Isaac.

— A gente? — Leanne aponta para o próprio peito.

— Sim, por favor.

Ela se levanta sem ruído e sem nem sequer um olhar para mim, sai caminhando imperturbável pelo corredor. Al permanece no mesmo lugar, sentada de pernas cruzadas no tapete. As narinas alargam-se quando Isaac olha para ela e levanta uma sobrancelha, como se dissesse: "Você também precisa sair."

— Não vou deixar a Emma sozinha aqui com você.

— Não vou machucá-la. — Ele olha para mim. — Prometo. Só quero conversar. Quero explicar a ela por que eu fiz o que acabei de fazer e como isso vai ajudá-la.

— Emma? — Al olha para mim. — O que você quer que eu faça?

O som de vozes alteradas entra pela porta aberta do escritório. Daisy e Leanne estão discutindo na sala de jantar. Não tem como eu ir para lá no meio da discussão. No instante em que eu sair desta sala, Daisy vai voar em cima de mim e não vou conseguir lidar com isso, não depois de tudo o que aconteceu. Se eu ficar aqui por mais alguns minutos e der um tempinho para ela, ela vai se acalmar. E então vou tentar explicar o que acabou de acontecer, embora eu mesma não esteja entendendo.

Há algo tão desconfortável, tão insuportável, no jeito como Isaac pressiona a gente para responder as suas perguntas que a única maneira de escapar é dizendo aquilo que ele quer ouvir. Agora entendo por que Leanne contou para ele sobre o estupro que ela sofreu quando era adolescente, não foi por estar louca para compartilhar essas coisas com ele, mas porque precisava dizer alguma coisa, qualquer coisa que o fizesse parar com aquele interrogatório ininterrupto. Não há a menor possibilidade de eu machucar a Daisy, mas estou com raiva dela. Não me sinto assim desde que era adolescente. Consigo lidar com a raiva, mas a mágoa é insuportável. Sempre soube que Daisy podia ser cruel, mas ver essa crueldade se voltar contra mim me parece uma traição suprema. É como se os nossos sete anos de amizade não significassem nada.

— Emma? — Al me chama novamente.

— Vou ficar. Quero ouvir o que o Isaac tem a dizer.

— Tudo bem — diz ela, insegura, apoiando-se nos joelhos e se levantando. — Está certo. Estarei no dormitório, caso você precise de mim.

Ela para na porta por alguns segundos, com os ombros para trás e o queixo para cima, olho no olho com Isaac.

— Se você tocar nela novamente, vai se ver comigo. Entendeu?
Isaac aperta os lábios como se estivesse tentando segurar o riso.
— Entendi, Al.
— Ótimo. — Ela sai para o corredor e fecha a porta.

— Muito bem, então — Isaac pega a garrafa que ele derrubou da minha mão e joga na lixeira, ignorando a poça de cerveja derramada, depois pega o cinzeiro de cima da mesa e deita no tapete. Fecha os olhos e se espreguiça como um gato, banhando-se no grande triângulo de sol que entra pela janela. Fica deitado ali, perfeitamente imóvel, por vários segundos, depois tira a lata de fumo do bolso da camisa, abre os olhos e se apoia no cotovelo.
— Quer um? — Abre a lata, joga um cigarro já enrolado para a boca e o pega com os lábios. Empurra a lata para mim.
Eu nem sequer pondero. Pego o isqueiro e um cigarro, acendo e ofereço a chama acesa para ele. Ele segura a minha mão e a aproxima do seu cigarro. A ponta fica cor de laranja e ele me solta. O peso de seu toque se mantém, a impressão dos dedos permanece quente na minha pele.
— Obrigada. — Solto a fumaça do cigarro, coloco o isqueiro de volta na lata, fecho a tampa e empurro de volta para ele por cima do tapete.
Isaac exala devagar, aponta o bolso da camisa com a cabeça, sinalizando para que eu coloque a lata de volta ali. Balanço a cabeça.
— Por que você me atacou daquele jeito?
— Não te ataquei.
— Ah, não? Então você não me derrubou da cadeira e me segurou no chão?
Ele olha para mim indolente, o cigarro pendurado nos lábios.
— Por que você acha que eu fiz isso?
— Não sei.
— Sabe, sim.
Afasto-me dele e encosto na parede, dando outra tragada no cigarro. Ele está jogando comigo.
— Por que você tem tanto medo de ficar com raiva, Emma?
— Não tenho.
— Alguém te ensinou a suprimir a raiva. Quem foi?

Solto a fumaça devagar, em direção à poeira suspensa diante da janela. A fumaça gira violentamente, engolindo a sujeira em suspensão.

— Ninguém me ensinou. Não sou uma pessoa raivosa.

— Discordo.

— Isso porque você não me conhece.

— Será? Tudo bem em ser, como você disse, alguém que quer agradar, alguém que você acha que as pessoas querem que você seja, mas, diante de um perigo real, sua verdadeira personalidade se revela. Vi isso ontem, depois que o Frank te atacou. A pessoa com quem conversei na cabana, aquela era você de verdade.

Sopro a fumaça do cigarro novamente.

— A gente não tinha discussões na minha casa quando eu era criança. Em vez disso, a gente corria para o quarto e ficava se remoendo. Tinha muita corrida para os quartos lá em casa. Mas a gente nunca batia a porta. Se for para ficar se remoendo, isso se faz em silêncio.

— Então o que acontecia?

— A gente voltava para qualquer lugar da casa onde o resto da família estivesse e fingia que nada tinha acontecido.

— Seus pais também fingiam que não tinha acontecido nada?

— Sim.

Estou contando coisas demais. Ele está me alimentando com perguntas como fez com a Leanne, mas uma parte de mim quer responder. Não sei se é porque Daisy e eu não estamos nos falando e eu não tenho mais ninguém em quem confiar, a não ser Al, ou porque há uma pequena parte de mim que se sente lisonjeada por Isaac demonstrar tanto interesse.

— Algum dia, alguém bateu o pé em vez de fugir? — pergunta.

— Não, se fizéssemos isso, éramos ignorados. Papai pegava o jornal e mamãe se fechava emocionalmente. Nenhuma conversa, nenhum contato visual, nenhum carinho. Era como ser trancada no frio, do lado de fora.

— Então você aprendeu que, para ser amada, devia ser agradável.

— Isso mesmo.

Isaac esfrega o polegar no rosto e olha pensativo para mim.

— Você mencionou que sua mãe reagia, mas seu pai, não.

— Era ela quem cuidava da nossa disciplina. Papai ficava em silêncio. Acho que ele também não queria bater de frente com ela.

— E você queria que ela sentisse orgulho de você para poder te amar?

— Que criança não deseja isso? Meus irmãos e irmã, George, Henry e Isabella, a deixavam orgulhosa com suas conquistas esportivas, suas danças e atuações, mas eu nunca fui boa em nada disso. Havia um espaço na família para a "criança inteligente", já tínhamos o desportista, a bela e o engraçado, e eu tentava preenchê-lo. Batalhei, dei duro mesmo. Eu não estava bancando a Miss Universo quando te falei que amava os animais e queria ser veterinária. O plano era tirar as notas máximas e ir estudar ciência veterinária na faculdade. Mas então eu engravidei e estraguei tudo.

— Você engravidou?

Meu cigarro acaba, e me estico para jogar a ponta na lixeira.

— Eu tinha dezessete anos. Estava namorando o mesmo garoto, Ben, havia um ano, e nós ficamos bêbados e não nos preocupamos com camisinha. Tomei a pílula do dia seguinte, mas... não funcionou.

— Então você teve um bebê?

— Não. Eu queria, mas a minha mãe insistiu para que eu abortasse. Disse que eu destruiria meu futuro e que ela não deixaria isso acontecer. Ela marcou uma consulta com um médico, mas eu não fui; me escondi na casa do Ben, mas ela foi me buscar lá. Disse que eu teria que sair da nossa casa se não abortasse. Eu não aguentei, não aguentei o jeito como ela me olhava, a enorme e profunda decepção no seu olhar. Tudo o que eu sempre tinha feito era para ela sentir orgulho de mim... — Respiro fundo e olho para o teto. O reboco está se soltando e tem uma rachadura profunda atravessando de um canto a outro da sala. — Então eu fiz. Fiz um aborto duas semanas antes das minhas provas.

— Nossa! — Isaac levanta as sobrancelhas.

— Foi. Tive meu primeiro ataque de pânico durante a prova de biologia. Eu sabia tudo, sabia as respostas, e já tinha escrito trezentas palavras na prova discursiva quando comecei a sentir o peito apertado e não conseguia mais respirar. A sala encolheu e aí eu percebi todo mundo me olhando, porque eu estava sufocando, arquejando mesmo, e a senhora Hutton veio correndo pela sala para perto de mim e...

— Tudo bem. — Isaac vem rolando para perto de mim e toca a minha mão. — Está tudo bem, Emma. Você não está lá agora; não há nada acontecendo. Isso foi no passado. Já foi. Acabou.

Ele não solta a minha mão enquanto vou respirando fundo, de novo e de novo.

— Tudo bem? — pergunta, quando finalmente solto o ar de uma só vez e pego a lata de fumo. — Você está bem?

Aceno a cabeça.

— Sim.

Ele solta a minha mão e fica me olhando em silêncio enquanto tiro uma seda do pacote, espalho o fumo, enrolo e passo a língua pela cola. No final, ele pega o isqueiro, acende e segura perto de mim. Acendo o cigarro e trago profundamente.

— Você já se perguntou por que ficou amiga da Daisy, Emma?

— De fato, não. Simplesmente, aconteceu. Éramos calouras, ela puxou papo comigo e aí a coisa foi acontecendo.

— Você não acha que, inconscientemente, ela lembrava a sua mãe, uma mulher de personalidade forte e com necessidade de dominar?

— Meu Deus, nunca tinha pensado nisso. — Trago de novo e assopro a fumaça para longe de nós.

— O motivo para eu ter feito o que fiz... — Isaac se apoia no cotovelo de novo — foi para te ajudar. Você pode achar que foi uma crueldade, à luz do que aconteceu com o Frank, *especialmente* à luz disso, mas eu precisei fazer. Precisei fazer você reviver o trauma num ambiente seguro para te dar a oportunidade de ser honesta consigo mesma. Você não quer matar a Daisy, não lá no fundo, mas esse relacionamento está carregado de muita raiva. Você sofre de eczema ou de asma, Emma?

Balanço a cabeça.

— Psoríase, então?

— Tenho inflamações quando estou estressada.

— Aí está. Asma, eczema, psoríase, intestino irritado, tudo isso são sintomas externos de problemas na sua psique que você está tentando reprimir. São manifestações de seu subconsciente, um grito de socorro, não para o mundo externo, mas para o seu próprio consciente. Noventa e nove por cento das doenças são causadas por estresse, e de onde vem o estresse? — Ele bate com o dedo do lado da cabeça. — Se você não consegue ordenar o que tem aqui dentro, não consegue ordenar mais nada. Você não precisa de ansiolíticos para seus ataques de pânico, Emma; precisa enfrentar a causa deles.

— Eu sei, mas...

— Meu Deus, Emma! — Isaac inclina a cabeça para o lado e olha para mim com admiração. — Se você pudesse ver o olhar no seu rosto agora. O brilho nos seus olhos... — Ele balança a cabeça. — ... Uau.

— Para. — Pego o cinzeiro e apago meu cigarro, levando mais tempo que o necessário para ter certeza de que a brasa na ponta está totalmente extinta. Estou morrendo de vergonha e não consigo encontrar seus olhos.

— Você não faz a menor ideia, não é? Não faz a menor ideia de como você é linda. Na primeira vez que te vi, caminhando para os portões de Ekanta Yatra, com os ombros caídos, a cabeça baixa, tive vontade de te sacudir. Você estava tentando se esconder porque se sentia grande e desajeitada, e nada atraente em comparação a Daisy, e não queria que eu te notasse.

— Não é verdade.

— Não é? Você acha que ela é mais atraente que você, mas não poderia estar mais enganada. Mulheres como ela estão sobrando por aí. Ela usa a sensualidade como um farol, ofusca os homens com muita intensidade, e os faz se sentirem submissos. Mas existe um motivo para ela ainda estar sozinha, Emma, para ela ser tão profundamente infeliz: no fundo, ela se acha uma pessoa feia e sem valor. Que outro motivo ela teria para levar os homens para a cama tão desesperadamente a não ser para reafirmar sua autoestima?

— Mas eles transam com ela assim mesmo.

— Porque ela está disponível, porque faz com que se sintam bem com eles mesmos. Mas a luz que Daisy emite não é real, Emma. Ela liga e desliga, como uma lâmpada. A sua é real, mas você esconde.

Fico em silêncio por um tempo, refletindo sobre suas palavras.

— Emma. — Só quando ele coloca a mão sobre a minha percebo que ainda estou apertando a ponta do cigarro no cinzeiro. E lá está de novo, a sensação de calor, de peso, de sua pele tocando a minha.

— Você já transou com ela? — pergunto, sem levantar os olhos. Pergunto com a voz rouca, que não estava ali há poucos segundos.

— Não.

— Porque ela quer ir para a cama contigo, você sabe disso, não é?

Ele afasta o cabelo do meu rosto e encosta a mão sob a curva do meu maxilar. Está com os olhos apertados, intensos, percorrendo meu rosto, indo e voltando para os meus lábios. Não sou idiota. Sei que ele já usou essa rotina de sedução com dezenas, centenas de outras mulheres.

— A Daisy tem ciúmes de você, Emma. Você sabe disso, não sabe?

Afasto sua mão do meu rosto.

— Agora você está sendo ridículo.

— É verdade. Que outro motivo ela teria para roubar tantos homens de você no passado? Ela está competindo com você e quer ganhar. A Daisy não é sua amiga, Emma. Ela está se aproveitando silenciosamente de sua confiança há anos, sem que você jamais tenha percebido isso.

— Você está enganado. — Sacudo a cabeça. — Ela tem seus defeitos, mas sempre esteve ao meu lado quando precisei dela.

— Foi mesmo? — Tenho um sobressalto quando ele segura minhas mãos entre as dele. — Ou será que ela usou seus momentos de fraqueza para se sentir mais forte? A Daisy precisa de você, sim, Emma, mas não do jeito que você imagina.

Tiro minhas mãos das dele bruscamente e me apoio no chão. Minha cabeça está girando, mas, quanto mais tento ancorar meus pensamentos, mais eles rodopiam para longe de mim. Será que me sinto fraca, sem direção e em pedaços por que venho me comparando a Daisy e me sinto aquém? Ele está certo? Estará ela reforçando esse sentimento desde que nos conhecemos?

— Tenho certeza de que foi ela quem espalhou o boato de que eu menti sobre o ataque de Frank.

— Por que você acha isso?

— Eu não sei. Sei que ela pode ser cruel e...

— Emma. — Isaac se apoia nos joelhos e se agacha diante de mim. — A Daisy está te atacando porque está tentando encontrar o próprio caminho e não sabe como lidar com isso. Mas isso não é mais um problema seu. Você também tem que deixar para lá. Você está se sentindo confusa assim porque está tentando preservar uma amizade que não tem sido boa para você. Não tem sido boa para nenhuma de vocês duas. Não se preocupe com a Daisy. E não se preocupe com o que aconteceu com o Frank, eu vou resolver isso.

Penso em Frank no porão embaixo de nós, escondido sob o alçapão, e a dor do que aconteceu volta a tomar conta de mim.

— Emma. — Ele afasta a cortina de cabelo que caiu sobre meus olhos e se inclina, seu rosto fica a dois centímetros do meu. — Eu acredito em você, por que você não acredita?

Não sei se é solidão, desejo ou suas perguntas incansáveis, mas, em vez de responder, seguro seu rosto com as duas mãos e o beijo. Ele me beija de volta, forte, com as mãos no meu cabelo. Ele puxa minhas roupas, segurando as alças do top e puxando para baixo, pelos meus braços, que ficam apertados junto ao meu corpo. Eu me livro da camiseta, empurrando-a para a cintura e o puxo para mim, nós caímos no chão, derrubando uma pilha de colchonetes de oração, que se espalham sob nós.

Agarro a camiseta de Isaac e puxo-a para cima, na direção do pescoço, mas ele afasta minhas mãos e puxa a camisa de volta.

— Deixa a camisa aqui.

Meu sutiã se vai em seguida. E então, a bermuda de Isaac. Os meus shorts. Minha calcinha. Estamos parcialmente nus e suados, nos agarrando com força, apertando, beijando, mordendo. Pela primeira vez desde que chegamos aqui, minha cabeça está vazia. Isaac me come, de novo e de novo, uma mão enrolada em meus cabelos, a outra, apoiada junto ao meu ombro. Seus cabelos até os ombros caem sobre meu rosto, mas ele não tira os olhos dos meus, em momento algum. Não desvia o olhar nenhuma vez, nem mesmo fecha os olhos.

— Vai ficar tudo bem. — Ele suspira ao despencar em cima de mim.
— Eu juro.

Capítulo 31

Hoje

— Quem te mandou isso? — Will me devolve o telefone, com a mensagem ainda na tela:

Só as pessoas legais morrem jovens. Por isso você ainda está viva.

Fecho o aplicativo de mensagens.

— Eu não sei.

— Com certeza você faz alguma ideia. — Ele se senta na beirada da cama.

Uma mosca zumbe na janela, um carrinho de medicamentos passa pela porta e, em algum lugar distante da enfermaria, uma mulher geme enquanto a enfermeira colhe uma amostra de sangue.

— Jane — Will toca no meu braço —, você precisa confiar em mim. Precisa me contar o que está acontecendo.

— Não posso, eu...

— Você não confia em mim. — Ele contrai o maxilar e deixa a mão cair para longe do meu corpo.

— Confio, eu quero. Mas...

— Mas o quê? Jane, eu quero te ajudar, mas não vou poder se você não falar comigo. Pelo amor de Deus. — Ele cobre o rosto com as mãos e respira fundo várias vezes.

— Você não precisa ficar aqui.

Arrependo-me de ter falado isso no momento em que as palavras saem da minha boca.

— Certo — ele se levanta desanimado e se vira para ir embora —, se é o que você quer. Se eu correr, ainda consigo alcançar a Sheila no estacionamento. Ela te deixa em casa.

— Não. — Seguro sua mão. Não posso deixá-lo ir. Não consigo mais lidar com isso sozinha. Preciso confiar nele. Preciso confiar em alguém. — Por favor, me desculpe, Will. Não vá.

Ele suspira resignado e segura o encosto da cadeira.

— Você vai me contar o que está acontecendo?

Concordo com a cabeça.

— Sim. Sim, eu vou contar.

Will escuta em silêncio enquanto eu lhe conto tudo o que aconteceu em Ekanta Yatra. Ouço-o suspirar alto em diversas passagens e ele arregala os olhos horrorizado quando conto o que aconteceu com Frank. Quando começo a contar de quando Al vendeu sua história, ele segura minha mão para que eu pare de falar.

— Certo, essa parte eu já sei.

Ele me olha demoradamente, o rosto tomado por uma expressão que mistura choque, medo e preocupação. Quando finalmente consegue falar, diz apenas uma coisa.

— Puta merda!

— Pois é. — Puxo o lençol do hospital mais para cima do peito. Não está frio, mas eu me sinto exposta, e não apenas fisicamente. — Por tudo isso, eu quis começar uma nova vida.

— E você acha que essa mensagem de texto foi de alguém que te conheceu como Emma?

— Não foi apenas essa mensagem de texto. Recebi uma carta em Green Fields na semana passada. A pessoa dizia que sabia que meu nome verdadeiro não era Jane Hughes. Um dia depois, chegou um e-mail pelo site do abrigo dizendo que Daisy não estava morta. E depois, na feira da escola de Chloe, recebi algumas mensagens no Facebook, de alguém fingindo ser da Daisy, dizendo que estava com frio e que eu a abandonara para morrer. Depois teve a mulher de chapéu azul que foi falar com a Chloe sobre mim, e então... Viro o telefone para ele — Isso.

— Você acha que a Daisy pode estar viva? Você não viu o corpo dela, não foi?

— Não, mas...

— Eu sei. — Ele aperta os lábios. — É muito improvável. E Isaac e Leanne? Com certeza estão mortos?

— Acho que sim. Se Daisy está morta, Isaac deve estar também, e, quanto a Leanne... Al entrou em contato com a mãe dela várias vezes depois que voltamos para a Inglaterra, mas ela disse que não tinha ouvido falar mais nada sobre a filha, então...

— Você acha que ela morreu no incêndio lá em Ekanta Yatra?

— Acho. Não sei se foi intencional ou um acidente, mas o lugar queimou enquanto todo mundo estava dormindo. Ficaram achando que aconteceu poucas noites depois de nós fugirmos. A polícia nepalesa encontrou corpos por toda parte, alguns deles tão carbonizados que não puderam ser identificados. Tinha gente lá que havia cortado todos os laços com amigos e com a família, e eles jamais saberão se essas pessoas estão vivas ou mortas.

— Merda.

— Eu sei.

— Então sobra apenas a Al.

— Sim, mas por que ela ia começar a me mandar essas mensagens horríveis de repente? É verdade, ela ficou seguindo a Simone quando elas se separaram, mas foi uma reação por ter sido largada. A gente brigou quando ela vendeu a história, mas ela nunca me ameaçou. A gente rompeu e se afastou, nada mais macabro do que isso.

— Talvez ela ainda esteja ressentida porque você a deixou para trás lá na montanha.

— Para buscar ajuda!

— Talvez ela encare de outra maneira. As coisas pioraram desde que você mandou a mensagem para ela pelo Facebook. Ela chegou a responder?

— Não, mas... — Balanço a cabeça. — Não pode ser ela. Ela era minha amiga.

Will levanta as sobrancelhas.

— A Leanne e a Daisy também eram.

Viro a cabeça para o outro lado, meus olhos se enchem de lágrimas. Não posso acreditar que a Al esteja por trás disso. Quem quer que tenha me atropelado na estrada poderia ter me matado.

— Jane — Will toca a minha mão. — Você precisa falar com a polícia. Você sabe disso, não é?

O agente Barnham me ouve atentamente na sala de interrogatórios da delegacia, conto a ele tudo o que aconteceu recentemente, parando vez ou outra quando ele me interrompe para pedir que eu confirme algum detalhe e anotar em seu caderno. Conto a ele quem eu sou de verdade e porque decidi me reinventar como Jane Hughes, mas não menciono o que aconteceu com Daisy e Isaac. Em vez disso, passo para ele a versão que Al e eu concordamos em contar há cinco anos: que eles desapareceram misteriosamente. Não posso quebrar a promessa que fiz a ela, não até conversarmos. Depois de tudo o que aconteceu, isso pode parecer ingênuo, mas devo isso a Al. Se não fosse por ela, talvez Leanne não tivesse sido a única a morrer no incêndio.

Quando chego ao fim da história e pego o copo de água que outro policial trouxe para mim, Barnham recosta na cadeira e me olha pensativo. Não deve ter mais do que uns 27 ou 28 anos, mas as entradas na testa já estão aparecendo. Parece incompatível com as bochechas marcadas por cicatrizes de acne. Acho que não é o mesmo policial com quem eu falei logo depois do meu acidente, mas eu estava tão grogue quando me recuperei que mal consigo me lembrar de quem eu vi.

— Em primeiro lugar — diz ele —, quero tranquilizá-la no sentido de que estamos fazendo todo o possível para encontrar a pessoa responsável pelo atropelamento e a fuga. Estamos seguindo todos os detalhes que você e a sua chefe nos passaram no hospital hoje de manhã, e colocamos uma placa no local do acidente, perguntando por testemunhas oculares, mas ninguém se apresentou ainda. Também examinamos as filmagens das câmeras de segurança de Green Fields, mas elas não cobrem a estrada, então não temos nenhum registro da passagem do carro por lá. Receio termos bem pouca coisa até o momento.

Tomo um gole de água.

— Entendo.

— Quanto aos bilhetes e mensagens que você recebeu — ele consulta o caderno —, nós levamos esse tipo de perseguição muito a sério hoje em dia e, obviamente, tem alguém tentando te atingir e desequilibrar. E manter a identidade em segredo faz parte da intimidação. Não houve nenhuma ameaça óbvia de violência, mas — ele circula algo no caderno com a caneta — a última mensagem de texto recebida soa como se pudesse ter sido enviada pela pessoa que te atropelou, e isso é algo a ser considerado com cuidado, pois, caso uma coisa esteja ligada à outra, pode significar a intenção de causar ferimentos, ou mesmo uma tentativa de assassinato. Vou conversar com o meu sargento e considerar se seria o caso de abrirmos uma investigação e então...

Não escuto o resto da frase, pois uma expressão ficou martelando sem parar na minha cabeça. *Tentativa de assassinato*. Passei as últimas doze horas tentando me convencer de que aquilo fora um acidente, alguém bêbado vindo de uma despedida de solteiro, em alta velocidade, por uma estrada desconhecida e escura.

— Jane? — O agente Barnham acena com a mão diante da minha linha de visão. — Você está bem?

— Sim, me desculpe. — O que você estava dizendo?

— Que não oferecemos proteção policial nesse estágio, mas que eu gostaria que você pensasse nas pessoas que possam ter alguma coisa contra você ou que possam querer te ferir de alguma maneira. Se você puder me passar essa lista o quanto antes... Também seria bom se continuasse a registrar todas as mensagens de texto ou em redes sociais, ou bilhetes escritos, e mantivesse um diário de qualquer atividade incomum. Você pode considerar comprar algum dispositivo de proteção pessoal e instalar um alarme de segurança na sua casa. Caso se sinta mais segura, considere falar com o seu namorado para que ele fique na sua casa até as coisas se resolverem. William Smart é o nome dele, não é? Ou, quem sabe, você possa ir para a casa dele.

— Eu posso perguntar. — Se eu fosse ficar na casa do Will agora, ainda estaria lá no fim de semana de visita da Chloe. Não sei como ele se sentiria em dividir a cama comigo, especialmente porque, no que diz respeito à sua filha, somos apenas amigos.

— Ou falar com algum amigo? — sugere ele, como se acabasse de ler a expressão no meu rosto.

Não tenho como dizer a ele que não tenho amigos próximos por aqui. Tem a Sheila, mas ela é a minha chefe e eu jamais poderia incomodá-la com isso. Não respondo, mas concordo vagamente com a cabeça.

— Esse aqui é um folheto que pode ajudar — diz, entregando-me um papel. — Tem o telefone do serviço nacional de atendimento a vítimas de perseguição. E também informações sobre segurança pessoal e cibernética. Você pode verificar se algum programa de captura de senhas foi instalado no seu computador e se o seu antivírus está atualizado. Se receber mais alguma mensagem pela rede do seu trabalho, pode procurar o provedor para ver se eles conseguem ajudar.

— Obrigada. — Pego a bolsa com o braço bom e enfio o folheto lá dentro, depois pego o meu celular, que havia deixado no meio da mesa entre nós dois, e o enfio na bolsa também. Minhas mãos tremem tanto que preciso de três tentativas até conseguir guardá-lo no bolso interno.

— Você tem certeza de que está bem?

— Estou, sim. É só que... é muita coisa para digerir.

— Tem alguém te esperando? Alguém com quem possa conversar?

— Sim.

— Ótimo. — Ele se levanta e me estende a mão. — Manteremos contato. Procure não se preocupar, vamos fazer todo o possível.

Will está me esperando no carro dele, do lado de fora da delegacia. Ele abre a porta do passageiro quando me aproximo.

— E aí, como foi?

Tento não me contrair quando entro no carro. Fui liberada do hospital há cinco horas, e meu corpo inteiro ainda dói devido à batida do carro. Um enorme hematoma preto e verde cobre a maior parte da minha coxa direita, as palmas das minhas mãos estão raladas e com cortes devido ao tombo na estrada antes de rolar para o canto. Os arranhões no lado esquerdo do meu rosto estão sensíveis, ainda que, felizmente, o inchaço tenha diminuído e agora eu já esteja conseguindo enxergar com o olho direito, mesmo que ainda esteja inchado e dolorido. O braço esquerdo continua na tipoia, mas é um alívio que o ombro não esteja deslocado e logo vai estar doendo menos, segundo o médico.

— O policial disse para eu fazer uma lista de pessoas que possam ter alguma coisa contra mim. Disse que é possível que não tenha sido um acidente, que alguém talvez esteja tentando me ferir intencionalmente.

Will fica me olhando por um bom tempo, os lábios entreabertos, os olhos arregalados.

— Bem, então está resolvido.

— O quê?

Ele liga o motor e engata a primeira.

— Você vai se mudar para a minha casa.

Capítulo 32

Há cinco anos

A ala dos chuveiros está vazia; mesmo assim, escolho a cabine mais distante do dormitório. Os painéis de aquecimento solar andam temperamentais há dias, mas não é o fio de água gelada que corre do chuveiro que me faz ficar arrepiada.

Eu não deveria ter transado com Isaac.

Ensaboo o rosto, cabelo, braços e seios, depois o quadril e entre as pernas. Se alguém tiver nos ouvido fazendo sexo, se alguém descobrir, a história vai chegar até a Daisy e ela vai se sentir totalmente justificada por ter espalhado o boato sobre mim e o Frank. Não importa se Isaac contar para as pessoas o que ele viu, a desconfiança ainda estará lá.

TUM!

Alguma coisa pesada cai sobre o chão de madeira do dormitório e dou um pulo. Pego o short e a camiseta sem manga de cima da cabine do chuveiro e visto de qualquer jeito, com o corpo ainda está molhado. Tem alguém no dormitório.

A roupa gruda em mim quando saio silenciosamente do chuveiro, pisando de leve para que as tábuas do chão não soltem rangidos a cada passo. Eu deveria ter deixado a água correndo. Quem quer que esteja lá terá ouvido a água parar. Vai saber que estou prestes a entrar no dormitório.

Meu coração bate com força dentro do peito quando espio lá para dentro.

Uma lagartixa, com as patas espalhadas na parede em cima da janela, foge para um canto ao ouvir meus passos. A não ser por essa fugitiva, o quarto está completamente deserto. Deserto, a não ser pela estátua de metal de Kali, a deusa hindu do tempo, morte e destruição, jogada de costas no meio do cômodo. Eu já a tinha visto, na mesa do corredor. Pego do chão e saio rapidamente para o corredor. Sally sai do dormitório masculino carregando uma trouxa de roupa de cama nos braços.

— Espera! — Corro para ela, mas ela dispara pelo corredor e entra na cozinha como um coelho assustado. — Sally, espera aí! Você viu alguém...

Dou uma parada junto à mesa do corredor ao ouvir o som de vozes abafadas saindo por baixo da porta fechada da sala de meditação. Parece que está cheio de gente lá.

— Emma! — Alguém grita o meu nome, claro como o dia, por cima do burburinho. Segue-se uma explosão de risadas de homens e mulheres.

Coloco a estátua de Kali sobre a mesa, mas, quando me viro para voltar ao dormitório feminino, colido contra algo sólido. Meus braços ficam presos junto ao corpo quando sou envolvida por um abraço apertado.

— Tsc, tsc. — Isaac sussurra no meu ouvido. — Eu deveria te botar de castigo por se atrasar para a meditação, Emma. Mas agora você está aqui. — Ele passa um braço pelos meus ombros e me puxa para si, e ficamos lado a lado. — Podemos entrar?

O silêncio cai no momento em que entramos na sala de meditação. Tento me afastar, mas Isaac me segura com mais força e me conduz pelo meio da massa de corpos de pernas cruzadas. Quando chegamos ao altar, ele me solta e se coloca entre Isis e Cera, de modo a se tornar o ponto focal da sala. Viro-me. Há um espaço apertado à esquerda de uma das suecas, duas filas atrás.

— Aqui. — Isaac indica o chão à sua direita, onde Cera está sentada.

Balanço a cabeça. Não quero ficar num lugar tão visível. Não com Daisy, Al e Leanne sentadas juntas no fundo da sala, apontando para mim e conversando entre si. Quando faço contato visual com Al, ela me saúda com um aceno mínimo de cabeça. É um movimento sutil, quase como se não quisesse que Daisy ou Leanne notassem.

— Sente-se, Emma — Cera chega alguns centímetros para a direita e fecha o espaço entre ela e Isaac.

— Isaac... — digo, mas ele me silencia com um olhar.

Aperto-me no espaço, puxo os joelhos para o peito e mantenho meu olhar baixo.

— Muito bem, todo mundo — diz Isaac. — Fechem os olhos e inspirem profundamente pelo nariz.

Também fecho os olhos, mas me concentrar na minha respiração faz com que me sinta claustrofóbica. Isaac para de falar e a sala fica em silêncio.

Alguém está te observando, Emma. Alguém está de olhos abertos.

Resisto a esse pensamento, mas, quanto mais força faço, mais forte ele se torna.

Você precisa abrir os olhos, Emma. Você está em perigo.

A escuridão por trás dos meus olhos fechados é sufocante. Minha pele se arrepia, minha respiração dispara e se torna superficial. Pressiono o chão com as palmas suadas das mãos e tento me firmar, mas de nada adianta para interromper a náusea na boca do estômago.

Abra os olhos, Emma. Abra, AGORA!

Não a reconheço imediatamente. O cabelo foi lavado e cai pelos ombros em ondas suaves, as sombras escuras sob os olhos praticamente sumiram e o corpo esguio está coberto por uma camisa masculina xadrez de tamanho grande.

Paula olha para mim lá do outro lado da sala.

Sorrio para ela, satisfeita por ela não estar mais na cabana, aliviada por não ser a Daisy quem me olhava, mas ela não devolve o sorriso. Em vez disso, balança a cabeça. Um movimento mínimo, carregado de reprovação e alguma outra coisa. Alguma outra emoção que me escapa. Ela desvia o olhar para Isaac e, imediatamente, reconheço a expressão em seu rosto. Inveja.

Capítulo 33

Isaac se recusa a me deixar sair do seu lado e passo o resto da manhã como uma sombra atrás dele, do refeitório para o escritório, da sala de meditação para a cachoeira. Ele aproveita cada momento disponível para me tocar, acariciar ou beijar. Quando passamos por Daisy e Leanne praticando ioga no pátio, ele parou, me puxou para os seus braços, apertou os lábios nos meus e enfiou a língua bem no fundo da minha boca. Empurrei-o com as mãos no seu peito, mas ele me puxou de volta rapidamente. A risada debochada de Daisy nos seguiu por todo o jardim, passando pela ponte, até o cercado dos animais.

Eu queria conversar com ela. Queria me desculpar e explicar, mas é impossível ser razoável com ela quando está agindo desse jeito. Se eu conseguir falar com a Al, chamá-la num canto, talvez então ela possa conversar com a Daisy e a gente possa pensar numa maneira de ir embora daqui. Preciso ir, com ou sem chuva, e preciso saber se ela quer ir comigo. Oficialmente, deveríamos partir depois de amanhã, mas, com Leanne e Daisy me ignorando, não sei se isso vai acontecer ou não.

Vejo Al entrando na cozinha para lavar a louça do almoço. Quando Johan leva Isaac para a sala de jantar, escapo para ir atrás dela. Ela vai até a pia e abre a torneira com um rangido, a água começa a correr pela cuba enferrujada, enquanto o antigo sistema de aquecimento reclama ruidosamente ao entrar em ação.

Pego alguns pratos sujos da pilha ao lado e os levo até a pia. Al não me dá atenção quando os coloco lá dentro. Em vez disso, pega um pano de prato grudento e mergulha no pote de sal transformado em reservatório de detergente.

— Al. Não diga nada. Apenas me ouça. É importante. Eu não queria dizer aquilo que eu disse sobre a Daisy antes. Não quero matar ninguém; foi apenas força de expressão. Isaac me forçou a falar aquilo, da mesma maneira como ele...

— O que você está fazendo? — Isaac apoia uma mão no meu ombro.

— Lavando a louça — grito mais alto que o barulho da torneira.

— Resolvi ajudar.

— Chame outra pessoa para fazer isso.

— Mas eu preciso...

Ele me puxa para fora da cozinha antes que eu possa terminar a frase.

Al, com os braços afundados na água escura e engordurada, não diz uma única palavra.

Só a vejo novamente à noite. Ela não foi assistir à palestra da tarde de Isaac sobre o jejum como forma de aumentar a força de vontade e a espiritualidade, nem à meditação do entardecer. Daisy cutucou Leanne quando entraram e me viram sentada ao lado de Isaac. Pararam de andar e ficaram imóveis na porta, olhando-me silenciosamente até Daisy dar uma gargalhada, pegar Leanne pela mão e irem se sentar na lateral da sala. Desejo muito que, quando eu finalmente encontrar Al, ela me diga que nenhuma das duas quer partir depois de amanhã.

Agora, estão todos reunidos num círculo no pátio, bebendo a cerveja caseira de Raj em torno de uma cabra que gira lentamente num espeto sobre o fogo. Isaac, Isis, Cera e eu estamos sentados do lado mais próximo da casa. Al, Daisy e Johan estão do outro lado do círculo, olhando silenciosamente para o fogo, os rostos iluminados pelas chamas. Olho para Al, esperando que ela me devolva o olhar, mas é Johan quem percebe e levanta os olhos para mim.

Desvio o rosto para o rio, onde Paula e Sally estão se banhando nuas, visíveis à luz da lua, os corpos pálidos contra a água escura, suas risadas e gritos atravessando as vozes murmurantes em torno do pátio. O ar está pesado com o cheiro da carne cozida, da maconha e da cerveja caseira de Raj. O cheiro me faz lembrar de alguma coisa e toco no braço de Isaac para perguntar o que é.

— O quê? — responde sem olhar para mim. Ele e Cera conversam compenetrados sobre o tempo que resta para Raj esticar o que resta do escasso estoque de alimentos, sem que uma nova viagem até Pokhara se faça necessária.

Não respondo. Lembrei aquilo a que o cheiro me remete. A noite em que nos "despedimos" de Ruth.

Pego o copo de cerveja aos meus pés e dou um gole. Tem gosto de fermento e vinagre, mas viro tudo assim mesmo.

— Preciso de mais cerveja — digo.

Isaac não faz nenhum movimento para me impedir e eu me levanto e saio andando para a porta da cozinha, a fim de encher meu copo no barril que fica junto à entrada. Quando olho de volta para a fogueira, Leanne está sentada no meu lugar. Ela não se afasta para eu me sentar quando me aproximo e sou forçada a me sentar na extremidade do grupo.

Al se levanta do outro lado da roda. Estica os braços por cima da cabeça, gira o pescoço para um lado e depois para o outro, como se estivesse se alongando. Nossos olhos se encontram e ela inclina a cabeça para a direita de novo, só que, dessa vez, o movimento é mais deliberado, um aceno claro de cabeça na direção do rio. Ela quer falar comigo.

Ela some na escuridão sem que eu tenha tempo para responder.

Faço um movimento para ir atrás dela, mas Isaac segura minha mão e me puxa para ele.

— Tem alguém aqui se sentindo deixada um pouco de lado?

Leanne solta um grito quando tropeço por cima dela e caio no colo dele. Tento ficar de pé, mas ele me abraça e passa os lábios pela minha bochecha.

— Por favor. — Empurro seu peito. — Preciso ir ao banheiro.

— Eu digo quando você pode ir ao banheiro — diz casualmente, como se estivesse brincando, mas sem deixar dúvidas de que é uma ameaça velada. Ele aproxima os lábios da minha boca e me beija com sofreguidão, enquanto eu me retorço desesperadamente em seus braços. Preciso ir até o rio. Se eu não for, Al vai pensar que não quero falar com ela. Vai achar que preferi ficar com Isaac.

— Você não é divertida. — Ele me empurra e eu caio em cima de Leanne. Cera ri. Há um quê de maldade na risada que faz com que os pelos dos meus braços se arrepiem.

Se ela diz alguma coisa, eu não ouço. Estou muito ocupada tentando enxergar na escuridão, examinando a margem do rio, em busca de algum sinal de Al.

— Qual é o problema? — Isaac bate no meu tornozelo nu.

— Nada.

— Nada disso. Você está mentindo para mim. Por quê? Por que você está mentindo? — Ele olha para mim e depois desvia o rosto, franzindo a testa enquanto percorre o grupo sentado em torno da fogueira. Raj encontra seu olhar e acena, mas ele o ignora e olha para além, na direção do rio. Terá visto Al sinalizando para que eu fosse até lá? Será que ele sabe?

— Estou bem, Isaac, verdade. Eu...

— Não diga nada. — Ele pressiona o dedo nos meus lábios e continua a olhar ao redor. Aperta ainda mais as sobrancelhas ao olhar na direção da casa, mas, quando se volta para mim novamente, tem uma expressão jubilante.

— É o Frank, não é? Você está com medo de que eu o deixe sair do porão por causa do boato que a Daisy andou espalhando, é isso? Minha nossa! — Ele bate na cabeça com uma mão. — Você me disse hoje de manhã que queria matar o Frank e não pensei mais nisso porque estava concentrado em fazer você expressar suas emoções negativas, e você ficou sofrendo em silêncio desde aquela hora. — Ele me puxa para os seus braços e me esmaga contra o seu corpo. — Me desculpe, Emma.

O cheiro de almíscar e suor de sua camiseta me deixa enjoada, mas eu abraço sua cintura e tento relaxar enquanto ele me balança de um lado para o outro.

— Vou resolver isso para você. — Ele se afasta bruscamente, as mãos na minha cintura. — Prometo.

— O que você quer dizer com isso?

Ele balança a cabeça, um leve sorriso pairando nos lábios. Sinto o enjoo aumentar, mas ele se afasta rapidamente na direção de Johan, do outro lado da roda, antes que eu possa dizer qualquer outra coisa.

Alguém toca de leve no meu ombro e olho para cima. É Leanne.

— Estou indo procurar a Al. Acho que a vi indo para rio.

Não digo nada. Se eu falar, vou chorar.

— Emma — ela passa os dedos de leve pelo meu antebraço —, eu sei que você transou com o Isaac hoje de manhã.

— Como?

— Você não precisa saber como. Mas é melhor pensar em ir embora antes que a Daisy saiba.

— Não posso ir para lugar nenhum com esse tempo.

— Ah, que pena — ela abre um sorriso doce —, porque também não é muito seguro para você ficar aqui.

Ela se vai, a bainha da saia arrastando silenciosamente a cinza pelo chão do pátio enquanto caminha.

Entendi mal a Leanne. Ela não está apenas querendo ter os dois pássaros na mão. Ela é como um cavalo-marinho, inofensiva, incomum, fofa, pairando em torno de nossa amizade sem perturbar o ambiente e sem incomodar a ninguém, até chegar bem ao meu lado e, em seguida, realizar seu ataque. O que ela acabou de dizer não foi para me sondar, tampouco uma crítica destrutiva. Foi uma ameaça. E não vou ficar esperando para descobrir o que ela quis dizer.

Capítulo 34

Eu me sento, devagar, a ressaca começando a fazer minhas têmporas latejarem, e afasto o cabelo do rosto. O ar fede a fumaça da fogueira, misturada com o cheiro da carne e de suor. Leanne está adormecida no colchão ao lado do meu, uma vela de igreja branca entre nós, o pavio estalando e espirrando para se manter aceso numa poça de cera. Al dorme do outro lado dela, o capuz do saco de dormir por cima da cabeça, a boca aberta, ressonando baixo. Daisy dorme de pernas abertas no colchão seguinte, não tirou a roupa, deixou o saco de dormir enrolado na ponta da cama, como se houvesse desmaiado onde caiu. Parece uma boneca adormecida, os cílios longos até o início das bochechas, as unhas curtas junto à boca.

Leanne parece bem pequena e frágil. Sem os enormes óculos de armação preta, seu rosto fica pequeno, lembrando uma toupeira. Raízes escuras começaram a aparecer na base da franja cor-de-rosa. Eu fui embora da festa depois de seu "gentil" comentário no meu ouvido, ontem à noite, e voltei para o dormitório feminino. Enfiei-me no saco de dormir, sem tirar o short, nem a camiseta, puxei o capuz, e fiquei acordada por horas, suando sob as camadas grossas de nylon, poliéster e lã, ouvindo os gritos animados e as gargalhadas estridentes que vinham do pátio.

Como foi que as nossas férias deram tão errado? Chegamos a Ekanta Yatra como amigas, amigas com problemas por trás dos sorrisos e da animação, mas uma amizade que sobrevivera à universidade, às mudanças, a empregos e a relacionamentos. Ao menos, era o que eu pensava... Ainda assim, as ligações que eu acreditava serem tão fortes eram muito superficiais e, como num jogo de Jenga, bastou um movimento em falso para tudo vir abaixo.

Pego a garrafa de água junto ao meu colchão e dou uma sacudida. Vazia. Arrasto-me para fora do saco de dormir e saio do dormitório em direção à passarela, pisando de leve. A água dos chuveiros não é potável, e estou com sede.

Passo pelo corredor, o único som é a leve batida dos meus pés descalços nas tábuas do chão e o rumor abafado dos roncos que vem do dormitório masculino, a única luz é a de uma vela solitária sobre a mesa que Al derrubou na semana passada. Parece ter se passado muito mais tempo do que isso. Vou até a cozinha, rumo ao cheiro de cominho, cardamomo e canela, mas paro e olho para trás, para o escritório de Isaac. A porta está aberta, e a sala está deserta. A mesa foi empurrada de volta para a janela, o tapete está embolado ao lado dela. O chão está coberto de livros, papéis e sapatos, tudo bagunçado numa moldura em torno de um buraco escuro no chão, à esquerda da mesa.

Minha respiração fica presa na garganta e eu congelo.

A porta do alçapão está aberta.

Quero olhar para o outro lado, mas não consigo. Não consigo fazer outra coisa a não ser olhar para o quadrado escuro a menos de três metros de mim.

Onde está o Frank?

Pelo estado da sala, ou ele saiu às pressas ou houve uma luta para trazê-lo para fora. As cortinas acima do alçapão voam pela sala quando uma rajada de vento entra pela janela aberta e as joga para o alto, várias folhas de papel se espalham pelo chão e pousam junto à porta aberta. Sem pensar, eu me aproximo e pego uma das mais próximas de mim. Minhas mãos tremem tanto que eu só consigo segurá-la após duas tentativas.

Trata-se de um e-mail de Leanne para Isaac, datado de 15 de abril, três meses e meio antes de virmos para cá.

Querido Isaac,

Já escrevi este e-mail uma meia dúzia de vezes, apaguei e comecei de novo. Desta vez, vou escrever o que eu sinto e simplesmente enviar; caso contrário, nunca vou te responder, e não posso fazer isso, não depois de eu levar tanto tempo para te encontrar.

Isaac, passei toda a minha infância me sentindo perdida e deslocada, como se faltasse uma parte de mim. É claro que eu não tinha como verbalizar isso quando era criança, eu apenas me sentia "triste", muito triste.

Olho para cima, como se esperasse ver Frank surgindo por entre as sombras, mas o escritório continua deserto, o alçapão, um buraco vazio no chão. Tento lamber os lábios, mas não há saliva na minha boca.

Descobrir que tenho um meio-irmão faz sentido. Isso explica tudo, o vazio no meu peito, a dor da solidão que parecia me seguir por todos os lugares aonde eu ia e a sensação permanente de que toda a minha família estava escondendo um segredo de mim. Acho que a mamãe jamais me contaria se não estivesse bêbada. Não vou repetir suas palavras exatas, Isaac, porque não quero te magoar, mas ela estava emotiva e com raiva, e achava que aquilo ia me ferir.

Ela se enganou. Quando me contou sobre você, ela me deu um presente. Um irmão. Um irmão que ela me dera porque o babaca do meu pai não conseguia lidar com o fato de que mamãe havia ido para cama com outro cara. Ela não ia me contar onde você estava, mas consegui entrar em contato com o Exército da Salvação e eles me ajudaram a te achar. Um de seus amigos de Aberdeen me contou que você tinha criado um retiro no Nepal, chamado Ekanta Yatra. Chorei quando vi o site e não tinha nenhuma foto sua.

Isaac, não tenho palavras para te dizer quanto eu sinto, quanta raiva, como eu odeio...

Paro de ler e pego outra folha aos meus pés. Outro e-mail de Leanne para Isaac, com a data de 12 de maio.

Querido mano (sei que é brega, mas adoro poder te chamar assim),

Incrível receber notícias suas, como sempre. Nem sei descrever como estou ridiculamente animada por estar prestes a viajar para o Nepal. Você me perguntou se eu posso levar algumas amigas, para que elas possam ajudar a divulgar Ekanta Yatra quando a gente voltar. Meu Deus, eu vou adorar! Com certeza, quero que a Al vá, acho que ela irá aproveitar muito a experiência. A Daisy também. Acho que você vai amá-la. Ela é tão vibrante e divertida que...

Quero ler mais, mas é muito arriscado ficar aqui. Entro correndo no escritório e junto mais folhas de papel, sem nunca desviar os olhos do alçapão por mais de uma fração de segundos, depois corro para fora e me enfio na cozinha. Mantenho a porta escancarada para deixar entrar um pouco da luz da vela que vem do corredor, mas aqui é mais escuro e preciso apertar os olhos para conseguir ver o que está escrito no papel.

Querido Isaac,

Sou eu de novo! Você me pediu para eu contar um pouco mais sobre minhas amigas, para ajudar nas sessões com você. O prazer é todo meu!
    Al tem 25 anos, é de Croydon e trabalha num call center. Ela teve um irmão chamado Tommy, mas ele morreu num acidente de moto quando tinha 18 anos e ela, 15. Ela se sente muito culpada por isso, porque ela saiu do armário com os pais um dia antes e eles reagiram muito mal, por isso ela fugiu. Tommy foi atrás dela, mas estava dirigindo rápido demais e foi atingido por um carro ao passar por um cruzamento. Levaram-no para o hospital e, por um tempo, acharam que ele pudesse sobreviver, só que não era para ser. Ele disse as últimas palavras para Al, "Eu vou sempre te amar, maninha", e isso significa muito para ela. Ela é uma pessoa bem espiritual, do jeito dela, acredita em espíritos e médiuns, mas é muito desconfiada em relação a religiões organizadas, até de ioga e meditação, acha que é uma palhaçada hippie (desculpa, tenho certeza de que você consegue convencê-la do contrário!).

Minha outra amiga é a Daisy. Acho que você vai amá-la. Ela também tem 25, e é a pessoa mais elegante que já conheci. Como a Al, ela também perdeu uma irmã, foi isso que fez com que elas se aproximassem, quando descobriram que ambas tinham sofrido uma perda, mas a situação dela era muito diferente. Ela tinha cinco anos quando a irmãzinha dela de um ano, Melody, morreu. Elas estavam tomando banho juntas e a mãe deu uma saída do banheiro para pegar uma toalha no cesto da lavanderia no quarto dos pais. Não sei o que aconteceu. Às vezes, quando está bêbada, Daisy diz que Melody foi pegar um brinquedo do outro lado da banheira, escorregou, bateu a cabeça nas torneiras e caiu na água. Às vezes ela diz que estava tentando ensinar Melody a nadar debaixo da água e não percebeu que a irmã tinha parado de prender a respiração. Às vezes, ela diz que saiu da banheira para ir atrás da mãe e, quando as duas voltaram, encontraram a Melody com o rosto para baixo. Eu acho que, bem no fundo, a Daisy sabe o que aconteceu com a Melody, mas ela fantasiou diferentes cenários ou para aliviar sua culpa, ou para agravá-la. Como se o acontecido já não fosse suficientemente horrível, sua mãe ainda a culpou pela morte da Melody. Ela acusou a Daisy de ter inveja do novo bebê e de tê-la atacado de propósito. Seis meses depois, a mãe da Daisy se matou. Não sei por que, mas não consigo deixar de pensar que, lá no fundo, a Daisy sempre se culpou por isso também. Ah, Isaac, isso é de partir o coração. Logo que a gente a conhece, ninguém faz ideia de que ela passou por algo tão horrível. Ela é tão alegre e cheia de vida, mas carrega esse terrível fardo.

A outra pessoa que você vai conhecer é a Emma. Ela é a melhor amiga da Daisy. Nunca consegui entender a amizade delas duas realmente. Elas são como água e vinho. Enquanto a Daisy é o centro da festa, a Emma é a infeliz que fica num canto reclamando que estão jogando as guimbas nos vasos de plantas.

Que piranha babaca! Pelo menos, eu me enturmo nas festas, ao contrário de Leanne, que fica pendurada na Al e na Daisy, como se a vida dela dependesse disso. Contenho minha indignação e continuo a ler.

Emma é uma mulher fraca e carente, sem fibra, não consegue tomar uma decisão sem antes pedir conselhos para a Daisy. Mas, enquanto Daisy tenta deixar seu passado trágico para trás, a Emma carrega a "tragédia" dela como um crachá. Toma comprimidos contra ansiedade para os ataques de pânico que ela tem desde que fez um aborto, aos dezessete anos, como se ninguém soubesse disso. Diz que toma os comprimidos para manter os ataques de pânico sob controle, mas, por mais estranho que pareça, eles nunca funcionam quando ela precisa de atenção. Já perdi a conta das vezes que a Daisy cancelou a noite comigo e com a Al porque a Emma precisava de alguém para ficar de babá dela em casa, e massagear suas costas enquanto ela finge que não está conseguindo respirar. Eu gostaria de ver o que aconteceria se alguém jogasse fora aquelas drogas de comprimidos e a obrigassem a...

A carta para repentinamente, no meio da frase. Viro o papel, mas o verso está em branco. O resto do e-mail ainda deve estar no chão do escritório do Isaac.

Dou uma olhada para fora da cozinha, atravesso o corredor e entro novamente no escritório. Me abaixo para pegar uma folha no chão, perto da estante.

Querido Isaac,

Mal posso esperar para te encontrar em Ekanta Yatra. Não há mais nada para mim aqui, a não ser por Al e Daisy, não tenho motivo para ficar. Eu sei que elas também vão querer ficar quando chegarem aí. Sua comunidade parece ser o tipo de família pela qual tenho procurado ao longo de toda a minha vida. Parece o tipo de vida pelo qual todas nós ansiamos...

Pego outra folha, e mais outra e mais outra. Mais e-mails de Leanne, anteriores ao último, contando sobre sua vida, seus sonhos e ambições. Outro contando a ele sobre a mãe alcoólatra. Pelas datas dos e-mails, parece que ela vinha escrevendo para Isaac havia mais de seis meses, pelo menos três vezes por semana. Não há nenhuma resposta dele. Considerando que aqui não há conexão com a internet, ele deve ter descido até Pokhara todas as semanas, ou a cada duas semanas, se conectado à internet num café e imprimido todos os seus e-mails.

Tem ainda umas quatro ou cinco folhas de papel espalhadas entre os livros e as revistas do outro lado do escritório, perto da janela. Para ler esses, preciso passar pelo alçapão. Olho de novo para o corredor e corro até lá. Junto duas, três, quatro folhas impressas, depois ouço uma tosse baixa e rascante, mas alta demais para vir de um dos dormitórios. Jogo os e-mails para bem longe e me escondo atrás da cortina, me apertando contra a janela aberta enquanto o flap-flap de chinelos reverberam pelo corredor.

Por favor, que não seja o Isaac. Por favor, que não seja...

— Que porra é essa?

É uma voz masculina. Um homem parado na entrada do escritório. Mas não é o Isaac. É o Johan.

Saio silenciosamente pela janela aberta e me encosto a casa, o coração disparado no peito, as pontas dos dedos vibrando contra a parede de pedra. As tábuas do escritório rangem e dou um pequeno passo para a esquerda. Se Johan olhar para fora, vai me ver. Um pequeno círculo de luz, quase invisível entre as árvores, se move incerto de um lado para outro, lá perto das cabanas. Dou um passo e paro. E se for o Frank? E se tiver escapado e a luz for de sua lanterna. Uma rajada de vento atravessa o jardim, trazendo o som abafado e distante de gritos de homens discutindo. Uma das vozes é a de Isaac. Acima de mim, Johan xinga baixo e tomo uma decisão. Saio correndo.

Disparo pelo pátio e vou direto para a margem, na direção do pomar. Diminuo o ritmo quando começo a caminhar entre as árvores, pisando cuidadosamente para evitar as raízes retorcidas e as pedras pontiagudas, então me abaixo atrás de um pé de lavanda espinhoso quando vejo um grupo de homens de pé, ao lado da margem. São quatro: Isaac, Kane e Gabe estão de costas para mim, Gabe aponta a lanterna para o quarto homem, Frank, de joelhos de frente para eles, com as mãos amarradas nas costas.

— Vocês estão completamente loucos.

O grito se perde na distância, carregado pelo vento.

Ele grita de novo, a cabeça virada para Isaac.

— Você não pode simplesmente trancar uma pessoa no porão. Isso é encarceramento. É sequestro. É ilegal!

— Tentativa de estupro também é.

— O cacete que aquilo foi estupro! Este lugar não passa da porra de um abatedouro de mulheres. Ela estava querendo.

Há uma batida surda, como um chute numa bola de futebol, e Frank cai para a esquerda. Fica deitado por alguns minutos, com o rosto de lado enfiado na lama, então se contorce e consegue voltar a ficar de joelhos.

— Vá se foder, Isaac.

Tum! Isaac dá outro chute nele. Dessa vez, quando Frank fica de joelhos, um fio de sangue escorre da têmpora para o queixo.

— Repete isso — diz Isaac, levantando o machado com a mão direita. A lâmina brilha à luz da lanterna de Gabe.

Frank balança a cabeça.

Tum! Isaac dá outro chute nele.

— Fala! Vamos lá, seu tagarela. Compartilhe com o grupo os seus pensamentos profundos!

Dessa vez, Frank nem tenta se levantar. Em vez disso, deita-se de costas, cospe na direção do rio e olha para Isaac no momento em que um vulto escuro vem correndo pela ponte. Kane levanta a lanterna para o homem que se aproxima. É Johan.

O sueco alto se coloca entre Isaac e Frank e levanta as mãos.

— Acabei de sair do seu escritório. Seja o que for que você esteja planejando, não faça.

Isaac o contorna, como se Johan fosse invisível.

— Vamos lá, Frank. Se você é um especialista tão foda sobre como fazemos as coisas, por que você não compartilha suas observações com a gente?

Frank se senta e acena para Johan com a cabeça, como se agradecesse por sua intervenção.

— Beleza. Se você quer saber, Isaac, eu vou te contar. Isso aqui não é um retiro. Não é um paraíso idílico para os ecoguerreiros. É a porra de uma piada, uma farsa. O que há, Isaac? Você sofre de síndrome do pau pequeno, é isso? Por isso precisa que todo mundo te dê uma chupada? Sei o que você faz com as garotas. Não pense que não vi as marcas nos pulsos da Paula, e ainda tem a coragem de me chamar de estuprador?!

Isaac pula em cima dele, mas Johan o segura antes que ele alcance Frank, levantando Isaac pela cintura e tirando seus pés do chão.

— Tira as mãos de cima de mim, seu sueco de merda — Isaac se contorce nos braços de Johan e o soca na cabeça, obrigando a soltá-lo.

— Eu vou aos jornais — prossegue Frank —, assim que eu voltar para a Inglaterra. Eles vão fazer uma festa contigo, vai vir o MI5 ou a Scotland Yard, ou seja qual for a porra da agência que trata de escória como você, e vão levar, arrastando pela bunda, o mentiroso, sequestrador e maluco violento que é você.

Gabe move a lanterna de Isaac para Frank. Ele está de lado para o grupo agora, com um grande sorriso no rosto.

— O que o leva a pensar que você vai voltar para a Inglaterra, Frank?

— Porque eu não vou ficar aqui, seu babaca! — Frank se contorce para ficar de joelhos de novo e o foco da lanterna volta para ele. Tem mais sangue escorrendo pela lateral de sua cabeça agora, o olho direito está inchado e fechado.

— Engraçado, porque você não parece alguém se apressando para ir a algum lugar.

— Isaac! — Johan solta uma advertência e dá um passo na direção de Frank. Agacha-se diante dele, com os cotovelos nos joelhos e o queixo apoiado nas mãos.

— Você não vai falar nada, não é, Frank? Só vai voltar para Pokhara quietinho e vai desaparecer.

Frank olha para Johan com o olho bom. Um segundo se passa, e depois outro. Por fim, ele pigarreia.

— Foda-se! — Ele cospe em cheio na cara de Johan. — Fodam-se vocês todos!

— Sai daqui — diz Isaac.

Johan se vira para ele, mas se mantém ajoelhado.

— Eu te mandei sair, porra!

— Não. — Ele se levanta e dá um passo na direção de Isaac. Os dois homens ficam frente a frente, um espaço de menos de dois centímetros separa um do outro.

— Se eu tiver que te tirar daí, Johan, eu vou.

Gabe e Kane não dizem nada. Olham silenciosamente, contraindo os ombros devido à apreensão. Gabe estica o braço, a lanterna na mão apontada para os dois membros fundadores de Ekanta Yatra, suas silhuetas emolduradas por um halo luminoso.

— Me deixe ir, seu bosta — grita Frank do chão —, ou eu vou foder com aquela magrela esquelética da sua irmã também.

Isaac se move como um raio. Num minuto, Johan está na frente dele, no outro, está jogado no chão, desequilibrado por um empurrão no peito. Isaac dá um pulo para frente, de machado erguido no ar. Quando aterrissa, traz o machado para baixo e Frank grita.

É o som de um animal sendo abatido.

Seu corpo é jogado para trás e ele despenca sobre a lama, a cabeça virada de lado, um líquido se espalha numa poça funda ao seu redor. Seu rosto também está escuro, os traços cobertos pelo sangue que jorra do enorme buraco na lateral de seu crânio.

— Seu filho da puta! — Johan se levanta num pulo e se joga sobre Isaac, derrubando-o como um jogador de rugby pela cintura. Os dois homens caem no chão com uma batida seca e logo Johan se levanta novamente, por cima de Isaac, e começa a socá-lo na cabeça, uma, duas, três vezes, e a cabeça de Isaac é jogada de um lado para outro, mas sua mão direita pega o machado e o levanta no ar. Meu suspiro de horror é encoberto pelo grito de Kane.

Quando os dois homens ficam paralisados, Kane tira o machado da mão de Isaac.

Isaac fica de pé e estica a mão.

— Me dê isto.

Kane balança a cabeça.

— Porra, cara, você o matou! — Ele segura Gabe pelo pulso e vira a lanterna para o corpo de Frank. — Ele está morto.

— E? — Isaac dá outro passo em direção a Kane, a mão ainda esticada. — Se você tem algum problema com o que acabou de acontecer, sabe muito bem o caminho para o portão da frente.

Kane balança a cabeça.

— Eu só não queria que você acertasse o Johan, Isaac, só isso.

— Ótimo. — Isaac estica a mão e pega o machado. Ele olha para Johan. — E quanto a você?

— Você não devia ter matado o cara.

— E o que eu deveria ter feito? Deixá-lo ir para Pokhara e falar com a polícia? Deixar que esse merdinha derrubasse Ekanta Yatra?

— Não, eu poderia ter convencido o cara. Só precisava pegá-lo de jeito. Uns baseados, umas cervejas, um pouco de conversa, pedir para uma das garotas dar para ele. Eu poderia ter convencido o cara, Isaac.

Isaac solta uma risada forçada.

— Como você fez com aquela sapata gorda, é isso?

Ele está falando de Al.

— Ela ainda está aqui, não está?

Isaac dá de ombros.

— Até a próxima tentativa dela de ir embora. E quantas pessoas ela vai levar junto, então? Eu não gosto dela e não confio nela. E, se ela quebrar mais alguma coisa, eu mesmo vou matá-la.

— Nós precisamos dela, Isaac. Você mesmo disse que precisamos de mais membros.

— Não se for para criar problemas.

— Então, qual é o plano? Você vai mandá-la para Pokhara como fez com a Ruth? É isso que acontece com as mulheres que não vão para a cama com você? Você mandou o Gabe...

— Não vamos falar disso, Johan.

— Gente! — Kane levanta as mãos. — Não vamos...

— Vou dizer uma coisa para vocês — diz Isaac, e Johan cruza os braços sobre o peito e se vira na direção da casa —, vocês continuam comendo quem eu disser que vocês podem comer, e mantenham as picas fora do meu caminho. — Ele eleva a voz à medida que Johan se distancia. — Eu aviso quando for a sua vez com a Emma.

Não consigo fazer mais nada além de respirar.

— Muito bem, então. — Isaac se aproxima do corpo de Frank e cutuca sua cabeça com a ponta do machado. A cabeça se vira e uma coisa grossa e viscosa escorre do ferimento em seu crânio.

— O que vamos fazer com esse bosta? Sugiro cortar sua cabeça e levar na próxima reunião. Contar para todo mundo que ele tentou escapar e os maoístas o pegaram do lado de fora da cerca. — Ele ri. — Quem quer fazer isso?

Gabe estica a mão para pegar o machado.

— Eu.

Capítulo 35

Hoje

Faz uma semana que fui derrubada da bicicleta e, a não ser pelos hematomas amarelados no rosto e no corpo, já começo a sentir como se não tivesse passado de um horrível e distante pesadelo. Will insistiu para que eu ficasse na cama por vinte e quatro horas depois que voltamos para a casa dele, onde se revezou com Chloe para me trazer bebidas, lanches e me distrair. Até passou na minha casa para buscar minha TV e o aparelho de DVD para instalar ao pé da cama.

— Agora você pode terminar de assistir a *Battlestar Galactica* — disse, tirando o DVD do bolso interno da jaqueta e me fazendo rir pela primeira vez desde uma eternidade.

Insistiu para que eu entregasse meu celular a ele.

— Você vai enlouquecer — disse, enquanto o guarda no bolso de trás, conferindo várias vezes para ver se havia novos recados ou mensagens de texto. A polícia disse que entraria em contato após rastrear a origem das mensagens.

— Mas...

— Se a polícia ligar, ou se você receber alguma mensagem esquisita, eu te devolvo. E se aparecer alguma coisa realmente ameaçadora, nós vamos ligar para o agente Barnham. Prometo. Mas não quero que você se preocupe, Jane. Só que você fique bem. Nós dois queremos.

A princípio, fiquei feliz com o carinho e a segurança no aconchego da casa de Will, e com o fim de semana repleto de reprises contínuas de *Frozen* e aulas para me ensinar a fazer pulseiras de tear, mas, depois de uma semana, eu já estava morrendo de vontade de voltar ao trabalho, no abrigo de Green Fields. Sentia falta dos meus cães. Sentia falta da rotina de limpeza, alimentação e passeios do meu dia a dia. Sentia falta da liberdade de passear com eles pelo campo, de sentir o ar fresco no rosto e enchendo meus pulmões. Comecei a me sentir sufocada, como se a pessoa responsável pelos textos e mensagens tivesse conseguido me afastar da única coisa que me deixava satisfeita e realizada.

Will se conformou quando eu disse que ia voltar ao trabalho, já tinha pressentido isso, mas insistiu em me levar na manhã do meu retorno. Afinal, eu não tinha opção mesmo, minha bicicleta já era e a alternativa seria uma caminhada de seis quilômetros da casa do Will até lá.

— Você vai pegar leve, não vai? — diz ao estacionar diante de Green Fields e se inclinar para me beijar na bochecha. — Se você não se sentir bem, é só ligar que eu venho te buscar.

— Vou ficar bem. E, se eu sentir alguma coisa, não se preocupe: Sheila ou alguma outra pessoa me leva para casa. Olha, a Angharad está chegando. — Aceno para o Polo preto entrando no estacionamento. — É melhor eu ir.

Abro a porta do carro e me viro para Will.

— E obrigada por tudo.

— É o mínimo que eu poderia fazer. Nós dois te amamos, você sabe disso. — Ele desvia o olhar, as bochechas ficando coradas ao se dar conta do que acabou de dizer. É a primeira vez que um de nós dois usa a palavra "amor". Ficamos em silêncio por alguns segundos. — De qualquer forma — ele gira a chave para ligar o motor —, venho te buscar mais tarde, Jane. Tenha um bom dia.

— Você também. — Fecho a porta e ele dá a partida.

Continuo olhando para a rua muito tempo depois de o carro dele dobrar a esquina e desaparecer na estrada. Ele não é o tipo de homem que usa uma palavra como amor numa situação qualquer, mas há dez dias, antes da feira de verão na escola de Chloe, estava me pedindo mais espaço e algum tempo para processar tudo. Se não fosse pelo meu acidente, talvez nem sequer estivéssemos nos falando agora. Houve momentos, inúmeros nessa semana que se passou, quando ele estava cuidando de mim, que me senti perigosamente próxima de dizer que o amava. Porém, também sinto muito medo. Não por achar que ele possa ter algo a ver com o acidente ou com as mensagens, mas porque faz muito tempo desde que confiei de verdade em alguém. Mantive minhas defesas levantadas por tanto tempo que não sei mais se ainda sou capaz de baixá-las. Uma parte de mim acha que cometi um erro ao aceitar a oferta de Will para ficar com ele e Chloe. Se o agente Barnham estiver certo, a pessoa que me atropelou na estrada tentou me ferir deliberadamente, então estou colocando Will e Chloe em risco.

Dou as costas para a rua e respondo ao aceno de Angharad, que está saindo do carro.

— Você tem um minuto, Jane?

Paro de digitar e olho em volta. Sheila está olhando pela porta da sala dos funcionários.

— O que foi?

— Nada urgente. Só quero conversar um pouquinho, só isso.

— Quer ler o anúncio que acabei de escrever sobre a Willow na nossa página do Facebook? Estou desesperada para conseguir uma casa para ela. Ela já está aqui há tempo demais.

— Eu sei, dou uma olhada nisso num segundo. — Ela aponta para a recepção com um aceno de cabeça. — Você poder vir comigo? Não vai demorar.

— Certo. — Empurro a cadeira para trás e me levanto. — É sobre a encomenda de ração seca? Eu ia fazer o pedido hoje de manhã, mas precisei...

— Não é sobre a comida. — Sheila me segura pelo cotovelo e me conduz pelo corredor na direção da recepção. Paro subitamente quando deparo com uma dúzia de rostos sorridentes me olhando do outro lado do balcão.

— É sobre você e a gente querer fazer algo para te ajudar depois do acidente.

— Sheila...

— Não, não diga nada. — Ela examina os vários rostos à nossa frente e franze a testa. — Onde está Angharad?

Todos olham em torno, sem saber. Vários dão de ombros.

— Não importa — diz Sheila. — Vamos começar sem ela. — Então, Jane... — Ela aperta meu ombro — ... a gente sabe quanto você gostava daquela sua bicicleta azul, então nós demos uma olhada por aí, bom, não é exatamente igual, mas a gente espera que você goste. — E acena para Barry, que está parado do lado de fora das portas de vidro. Ele some atrás da esquina do prédio e volta empurrando uma linda *mountain bike* azul. Clair abre a porta e o grupo se afasta para ele entrar com a bicicleta na recepção.

— Eu mesmo que montei — diz, orgulhoso. — É daqueles kits que dá para a gente fazer. Montei uma para o meu neto no Natal passado. São muito resistentes.

— Barry, Sheila, todo mundo... — Aperto a boca com a mão e inspiro profundamente pelo nariz para segurar o choro.

— Está tudo bem. — Sheila segura meu ombro e me puxa para perto dela. — Você não precisa nos agradecer. Só queríamos que você soubesse quanto reconhecemos o que você faz por Green Fields, e que as coisas não têm sido as mesmas sem você aqui na última semana. Sentimos saudades, sabe, especialmente o Barry. — Ela dá uma piscada maliciosa e todos acham graça.

— Também senti saudades de você, Barry — digo, e todos riem novamente. — De verdade, muito obrigada a todos.

— Vai dar uma volta! — Alguém grita.

— Com a bicicleta ou com o Barry? — grita outra pessoa, e a sala explode com as gargalhadas, Sheila levanta o tampo do balcão da recepção e Barry traz a bicicleta para mim. Trinta segundos depois, estou pedalando pelo terreno, recebendo aplausos como uma criança de cinco anos que tivesse acabado de tirar as rodinhas. Sheila tem um enorme sorriso no rosto enquanto dou voltas e mais voltas, mas há uma tensão no seu rosto e seu olhar parece preocupado. Quando cheguei, ela me contou que Gary Fullerton e Rob Archer tinham álibis para a noite da invasão de Green Fields, e que o carro que foi filmado entrando no estacionamento pelo circuito interno foi encontrado depois, abandonado no acostamento da estrada, fora da cidade. Tinha sido roubado mais cedo, naquela noite. Quem quer que tenha invadido Green Fields ainda está circulando por aí.

As palmas e risadas ecoam no meu ouvido enquanto deixo a recepção e volto pelo corredor, mas é o olhar preocupado de Sheila que me assombra. Eu estava *certa* de que Gary Fullerton ou Rob Archer estavam por trás da invasão.

— Ah! — Paro subitamente na porta da sala dos funcionários, e Angharad, sentada na cadeira diante do computador, assusta-se visivelmente e fecha o arquivo que estava olhando com a velocidade de um raio. Em seguida, tira alguma coisa da porta USB e se vira para olhar para mim.

— Me desculpe, Jane, eu só estava... Eu... — Seus olhos circulam pela sala. — Eu só estava olhando meu e-mail. Eu... eu... é... Eu estava vendo se tinha vindo alguma resposta de um emprego para o qual me candidatei, e com todo mundo lá fora, achei que... eu...

— Mas você sabe que apenas os funcionários estão autorizados a usar os computadores, não sabe? É a política de Green Fields. A Sheila certamente te explicou isso quando você foi aceita.

— Ela explicou, sim, eu sei. Eu sei disso. Mas eu estava só passando e o computador estava ligado e... — Ela faz uma pausa e olha para as mãos. — Me desculpe, Jane. Eu estava desesperada. Não consegui me concentrar a manhã inteira.

Seu telefone está em cima da mesa, ao lado do mouse. É um modelo Android, top de linha; lembro-me dela me falando das fotos incríveis que dá para tirar com ele em nosso primeiro dia.

— Você não poderia ter conferido seu e-mail pelo celular? Achei que você tivesse 3G. Foi o que você me disse.

— Tenho, só que... — ela pega o celular e o enfia no bolso — fiquei sem dados este mês.

— Este computador tem alguns arquivos bem sigilosos, Angharad. Histórias de casos, provas para o tribunal, relatórios comportamentais dos animais, esse tipo de coisa. A gente não pode deixar que todo mundo...

— Eu sei, mas eu só acessei minha conta do Yahoo. Eu juro. — Ela pula da cadeira e vem na minha direção. — Por favor, Jane, não conte para a Sheila. Foi só desta vez. Eu juro.

Ela estica a mão, implorando. Seu rosto está vermelho, seus olhos brilham, de excitação ou adrenalina, não tenho certeza.

— Não sei, Angharad. — Balanço a cabeça. — Eu realmente tenho que falar...

Sou interrompida pelo toque do meu celular. Tiro o telefone do bolso enquanto Angharad continua a balançar de um pé para o outro, torcendo as mãos diante de si. A ligação é de um número desconhecido.

— Alô? — Pressiono o telefone contra o ouvido. Há uma pausa, e então:
— Emma, é você? Aqui é a Al.

— Al? — O mundo para e a única coisa de que tenho consciência são as batidas do meu coração dentro do peito. — *Al?* — Um olhar de curiosidade atravessa o rosto de Angharad e aceno para ela se afastar. — Te vejo lá no canil em cinco minutos. Os cobertores e os brinquedos dos cachorros precisam ser lavados, você pode fazer isso?

— Mas...

— Cinco minutos.

Entro na sala dos funcionários e faço um gesto para ela sair. Ela hesita e passa por mim, com os olhos fixos no telefone na minha mão enquanto deixa a sala. Fecho a porta assim que ela sai.

— Desculpe — diz Al diz no meu ouvido. — Prefere que eu te ligue daqui a uns cinco minutos?

— Não, não. — Atravesso a sala e caio na cadeira, minhas pernas fraquejam. — Caramba, Al. Não acredito que é você.

— Eu sei — Ela ri secamente. — Já faz um bom tempo, Emma.

— O quê... Como... Você recebeu minha mensagem pelo Facebook?

— Sim, literalmente há cinco minutos. Não acesso minha conta do Facebook há sei lá quanto tempo, e aí... Que merda está acontecendo, Emma? Me ligaram da polícia hoje de manhã, por isso resolvi olhar. Disseram que você se envolveu num acidente e eles queriam saber onde eu estava na madrugada de terça-feira da semana passada. Perguntaram se a gente estava em contato. Eu disse que a gente não se falava havia anos.

— Alguém jogou o carro em cima de mim — digo. — Eu estava na minha bicicleta e o carro me pegou. Eles acham que foi deliberado.

— E eles acham que fui eu?

— Não, eu... Eles me pediram para fazer uma lista de pessoas que pudessem ter alguma coisa contra mim e eu... — Passo a mão pelo rosto. — A gente discutiu por causa daquele artigo que você vendeu e aí...

— Ah, não, Emma, pelo amor de Deus! — Ela suspira profundamente. — Isso tem quatro anos. Quatro anos! Eu falei para você, o jornalista distorceu as minhas palavras. Você não está falando sério que achou que eu te atropelaria por causa de uma discussão que aconteceu quatro anos atrás?

— Não, claro que não. Eu...

— E que merda é essa de dizer que a Daisy está viva? Emma... — Ela suspira novamente, mas dessa vez com exaustão. — Eu fiz um esforço enorme para deixar aquilo tudo para trás. Tenho uma nova vida em Brighton. Estou com uma garota incrível, a Liz. Ficamos noivas no mês passado. Estou num emprego legal na Amex, que não odeio totalmente, e a vida está... legal. Está tudo bem. Isso não quer dizer que eu não pense no que aconteceu. Eu penso. Mas às vezes também esqueço. E é bom. Eu me sinto bem. Me sinto...

— Normal — digo.

— Isso.

A gente fica sem falar nada por uns segundos.

— Alguém está fingindo ser a Daisy — digo. — Estão me mandando mensagens pelo Facebook. Diziam que estava frio, que eu a tinha abandonado, que eu a deixei lá para morrer. Então, depois do acidente, recebi um SMS de alguém dizendo "Só as pessoas legais morrem jovens, deve ser por isso que você ainda está viva".

Al não diz nada.

— Al, você ainda está aí?

— Sim, eu ouvi o que você falou. Eu só... Emma, você já pensou que pode ser algum doente te sacaneando pela internet? A gente ouve falar desse tipo de coisa a toda hora. Tem uns doentes que escrevem umas coisas horríveis nas páginas de pessoas que foram assassinadas ou que morreram de maneira trágica. Fazem isso para provocar uma reação, e você está alimentando isso.

— Não estou.

— Então você não respondeu?

— Bem, sim. Perguntei quem era e por que estava fazendo isso.

— Então você reagiu. E aí eles aumentaram a aposta um pouco mais, acharam o teu celular na internet e te mandaram aquelas mensagens.

— Como foi que descobriram o número do meu celular? Eu troquei quando vim para cá, e nunca publiquei na internet. A não ser pela minha mensagem direta para você, que foi privada.

— Não importa. Tem uns sites pagos que fornecem os detalhes das pessoas. Eles se disfarçam de serviços para ajudar as pessoas a se reencontrarem com familiares perdidos há muito tempo, mas, basicamente, são serviços de perseguição. Só precisam do nome completo e da data de nascimento, mais nada.

— Como é que você sabe disso?

Ela suspira.

— Lembra da Simone? Como você acha que eu descobri onde a namorada dela morava? Se você tiver grana, Emma, dá para encontrar praticamente qualquer pessoa.

— Mas eu só recebi a mensagem depois que a pessoa me atropelou e fugiu. Parece coincidência demais receber um SMS sobre morrer jovem no mesmo dia em que me derrubam da bicicleta.

— Coincidências acontecem.

— Não é o que a polícia parece achar.

— Isso porque o trabalho deles é levar a sério esse tipo de merda. Dá para imaginar o estrago que a imprensa faria se acontecesse alguma coisa contigo e eles não tivessem dado atenção para sua preocupação? Ouça, Emma — Al baixa a voz —, você precisa tomar cuidado com o que diz para a polícia, especialmente sobre mim. Eu fiz o que fiz para te proteger.

— Ela baixa a voz um pouco mais, quase sussurrando.

— Eu sei.

— Algum maluco está tentando te assustar, e está conseguindo. Você está caindo na pilha. A polícia começou a fazer perguntas e quem sabe até onde isso vai? Não quero ir para a prisão, Emma.

— Mas essa pessoa sabe onde eu trabalho! Sabe o número do meu celular. E se souber o meu endereço também?

— Então, vá embora. Se mude.

— Não posso.

— Por que não?

Quero dizer para ela que não quero ir embora porque gosto da minha vida aqui. Gosto de ser Jane Hughes. Gosto de trabalhar em Green Fields, e... subitamente, me dou conta de algo que faz meu coração ter um sobressalto: amo a vida que estou construindo com Will. Se eu for embora, não terei mais nada. Não serei nada. Terei que me reinventar e começar tudo de novo.

— Eu quero te ajudar — diz Al, e sua voz soa fria —, mas você precisa se acalmar. Todo mundo que poderia querer te machucar está morto.

— E você tem certeza disso?

— Sim.

Ela é tão convincente, tão segura, e eu quero acreditar nela. Quero acreditar nela desesperadamente.

— Liga para esse número se acontecer alguma coisa — diz ela. — Certo?

— Certo.

Ficamos em silêncio por um tempo até que ela fala:

— Você já sentiu vontade de poder voltar no tempo, Emma?

— Todos os dias.

O telefone silencia na minha mão e fico sentada sem me mexer por vários minutos, olhando para o chão, depois giro a cadeira e mexo no mouse. A tela pisca e ganha vida, e, quase como se estivesse no piloto automático, coloco o cursor no botão de início e abro a lista de documentos recentes. Percorro a lista, procurando o último documento em que eu estava trabalhando, até me dar conta, com um susto, que ele não está no topo da lista, mas na metade de baixo. Acima dele, pelo menos uma meia dúzia de documentos que eu não abri, incluindo: JaneHughesCV.doc, JaneHughesAvaliação.doc e ListaContatosFuncionários.doc. Angharad não estava apenas consultando seu e-mail; estava pesquisando sobre mim.

Capítulo 36

Há cinco anos

— Al, Al, acorda! — Balanço seu ombro de leve. Meus lábios estão a milímetros de seu ouvido. Seu cabelo cheira a fumaça, cigarro e cerveja. A menos de meio metro, Daisy está deitada de barriga para cima, ressonando levemente. O dormitório feminino está cheio de corpos comatosos, algumas ainda de roupa, os sacos de dormir enrolados como travesseiros improvisados debaixo das cabeças.

— Al! — Eu a empurro novamente. Ela geme de leve, afasta minha mão e rola para o lado.

Há um estrondo em algum lugar nas profundezas da casa.

— Al! — Cubro sua boca com a mão e belisco a parte carnuda atrás de seu braço. — Al, você tem que acordar.

Ela desperta com um susto e agarra minhas mãos.

— Sou eu, Emma. — Tiro a mão de cima de sua boca. — Preciso falar com você.

— Emma? — Sua voz está grogue de sono.

— Shhh! — Pressiono meus lábios com um dedo quando ela se senta e aponto para a porta dos chuveiros.

Ela entende e se levanta devagar, sai do saco de dormir, tira um casaco com capuz da pilha de roupas dobradas sobre a mochila e sai andando em direção à porta. Sigo atrás, desviando das mulheres adormecidas. Quando chegamos à entrada dos chuveiros, Al para. Aponto para a última cabine, no final do corredor, e ela concorda com a cabeça.

— Que merda é essa? — sussurra enquanto fecho a porta da cabine. — Pensei que você estava tentando me sufocar. — Ela cobre a cabeça com o capuz.

— A gente tem que dar o fora daqui.

— Por quê? — Ela olha para uma abertura no telhado ondulado. Uma mancha de luz vermelha aparece por ali. O sol está nascendo. Em menos de meia hora, não teremos a menor chance sob a luz do dia.

— Eles mataram o Frank.

— Mas que po...

Aperto a mão sobre sua boca pela segunda vez.

— Shh, shhh! Promete que não vai gritar de novo.

Ela concorda e eu tiro a mão.

— Eles... — Esforço-me para manter minha respiração sob controle. — Eles amarraram o Frank e o puseram de joelhos. Ele estava falando que ia voltar para a Inglaterra e denunciá-los para as autoridades. Isaac ficou chutando o cara sem parar. Johan tentou detê-lo, mas Frank fez um comentário sobre a Leanne e o Isaac o acertou. Eles o decapitaram com o machado de cortar lenha, Al. Ele está lá fora agora, na margem do rio. Tem sangue espalhado por todo o lugar.

— Jesus! — Seus olhos estão arregalados de medo.

— Ouça. — Eu a seguro pelos ombros. — A gente tem que ir. Isaac falou alguma coisa com Johan sobre avisar quando seria a vez dele de "me pegar", e eles também falaram de você. Não sei o que Isaac está planejando, mas a gente tem que ir embora. Foda-se a lama e a chuva! A gente tem que ir embora.

— Como eu vou saber que posso confiar em você, Emma?

— O quê?

Ela se afasta um pouco, em direção à porta, e se apoia de costas.

— Você transou com o Isaac.

— Eu sei, e lamento por isso.

— Lamenta? Só isso? Dá de ombros e diz "Ah, azar"? Emma, você viu as costas da Paula?

Balanço a cabeça.

— Isaac a chicoteou. Ele amarrou a menina dentro de um galpão e a chicoteou, e chamou isso de detox. Como é que você não saberia disso? Você tem andado por aí de olhos vendados nas últimas duas semanas?

— Eu sabia que ela estava numa cabana, eu vi as marcas nos pulsos dela, mas...

— E você transou com ele assim mesmo?

— Sim! Não! Eu não sabia que...

— Para. — Ela aperta a cabeça com as mãos e fecha os olhos. — Este lugar está fodendo com a minha cabeça. A Leanne me diz uma coisa, você me diz outra e a Daisy simplesmente ficou histérica.

— Isso é outra coisa. Acabei de achar alguns e-mails da Leanne e do Isaac. Ela é sua meia...

Um ruído alto vem do dormitório e lanço um olhar de advertência para Al. Olhamos para a porta fechada da cabine e ficamos ouvindo. Alguém tosse no dormitório, ouvimos outro estalo e depois o rangido quase imperceptível das dobradiças de uma porta se movendo.

Mal consigo perceber o cheiro a princípio, mas logo está por toda parte, fumaça, suor, almíscar e sangue. Olho para Al. Ela me olha de volta. Seu rosto está pálido; os círculos sob os olhos são manchas vermelhas em sua pele branca.

— Isaac — murmuro.

Duas coisas acontecem de uma só vez: a porta da cabine se abre e Al se lança sobre mim. Ela me beija com violência, empurrando-me contra a parede do cubículo. Tento me livrar, mas ela se aperta contra mim, as mãos percorrendo minha cintura e quadris. Sinto ela mexer no bolso de trás da minha calça e alguma coisa afiada é pressionada no lado direito do meu quadril. Ela afasta minha mão com força quando tento pegar o objeto.

— Ora, ora, ora... — Isaac solta uma risada seca. — Aí está algo que eu não esperava ver.

Ele joga Al para longe de mim.

— Sapata imunda! — repreende ele, apontando o dedo em seu rosto, um sorriso ameaçador nos lábios. — Você precisa esperar a porra da sua vez. E você... — ele enfia a mão no meu cabelo e me segura pela nuca. — Tem uma coisa que eu quero te mostrar.

Consigo ver Al olhando para fora do cubículo do chuveiro enquanto Isaac me leva para a porta do dormitório feminino.

— Acredito em você — murmura ela.

Capítulo 37

— Não era o que parecia. — Tento me soltar de Isaac enquanto ele me conduz para o corredor, saindo do dormitório feminino, mas sua mão na minha nuca é como um torno.

— E o que é que parecia? — pergunta, levando-me pelo corredor até a saída pela porta dos fundos.

Não sei o que dizer e, por isso, não digo nada enquanto ele me leva pelo pátio, passando pelo jardim e atravessando o pomar. Não sei como explicar o que acabou de acontecer, pois eu mesma não entendo, embora, pela dor aguda na minha perna direita, uma dor que aumenta a cada passo, não tenho dúvida de que o beijo foi apenas uma distração para que Al enfiasse alguma coisa no meu bolso.

Ao nos aproximarmos do rio, com o rugir da cachoeira a distância, sou tomada por um novo terror. O que estamos fazendo aqui embaixo? Será que Isaac sabe que eu vi o que aconteceu com Frank? Será que me viu fugir?

— Você está pronta? — pergunta ele ao atravessarmos a ponte.

— Pronta?

— Para a sua detox.

Sinto espasmos de dor na perna quando ele me empurra na direção das cabanas e enfio a mão no bolso, onde a dor é mais forte. Em vez de sentir o toque macio dos shorts de algodão, meus dedos se fecham em torno de outra coisa. Algo frio e duro. A faca que Al deixou ali.

— Isaac, não. — Inclino para trás, fincando os calcanhares no chão, sinto torcer a pele ao redor do meu pulso quando tento me livrar de sua mão. — Eu não quero.
Ele gira a chave na fechadura.
— Você ainda não sabe o que vai acontecer.
Grito quando ele escancara a porta da cabana e me empurra lá para dentro, mas o som dura apenas o tempo de ele abafar minha boca com a mão. Ele me segura junto a si enquanto vira a chave na fechadura com a mão livre.
— Emma — diz, enquanto me viro e me contorço, puxo e empurro para tentar desequilibrá-lo. — Você precisa se acalmar. Não quero te ferir, mas vou fazer isso se precisar. Agora, sim — diz quando paro de lutar. Ele me segura com firmeza por vários segundos e então vai me soltando devagar e me vira para ele, ficando de costas para a porta e me deixando na sua frente. A porta está escancarada atrás dele, e uma faixa do sol nascente desfaz a escuridão da cabana. — Já se acalmou?
Faço que sim com a cabeça, mas pressiono os punhos junto às pernas.
— Acenda a vela. — Ele me estende um isqueiro e me observa enquanto viro e acendo a grande vela de igreja sobre a mesa ao meu lado.
Quando a escuridão se desfaz, ele tira a camiseta e a deixa cair no chão. Olha para mim firmemente, quase me desafiando a desviar os olhos. O peito, os braços e a barriga são cobertos de cicatrizes, grossas, finas, longas, curtas, altas, lisas. Não há um só pedaço de pele no tronco que não tenha sido cortado, fatiado, retalhado ou rasgado. Então foi por isso que ele não me deixou tirar sua camiseta quando fizemos sexo.
— Está chocada? — Sua voz não chega a ser muito mais do que um sussurro.
— Sim.
— Você acreditaria se eu te dissesse que não doeu? Porque não doeu mesmo, sabe? — Ele se aproxima um passo de mim e pega o cadarço da cintura dos meus shorts de algodão.

— Eu faço isso — digo, e desamarro o cordão, deixando os shorts escorregarem até o chão. Saio de cima deles e os recolho do chão, fazendo uma bola de pano enrolada dentro da mão.

— É uma progressão natural — diz Isaac, pondo-se de joelhos e puxando a minha calcinha até o tornozelo. — Uma vez que deixamos de lado o nosso apego às pessoas e às coisas, o próximo passo é aprender a se desapegar do nosso próprio corpo. É incrível — ele beija a minha barriga — ser capaz de se sobrepor mentalmente à dor. Absolutamente incrível. Você vai pirar, Emma, com tudo o que a sua mente pode realizar.

Seus lábios viajam da minha barriga para o osso do quadril e até o início da coxa.

Mexo nos shorts embolados, em busca da faca. Estão muito macios, soltos demais. Onde está? Será que caiu quando eu estava tentando me livrar de Isaac do lado de fora. Desdobro parte dos shorts, mas não há nada além do algodão macio em minhas mãos.

— Antes da dor, um pouco de prazer — Isaac enfia os dedos em meu seno e caio para a direita, os shorts batendo contra a mesa quando tento me equilibrar. A faca de legumes escorrega do bolo de pano e bate na superfície com estardalhaço. Cai girando e girando, em câmera lenta.

Isaac olha para cima. Arregala os olhos ao ver a faca e estica a mão para a mesa.

Eu a pego primeiro, e, sem parar para pensar, golpeio o lado de sua cabeça. A faca escorrega de minha mão ao bater em sua mandíbula. Ele ruge de dor e rola para o lado, eu salto em direção à porta.

As luzes estão acesas na casa agora. Tem gente acordada.

— Ah, não, você não vai, não.

O ar é arrancado dos meus pulmões quando um braço me agarra pela barriga e o outro pelo pescoço, e sou puxada de volta para a cabana. Isaac me levanta como se eu não pesasse nada e depois me faz girar e me joga contra a parede dos fundos, de rosto virado para a madeira áspera. Uma de cada vez, ele começa a pegar as tiras de couro e me amarra, primeiro pelo pulso esquerdo, depois pelo direito, aos anéis de metal presos nos cantos do teto.

— Isaac, para! Para! — Puxo as tiras, mas estão muito apertadas, as algemas de couro nos pulsos estão fechadas com fortes fivelas de bronze e presas aos anéis de metal. Ele também me amarra pelos tornozelos. Estou amarrada com as os pernas e os braços abertos na parede da cabana, o rosto pressionado contra a madeira fria.

— Sua puta idiota! — Ele toca o lado do rosto. Há uma massa escura na linha do cabelo. Ele esfrega com as unhas até que o sangue comece a escorrer livre novamente pela lateral do rosto. Ele passa a mão por cima lentamente e, de propósito, a limpa no meu rosto. Minhas narinas são tomadas pelo cheiro de ferro e sal.

— Você tinha que complicar as coisas, não tinha? — diz ele, afastando-se da minha linha de visão, ouço um som como o de uma caixa de metal sendo arrastada pelo chão. — Muito bem. — Ele solta um suspiro profundo. — Parece que vamos ter que fazer isso do jeito mais difícil.

Ouço o estalo do chicote antes de senti-lo. A princípio, não há nada, nenhum desconforto, apenas a sensação aguda do chicote nas costas — e então a ardência corta a minha pele e solto um uivo de dor.

Ele estala o chicote novamente.

Aperto os olhos, fechando com força, contraio os dedos dos pés e fecho os punhos. No início, conto as chicotadas — uma, duas, três, quatro, cinco —, depois me concentro na vela, tremeluzindo com fúria sobre a mesa cada vez que ele levanta o chicote no ar.

Capítulo 38

A porta range quando é aberta, e ouço um homem pigarrear discretamente. Não viro a cabeça para ver quem é; nem sequer abro os olhos. Fico onde estou, encolhida e largada no chão, encostada contra a parede do fundo. Meus pulsos foram liberados das tiras de couro, mas ardem como se eu ainda estivesse amarrada.

— Ela está bem? — pergunta o homem enquanto sou atingida por uma lufada fria.

— Acabei faz uma meia hora.

— Então posso dar um pega?

— No chicote ou nela?

Isaac e o outro homem riem. Não entendo por que, e não me importa. É como se estivessem a um milhão de quilômetros daqui.

— O que você veio fazer aqui? — pergunta Isaac.

— Isis falou qualquer coisa sobre uma nova ida a Pokhara. Você não tinha me dito nada.

— Não? Devo ter esquecido.

— E quanto a ela?

— Emma? Você tem sorte se eu te deixar pegar qualquer uma depois da merda que me arrumou com o Frank.

— Você prometeu que eu seria o próximo, Isaac.

— Isso foi antes de você me dar um soco no meio da cara.

— Você disse que não haveria mais mortes.
— Não fode, Johan, a gente já conversou sobre isso.
— Sim, mas...
— Você me ouviu. Eu te aviso quando ela estiver pronta, seu sueco de merda. Você não tem uns rabanetes para adubar ou outra coisa para fazer?
A porta é fechada com um clique e tudo fica às escuras.

Quando volto a abrir os olhos, Isaac se foi e a cabana está mergulhada em escuridão, a não ser por uma pequena faixa de luz sob a porta. Engatinho até lá, sinto ânsias ao passar pelo balde que Isaac deixou. Meus pulmões se enchem com o fedor de vômito, mijo e merda.

Quando chego à porta, inclino a cabeça de lado e pressiono os lábios contra a abertura de um centímetro entre a porta e o chão. O ar tem um cheiro doce e fresco. Respiro com sofreguidão, enchendo os pulmões, inspirando até sentir que estão a ponto de estourar.

— Socorro! — A palavra arranha a minha garganta. Tento engolir, mas não tenho mais saliva na boca. — Socorro! Por favor, socorro! Alguém me ajude.

A abertura é muito pequena, não consigo ver mais do que um pequeno trecho de grama, e então pressiono o ouvido sobre ela. Tudo o que consigo ouvir é o barulho do vento e o rugido da cachoeira.

— Socorro! — Me forço a ficar de pé e esmurro a porta. A madeira tem rachaduras e está gasta pelo tempo. As farpas atravessam a minha pele, mas continuo batendo, esmurrando e socando. A porta treme, mas não se solta das dobradiças. Chuto, firmando as mãos nas paredes laterais da cabana. Continua firme e eu me viro, chutando de costas, como uma mula furiosa.

Nada.

Minhas pernas se contraem com o peso da mesa, que eu levanto e jogo contra a porta. Ela atinge a madeira com uma batida e quica de volta. Uma das pernas acerta a minha barriga e eu me contraio para trás. Acerto o balde com o calcanhar e tropeço. Urina, vômito e fezes se espalham ao meu redor quando caio no chão.

Capítulo 39

Hoje

Sou recebida por um coro de latidos animados quando me aproximo do canil. Mergulho a sola dos sapatos no antibactericida do lado de fora, entro e fecho a porta silenciosamente. Apenas Jack está deitado em sua cama; os outros cães estão em suas áreas abertas. Um ruído abafado acompanha a cacofonia dos latidos. A máquina de lavar e a secadora estão ligadas. Desço pelo corredor até a lavanderia, pisando de leve para os sapatos não fazerem barulho. Jack levanta a cabeça quando passo e volta a se deitar quando não falo com ele. Olho para além do seu pátio, para além da área fechada onde fica a sua cama e para o remendo escuro de arame feito por Derek, o zelador, no buraco aberto com um alicate pelo intruso. Várias tentativas foram feitas para alcançar outros cães, todos de raças mais perigosas, mas o buraco maior foi no cubículo do Jack. Odeio imaginar o que teria acontecido se não tivessem acionado o alarme. Teriam levado o Jack; disso, eu tenho certeza.

    Outro som se junta ao burburinho quando me aproximo da lavanderia, uma mulher sussurrando ao telefone. Angharad está de costas para mim. Tem o pescoço dobrado para a direita, segurando o celular entre o ouvido e o ombro, os braços cheios de roupa de cama e toalhas retiradas do cesto de plástico aos seus pés para serem colocadas na máquina de lavar.

— Sim... sim... não, ainda não. Mas com certeza é ela. O quê? Não, eu tentei, mas ela é um túmulo. Vai demorar um pouco mais do que eu imaginava. Acho que consigo tudo de que preciso até o final da semana que vem. Está certo, tudo bem. Eu falo contigo então. Tchau.

— Angharad.

Ela dá um pulo e se vira ao ouvir a minha voz, o celular escorrega do ombro e cai no chão azulejado com uma batida.

— Jane! Você me assustou. — Ela se abaixa para pegar o aparelho e o enfia no bolso, depois joga uma braçada de cobertores dentro da máquina de lavar. — Estou quase acabando com os cobertores. A roupa da secadora já está quase pronta e os brinquedos já foram...

— Angharad.

Ela se vira lentamente.

— Acho que precisamos ter uma conversinha com a Sheila. Concorda?

— Está tudo bem, Jane? — Sheila sorri calorosamente quando entro na recepção com Angharad atrás de mim. Não disse uma única palavra a ela desde que saímos da lavanderia.

— Será que podemos conversar? Pode ser na sala dos funcionários, se estiver vazia?

O sorriso de Sheila desaparece quando ela percebe a minha expressão.

— Claro. Só vou chamar a Anne para me substituir. Só um segundo.

Angharad e eu ficamos em silêncio enquanto esperamos Sheila voltar com Anne, sua substituta, de uma das salas dos fundos, e então nós três seguimos para a sala dos funcionários e eu fecho a porta.

— Você pode se sentar, por favor, Angharad? — Eu indico uma cadeira. Sheila está séria, mas não diz nada, sentada junto a mim do lado oposto da sala. Angharad sorri e puxa uma mecha de cabelo para trás da orelha. Para quem está prestes a ser convidada a se retirar do programa de voluntariado, ela parece estar admiravelmente segura.

— Então... — Sheila olha de Angharad para mim. — Do que se trata?

— Acho que Angharad deveria explicar, não é mesmo, Angharad?

— Na verdade — ela se ajeita na cadeira —, acho que quem tem que se explicar é você, Emma. — Ela faz uma pausa suficientemente longa para um arrepio gelado percorrer a minha espinha. — Desculpa, Jane. Esqueci seu nome, por um segundo.

Ela sustenta meu olhar um pouco além do confortável, e compreendo imediatamente. Ela quer um confronto, e quer que seja na frente de Sheila.

— Desculpa, Sheila. — Eu me levanto. — Acabei de perceber que... Angharad, você poderia vir comigo por um segundo?

Sheila olha para mim sem entender.

— Achei que você precisava conversar comigo. Acabei de colocar Anne na recepção.

— Eu sei. — Abro a porta e sinalizo para que Angharad me acompanhe. — Desculpe te atrapalhar, Sheila, mas acabei de me lembrar de uma coisa urgente que nos esquecemos de fazer.

— Quem é você, na verdade?

Estamos do lado de fora das portas principais da recepção, junto do estacionamento. Está frio e ventando, esfrego meus braços nus com as mãos. Está frio demais para trabalhar sem um agasalho.

— Posso te perguntar a mesma coisa, *Jane*.

— Não estou brincando, Angharad. Sei que você estava olhando meus documentos no computador dos funcionários e tenho certeza de que você roubou uma correspondência particular da minha casa também.

Ela cruza os braços sobre o peito, com um sorriso de satisfação no rosto.

— Que maravilha! Eu te levo um bolo e faço todo o trabalho enquanto você está de licença e é assim que você me agradece?

— O que você quer de mim?

— Um tanto paranoica, não é mesmo, Emma?

— Quem é você? Me diga! Me diga quem é você.

Ela veste o casaco, fecha os botões devagar e, deliberadamente, passa a alça da bolsa pela cabeça e a apoia no quadril direito.

— Foi um prazer trabalhar com você, Emma. Eu entro em contato.

— Não! — Corro atrás dela quando atravessa o estacionamento a passos rápidos e tira a chave do carro do bolso. — Angharad! — Seguro seu braço quando aponta a chave para o Polo. — Me diga quem é você.

— Não ouse! — Ela se solta com um safanão, mas a raiva em sua voz deixa transparecer o medo em seus olhos. — Não ouse tocar em mim.

— Eu não... eu... — Dou um passo para trás, com as mãos levantadas, e é quando vejo: um chapéu azul de lã no banco de trás do carro. — Foi você. Você era a mulher na feira da escola de Chloe.

Angharad balança a cabeça e segura a maçaneta.

— Não faço a menor ideia do que você está falando.

— Sabe, sim. Como é que você sabia que a gente estava na feira? Seguiu a gente, não foi? Então você esperou Chloe ficar sozinha e se aproximou dela. — Tiro meu celular do bolso. — Vou ligar para o agente Barnham.

— Não! — Angharad estica a mão. — Não!

— Então, *diga* quem é você.

— Ok, ok. Tudo bem. Pode guardar o telefone.

— Me diga quem é você primeiro.

Ela respira fundo e solta o ar devagar.

— Meu nome é Angharad Maddox. Sou repórter do jornal local. Vi sua foto no *The Post* há uns seis meses, quando você apareceu numa matéria sobre arrecadação de fundos para Green Fields. Você emagreceu um pouco, o cabelo está com um corte diferente, mas seu rosto não mudou muito: está praticamente igual à foto do artigo do *Daily Mail*, de quatro anos atrás. Eu olhei por aí e já sabia que você tinha se recusado a falar com os jornalistas e que não conversaria comigo se eu fizesse uma aproximação direta, então... — Ela dá de ombros.

— Então, você fingiu ser voluntária, me seguiu, falou com a filha do meu namorado, roubou uma carta e bisbilhotou os arquivos particulares no computador do meu trabalho.

— Opa! — Ela balança a cabeça. — Não roubei coisa nenhuma, Emma.

— Roubou, sim. Roubou uma carta endereçada a mim quando foi levar o bolo, a carta que você escreveu para me assustar e me fazer falar.

Ela balançou a cabeça novamente.

— Não sei do que você está falando.

— Sabe, sim. A carta chegou um dia antes de você começar. Um pouco de coincidência demais, não? Eu recebo uma carta escrita para me assustar e então, de uma hora para outra, aparece uma voluntária fazendo várias perguntas sobre a minha vida pessoal.

— Eu não enviei nada, Emma.

— Não? Então você não criou um perfil falso na internet também? Não fingiu ser a Daisy?

Ela arregala os olhos.

— Daisy, sua amiga que desapareceu no Nepal? Sério?

— Não finja que não sabe do que estou falando.

— Então, ou a Daisy voltou para a Inglaterra, ou tem alguém se passando por ela. — Ela desvia o olhar para a estrada. Quando me olha de volta, seus olhos brilham. — Isso tem alguma relação com o seu acidente? Sheila mencionou alguma coisa sobre uma investigação criminal. Achei que ela tinha se confundido, porque uma investigação dessas só acontece quando há alguma coisa mais séria envolvida... tipo... uma tentativa de assassinato. — Ela dá um passo em minha direção e fica desconfortavelmente próxima. — Tem alguém te fazendo ameaças de morte, Emma?

Quase consigo ouvir as engrenagens se movimentando em sua cabeça. Ela pode não ter conseguido nenhuma grande história até agora, Emma Woolfe se torna Jane Hughes, funcionária de um abrigo para animais, namorada de um professor local, praticamente uma eremita, mas agora surgiu algo novo. Algo em que seu editor estaria muito interessado. Posso ver em seus olhos. Ou ela é uma atriz de primeira ou realmente não estava por trás da carta, da mensagem de texto ou do Facebook.

— Fale comigo, Emma. Isso tudo parece muito assustador. — Ela olha para mim com olhos compreensivos, seu rosto é a expressão genuína da preocupação. — Me conte a sua história. Tem uma nuvem pairando sobre você desde a sua volta do Nepal, há cinco anos, com toda aquela especulação sobre o desaparecimento de Daisy e a morte de Leanne, e essa pode ser a sua chance de colocar as coisas nos seus devidos lugares. Nossos leitores compreenderão tudo, especialmente com tudo o que aconteceu nos últimos dias.

— Não. — Eu recuo. — Não estou interessada.

— Tudo virá à tona de qualquer jeito, Emma. Você sabe disso, não sabe? Sheila, Anne, Barry, Derek, todos vão saber quem você é na realidade.

Você pode muito bem defender a sua versão. Sei que a comunidade local compreenderá a sua farsa se souber de tudo pelo que passou.

— Não. — Dou outro passo para trás. — Eu já disse. Não quero falar com você, e quero que vá embora. — Aponto para o carro. — Vá, ou eu ligo para o agente Barnham — digo entredentes.

Angharad suspira, com uma expressão resignada no rosto.

— Eu vou, eu vou. Mas, se você mudar de ideia, é só dar uma ligada para o *The Post*. Vou tratar sua história com carinho. A despeito do que você possa achar, eu realmente gosto de você. — Ela se vira, abre a porta do carro e entra. Os pneus esmagam o cascalho quando ela engata a ré para sair da vaga e depois segue em direção à saída do estacionamento.

Aperto uma tecla do celular e o coloco no ouvido.

— Agente Barnham, por favor.

Capítulo 40

Há cinco anos

— Emma — chama uma voz feminina. — Emma, sente-se.

Continuo onde estou, encolhida de lado no chão. Em algum momento, alguém deve ter deixado um cobertor para mim, que puxei sobre os meus ombros, mas está encharcado e desconfortável. Eu o afasto e cubro meus olhos com as mãos quando a luz invade a cabana. Alguém abriu a porta.

— SENTA!

A luz desaparece quando uma mulher entra na cabana, bloqueando a porta.

— Jesus — diz outra voz. — Que fedor está isso aqui! O puto do Isaac, ele que deveria cuidar do próprio trabalho sujo.

Tento me levantar apoiada nos braços, mas eles se dobram sob meu peso enquanto pisco para a mulher. Ela se agacha ao meu lado. Um lenço cobre seu nariz e boca, mas reconheço os olhos.

— Cera? O que está havendo?

Ela balança a cabeça e enfia uma mão debaixo do meu braço.

— Você precisa se levantar, Emma. Precisa de um banho e trocar de roupa.

— Que dia é hoje? Há quanto tempo estou aqui?

— Emma. — Há um tom de advertência na voz de Cera. — Você tem que parar com as perguntas e fazer o que te mandam. Está entendendo?

Concordo com a cabeça, olhando para trás dela, fascinada pela árvore do lado de fora da cabana, curvada e balançando com o vento.

— Isis! — grita Cera. — Vou precisar de uma mão.

Isis aparece do nada, entrando na cabana com uma trouxa de roupa nos braços. Ela me olha de cima a baixo e suspira.

— Levante os braços, Emma.

Faço o que mandam e um vestido macio de algodão é enfiado pela minha cabeça. Quando ela solta, a bainha escorrega até o chão e faz cócegas nos tornozelos.

— Vista isso. — Ela se abaixa e abre uma calcinha diante de mim, obedeço.

— Chinelos. — Ela enfia a mão numa bolsa de pano pendurada a tiracolo e pega um par de sandálias. Enfio meus pés nelas. Sinto-me como uma boneca sendo vestida por uma menina impaciente.

Isis olha para Cera, que dá de ombros.

— Isso vai servir até a gente levá-la para tomar um banho na cachoeira.

— Certo, Emma. — Cera me segura pelos ombros e me vira para encará-la. — Vamos te levar até a cachoeira para você poder tomar um banho. Depois, teremos um breve piquenique para você comer um pouco e beber água — ela olha para o balde e torce o nariz —, e então te levamos de volta para a casa.

— Cadê o Isaac?

As mulheres trocam um olhar e riem.

— Ocupado — responde Cera.

Isis passa meu braço sobre seu ombro e sinaliza com a cabeça para que Cera faça o mesmo.

— Consegue andar? — pergunta. — Tente dar alguns passos.

Dou alguns passos para a frente, na direção da luz e do ar do lado de fora. Minhas pernas tremem, mas dou outro passo.

— É isso aí — diz Cera. — Agora, lembre-se, se alguém te perguntar onde você estava, responda que estava se desintoxicando e que foi a experiência mais incrível da sua vida.

A árvore do lado de fora pende para a direita. Está tão inclinada que penso que vai se partir, mas o vento diminui e ela volta para a posição normal.

— Quem te deu a faca? — pergunta Isis enquanto saio da cabana e encho o pulmão de ar fresco.

Balanço a cabeça.

— Não sei do que você está falando.

— A faca que você usou para atacar o Isaac. Sally disse que é uma das facas da cozinha e apenas as pessoas que trabalham lá poderiam ter pegado. Leanne e Al estavam trabalhando com Sally e Raj. Quem foi que te deu a faca, Emma?

Isaac obviamente está numa caça às bruxas e quer atribuir o incidente com a faca a Al, Sally ou Raj. Por quê? Para usar como desculpa para se livrar deles?

Ou talvez já saiba quem me deu a faca. Leanne é sua meia-irmã, mas também é a melhor amiga de Al. A quem ela era leal agora? Já tinha vendido Al quando contou a ele sobre seu irmão, Tommy, e depois ao mentir sobre isso quando Daisy e eu tentamos descobrir o que havia por trás da "mediunidade" de Isis. O que foi que ela tinha dito mesmo? Que jamais falaria sobre Tommy para ninguém, pois era uma coisa muito pessoal? Ela viu como Al ficou perturbada e, mesmo assim, não disse nada. Sei muito bem a quem ela é leal agora.

— Emma? — Isis me chama novamente. — Quem te deu a faca?

Eu a olho diretamente nos olhos.

— Ninguém. Fui eu quem a roubou.

Cera e Isis não saem do meu lado pelo resto do dia. Estão atrás de mim aonde quer que eu vá, no dormitório feminino, no refeitório, na sala de meditação, no banheiro. No primeiro momento em que encontramos outro membro da comunidade, Sally, lavando suas roupas na cachoeira, elas ficam tensas. Sally olha para cima quando nos aproximamos, uma camiseta cor-de-rosa numa mão, uma pedra cinza na outra. O medo transparece em seus olhos.

— Olá, senhoras. — O sorriso mal se mostra nos lábios. — Como vão?

Cera passa o braço pelos meus ombros e me puxa para perto dela. Ela crava as unhas no alto do meu braço.

— Emma acaba de sair da desintoxicação.

O olhar de Sally se move da mão de Cera para o meu rosto.

— Parabéns! Eu te daria um abraço, mas estou até os cotovelos em roupas cheias de lama. A horta não vai se fertilizar sozinha. — Ela ri, mas a risada soa falsa.

— Você vai à festa de hoje à noite? — pergunta Isis.

— Festa?

— Isso. Isaac organizou uma ida para Pokhara amanhã. Não chove faz uns dois dias e o chão está um pouco mais firme.

— Você sabe quem vai?

— Gabe, é claro — diz Cera — e... não, não posso te dizer. Isaac vai anunciar na festa. Ele quer que seja uma surpresa.

— Não é o Raj, é? — pergunta Sally. Ela cobre a boca com a mão, mas é tarde demais. A pergunta paira sobre ela como um letreiro neon.

— Algum problema se fosse? — Cera sai do meu lado e dá um passo na direção dela.

— Claro que não.

— Você tem certeza? Vocês dois passam muito tempo juntos. As pessoas estão falando.

— Ah, que isso! — Sally sacode a cabeça despreocupadamente. — Estamos todos morrendo de fome. Quem pode me culpar por estar dando em cima do chef? Meu único apego com ele é com o seu *dahl bhat*.

Isis e Cera riem como se ela tivesse contado a piada mais engraçada do mundo. Sally também ri, mas os nódulos na mão em torno da pedra ficam brancos quando ela contrai o punho.

— Serei eu? — Uma onda de esperança me atravessa e toco Isis de leve no braço. — Sou eu quem vai para Pokhara com Gabe amanhã?

Ela para de rir e coloca a mão sobre a minha.

— Não acho que Isaac vai te deixar ir a lugar nenhum. Você acha?

Estamos caminhando de volta para a casa quando vejo uma figura alta e corpulenta atravessando o pátio. Seguro Cera com força, apavorada demais para falar.

— Emma! — Cera empurra minha mão. — Me solta, você está me machucando.

— Emma! — Isis segura meus dedos, soltando-os do braço de Cera. — Pare com isso. Qual é o seu problema?

— Johan. — Meu braço treme quando aponto para o pátio, onde ele arrasta uma árvore derrubada para a pilha de lenha na frente da casa.

Johan me interrompeu quando eu estava lendo os e-mails de Leanne no escritório de Isaac. Eu joguei tudo no chão quando pulei pela janela. Ah, meu Deus! Um arrepio gelado me atravessa quando sou novamente tomada pela lembrança da minha primeira noite de detox. Foi ele. Foi ele que entrou na cabana.

— Qual é o problema com Johan? — Cera pergunta bruscamente.

— Ele perguntou para Isaac se poderia ir para a cama comigo.

— E daí? — Cera dá de ombros. — Não é nenhum segredo. Foi o assunto da noite durante o jantar de ontem.

Isis ri.

— Kane estava bem chateado. Ele nem sabia que você tinha ido para a detox.

— Kane?

— Ele queria transar com você depois do Isaac, mas Johan pediu primeiro.

Fico olhando para Johan enquanto ele arrasta a árvore para o lado da casa e desaparece. Os portões da frente ficaram trancados desde que Gabe voltou da montanha com o corpo de Ruth. A chave agora está em algum lugar no quarto de Isaac. Preciso encontrá-la. Preciso escapar, mas Cera e Isis estão de olho em cada um dos meus movimentos. Mesmo agora, elas observam meu rosto atentamente. Preciso fingir que está tudo bem, que a detox foi uma coisa boa.

— Por que você acha que Isaac trancou Frank no porão? — Cera sorri de leve. — Ele não esperou a vez dele!

Então não foi porque Frank estava me estuprando, mas porque ousou tentar transar comigo antes de Isaac.

— E se eu não quiser ir para a cama com mais ninguém? — pergunto.

— A escolha é sua. Ninguém vai te forçar, Emma.

— Será?

— Meu Deus! — Cera me olha horrorizada e enfia um *dreadlock* solto atrás da orelha. — O que você acha que nós somos? Os caras precisam se registrar na fila de interessados nas novatas da detox para evitar ciúmes e competição, é só isso. Você deveria se sentir lisonjeada, e não ficar com medo. Com quem você vai transar, isso é problema seu.

— Desde que não comece nenhum relacionamento com eles — completa Isis. — Porque então o apego é inevitável e isso vai completamente contra o *ethos* de Ekanta Yatra.

Seu olhar se move para o pomar. Sally está pendurando as roupas molhadas num fio amarrado entre duas árvores. Ela sente que está sendo observada por nós e levanta uma mão hesitante. Está distante demais para que eu possa identificar sua expressão.

— Então, o Isaac transou com todo mundo? Com todas as mulheres que passaram pela detox?

— Sim.

— E a Ruth? Ela também?

Elas trocam um olhar e Isis olha de volta para mim.

— Ruth era uma encrenqueira.

— Como assim?

Ela pega uma garrafa de água da bolsa pendurada em seu ombro, tira a tampa, dá um gole e estende a garrafa para mim.

— Você já ficou com um cara por apenas uma noite, Emma?

— Sim.

— Quantas vezes?

Dei de ombros.

— Quatro ou cinco.

— E estava bêbada quando transou com eles?

— Possivelmente. — Limpo o gargalo da garrafa com o vestido e a aproximo da boca. — Provavelmente.

— Você já transou com alguém sem estar muito a fim realmente?

Paro com a garrafa a meio caminho. Quero dizer não, que só transei com quem eu realmente estava a fim, mas isso não é verdade. Houve pelo menos dois homens de quem eu não chegaria nem perto se estivesse sóbria; homens que só levei para casa porque a Daisy me encorajou.

— Isso é um sim, não é? — insiste Isis quando não respondo. — Todo mundo já fez isso, Emma. Você pode ter transado com eles porque estava bêbada, com tesão, sozinha, triste ou entediada, mas você fez, e gostou, e, a não ser por uma ressaca na manhã seguinte, não te fez mal nenhum, não foi?

— Fez com que eu me sentisse vazia.

— Mas você fez de novo? — Ela apoia as duas mãos nos meus ombros e sou forçada a olhar para ela. — Tudo o que estou dizendo, Emma, é que a sua vida pode ficar um pouco mais fácil por aqui se você relaxar um pouco. Tome uma bebida, fume um baseado e livre-se de suas inibições. Você pode aprender a ver o sexo de um jeito diferente. Pode ser divertido, uma aventura, reconfortante ou apenas um alívio. E se conseguir apreciar as pessoas por algo mais que a aparência ou pela atração sexual que você possa sentir, vai descobrir que é incrivelmente libertador.

Tenho vontade de perguntar a ela se realmente acredita nisso, se jamais sente falta da intimidade de amar e ser amada por alguém, de se enfiar num casulo com o outro e bloquear o resto do mundo do lado de fora, mas sei que ela jamais vai admitir isso, nenhum deles admitiria.

— Johan é um homem muito atraente. — Ela olha para o pátio, mas já faz tempo que ele se foi. — E gentil, também. Você se deu bem, Emma, poderia ser alguém pior. Muito pior.

— Certo, Emma. — Cera aponta para a pilha de pufes no canto da sala de meditação. — Se você puder levar os pufes lá para fora, Isis e eu precisamos ter uma conversa com o Raj.

Ela sai da sala e, com Isis ao seu lado, atravessa o corredor em direção à cozinha. Não desliza, como normalmente faz. Tem a cabeça erguida e os ombros para trás, mas os braços não balançam ao seu lado. Cada passo é pesado, determinado. Entra na cozinha e faz um gesto para Isis fechar a porta atrás delas.

O que posso fazer? Poderia correr até o pomar para avisar a Sally que elas foram falar com Raj sobre o relacionamento deles, mas não a conheço o suficiente para saber como reagiria. Ela poderia me agradecer e ir direto para a cozinha, ou poderia se zangar e negar tudo. Poderia até contar que fui falar com ela. Poderia contar para o Isaac. Não posso me arriscar. Não posso me envolver.

Faço uma careta ao me abaixar para pegar uma pilha de pufes. A pele das minhas costas ainda está sensível e machucada, o vestido de algodão, pequeno para mim, roça nas minhas feridas.

— E aqui é a sala de meditação. — Levanto os olhos ao som da voz de Isaac. Ele entra na sala, seguido por três mulheres e um homem que eu nunca tinha visto antes. Ele olha para mim, enquanto o grupo, todos limpos e brilhantes em seus shorts jeans cortados, botas e anoraques, conversa alegremente, com expressões animadas de encantamento e apreensão.

Isso me faz lembrar da gente, de mim, Al, Leanne e Daisy, em nosso primeiro dia. Uma das mulheres, baixa, loura, rosto largo e nariz achatado, até mesmo está usando a mesma pulseira que eu comprei de um vendedor de bijuterias na calçada de uma das paradas a caminho da montanha, a maioria de penduricalhos e prata chapeada.

Meu coração se aperta no peito quando a loura de nariz chato passa o braço pelo da moça alta e magra e, animada, apoia a cabeça em seu ombro. Elas não fazem a menor ideia de onde acabaram de se meter.

— Cinco pufes, por favor, Emma.

Respondo automaticamente, movimentando-me de um lado para outro pela sala. Coloco-os cuidadosamente no chão, um pufe diante do altar, os outros quatro dispostos num semicírculo na frente dele. Quando me levanto, Isaac não está me olhando; olha para a terceira mulher — uma menina baixa e curvilínea, com longos cabelos escuros pela cintura e grandes olhos verdes. Ela interrompe a conversa com a de nariz achatado e sorri para ele, a base do pescoço ficando rosada.

— Obrigado, Emma — diz Isaac.

O homem alto e magro, à minha esquerda, solta um riso nervoso, mas quase não o percebo.

— Obrigado, Emma — diz Isaac novamente. Dessa vez, ele se volta para olhar para mim, mas seu olhar é frio e distante. O corte da faca em seu queixo se transformou num arranhão fino e rosado logo acima da barba curta. Eu mal o machuquei.

— Olá, pessoal. Bem-vindos a Ekanta Yatra! — Ele se vira para o grupo, de braços abertos e um sorriso caloroso iluminando seu rosto. Todos olham animadamente para ele. Estou dispensada.

A porta da cozinha ainda está fechada, mas ouço vozes elevadas vindas de lá de dentro.

— Sabemos que tem algo acontecendo entre você e Sally — diz Cera. — Você faria um favor a todos se simplesmente admitisse isso.

— Já falei, somos amigos.

— Você sabe que vou ter que falar com o Isaac sobre isso.

— Não, não vai, porque é uma mentira. — Raj levanta a voz. Consigo perceber o medo e o desespero em suas palavras. — Não sei quem te falou sobre mim e Sally, mas não é verdade. É apenas fofoca de quem não tem o que fazer, só isso. Obviamente tem alguém fazendo minha caveira.

— Que tal a gente deixar o Isaac resolver isso?

— Não! Cera, não. Eu já te disse...

Afasto-me com esforço e vou para o refeitório. Não como há dias e não aguento mais as pontadas agudas no meu estômago.

Quase dou meia-volta imediatamente. Daisy, Al, Leanne, Kane, Shona e as duas meninas suecas estão sentadas no canto. Estão bebendo chá e fumando cigarros enrolados, e há um prato lascado de biscoitos salgados na frente do grupo. Olham para mim quando entro. Daisy me olha de cima a baixo e explode numa gargalhada. Al a cutuca para parar, mas ela a ignora e se vira para sussurrar alguma coisa no ouvido de Leanne, que olha para mim e começa a rir também.

Será que Daisy sabe quem Leanne é? Tenho certeza de que Al não sabe, ou teria me falado, e eu não tive chance de contar a ela antes de Isaac me arrastar para fora da cabine do chuveiro. Porém, Leanne e Daisy estão emboladas uma com a outra há dias. Será que a Leanne contou a ela?

Eu as ignoro e vou até a mesa de comida. Com Raj preso na cozinha com Cera, ninguém limpou a mesa do café da manhã e eu recolho os restos que sobraram. Enfio primeiro um pedaço de manga verde na boca, seguido de um punhado de nozes e uma colher de chá do que sobrou de iogurte de cabra numa tigela de metal. Abro a cesta de pão. Sobrou apenas uma meia fatia. Eu a pego e, quando estou com ela quase na boca, alguém esbarra em mim. O pão se solta da minha mão e cai no chão. Eu me abaixo para pegar, mas um pé sujo chega primeiro.

— Ops! — Leanne esmaga o pão no chão com o calcanhar do chinelo. — Sou tão desajeitada. Me desculpe, Emma.

— Me deixa em paz, Leanne.

— Ou o quê? — Ela ri novamente. Agora que sei que ela e Isaac são parentes, vejo a semelhança em seus olhos. Seus olhos não têm o mesmo tom de castanho, mas o formato é o mesmo, emoldurados por cílios escuros. — Você não faz ideia de como as coisas mudaram desde a sua detox.

Tenho vontade de dizer que sei o segredo dela e que acho que ela é uma filha da puta pelo que escreveu em seus e-mails para Isaac, mas preciso morder a língua. Pelo menos até contar para Al.

— O que você quer dizer com isso?

— Você logo vai saber. — Ela sorri de leve e chuta o pedaço de pão para debaixo da mesa antes de sair da sala.

No instante em que está fora de vista, fico de joelhos e pego o pão. Quando alcanço a casca do pão com a ponta dos dedos, sou surpreendida pelo barulho de uma dúzia de colheres se espalhando pelo chão ao meu lado e uma mulher xinga em voz alta.

— Não me reconheça, nem olhe para mim. — Al se agacha do meu lado. Ela pega uma colher de chá e olha sob a mesa, como se procurasse o restante dos talheres. — Sei que a Isis te perguntou de onde você pegou a faca e você não me entregou.

— Claro que não. Al, preciso te contar sobre a Leanne. Ela é...

— Sssh... — Ela cobre a minha boca com a mão. — Você precisa ter cuidado, Emma. Isaac começou a mexer...

— Está tudo bem, Al? — Kane coloca uma mão no ombro dela e desvia o olhar para mim. Seus olhos percorrem todo o meu corpo de cima a baixo, parando nos meus seios. — Você não deveria estar me ajudando a matar a cabra para a festa de Pokhara?

— Ah, sim, já vou. — Al fica de pé num pulo, com as colheres de chá na mão.

— Vamos lá, então. — Kane cospe no chão. A saliva cai a milímetros da minha mão. — Não tem nada aqui que valha a pena.

Fico olhando para Al quando ela sai da sala com Kane, o braço dele casualmente apoiado no ombro dela.

Capítulo 41

Ninguém vem ao dormitório feminino para me avisar que a celebração de Pokhara já começou, mas nem é preciso. Gritos e risadas chegam do pátio, e o cheiro de cabra assada e de uma fogueira enche o quarto. Com Isis, Cera, Raj e Sally fechados no escritório de Isaac, foi fácil me esgueirar sem ser vista do refeitório para o dormitório. Meu plano, depois que Kane carregou Al para o curral das cabras, era encontrar minhas coisas, arrumar minha mochila e deixá-la escondida em algum lugar para poder buscá-la depois, mas não estava lá. Não havia nada lá: meu colchão, minha mochila, meu saco de dormir, tudo. Havia três colchões vazios do lado esquerdo do quarto, presumivelmente para as novas hóspedes, e todos os outros colchões foram colocados juntos para abrir espaço para os novos. Não havia espaço entre as coisas de Daisy e de Al, nenhum sinal de que eu já dormira num colchão entre as duas, nenhum sinal nem sequer de que eu já havia existido.

Achei o colchão, o saco de dormir e a toalha embolados num canto da ala dos chuveiros, encharcados. Minha mochila havia desaparecido, junto com minha lingerie e roupas de banho, mas achei um dos meus *shorts* e uma camiseta em cima da mochila da Daisy, e uma saia, duas camisetas e vários pares de meia debaixo do saco de dormir de Cera. Enfiei todas as minhas coisas numa sacola de roupa suja que encontrei num canto do dormitório e a coloquei num pequeno espaço entre o teto e a caixa de descarga, em cima de uma das privadas.

Meu plano é pegar a Al sozinha e ir embora quando todo mundo estiver apagado, depois da festa.

Enrolo o colchão dela e roubo uma garrafa de água, uma jaqueta impermeável e um par de botas de caminhada das suecas. São de um tamanho menor que o meu, mas vou arrebentar as solas dos pés se descer a montanha descalça. Escondo tudo debaixo do saco de dormir da Sally e vou até a pilha de mochilas apoiadas no canto perto do colchão dela. São tão brilhantes e novas que só podem pertencer às garotas novas. Abro a fivela da primeira delas, uma vermelha, e afasto a capa. Preciso de comida, de algum tipo de estojo de primeiros socorros e, com minhas cento e quinze libras há muito desaparecidas, algum dinheiro. Um barulho no corredor me faz dar um pulo e fecho a mochila de volta. Pego um dos romances de Sally do alto de uma pilha ao lado do colchão dela e me encosto na parede, com o livro diante do rosto. Uma gota de suor escorre pela minha têmpora e pinga do meu queixo. Um segundo depois, entra uma pessoa.

— Oi!

Espio por cima do livro. É uma das meninas novas, a morena curvilínea pela qual Isaac se sentiu tão atraído. Ela vem na minha direção, movendo o quadril ao se desviar das pilhas de pertences, e me estende a mão. Seu rosto está corado, seus olhos brilham de empolgação e cerveja artesanal.

— Você estava na sala de meditação quando a gente chegou. Emma, não é? Meu nome é Abigail.

— Isso, oi. — Aperto sua mão.

— Ha! — Ela aponta para o livro que estou segurando na outra mão e ri. — Quanto você já bebeu?

— Como?

— Seu livro está de cabeça para baixo!

Olho para a página aberta na minha frente e viro o livro.

— É sobre a Austrália — digo. Abigail não ri; está tonta demais para entender a piada.

— Você tem que ir lá para o pátio — diz ao se ajoelhar junto da mochila vermelha. — Eles acenderam uma fogueira incrível e todo mundo está brincando de "Eu nunca". Você não acreditaria nas coisas pelas quais Isaac já bebeu.

Ah, eu posso adivinhar, penso, mas não digo.

— Aqui é maravilhoso, não é? — Ela franze a testa ao ver a fivela da mochila aberta, depois levanta a capa e enfia a mão lá dentro. Pega um brilho labial rosa-claro e um agasalho cinza leve. Enfia o casaco pela cabeça e sacode os longos cabelos escuros. — A gente só vai ficar uns dois dias, mas aqui é tão legal que acho que nós poderíamos ficar mais. São todos tão amigáveis, não? A gente se sente tão acolhida.

— É mesmo.

— Acabei de ouvir Gabe comentar com Isaac sobre como está ansioso para a ida a Pokhara com a Al.

— O quê?

— Eu sei, isso mesmo! Subir aquela escada toda foi uma bosta! Não faço aquilo de novo nem que me paguem, muito menos para me divertir!

— O que você quer dizer com se divertir?

— Foi isso que o Isaac disse. Ele disse para Gabe se divertir com a Al e aí Gabe perguntou, que nem eu fiz com a Ruth? — Ela franze a testa e esfrega o rosto com a mão. — Eu conheci a Ruth? Tem tanta gente aqui que até já esqueci o nome de todo mundo.

O livro cai das minhas mãos. Não foram agressores mascarados que mataram a Ruth. Foi Gabe. E agora eles vão fazer a mesma coisa com a Al.

— Qual é o problema? — Abigail olha para mim, o pincel do brilho labial encostado no lábio inferior, a ponta clara e lustrosa. — Por que você está me olhando assim? Você está bem?

— Não. — Eu me levanto. — Acho que vou vomitar.

Deixo a garota agachada ao lado da mochila e corro do quarto para os chuveiros. Vomito antes de chegar a uma privada, manga e água se espalham pela lajota.

— Emma? — Abigail me chama da porta. — Você está bem? Quer que eu chame alguém?

— Estou bem. — Tento controlar o tremor da minha voz. — Você pode voltar para a festa. Vou lá para fora em um minuto.

— Tem certeza?

— Tenho.

— Eu posso chamar a Cera...

— Não, não, não faça isso. Vou ficar bem. De verdade. Foi só cerveja caseira demais.

— Tá legal... — Sua voz hesita e eu me forço a levantar. Debruço-me sobre a pia e abro as torneiras. — Olha — digo enquanto jogo água morna no rosto —, estou bem. Estarei lá fora num minuto. Só preciso dar um jeito na minha cara. Não dá para uma garota sair para uma festa com a cara borrada, concorda?

Há semanas que não uso maquiagem, mas Abigail, com o brilho recém--aplicado, engole a mentira.

— Então, tá legal. — Ela se vira para sair. — Te vejo daqui a pouco, Emma. Foi bom conversar contigo.

Não me arrisco a mexer na mochila de Abigail de novo. Em vez disso, pego a sacola de roupa suja com as minhas coisas de cima da caixa de descarga do banheiro e enfio o casaco impermeável, as botas de caminhada e a garrafa de água dentro dela para depois colocar tudo de volta sobre a caixa. Quando volto para o dormitório feminino, olho para o colchão da Al. Sua mochila está vazia, suas coisas estão espalhadas pelo chão e sobre o colchão. Enfio tudo na mochila dela o mais rápido possível, de olho na porta o tempo todo. Quando coloco seu iPod no bolso lateral com zíper, uma coisa pequena e branca chama a minha atenção no fundo do compartimento. Pego a pequena embalagem de comprimidos e viro na minha mão para poder ler o rótulo. Pregabalina: meus comprimidos ansiolíticos.

Capítulo 42

Hoje

— Ah, graças a Deus que acabou! — Will despenca no sofá e joga as pernas por cima das minhas, ficando assim semideitado. — Nunca mais quero passar por outra inspeção da Secretaria de Educação novamente. Meu plano agora é ficar dormindo até o final do período.

— A Chloe vai achar isso ótimo. Uma semana na Cornualha com o pai dormindo no sofá.

— Quem falou alguma coisa sobre sofá? Estou falando da cama de casal. — Ele pega as minhas mãos e me puxa para perto. — Venha com a gente amanhã.

— Eu adoraria, mas não posso. Sinto muito.

É sexta-feira à noite. Após o meu confronto com Angharad na terça, e percebendo que estou colocando Will e Chloe em risco se ficar com eles, decidi que precisava voltar para a minha própria casa. Will foi contra, a princípio, mas, depois que contei a ele sobre o telefonema com Al e a conversa com Angharad, ele finalmente cedeu.

— Por que não?

— Temos um treinamento de voluntários no início da semana que vem, e com a Sheila de férias e duas das outras moças gripadas, sou a única que pode fazer isso. E um dos inspetores deve trazer seis filhotes que foram resgatados de uma criação clandestina.

— E você não tem nenhum problema com isso?
— Com o quê?
— Com estar sozinha?
— Não vou estar sozinha. Anne é a substituta da Sheila e é quem vai ficar responsável. Eu só vou fazer o treinamento. Vai ficar tudo bem, Will — apoio a mão no seu peito. — Eles prenderam o primo de Gary Fullerton pela invasão. Gary estava tentando pegar seu cachorro, Jack, de volta, eu estava certa sobre isso. Só que mandou o primo para fazer o trabalho sujo. De qualquer forma, foi levado preso, então não estou preocupada.

Will balança a cabeça.

— Não foi isso que eu quis dizer. Você vai ficar bem sozinha, aqui no seu chalé?

— Pelo menos, sem você por aqui, não terei mais que assistir a nenhum episódio de *Battlestar Galactica*.

— Mas você não tinha gostado?

— Gostei! — Solto uma risada. — Sério, Will, vou ficar bem. Não aconteceu mais nada desde o acidente. Não recebi uma única mensagem de texto, nem do Facebook, nada. Bom, a não ser uma mensagem da minha mãe dizendo que já fazia um tempo que não sabia de mim, mas não tenho cara para falar com ela, não agora.

— E a polícia acha que Angharad está por trás de tudo?

— Não sei. O agente Barnham disse que passou tudo o que eu contei sobre a Angharad no outro dia para a investigação, mas ninguém mais me falou coisa alguma.

— Você não acha que deveria dar uma cobrada neles?

— Cobrar da polícia? Isso não é tipo dever de casa atrasado!

Ele não acha graça.

— Jane, você foi derrubada de sua bicicleta. Você me disse que o Agente Barnham considerou que foi uma tentativa de assassinato.

— Pode ter sido. Ou pode ter sido uma coincidência. Will, já usei minha bicicleta, minha bicicleta nova, umas seis vezes desde então, e correu tudo bem. Ninguém tentou me jogar para fora da estrada.

— Mas isso não quer dizer que...

— Não, não quer. Mas não posso passar o resto da vida olhando por cima do ombro o tempo todo. Que tipo de vida seria essa? Angharad admitiu ao menos o papel dela nessa história e, quanto mais penso nisso, mais concordo com a Al, que tudo o mais não passa de algum *troll* de internet querendo fazer seu jogo. Assim que parei de responder, a pessoa perdeu o interesse.

— E o atropelamento e a fuga?

— Foi exatamente isso. Um atropelamento e uma fuga. Nenhuma grande conspiração. Não tem um único sinal de trânsito na estrada daqui até Green Fields, e eu não estava usando minha jaqueta com refletores. A estrada é estreita e cheia de curvas e, se a pessoa tiver bebido uns dois ou três copos...

— Entendi. — Ele passa a mão pela minha cabeça, acariciando meu cabelo. — Só estou preocupado com você, só isso.

Olho de volta para ele, para seus grandes e calorosos olhos castanhos e para a ruga de preocupação entre eles.

— Eu sei disso. Mas não quero mais ficar sentindo medo. Assim que a Sheila voltar das férias, vou contar tudo a ela, e para os outros funcionários de Green Fields.

— Tudo?

— Quase tudo.

— Me liga, se acontecer alguma coisa — diz Will quando me dá um último abraço de despedida na manhã seguinte.

— Não vai acontecer nada.

— Estou falando sério, Jane. — Ele me segura com o braço esticado e olha intensamente para mim. — Me prometa que vai ligar se acontecer qualquer coisa, por mais trivial que seja. Não quero que você fique guardando as coisas e se estressando. Não precisa mais ser assim. Você sabe disso, não sabe?

— Sei.

— Prometa.

— Eu prometo.

Ele sorri e se vira para ir embora, depois hesita e dá a volta de novo.

— Eu deveria ficar. É só pedir, Jane, e eu cancelo a viagem.

— Você não vai fazer uma coisa dessas. Você merece descansar. E imagine a decepção da Chloe se você cancelar bem no último minuto? Não seria justo com ela.

— Eu sei, mas...

— Por favor, Will. Pode ir. Vou ficar bem, e prometo que ligo se acontecer qualquer coisa.

— Verdade?

— Verdade. Agora, por favor, vá embora antes que eu mesma entre no carro e te leve.

— Está bem, está bem. — Ele relaxa o rosto, aliviado, e se aproxima para me beijar.

Aceno me despedindo enquanto ele caminha para o carro, o gosto do beijo de despedida ainda nos lábios, depois entro no chalé e fecho a porta. Uso duas trancas, primeiro a da porta, depois, a do sistema de segurança. Não estava mentindo quando disse que não queria mais ficar com medo, mas isso não quer dizer que me tornei uma idiota. Ainda preciso ter cuidado. O que não contei para ele quando mencionei a meia dúzia de vezes que voltei de bicicleta do trabalho foi a frequência com que olhei por cima do ombro, ou como, a cada vez que ouvia um carro atrás de mim, eu parava e me colava nas moitas.

Não ouvi falar de Angharad desde a nossa conversa no estacionamento. Quando ela não apareceu para trabalhar no dia seguinte, disse a Sheila que Angharad tinha deixado o voluntariado. Sheila quis saber o motivo, mas, antes que eu pudesse responder, o telefone tocou. Era a polícia. Conseguiram uma pista de que o primo de Gary tinha sido o responsável pela invasão e, quando fizeram uma busca no apartamento dele, encontraram a caixa de transporte de animais da recepção. Sheila ficou tão aliviada que anunciou que ia tirar uma semana de folga. Ela vinha adiando essa saída apenas para o caso de a polícia precisar perguntar alguma coisa a mais para ela, e agora ia "tirar a barriga da miséria durante uma semana nos lagos". Não me perguntou mais sobre Angharad e o assunto morreu. Vou contar o que realmente aconteceu quando ela voltar. Claro que existe o risco de Angharad publicar o artigo antes, mas vou lidar com isso quando, e se, vier a acontecer.

Vou para a cozinha e ligo a chaleira. Como não trabalho na rota do sábado hoje, meu plano é arrumar algumas coisas, pedalar pela cidade para distribuir alguns cartazes para a campanha de fundos para Green

Fields da semana que vem, voltar e passar uma noite tranquila assistindo ao National Geographic, com uma garrafa de vinho e uma caixa de chocolates.

Estou acompanhando o documentário de David Attenborough sobre a savana africana, minha mão paira sobre a caixa enquanto decido se vou pegar o bombom com recheio de laranja ou o amargo trufado, quando o telefone toca.
— Alô — diz uma voz masculina. — Quem está falando é Jane Hughes?
— Ela mesma.
— Olá, Jane, aqui é o detetive Armstrong, do departamento de investigações criminais. A gente não tinha conversado ainda.
— De fato, não.
— Desculpe ligar tão tarde, mas é sobre o seu caso. Andei investigando alguns nomes que o agente Barnham me passou, pessoas que você achou que pudessem ter alguma coisa contra você.
— Certo.
— E você achou que não seria possível entrar em contato com várias delas, pois estavam desaparecidas, até mesmo mortas. Foi isso mesmo?
— Sim — respondo, o coração acelerando dentro do peito —, foi isso mesmo.
— Bom, o negócio, Jane... — ele faz uma pausa —, é que consegui encontrar uma delas. Leanne Cooper. Consegui encontrar a pista dela até o Royal Cornhill, lá em Aberdeen. Um hospital psiquiátrico, ela esteve internada lá.
— Leanne? Leanne Cooper?
— Sim.
— Mas ela... ela morreu no incêndio em Ekanta Yatra.
— Aparentemente, não. Esteve internada no Royal Cornhill nos últimos quatro ou cinco anos. Saiu de lá faz três meses. Tenho tentado encontrá-la, mas não estou tendo muita sorte. Você me deu o endereço da mãe dela, mas também não consegui nenhuma informação lá. Será que tem alguma outra pessoa com quem Leanne pudesse estar? Alguém com quem ela tenha entrado em contato? Consegue pensar em alguma coisa?
— Hum... — Procuro pôr meu cérebro para funcionar e pensar em alguém, alguma pessoa a quem Leanne pudesse procurar, mas ela sempre

foi muito reservada sobre a sua vida. — Havia um namorado, mas isso faz anos, antes de a gente ir para o Nepal. Acho que o nome dele era Gerrit, mas ele se mudou de volta para a Holanda. Ela trabalhava num salão de beleza chamado MeTime, fazia massagem. Você poderia tentar lá. Ou a Al, Alexandra Gideon, mas falei com ela essa semana mesmo e ela não mencionou coisa alguma sobre a Leanne.

— Alexandra Gideon? Falou com uma das pessoas que colocou na lista de quem poderia ter alguma coisa contra você?

— Bom, sim, ela me ligou. Mas eu nunca suspeitei realmente que...

— Você acha isso sensato, Jane, no meio de uma investigação?

— Eu...

— Não importa. — Seu tom de voz soa preocupado. — Apenas achei que seria bom te atualizar sobre o que sabemos até agora. Vou dar uma olhada no negócio que você mencionou, e no ex-namorado Fora isso, está tudo bem? Nenhuma nova mensagem ou qualquer outra comunicação?

— Não, nem uma coisa, nem outra.

— Tudo bem, então. Volto a te ligar em breve, Jane. Boa noite.

A linha fica muda, mas a televisão continua a brilhar e vibrar com o prosseguimento da voz de David Attenborough, no tom mais delicado, descrevendo as imagens da interação entre os rinocerontes e os pássaros que catam os carrapatos de suas costas.

O relacionamento entre o rinoceronte e o pica-boi originalmente foi considerado como um exemplo de mutualismo, mas dados recentes sugerem que os pica-bois, na verdade, são parasitas.

O telefone é atendido no primeiro toque.

— Emma! Eu estava pensando em você ainda agora.

A advertência do detetive Armstrong para ter cuidado com quem eu falo reverbera nos meus ouvidos, mas trato de bloquear. Não posso falar com Will sobre isso. Não posso falar com mais ninguém, a não ser com a Al.

— Emma? — repete ela. — Você está aí?

— Leanne está viva.

Lá do fundo, ouço o som distante de uma TV.

— O quê? O que você acabou de dizer?

— Leanne está viva. Esteve internada num hospital psiquiátrico na Escócia nos últimos quatro ou cinco anos. Você sabia?

— Não. — O zumbido de fundo da televisão para subitamente quando ela desliga o aparelho. — Merda!

Ficamos as duas sem falar nada por vários segundos. Dou uma olhada na TV. O documentário passou dos rinocerontes e pica-bois para imagens em câmera lenta de um leão perseguindo um antílope.

— Você tem certeza, Emma? Você tem certeza absoluta de que ela está viva?

— Um detetive de investigações criminais acabou de me ligar. Disse que ela ficou no hospital durante todo esse tempo. Saiu de lá faz três meses. Ele não disse por que ela foi internada, e não sabe onde ela está agora.

— Ele tentou falar com a mãe dela?

— Tentou, mas não conseguiu tirar nada dela.

— Provavelmente estava bêbada.

Ficamos em silêncio novamente. Silêncio, a não ser pela respiração pesada e rascante de Al seguida pelo "shhh" do ar comprimido sendo liberado quando ela usa o inalador.

— Eu não deveria estar falando com você — digo. — O detetive me disse isso, mas eu não tinha mais ninguém com quem falar.

— Você fez a coisa certa. Cacete, não consigo acreditar nisso! Cinco anos achando que ela estava morta... — Ela se interrompe.

— Você acha que ela poderia estar por trás dessas coisas, Al? Das mensagens? Do... — faço uma pausa, sem querer dizer aquilo — ... atropelamento?

Seguro a respiração e rezo para que ela diga que não, que ela acha que estou sendo paranoica, que ninguém no mundo real guarda uma coisa dessas por cinco anos. Em vez disso, diz:

— Não tenho certeza. Eu gostaria de dizer que não, que ela jamais faria uma coisa dessas, mas ela mudou muito. Todas nós mudamos. O que você vai fazer?

— Não sei, Al. — Me levanto, atravesso a sala e fecho as cortinas, bloqueando a escuridão do lado de fora. — Eu realmente não sei.

Capítulo 43

Há cinco anos

Mexo a maçaneta para cima e para baixo várias vezes, depois encosto o ombro contra a porta e empurro com toda a força, mas a porta do escritório de Isaac nem sequer range. Não pode estar trancada, simplesmente, não pode. Está sempre aberta. Viro a maçaneta uma última vez e desisto. Terei de partir sem o meu passaporte.

O pátio ainda está cheio de gente falando, rindo, dançando e cantando. Todos estão reunidos num círculo em torno da fogueira, uma cabra gira lentamente num espeto sobre o fogo. Gotas de gordura fumegantes caem no fogo, que estala e faísca. O ar está pesado com o cheiro de carne, maconha e fumaça. Kane e Shona estão sentados à esquerda do fogo. Ele a abraçou, pondo uma mão na coxa nua, a outra, em torno da cintura. Shona se apoia nele, de olhos fechados, com as mãos batendo num par de bongôs presos entre os joelhos enquanto Kane canta uma música do folclore nepalês que não reconheço. Ao lado deles, Gabe e Raj conversam animados. Enquanto observo, Gabe olha para o outro lado do círculo, onde Sally e Isis estão sentadas juntas, em silêncio. Olham para Paula, que gira e se contorce em torno da fogueira, dançando no ritmo do tambor de Shona.

Mais próximo do jardim, estão três dos recém-chegados. A garota de nariz achatado enrolou o cabelo louro num coque enfeitado com orquídeas cor-de-rosa vibrante. A blusinha sem manga parece deslocada entre as camisetas desbotadas e os *shorts* camuflados. Assim como sua amiga morena, tem o rosto coberto de maquiagem. Ambas conversam com o sujeito magro e alto que chegou com elas, gesticulando intensamente com as mãos, tocando seu ombro ou joelho a cada risada estridente. Ele dá um gole no copo de cerveja artesanal, os olhos pulando de uma mulher para a outra, como se decidisse qual delas prefere.

Sentado mais próximo da casa, está Isaac, flanqueado de cada lado por Leanne e Cera. Daisy está no seu colo, os braços em torno do pescoço dele, a cabeça apoiada em seu ombro, o rosto virado para o dele. Ele a segura frouxamente, uma mão segurando uma bebida, a outra, um baseado. Daisy está falando, o rosto vermelho, os pés balançando enquanto sorri para ele, mas Isaac mal presta atenção. Concorda com a cabeça para ela de vez em quando, e seu olhar volta para o grupo e além, na direção do pomar e do rio. Estará procurando pela Al, também? Dou um passo para trás, na direção da casa, mas meu calcanhar esbarra num balde de metal. O balde cai ruidosamente, espalhando água pelo pátio.

Isaac se vira para olhar de onde veio o barulho.

— Olá, Emma!

O sorriso desaparece do rosto de Daisy e ela se aproxima mais dele, para poder cochichar em seu ouvido. Ele concorda, estica o braço e sinaliza com o indicador para que eu me aproxime.

Um sorriso aflora nos lábios dele quando me aproximo. Daisy levanta o braço e acaricia o rosto dele com a mão, sem nunca desviar os olhos do meu rosto.

— Olá, Emma, não conversamos desde que você completou sua detox.

— De fato, não.

— Tenho andado ocupado. — E aperta Daisy. Ela solta um grito de prazer e enfia o rosto no peito dele.

— O vestido combina com você. — Isaac me olha de cima a baixo novamente. — É bem... simples.

Daisy solta uma gargalhada e cobre a boca com a mão. Está vestindo umas das saias turquesa longas de Cera, e uma camiseta sem manga, está sem sutiã. Um lenço índigo prende seus cabelos.

— Gostou de sua detox, Emma? — pergunta Isaac.

— Sim. — respondo em voz baixa.

— Está agradecida?

Aperto os dentes e concordo. Quanto antes ele se cansar desse jogo, mais cedo consigo me afastar e sair de lá.

— Ótimo. Isso é muito bom. Você faria qualquer coisa por Ekanta Yatra, Emma?

— Claro que faria, Isaac.

Ele faz um gesto para o centro do pátio com um aceno de cabeça.

— Você poria a mão no fogo, Emma?

O fogo estala e espirra enquanto a cabra gira, gira e gira. Seus olhos são buracos escuros, a mandíbula aberta, a língua para fora. A pele do rosto, vermelha e crocante.

— É claro.

— Vai lá, então. — Quando ele aponta para o fogo, Daisy cai de seu colo e solta um grunhido de indignação.

— Certo.

Dou um passo em direção à fogueira. Isaac não vai me obrigar a ir até o fim com isso. Está apenas se exibindo. Está jogando comigo para divertir Daisy e Leanne.

— Rápido! — grita, e dou mais um passo à frente. As chamas dançam e crepitam, sou atingida por uma muralha de calor tão intensa que sou forçada a recuar. Ao dar um passo para trás, esbarro em cheio em Leanne. Ela enrolou os cabelos em dois coques apertados no alto da cabeça. A franja comprida e cor-de-rosa cai sobre a moldura preta dos óculos, mesmo assim consigo ver seus olhos, pequenos e escuros como os de um porco, por trás das lentes.

— Vá em frente... — Ela me empurra com a mão no meio das minhas costas. — Faça o que mandaram.

Dou outro passo para frente. O bum-bum-bum-bum-bum repetitivo do tambor de Shona e os gemidos da canção de Kane ficam mais altos, abafando as conversas. Meus olhos se enchem de lágrimas quando me aproximo do fogo. A cabra gira e gira sobre ele, os buracos negros onde deveriam estar seus olhos voltados ora para o céu escuro, ora para mim, e depois para o chão. A mandíbula então solta um estalo seguido de um *plop* e cai no chão. Paula se abaixa para pegar, solta um grito de dor, deixa a mandíbula da cabra cair novamente e se afasta dançando, com os braços enrolados sobre a cabeça como os ramos de uma vinha. Olho de volta para Isaac. Daisy voltou para seus braços e ambos me observam, os olhos pesados de bebida, as bocas torcidas, rindo, divertindo-se.

— Vamos lá! — grita Isaac.

Tudo o que preciso fazer é colocar a palma da mão entre a cabra e o fogo por alguns segundos e poderei ir. Se eu for rápida, não vai machucar.

— Emma! — Leanne se aproxima até ficar do meu lado, protegendo o rosto do calor do fogo com uma das mãos.

Estico a mão em direção às chamas. Elas saltam e dançam na direção da ponta dos meus dedos. Fecho-os instintivamente.

— Eu só queria que fôssemos amiga, Emma.

O tempo desacelera quando me viro para olhar para ela. E, naquele instante, numa fração de segundo, quando percebo que está mentindo, ela estica a mão num bote e bate na minha para que caia no centro do fogo. As faíscas voam, o fogo ruge, cinzas se espalham pelo chão e eu puxo a mão de volta.

A princípio, não sinto nada.

E então, começa.

Uma onda de dor tão violenta que meus joelhos cedem e mal consigo me manter de pé.

O tambor para, Kane hesita no meio de uma nota e fica em silêncio, todos param e olham.

A garota do nariz chato cobre a boca aberta com a mão. O rapaz ao lado dela ameaça se levantar e a morena magra solta uma risada nervosa. Daisy, com os braços ainda em torno do pescoço de Isaac, encontra meus olhos. Não há compaixão em seu olhar, nenhuma preocupação, nenhum arrependimento. Olha para mim sem emoção, a mesma expressão que lançou sobre o lagarto depois de esmagá-lo.

— Ela está bem. — A voz de Leanne corta o silêncio. — Apenas meio bêbada. Afastem-se da cerveja artesanal, todos. É mais letal do que parece.

A garota de nariz achatado solta uma risada por trás da mão, o rapaz alto volta a se ajoelhar e a morena ri abertamente.

— Vamos lá, você. — Leanne me segura pelo cotovelo e me puxa para longe do fogo. — Está precisando se deitar um pouco.

Enquanto ela me empurra rudemente para fora do círculo, Kane encontra meus olhos. Põe a língua para fora e lambe o lábio superior.

— Espere pela sua vez. — Uma mão envolve o meu pulso quando Johan me puxa para longe de Leanne. Ele meio que caminha, meio que corre, me puxando para a porta, e afunda minha mão no balde de metal que eu chutei. Quase não tem mais água no fundo, mas o alívio é imediato.

— Obrigada — digo, engasgando, quando ele se agacha ao meu lado. — Obrigada.

Seus lábios se abrem como se fosse responder, mas ele balança a cabeça e desvia o rosto, ainda segurando meu pulso.

— Damas e cavalheiros! — Isaac fica de pé. — Agora, que a bêbada da cidade está recebendo cuidados médicos, acho que posso dizer algumas palavras.

— Abigail, Lesley, Caroline e Jake, mal posso me desculpar pelas refeições parcas que servimos a vocês hoje. Podemos ter o melhor chef de toda a região do Annapurna — ele indica Raj com a cabeça, e Kane bate palmas isoladamente —, mas ele não pode fazer milagres quando estamos com pouca comida. Porém, não precisam se preocupar, porque vamos fazer uma expedição para Pokhara amanhã. Eu disse vamos, mas, na verdade, estou falando de Gabe e Al.

As garotas novas gritam, embriagadas, totalmente alheias aos olhares preocupados que são trocados entre os membros estabelecidos de Ekanta Yatra.

— Alguma pergunta? — diz Isaac, os braços cruzados sobre o peito, desafiando que alguém, qualquer um, faça a pergunta óbvia sobre a segurança de Gabe e Al. Como ninguém diz nada, Isaac volta a se sentar e Daisy se inclina e o beija com força na boca. Um segundo depois, o tambor, a cantoria e as conversas começam de novo, e Johan se levanta, me empurrando com força para eu ficar de pé. No instante em que tiro a mão da água, minha palma começa a latejar de dor.

— Então, você faria qualquer coisa por Ekanta Yatra, Emma?

Ele me empurra para longe do grupo, na direção de uma das fogueiras menores que iluminam os degraus que descem para o jardim.

— Por favor. — Tento firmar os pés na terra macia, mas ele é forte demais. — Por favor, não me faça pôr a mão no fogo de novo. Por favor, Johan. Por favor.

Ele tira alguma coisa do bolso de trás dos shorts e entrega para mim.

— É o passaporte da Al. Jogue no fogo, Emma.

Olho para o caderninho pequeno, de capa marrom, na minha mão boa. O passaporte da Al não é apenas o seu caminho de saída do país. É a prova de quem ela é. Sem ele, eles podem descartá-la com a mesma facilidade com que descartaram Ruth.

— Obedeça, Emma.

Olho para o portão, além do pátio. Sem a chave, minha única maneira de escapar é pulando. Tem uma escada quebrada fechando o curral das cabras. Se eu conseguisse soltá-la, talvez pudesse ser útil.

— Agora!

Eu ia levar Al comigo, mas então achei meus comprimidos em sua mochila. Por que ela faria isso? Achei que podia confiar nela, mas também pensava isso de Daisy.

— Jogue o passaporte no fogo agora, ou vou te levar de volta para a cabana para outra detox.

Balanço a cabeça.

— Não. Eu não vou fazer isso.

Preciso confiar na Al. Preciso.

Seguro a mão machucada junto ao peito. Dói tanto que tenho vontade de arrancá-la do pulso.

— Faça isso. — Ele empurra o passaporte na minha mão direita. — Jogue no fogo. Agora. Jogue agora!

— Não. Não posso. Não posso.

— Então, eu vou jogar.

Ele arranca o passaporte da minha mão e o joga no fogo.

— Não! — Johan me segura quando tento pegá-lo. Prende-me em seus braços enquanto as labaredas lambem as beiradas do livreto, até que o atravessam e a capa marrom se torna preta. Quando o passaporte não passa de poeira cinza, ele me empurra na direção das cabanas.

— Comece a andar, Emma.

Capítulo 44

— Cadê a Al? — pergunto ao cruzarmos a ponte de madeira, em direção às cabanas à vista. — Pelo menos deixe eu me despedir dela, Johan.

Está escuro e, com as chamas brilhantes das fogueiras no pátio a distância, as silhuetas do seu rosto e corpo se desenham enquanto caminha na escuridão, ao meu lado.

— Eu sei que o Gabe vai matar a Al amanhã — digo. — Vai trazer seu corpo de volta depois e dizer a todo mundo que foram atacados, depois ela será cremada na margem do rio. Do mesmo jeito que fizeram com a Ruth.

Johan não diz nada.

— Convença-o a me levar no lugar dela. Sei que ele acredita em você, que ele te ouve. Diga que eu tentei te ferir. Diga que eu não quis transar com você. Fala para ele...

— Não posso fazer isso.

— Pode, sim. Você pode convencê-lo.

— Não tenho como convencer Isaac a fazer nada, ninguém consegue.

— Mas você é um dos fundadores originais. Você tem poder, você...

Ele solta uma risada sonora.

— Você não faz ideia.

— Mas...

— Emma, o passaporte que acabei de jogar no fogo não era o da Al. Era do Frank.

— Do Frank? — Sinto todos os pelos dos braços se arrepiarem e me abraço, subitamente tomada por um frio gelado.

— Peguei o passaporte dele há uns dias, antes de uma das sessões do Isaac. Você me viu. Você também viu o que aconteceu com ele na outra noite.

Piso numa pedra ao dar um passo atrás, mas não grito, nem solto um gemido.

— Não sei do que você está falando.

— Sabe, sim. — Ele dá um passo na minha direção. — Você viu o que aconteceu lá embaixo, no rio. Você estava espiando por trás da moita de lavanda.

Ele me viu. Viu quando eu estava olhando, quando mataram o Frank. Foi por isso que me trouxe aqui para baixo. Para me matar também.

— Não. — Eu me viro para correr, mas Johan é muito rápido. Ele me levanta e aperta minha boca com a mão. Seus lábios roçam a minha orelha.

— Não grite.

Eu me viro e chuto, mas ele me segura com firmeza.

— Não vou te machucar, Emma. Vou te ajudar a fugir. Al vai fugir esta noite e quer que você vá junto, mas eu precisava verificar se podia confiar em você. Foi por isso que pedi para jogar o passaporte no fogo. Foi ideia dela. Ela sabia que eu ainda estava com o passaporte do Frank. Ela disse que a gente saberia se você tinha engolido as babaquices do Isaac se aceitasse jogar o passaporte no fogo. Leanne a traiu, e a Al tinha de verificar se você também a trairia.

— Leanne?

— A faca, Emma. Al era a única pessoa na cozinha, fora Leanne, Sally e Raj, quando a faca sumiu, então eles sabiam que só podia ter sido ela. Isaac queria descobrir se você ainda era fiel a Al, foi por isso que a Cera te perguntou de onde a faca tinha vindo, e quando viram que você ainda a protegia, decidiram que Gabe mataria a Al. Isaac achou que seria muito perigoso ela permanecer em Ekanta Yatra.

— Então, por que não me matar também?

— Porque ele quer te dobrar. Essa era a finalidade da detox. Se ele não consegue seduzir ou manipular as pessoas para que sigam sua forma de pensar, ele tenta dobrá-las fisicamente. Não tinha nenhuma detox quando a gente começou aqui. Não havia nenhuma *lei* contra as pessoas formarem casais. Não havia reserva de novatos para o sexo. Tive que fingir que queria transar contigo para te proteger.

— De quem?

— Do Kane. Ele queria transar com você. Ele é apenas um membro júnior de Ekanta Yatra, então teria que esperar até eu ter te levado para cama.

— Mas você transou com a Daisy depois da massagem dela. Cera disse que o Isaac deveria transar com todo mundo primeiro.

— Ele não estava interessado nela; estava a fim de você. Eu não queria transar com a Daisy, mas não podia levantar suspeitas, não depois do que aconteceu com a Ruth. — Ele olha na direção do pátio. A fogueira ainda arde, e Paula, ou alguma outra pessoa, está correndo em torno dela, pulando e saltando. — Ruth chegou como visitante, com a Sally, uns dois meses antes de vocês. Era diferente de todo mundo que já tinha passado por aqui antes. Era forte, festeira, cheia de opinião e...

— Como a Daisy.

— Não tinha nada a ver com a Daisy. Ela era delicada, gentil e confiável. Era leal a mim. — Ele esfrega o rosto com as mãos. — A gente transou e se aproximou mais do que deveria. Ela percebeu o que estava rolando por aqui e a gente ia embora. Íamos convencer o máximo de gente possível a sair com a gente. Tudo estava indo conforme o planejado, mas Isaac resolveu que queria transar com ela, e ela recusou. Uns dois dias depois, ela desapareceu e Isaac disse para todo mundo que ela tinha descido para Pokhara com o Gabe. Quando descobri, fui falar com ele, mas Kane e Jacob estavam junto dele e me impediram. Ele me disse que, se eu olhasse atravessado para ele, iria matar uma de vocês. Disse que mataria a Al. Isaac não é homofóbico, mas é maníaco por controle e não sabe como lidar com ela. Ele contou para a Isis o que a Leanne tinha lhe dito sobre o irmão falecido de Al, mas isso não deu certo.

— Porque ela surtou?

— Exatamente.

— Mas certamente as pessoas suspeitariam se Gabe chegasse e dissesse que houve outro ataque.

— Não se Gabe dissesse que Al decidiu partir quando estavam em Pokhara. Existem centenas de lugares na montanha onde esconder um corpo, ninguém jamais descobriria.

— Temos que levar mais gente conosco. Tem outras pessoas querendo partir. Raj, Sally...

Johan balança a cabeça.

— Você confia neles? O bastante para arriscar a vida da Al? Porque, quando a Ruth e eu planejamos levar um grupo com a gente, alguém nos traiu. Contaram para o Isaac. Ele podia ter matado nós dois, mas isso não o deixaria satisfeito. Ele queria me ver sofrer. Queria me prender numa coleira, me fazer saltar, rolar, implorar. Ele gosta disso, Emma. O lance dele é jogar com as pessoas. A Leanne é igual. Você sabe que foi ela que disse para o Frank que você gostava dele, não sabe?

— Não!

— Isaac me pediu para dar uma verificada com ele uma noite, e ele me contou. Disse que ela o encorajou a se aproximar de você, porque você era muito tímida para tomar qualquer iniciativa. Você precisa ter muito cuidado com as pessoas em quem você confia, Emma. Muito cuidado mesmo.

O som do tambor chega até nós, lá do pátio. Outros instrumentos também, violão, apitos e pandeiros. Procuro Leanne, mas tem muita gente dançando agora, girando, pulando e circulando em torno uns dos outros, bloqueando a minha visão. Por que ela teria feito isso? Ela não tinha como saber que ele me atacaria. Provavelmente, queria que ele fizesse alguma coisa em público e me constrangesse, para que ela e Daisy pudessem rir de mim. Olho de volta para Johan.

— Não confio em ninguém.

— Confia em mim?

— Não sei.

Ele me olha por alguns segundos e concorda com a cabeça, como se estivesse satisfeito com minha resposta.

— Vamos lá encontrar a Al.

Nós nos mantemos dentro do perímetro, caminhando um atrás do outro ao longo da cerca.

— Se formos vistos — Johan faz uma pausa para olhar para mim —, vamos dizer que estamos de patrulha. Se insinuarem que a gente acabou de transar numa das cabanas, a gente entra no jogo. Está bem?

Concordo com a cabeça. A palma da minha mão está ardendo e tem bolhas por causa do fogo. Eu não conseguiria falar, mesmo que quisesse.

Avançamos rapidamente, subindo em direção à casa. Johan caminha na frente, balançando os braços, de cabeça erguida. Ele olha na direção do pátio quando passamos pela festa, mas eu mantenho meus olhos fixos nas suas costas.

Aja naturalmente.

Alguém grita e meu coração dá um pulo de medo, mas o som é seguido por risadas e Paula xingando em voz alta. Johan nem sequer se altera. Em vez disso, continua em sua marcha ritmada ao longo da curva da cerca, passando pelos portões principais e pela lenha empilhada, depois faz uma curva rápida e mergulha nas sombras do lado da casa. Ele faz uma parada sob a janela do escritório de Isaac e olha para trás para conferir se ainda estou com ele.

— Tudo bem? — murmura, e estou ao lado dele, com as costas apoiadas na parede, o coração batendo forte no peito.

Ele não me espera responder. Em vez disso, aponta para cima com o indicador. A janela principal do escritório está fechada, mas a menor, acima dela, está aberta. São dois metros e meio até lá, e a abertura é pequena, mas é um acesso. É o único jeito de entrar.

Johan entrelaça os dedos, com os braços esticados para baixo, e faz um sinal para mim, e depois para a janela.

— A Al está lá? — sussurro.

Ele sinaliza que sim e faz um gesto para eu apoiar o pé nas mãos dele. Tiro o chinelo, apoio as mãos em seus ombros e o pé em seus dedos entrelaçados. Ele faz que sim com a cabeça.

Um.

Dois.

Três.

Sou lançada no ar.

Alcanço a janela e seguro o batente com os dedos. Ouço um gemido abaixo, quando Johan firma a mão no meu pé direito e empurra. Meu corpo é impulsionado alguns centímetros para cima, mas não o bastante para que eu encaixe o braço por dentro da janela. Ainda estou muito longe.

— Apoie o pé esquerdo na minha cabeça — sussurra Johan. — Como se fosse um degrau.

Ele me levanta novamente e meu pé esquerdo balança descontrolado enquanto procuro apoio. Ele toca alguma coisa sólida e depois escorrega. Johan xinga, ofegante.

— Quando eu empurrar de novo, você toma impulso, Emma. Puxe seu corpo para dentro da janela. Pronta? Um, dois, três.

Ele me joga para cima de novo e eu estico a mão direita. Meu braço passa pela janela, mas eu escorrego para baixo de novo antes de conseguir me firmar. O parapeito arranha meu antebraço quando escorrego de volta.

— Merda!

Johan abraça minhas pernas e me ajuda a descer para o chão. Faz um gesto para que eu fique onde estou, depois caminha junto à parede e espia o outro lado ao chegar na esquina da casa. Dois segundos depois, já está de volta ao meu lado.

— As pessoas estão começando a se dispersar da festa. Precisamos correr.

— Vamos ter que quebrar a janela. — Olho em direção à pilha de lenha. — Se segurarmos alguma coisa macia junto a janela, o barulho ficará mais abafado.

Johan acompanha meu olhar, com uma expressão de total indecisão no rosto enquanto o tambor começa a tocar mais alto e Kane volta a cantar. Não espero sua resposta; em vez disso, corro até a pilha de lenha, pego o maior toco que consigo carregar e volto rapidamente para a janela.

— Tire a camisa e segure isso. Com cuidado! Existem alguns pregos enferrujados saindo pelas laterais. — Espero ele tirar a blusa e trocá-la comigo pelo toco. Ele encosta o tecido fino na janela, logo abaixo do trinco. O tambor fica mais alto, Kieran canta e uma mulher grita de excitação.

— Agora!

A batida surda é seguida de um estalo e do tilintar de vidro caindo. Johan bate de leve com a camisa e mais cacos de vidro se soltam e caem, cobrindo o chão do escritório. Afasto a camiseta. A janela fica com um buraco do tamanho de um punho. Sem falar nada, Johan pega a camiseta, a enrola na mão e no pulso e passa o braço pelo buraco. Ele gira a mão de modo a alcançar a tranca. Um segundo depois, a janela se abre, ele se ergue até ela e pula lá dentro.

Fico com um olho no que está acontecendo lá dentro e outro no canto da casa. Cada som dentro do escritório de Isaac é amplificado quando Johan arrasta a mesa de cima do tapete, os pés soltam um rangido estridente sobre o piso de madeira. *Vamos lá, vamos lá, vamos lá.*
Ele enrola o tapete, abre o alçapão e desaparece lá dentro.
Vamos lá, Johan. Vamos lá!
Ouço passos no momento em que a cabeça loura de Johan aparece de volta e, então, sou envolvida por uma nuvem de fumaça de cigarro que vem na minha direção, seguida de Gabe.
— Gabe! — Eu me atiro de encontro a ele no momento em que dobra a esquina, e envolvo seu pescoço com os braços. O peso do meu corpo o desequilibra e ele tropeça para trás, para longe da janela.
— Emma? — Ele me empurra e me olha de cima a baixo. Um sorriso irônico aparece no canto da boca. — Você está bêbada?
Apoio a mão em seu peito, cutuco o tecido gasto da camiseta com o polegar e sorrio.
— Talvez esteja.
— Ouvi dizer que você pôs a mão no fogo.
— Foi um desafio. Na hora, pareceu uma boa ideia.
— Certo. — Ele se move para me contornar.
— Tenho uma ideia melhor. — Dou um passo para acompanhá-lo, bloqueando seu caminho. Mantenho a mão em seu peito e me inclino em sua direção, colocando meu rosto a centímetros do seu. — Por que a gente não vai conversar em algum lugar mais reservado? Algum lugar tipo... Sei lá... nas cabanas?
— Para que descer lá embaixo nas cabanas? Que tal a gente conversar aqui mesmo? — Ele passa a mão pela minha cintura e me puxa para perto, pressionando o quadril contra mim, a língua como uma cobra grossa e molhada em busca da minha.
Ele anda enquanto nos beijamos, afastando-me das luzes intensas da casa rumo à escuridão. Paramos abruptamente quando meu quadril

encosta na pilha de lenha, ele pressiona o corpo contra o meu, me forçando a deitar sobre a madeira. Levanta meu vestido e sua mão se esgueira, subindo pela minha coxa. Eu me contraio quando seus dedos puxam a minha calcinha e sou atravessada por uma onda de pânico.

Não posso fazer isso. Não posso fazer isso. Não posso. Eu...

Viro-me de um lado para outro, mas, quanto mais luto, mais frenético ele vai ficando, agarrando meus seios com uma mão, arrancando a calcinha com a outra.

Onde estão Johan e Al?

Ouço o barulho do zíper sendo baixado, um gemido baixo e então um som que nunca tinha escutado antes. O som de uma bola de futebol sendo chutada. Só que, dessa vez, seguido por um estalo violento, como a faca de um açougueiro cortando osso, e os lábios de Gabe escorregam para longe dos meus. Sua boca se arrasta pelo meu rosto, lambuzando a pele com saliva enquanto todo o peso de seu corpo despenca sobre o meu. Antes que possa me mover, gritar ou chorar, Johan aparece atrás dele. Ele agarra Gabe pelos ombros e o tira de cima de mim, jogando-o rudemente para o lado. O corpo de Gabe escorrega da pilha de lenha e cai no chão com uma batida silenciosa. Johan joga alguma coisa sobre o corpo. É o toco de lenha que usamos para quebrar a janela. Sangue pinga dos três pregos na ponta.

Alguém se debruça sobre mim. Alguém com o rosto pálido, os olhos aterrorizados e o cabelo descolorido nas pontas caído sobre a testa.

— Ele está morto — diz Al. — Gabe está morto.

Capítulo 45

— Vamos lá! — Johan força a chave na fechadura. — Vamos lá!

Dou uma olhada em Al, que está parada bem ao meu lado. Suas pupilas são duas lagoas pretas; tem uma expressão exausta, gotas de suor escorrem por cima das sobrancelhas. Ela olha para a pilha de lenha com a qual cobrimos o corpo de Gabe para escondê-lo. Dá um passo na direção da pilha, mas seguro seu pulso no momento em que o portão da frente se abre com um rangido e Johan murmura alguma coisa entredentes em sueco.

— *Vamos lá!* — Ele nos apressa para fora. — Vão! — Ele fecha o portão atrás de nós e faz um gesto na direção da escada de pedra para a descida da montanha. — O mais rápido que puderem.

Caminhamos no escuro, a única luz é o brilho mortiço da lua crescente. Olho de volta para Ekanta Yatra, para as bandeirolas de oração desbotadas que enfeitam cada uma das janelas. Elas flutuam e se agitam ao vento, mas não têm escapatória; estão fixas no lugar, bem firmes.

— Corra! — Johan sibila no meu ouvido. — Emma, corra.

Estamos correndo há algum tempo, tropegamente escada abaixo, dois degraus de cada vez, acelerando nas curvas e pulando raízes enterradas, quando, então, me dou conta de que não estou mais ouvindo a respiração de Al atrás de mim.

— Johan!

Ele continua a correr, uns trinta metros à frente, então levanto a voz.
— Johan!
Ele para e se vira bruscamente, apertando os dentes, e faz um gesto para eu falar baixo.
— Al. — Faço um gesto em direção à subida. As silhuetas de árvores e moitas são sombras escuras dos dois lados dos degraus. — Ela desapareceu.

Sem dizer palavra, Johan começa a subir a montanha de volta, movendo os braços com força e pulando de dois em dois degraus. Eu o sigo. Corro o mais rápido que posso atrás dele, mas os chinelos me atrasam e o ar frio da noite inunda meu peito, cada respiração é mais difícil e dolorosa.

Eu os vejo ao dobrar a primeira curva, Al de pé, encostada numa árvore, curvada, apoiando as mãos nos joelhos, Johan ao seu lado, com uma mão em suas costas.

— Asma — sussurra quando me aproximo.
— Al! — Eu me agacho ao lado dela. O suor pinga de sua testa e a respiração é curta. Ela contrai o rosto desconfortavelmente a cada inalação. — Você trouxe seu inalador?

Ela nega com a cabeça e articula a palavra "mochila".

Johan contrai os ombros e esfrega a mão no rosto.

Não há possibilidade de voltarmos para a casa, para buscar o inalador. A alternativa seria subir a montanha ainda mais e ver se alguma das hospedarias tem algum hóspede com um inalador, mas as chances são pequenas de Al conseguir fazer isso. Temos de nos separar. Um de nós precisa ficar aqui com ela, enquanto o outro vai em busca de socorro.

Tomo uma decisão e me levanto.

— Vou ver se consigo chegar à hospedaria mais perto do topo. Alguém pode ter um inalador.

Johan balança a cabeça.

— A hospedagem mais próxima fica a meio dia de caminhada. O tempo que você vai levar para ir até lá e voltar, mesmo que alguém tenha um... — Ele hesita e aponta para Al com a cabeça. — Nossa melhor opção é nos escondermos e continuarmos de manhã, ou continuarmos agora, só que mais devagar. Vamos ter que andar pela beira do caminho, para o caso de alguém vir atrás da gente, mas dá para fazer. Se a gente conseguir chegar ao posto dos maoístas, alguém de lá pode chamar uma ambulância.

— Não preciso de ambulância. — Al empurra as pernas e se levanta.
— Vamos embora!
 — Não! — Toco o seu braço. — Vamos esperar. Podemos encontrar algum lugar para nos escondermos.
 — E congelar até a morte? Eu forcei demais, só isso. Já recuperei o fôlego de novo. Se pegar leve, vou ficar bem. E, além disso... — ela olha para Johan, que está esfregando os antebraços com as mãos —, se esperarmos amanhecer, provavelmente seremos vistos.
 — Se você tem certeza, então... — Johan subitamente fica paralisado. Nós três escutamos: vozes, vozes masculinas que vêm do alto da montanha. Gritando, chamando uns aos outros.
 — Vão — Al agarra a minha mão. — Vão!

Os gritos ficam cada vez mais altos, acrescidos do som de passos pesados descendo apressados atrás de nós, areia e pedras sendo esmagadas e despencando, galhos estalando. Al e eu ainda estamos de mãos dadas, mas ela está ficando para trás e tenho de arrastá-la comigo. Seu rosto tem uma palidez mortal ao luar, os lábios estão azuis, mas, a cada vez que olho para ver se ela está bem, ela me olha de volta, me apressando para prosseguir. Sei que Johan pode correr mais rápido do que está indo. Em vez disso, permanece com a gente, gritando instruções, apontando para os degraus quebrados e descidas bruscas. Meu coração dispara dentro dos ouvidos e meus pulmões queimam, mas as minhas pernas continuam a se mover, me carregando para longe de Ekanta Yatra e para perto da segurança.
 Uma mulher grita e todos os pelos da minha nuca se arrepiam.
 Eu reconheceria esse grito em qualquer lugar. Daisy.
 Meu tornozelo cede quando me viro para olhar, e minha mão, molhada de suor, escorrega da mão de Al e tropeço no degrau, caindo para a direita, na direção de uma descida íngreme. Sem nada para impedir a queda, rolo pela encosta da montanha, girando e girando, batendo em moitas e quicando nas pedras, caindo e caindo. Galhos e moitas, um borrão verde e marrom, arranho as palmas das mãos quando tento agarrar o ar, desesperada para alcançar alguma coisa, qualquer coisa que desacelere a minha

queda, mas continuo a cair, rápido demais. Vou rolando sem parar e fecho os olhos com força. Eu vou morrer. Eu vou...

O ar é arrancado dos meus pulmões e meu corpo se dobra com violência quando bato em alguma coisa sólida: um tronco de árvore, percebo ao virar a cabeça de leve. Fico deitada imóvel por vários segundos enquanto o mundo continua a girar, até começar a gemer de dor. Todo o meu corpo dói.

— Emma? — Johan vem aos trancos em minha direção, atravessando a vegetação rasteira. — Você está bem?

Ele escorrega e para a meio metro de mim, a cor desaparece de seu rosto.

— Não se mexa. O que quer que você faça, não se mexa.

Olho na mesma direção que ele, mas tudo o que vejo é uma grande e negra extensão de céu.

— Tem um precipício na beira da montanha. Se você tivesse rolado mais três metros, teria caído lá no fundo. Agora, a gente só... — ele para e olha para trás, ouvindo as moitas se mexendo e estalando. Alguém está vindo.

— Ah, graças a Deus! — Al sai do meio das moitas e se curva para recuperar o fôlego. O ar se enche de chiados e assovios.

— Precisamos voltar para o caminho. — Johan se abaixa e se estica para mim, sentado no chão, cravando os pés na terra seca para se firmar. — Segure a minha mão.

Abraço o toco de árvores com o braço esquerdo para me firmar e me viro para ele, esticando a mão direita.

— Pronta? — Ele agarra meu pulso com uma mão e se segura com a outra. — No três, vou te puxar para mim. Preciso que você firme os pés no chão para tomar impulso.

— Certo.

— No três. Um, dois, três!

Johan puxa, eu empurro e meu corpo se move dolorosamente quando sou arrastada para cima. Caímos embolados no início da vegetação, ambos de costas, ofegando com força, gemendo de dor. Quando recupero o fôlego, me arrasto para perto da Al, sentada do outro lado da clareira, com a cabeça entre as mãos. Toco seu joelho de leve, mas ela não levanta o rosto.

— Não podemos perder tempo aqui — diz Johan, sentando-se com esforço. — E não podemos arriscar continuar pelos degraus, seremos um alvo fácil. Teremos que abrir caminho pelo mato, então. É mais perigoso porque não tem nenhuma trilha, mas...

— Perigoso? — diz uma voz acima de nossas cabeças. — Quem é perigoso?

Isaac atravessa o mato até nós, com um sorriso ameaçador no rosto e uma faca de cozinha de vinte centímetros na mão, a lâmina brilhando ao luar. Um segundo depois, Daisy aparece ao lado dele, as faces rosadas, o lenço índigo enrolado na cabeça, fora do lugar, os olhos brilhando de excitação.

— Muito bem — diz Isaac, olhando para cada um de nós. Seus tênis estão cobertos de lama e a camiseta pende úmida de seu corpo. — Vejam só o que temos aqui. Vocês vão voltar para casa como bons meninos ou vamos ter que fazer isso do jeito mais difícil?

— Cadê a Leanne? — pergunta Al. — Ela sabe que você me trancou no porão?

Daisy segura Isaac pelo braço.

— Você a trancou no porão?

— Sim, tranquei. — Ele olha para ela fixamente. — Eles estavam planejando me matar, e tive que separá-los para minha própria segurança, e para a segurança de todo mundo em Ekanta Yatra.

Daisy olha para mim e para Al, aperta os olhos tentando nos focalizar. Acho que nunca a tinha visto tão bêbada.

— Vocês tentaram matar o Isaac?

— Não foi isso, Daisy. — Dou um passo em sua direção, mas Isaac me impede, apontando a faca para mim.

— Para responder à sua pergunta, Al... — Isaac fala lenta e didaticamente, mas não consegue evitar que as palavras se embolem umas nas outras —, eu disse para a Leanne ficar em Ekanta Yatra, onde ela está em segurança.

— E você não quis *me* deixar em segurança? — choraminga Daisy, mas, quando tenta apoiar a cabeça no ombro dele, recebe um safanão.

— E sim, Al — prossegue Isaac —, Leanne sabe que eu te coloquei no porão. Ela achou que podíamos te ajudar... Deus sabe quanto você precisa de ajuda... mas você resistiu a todos os nossos esforços. Isso não impediu a Leanne de continuar a gostar de você, nem de confiar, mas você passou dos limites quando deu a faca para Emma.

— Que tal você simplesmente deixar a gente ir? — pergunta Johan.

— Que tal você parar de me dizer o que devo fazer? Você nunca foi confiável, mas eu não tinha ideia do traidor de merda que de fato você é.

— Você precisa se olhar no espelho, Isaac.

— E você precisa calar a boca ou eu enfio isso no meio dos olhos da sua namorada. Ainda que — acrescenta ele, olhando para mim — isso até pudesse ser uma melhoria. Eu sempre achei que os olhos dela eram meio juntos demais.

Daisy dá uma gargalhada e se aproxima para abraçar a cintura dele. A terra seca se move sob seus pés e ela tem de se segurar nele para não perder o equilíbrio. Ela aponta para Al com a mão livre.

— Deixa de ser babaca e vamos voltar para a festa. Você pode se foder, Emma! — Ela ri de novo, com a cabeça jogada para trás, os olhos semicerrados.

Al, parada ao meu lado, de punhos fechados junto ao corpo, ainda se esforça para respirar. O chiado parou, e agora ela solta ruídos curtos — ah, ah, ah —, tentando inspirar sem conseguir encher os pulmões.

— Estamos voltando para Pokhara — digo. — Venha com a gente, Daisy. Sei que você me odeia, mas precisa me ouvir. Ekanta Yatra é um lugar mais perigoso do que você imagina. E Isaac também. Por favor, você precisa confiar em mim. Você tem que...

— Eu não *tenho* que fazer nada. — Ela arregala os olhos para mim. — Confiar em você? Ah! Você é uma *psicopata*, Emma! — Ela grita a palavra tão alto que o ar chega a vibrar. — Você disse que queria me matar.

— Eu não quis dizer isso.

— Verdade? Porque você pareceu bem convincente...

Percebo os olhos de Johan enquanto Daisy continua a discutir. Ele olha rapidamente na direção de Isaac. Ele está distraído, com a faca ainda na mão, mas pendurada frouxamente do lado, enquanto ouve o que Daisy diz. Johan olha de Isaac para Daisy, depois para mim. Seu olhar se move de um lado para outro entre nós e entendo instantaneamente o que ele quer que eu faça.

— Você sabe do que Isaac te chamou? — digo, interrompendo o discurso dela.

— De quê?

— Depois que eu transei com ele, sabe do que ele te chamou?

Isaac ri, achando graça, e enxuga a testa com as costas das mãos.

A boca de Daisy se contorce num riso amargo.

— Que tal você me esclarecer, Emma?

— Ele disse que você era uma mulher barata, que não valia dez merrecas. Foi por isso que ele deixou o Johan transar com você na cabana de massagem. Ele deixa os outros homens transarem com as vagabundas.

Daisy parece incrédula por um momento e, em seguida, aperta os olhos.

— Sua puta!

Afasto-me para o lado de Al quando Daisy se joga contra mim. Suas unhas arranham meu rosto e ela agarra meu cabelo quando caímos, uma confusão de cabelos, pernas, braços e roupas. Caímos no chão com uma batida e, antes que eu possa recuperar o fôlego, começamos a rolar, escorregando pela encosta em direção ao precipício. Tento me agarrar a pedras, raízes, galhos, atravessada pelo vento. Vejo um borrão em movimento lá na clareira, onde estavam Isaac e Johan, vozes discutindo, um grito angustiado e, então, alguma coisa passa despencando por nós e desaparece pela beira do penhasco. Então, paramos.

Daisy se levanta primeiro. Ela se afasta da beirada e pega alguma coisa no chão, a um metro de distância. A faca de Isaac.

— Levanta! — grita. — Levanta!

Tento me erguer com as mãos e os joelhos, o precipício a centímetros do meu lado esquerdo, e vou me movendo lentamente. Al faz o mesmo. Atrás dela, deitado de lado próximo à clareira, de olhos quase fechados, está Johan. Mesmo no escuro, posso ver o corte aberto em seu ombro e a poça de sangue escuro ao seu redor.

— Daisy. — Tento dar um passo para frente. — Johan está ferido.

— Não. — Ela estica a faca em minha direção, mas sua mão está trêmula. — Você não vai ajudá-lo.

— Daisy. Não faça isso.

— Ele matou o Isaac! — O rosto dela está pálido ao luar, os olhos injetados de sangue, inchados no meio de uma poça borrada de maquiagem.

— Você viu. Você viu o que acabou de acontecer. Ele está lá embaixo! Isaac! — Ela se aproxima da beirada e olha para dentro da escuridão. — Isaac?

— Venha com a gente — diz Al em voz baixa. — Vamos voltar para Pokhara. Isso... tudo isso... Está fodendo com as nossas cabeças. Você não está pensando direito. Nenhuma de nós está.

— Eu estou.

— Não é verdade.

— Não é? — Ela dá um passo para trás, se afastando da beirada, a faca erguida como uma barreira entre nós. — Estou sendo eu mesma pela primeira vez em minha vida. Você não me conhece, Al, não de verdade. Você acha que eu gosto de sempre bancar a alegria da festa? Você tem ideia de como isso é cansativo? Como é chato ter que ficar divertindo as pessoas o tempo todo? Somos amigas há sete anos e vocês ainda insistem em me colocar na mesma caixinha da Daisy maluquinha desde a faculdade.

— E eu sou a que sempre enche a cara, a Leanne é a introvertida e a Emma, a neurótica. Estamos todas dentro de caixas, Daisy. É isso que acontece com as amizades. Não devia ser assim, mas é — argumenta Al.

— Você sabia que a Leanne é meia-irmã do Isaac? — pergunto.

Al olha, surpresa, para mim, mas um estranho meio-sorriso atravessa a boca de Daisy.

— Na verdade, eu sabia. Não precisa ficar surpresa, Emma. Qual é o problema? Decepcionada porque não fiquei horrorizada? Quem se importa que sejam parentes? Achei ótimo que tenham se reencontrado. Você se acha tão esperta, manipulando as pessoas para que sintam pena de você, mas Isaac me contou tudo. Ele me contou como você tentou colocá-lo contra mim, como ele gostou de mim logo que me viu, mas que você o enganou para que ele te defendesse do Frank, e como ele nunca tinha encontrado ninguém como eu antes, como ele me ama...

— É mentira. Tudo isso.

— Ele me ama.

— Ele não ama ninguém.

— Sai! — Johan geme de dor e dou mais um passo na direção dele. Sua pele está cinzenta à meia-luz, os olhos estão fechados e a poça de sangue ao seu redor aumentou ainda mais. Se não fizermos alguma coisa, ele vai morrer.

— Ah, não, você não vai! — Daisy se mete entre nós e levanta a mão, apontando a faca para o meu peito. — Ninguém ajuda ele antes de encontrarmos o Isaac. Isaac? Você está me ouvindo? Isaac!

— Daisy, ele está morto. Você mesma disse isso. É uma queda de duzentos metros. Por favor... — estico a mão para ela —, você precisa vir com a gente. Precisa confiar em mim.

— Confiar em você? — Ela afasta meu braço. — Depois de tudo o que você fez? — Você disse para o Isaac que eu matei a minha irmã!

— O quê?

— Ele me contou. Ele disse que você tentou convencê-lo de que ela não tinha morrido acidentalmente, que minha mãe estava certa, que eu a afoguei. Como você pode dizer uma coisa tão cruel, sabendo como essa história fodeu com a minha vida? Eu tinha cinco anos, Emma. Eu só saí do banho por um minuto. Se a mamãe não tivesse tirado meu brinquedo de mim... se ela... se ela... — Ela seca as lágrimas que enchem seus olhos. — Foda-se, Emma. Foda-se você por usar isso contra mim.

— Eu não fiz isso. Daisy, eu juro. Leanne contou sobre a Melody para o Isaac. Ela escreveu vários e-mails para ele antes de a gente chegar, contando sobre a gente, contando *tudo* sobre a gente. Eles estão nos manipulando desde que entramos por aqueles portões.

— Você viu esses e-mails? — Daisy olha para Al.

— Não, mas...

— Está vendo! Tudo mentira. Mais mentiras, Emma! Você convenceu a Al, mas eu não vou deixar que você faça isso comigo. Não são Leanne e Isaac que manipulam as pessoas, é você. A Leanne sabe que você não gosta dela, sempre soube, e tinha medo de falar comigo, caso você se voltasse contra ela também, mas ela me contou tudo. Ela me contou sobre a conversa que ouviu entre você e a Al, quando você estava dizendo como eu te fazia passar vergonha; me contou sobre como você fingiu ser atacada pelo Frank; como você acabou transando com o Isaac...

— Porque ela queria se colocar entre nós e te convencer a ficar em Ekanta Yatra!

— Porque ela se importa comigo!

— Não vou mais discutir com você, Daisy. Preciso ver como o Johan está.

— Não! — Ela se joga sobre mim, a faca apertada na mão direita, a lâmina apontada para o meu peito. Quando levanto as mãos para me proteger, Al também se joga sobre mim, jogando-me para o lado. O ar é expulso dos meus pulmões quando caímos no chão, Daisy e Al por cima de mim. Levanto o braço esquerdo, mas minha mão segura apenas o ar. Se cairmos mais alguns centímetros para a esquerda, vamos para o fundo do barranco. Tento me segurar com a mão direita, mas meu braço está preso debaixo do joelho da Al.

Ninguém se mexe por alguns segundos, até que Daisy tenta se levantar, mas Al segura a parte de trás de sua blusa e tenta pegar a faca. Quando ela consegue segurar Daisy pelo pulso, Daisy se vira e arranha a pele macia do rosto dela com as unhas. Al geme, mas não solta o pulso dela. Elas se viram e brigam em cima de mim, puxando as roupas uma da outra, se agarrando, arranhando e batendo, a faca brilhando no ar.

— Pare com isso! — grito, quando Daisy agarra uma mecha de cabelo de Al e puxa a cabeça dela para trás. Ao som da minha voz, Daisy olha ao redor. Sua mão se afrouxa e, diante dos meus olhos, Al solta seu punho, e, com toda a força, empurra Daisy para longe de mim e para o fundo do penhasco.

Capítulo 46

Por mais que eu tente, não consigo evitar a dissonância entre o que acabei de ver e o que sinto. O que eu vi foi minha melhor amiga há sete anos despencar para a morte. O que eu *sinto* é que nada disso é real. Nem o vento gelado do amanhecer no meu rosto, nem o vestido manchado e rasgado batendo nas minhas coxas, nem a queimadura em minha mão ou as chicotadas nas costas.

Uma parte de mim, perdida na desconexão e tentando encontrar algum sentido naquilo tudo, acredita que basta dar um passo sobre o precipício para que eu acorde em minha cama, de volta a Londres. Minha cabeça vai doer depois de uma balada louca, com vodca e Coca-Cola demais e pouca água, e meu telefone vai estar apitando com várias mensagens da Daisy, divertindo-se com as coisas que falamos na noite anterior. E vou dar um gole na água do lado da minha cama, e ler as mensagens, e sair de debaixo do edredom para andar até a cozinha e preparar um café. E, enquanto a chaleira estiver no fogo, vou suspirar diante do pensamento de que tenho que fazer a ligação habitual de domingo para minha mãe, e na pilha de roupa que não consigo dar conta de lavar, e na perspectiva de outra segunda-feira suando no metrô a caminho do trabalho que odeio. E, quando a chaleira ferver, resistirei ao impulso de sair correndo, fazer as malas e simplesmente partir. Começar do zero em algum lugar: ser eu mesma, quem quer que eu venha a ser...

— Emma, pare! — Al grita, puxando-me pelo vestido para longe da beira do precipício. — Que diabos você está fazendo?

A nuvem diante dos meus olhos se dissipa e seu rosto entra rapidamente em foco.

— Emma! — Ela bate em meu peito com a mão fechada.

— Eu não... eu não ia pular... eu...

— Emma! Qual é o seu problema?

— Eu só... eu não...

Ficamos na beira do precipício por um longo tempo, olhado para a queda escura debaixo de nós. Nos primeiros cem metros, flores pontiagudas e vegetação cerrada cobrem a montanha para depois também serem engolidas pela escuridão mais abaixo.

— Achei que ela ia te esfaquear — diz Al, sua voz não mais do que um sussurro. — Eu nunca quis... Eu não acredito...

— Eu sei. — Eu deveria lhe estender a mão, abraçá-la, fazer alguma coisa para confortá-la, mas não consigo desfazer o sentimento de que, se fizer isso, meu braço passará direto através dela. Ela não é real; nenhuma de nós é real.

— O que a gente vai fazer?

— Eu não sei.

— Se reportarmos, eu vou para a cadeia. Você faz ideia de como é uma cadeia neste lugar?

— Foi um acidente, Al.

— Ninguém vai acreditar nisso. — Ela olha para mim. Sua pele está ressecada e pálida, os lábios descamando e azuis, mas são seus olhos vidrados e mortiços que mais me preocupam. Inertes como os de uma boneca. — Gabe está morto. Johan foi esfaqueado. Daisy e Isaac se foram. Vai haver uma investigação. Tudo virá à tona. Alguém em Ekanta Yatra vai começar a perguntar. E, se não for ninguém de lá, Leanne certamente vai querer saber.

— Você não fez nada de errado — digo, mas sei que ela está certa.

Não há como reportar as mortes de Isaac e de Daisy sem que a verdade apareça. Daisy não merecia morrer, mas Al não merece ir para a cadeia. O que vai acontecer se Leanne, ou alguma outra pessoa em Ekanta Yatra, procurar a polícia?

— Não há nenhuma prova de que fizemos alguma coisa — digo em voz baixa. — Johan matou Gabe, não fomos nós. Também não matamos Isaac; e quanto à Daisy... não há nenhuma prova de que você a empurrou pela montanha. — Eu me sinto enjoada ao dizer isso. — Al, você mesma disse. Você achou que a Daisy ia me esfaquear.

— A gente poderia tentar descer lá embaixo — diz ela, mas sem qualquer convicção na voz, sem qualquer expressão real do sentimento. Daisy está morta, mas nenhuma de nós quer ser a que dirá essas palavras, porque então elas sairão para o mundo, serão reais, a morte dela será real.

Sou tomada por uma onda de dor e pesar tão violenta que perco a respiração. Eu deveria ter feito mais. Deveria ter obrigado Daisy a me ouvir. Mas jamais sonhei que isso pudesse acontecer. Achei que voltaríamos todas para a Inglaterra, separadamente, e que Al tentaria salvar a nossa amizade; ela nos faria conversar sobre o que aconteceu em Ekanta Yatra. Nós não voltaríamos a ser as amigas que éramos antes, jamais conseguiríamos isso, mas teríamos deixado aquilo tudo para trás e tocado nossas vidas. Daisy não merecia morrer. Ela jamais mereceu isso.

Agarro o braço de Al.

— Johan!

Sem esperar resposta, subo a encosta na direção dele, pequenas pedras se soltam enquanto avanço usando as mãos e os pés. Al me segue, ofegante, o peito chiando.

— Johan? — Eu me agacho ao lado de seu corpo caído. Seus olhos estão fechados, a cabeça apoiada sobre o braço esticado, os dedos abertos. Um fio de saliva escorre por sua bochecha pelo canto dos lábios entreabertos.

— Johan, abra os olhos.

Al envolve o pulso dele com os dedos, mas ele nem sequer estremece.

— Johan? — repito. — Está me ouvindo? É a Emma e a Al. Abra os olhos.

Al balança a cabeça e solta o pulso dele.

— Abra os olhos, Johan! — Aperto o lado de seu rosto com a mão e bato de leve. Sua pele está áspera, com a barba por fazer, sob a ponta dos meus dedos. — Johan, acorda.

— Emma! — Al me chama.

— Johan, acorda!

— Emma! Ele está morto.

— Não. — Eu a empurro para longe. — Não. Não. Ele não pode estar. Não. Johan! Vamos lá. Vamos lá, acorda.

— Emma, pare com isso! — Ela cobre minha boca com a mão e me arrasta, forçando-me para longe dele. — Você precisa ficar quieta! Ainda tem gente procurando por nós. Acabei de ouvir vozes vindo da escada. Temos que dar o fora daqui.

Balanço a cabeça com força sob o peso da mão dela.

— O quê? — Ela tira a mão de cima da minha boca, sua voz não passa de um sussurro. — O que é?

— Não podemos deixá-lo aqui. Ele queria voltar para a Suécia. Temos que encontrar um jeito de descer com ele de volta pela montanha.

— Ele é muito pesado.

— Então, vamos escondê-lo. Podemos arrastá-lo ele para debaixo das moitas e o deixá-lo escondido até conseguirmos ajuda.

Al olha para Johan e depois para os arbustos. Seu peito ainda está chiando forte e ela tosse sem parar.

— Tudo bem — digo. — Eu faço isso. Você recupera o fôlego.

— Não. — Ela se levanta e pega um dos braços de Johan. — Eu consigo.

Estamos ambas banhadas de suor e ofegantes, arrastando Johan da clareira para o meio da mata. Trabalhamos em paradas. Um, dois, três, puxa! E descansamos. Depois, um, dois, três, e o puxamos, arrastando-o de costas, a cabeça pendurada para o lado, o ombro deixando um rastro de sangue no chão, até o esconderijo sob a vegetação.

Movemo-nos o mais rápido que conseguimos, cobrindo o corpo com folhas e ramos, até nos jogarmos no chão no momento em que a voz de um homem ecoa até nós.

— Eles vieram por aqui.

Olho para Al, horrorizada.

— Vamos lá — murmuro e pego sua mão, mas ela balança a cabeça.

— Me deixe aqui.

— Não.

— Emma. — Ela faz uma pausa para respirar, o rosto contorcido pelo desconforto. — Você vai. Consegue ajuda. Eu fico aqui com o Johan.

— Você não pode. — E, mesmo ao dizer essas palavras, sei que não há possibilidade de Al ir a qualquer lugar. Arrastar o corpo de Johan exauriu a última dose de energia que lhe restava. Seus lábios estão azuis e ela se esforça para manter os olhos abertos.

— Não conte para ninguém. — Ela aponta para a beira do abismo. — Prometa.

— Eu prometo — digo, tocando as costas de sua mão. — Mas você precisa se esconder. Não se mova até eu voltar para te buscar. Eu vou voltar, Al, prometo.

O céu está rajado de laranja, rosa e escarlate. O escuro da noite se desfez e os pássaros voltaram a cantar, as cigarras chiam alegremente nas árvores e os homens, encostados na cabana, com os queixos apontados para o céu, fumam, soprando a fumaça de olhos fechados, apreciando o calor do sol sobre suas faces. Eles se levantam quando me aproximo. Um deles joga o cigarro no chão e o esmaga com o calcanhar da bota. Outro diz alguma coisa em nepalês, que eu não entendo.

— Socorro, por favor — digo ao me aproximar dos maoístas. — Meus amigos estão feridos. Um deles está morto. A outra precisa de assistência médica urgente. Vocês precisam me ajudar.

— Hein? — Ele se vira e fala alguma coisa para o amigo, em nepalês. O amigo balança a cabeça.

— Dois? — Ele me olha de volta, com dois dedos para cima. — Dois amigos na montanha?

— Sim! — Dou mais um passo em sua direção. — Apenas dois. Por favor, por favor, me ajudem. Fomos atacados e roubados; eles esfaquearam meu amigo. Ajudem, por favor, por favor.

Capítulo 47

Hoje

A primeira coisa que faço ao desligar a ligação de Al é ir ao Google procurar o nome do hospital que o detetive Armstrong mencionou.

Logo aparece um link para o hospital Royal Cornhill. Clico na sessão "Sobre nós", mas não descubro muita coisa, apenas que o hospital fica próximo ao centro de Aberdeen e que atende pacientes internos e externos que sofrem de distúrbios mentais, além de treinar pessoas da área médica.

Clico em outros links, mas a maioria é sobre horários de visitas, presentes que podem ou não ser levados para os pacientes, registros médicos e proteção de dados. O site menciona pacientes internos e externos, mas não oferece detalhes específicos sobre os tipos de problemas mentais com os quais trabalham.

Envio uma mensagem para Al:

Leanne ficou num hospital psiquiátrico na Escócia, acabei de olhar no Google.

Meu celular apita segundos depois:

Será que ela foi tratar sua anorexia? Mas por que na Escócia? A mãe dela mora em Londres.

Respondo:

Mas ela nasceu na Escócia, não foi? Nasceu lá e os pais dela se mudaram para Londres. Isaac ficou. Ele disse que cresceu em abrigos infantis e com famílias adotivas. Ela pode ter ido procurá-lo, não?

Nenhuma de nós duas sabe o que aconteceu depois que deixamos Ekanta Yatra; apenas que houve um incêndio. Depois que contei aos maoístas o que tinha acontecido, eles subiram o Annapurna comigo para procurar Johan e Al. Temi encontrar alguém de Ekanta Yatra pela montanha, mas havia apenas silêncio, e Al e Johan estavam onde eu os havia deixado. A condição de Al se agravara intensamente. Sua respiração era tão fraca que tive medo que ela morresse, e quando um dos maoístas a levantou, gemendo ao sentir o peso dela em seus braços, ela se deixou levar sem reação, inerte. Eles a colocaram sobre um burro e ela ficou caída sobre o pescoço do animal, o rosto sendo pressionado sobre a crina à medida que desciam a montanha aos solavancos e tropeções. Colocaram o corpo de Johan sobre outro burro e o cobriram com um cobertor.

Ninguém disse uma só palavra durante a descida de volta para a cabana dos maoístas, e, quando chegamos lá, havia uma ambulância esperando. Não havia espaço para mim na parte de trás com Al e o paramédico, e me sentei na frente, com o motorista, olhando as ruas de Pokhara, a caminho do hospital. Passei o resto do tempo numa sala de espera lotada, chocada demais para conseguir dormir, e tão zonza que não consegui fazer outra coisa a não ser ficar olhando fixamente para frente.

De manhã, deixaram-me entrar na enfermaria para ver Al. Um policial de Pokhara se juntou a nós, perguntando detalhadamente sobre o que tinha acontecido na noite anterior. Dissemos que estávamos voltando de uma caminhada até o topo da montanha com um amigo que já tinha feito aquele caminho e fomos atacados por mascarados, que roubaram nossas mochilas e esfaquearam Johan. Al me deixou falar praticamente sozinha. O policial escreveu uma "descrição" dos homens que nos atacaram e disse que entraria em contato caso tivesse mais dúvidas.

Quando perguntei se a gente poderia ir para Kathmandu e pegar um voo de volta para a Inglaterra, ele simplesmente deu de ombros; e, quando Al perguntou o que aconteceria com o corpo de Johan, disseram-nos que a família dele teria de tomar as providências para que ele fosse enviado para a Suécia. Nós nos entreolhamos. Sem passaporte e sem sobrenome, sabíamos que as chances de a família de Johan ser encontrada eram praticamente nulas, mas tínhamos de tentar. Foi por isso que, dois dias depois, liguei para a minha mãe e pedi que me enviasse algum dinheiro, para que pudéssemos pegar um avião para Kathmandu. Não havia possibilidade de Al e eu encararmos outra viagem de seis horas de ônibus, mas não tínhamos mais dinheiro para uma passagem de volta para a capital nepalesa. Eu não estava em condições de contar à minha mãe o que realmente havia ocorrido; assim, inventei uma história de que tínhamos sido furtadas num bar em Pokhara. Felizmente, ela não fez muitas perguntas, de forma que conseguimos comprar roupas novas e voar para Kathmandu, onde fomos às embaixadas britânica e sueca.

Informamos tudo o que sabíamos sobre Johan na embaixada e nos garantiram que fariam todo o possível para localizar a família dele. Não sei se conseguiram, mas não posso enfrentar a ideia de que Johan jamais tenha conseguido encontrar seu caminho de volta para casa.

Nem eu nem Al queríamos permanecer no Nepal mais tempo do que o necessário e certamente não tínhamos mais nenhum interesse pela trilha da floresta de Chitwan. Assim, antecipamos nossos voos de volta para casa em um dia. Como tinham sidos reservados online, não importava que nossos bilhetes impressos ainda estivessem com nossos passaportes e vistos trancados lá no escritório de Isaac. A embaixada britânica de Kathmandu nos ajudou a resolver tudo e, então, só queríamos ir para casa.

Estávamos esperando nosso voo do lado de fora do aeroporto, fumando um cigarro atrás do outro, quando entreouvimos um casal de meia-idade conversando ao sair de um táxi.

— Com licença? — Al se aproximou quando passaram arrastando suas malas por nós. — Acabei de ouvir vocês falarem alguma coisa sobre um incêndio na subida do Annapurna.

Eles pararam e nos olharam de cima a baixo.

— Vocês não souberam? Era um tipo de pousada ou retiro religioso, uma coisa assim. Queimou até o chão, morreram entre dez e vinte pessoas. Quando a polícia chegou lá, aparentemente não tinha sobrado nada, a não ser os ossos. Todos aqueles jovens, com a vida inteira pela frente. Uma tragédia terrível! Não souberam dizer se foi um acidente ou se foi intencional. De qualquer modo, foi algo muito lamentável.

Eles ficaram nos olhando, como se esperassem uma resposta, mas, como nenhuma de nós disse uma só palavra, simplesmente nos cumprimentaram com as cabeças e continuaram seu caminho para o interior do aeroporto.

Até hoje, isso é tudo o que sabemos. Ainda não sabemos se o incêndio foi intencional ou não. Quando voltamos à Inglaterra, estava em todas as manchetes: Culto Sexual no Nepal Destruído pelo Fogo. Estudantes Britânicos Mortos. Seis dos corpos encontrados foram identificados, inclusive da garota nova, Abigail, e de uma de suas amigas, mas os demais estavam tão queimados que a polícia não encontrou mais do que algumas pilhas de ossos. De acordo com uma das reportagens que li, os restos seriam enviados para reconhecimento de DNA, mas nunca mais vi nada a respeito, de modo que Al e eu jamais soubemos se Leanne tinha sido uma das vítimas do incêndio ou se, como vários outros membros, ela tinha fugido e desaparecido. Não sabemos o que aconteceu com Raj, Sally, Isis ou Cera. Quando voltamos, tentamos localizar a família de Ruth, mas apenas com o seu primeiro nome, não conseguimos chegar a lugar nenhum. Al tentou justificar sua decisão de vender sua versão dizendo que talvez a família de Ruth lesse e entrasse em contato. Até onde sei, isso nunca aconteceu. Às vezes, as pessoas somem por algum motivo.

Saio do site do hospital e abro o Facebook para reler as mensagens enviadas da conta de Daisy.

Socorro, Emma!

Está muito frio.

Você nunca veio me buscar.

Não quero morrer sozinha.

Será que foi a Leanne quem enviou? É possível, mas como teria conseguido o número do meu celular para me enviar aquela mensagem?

Só as pessoas legais morrem jovens. Por isso que você ainda está viva.

Al me falou de um site qualquer através do qual é possível encontrar as informações de contato das pessoas, mas a Leanne nunca foi muito ligada em tecnologia. Se fosse, provavelmente teria encontrado Isaac pesquisando pela web, em vez de recorrer ao Exército da Salvação. E quanto à carta? Não a tenho mais, mas li o texto tantas vezes que o formato da letra está gravado indelevelmente nas minhas retinas. Não faço ideia se era a letra da Leanne ou não, acho que nunca vi alguma coisa escrita por ela, e agora não há como comparar com alguma carta ou cartão-postal que a Al ainda possa ter.

Qualquer um poderia ter enviado as mensagens. A ortografia estava toda correta, assim como a gramática, mas isso não me diz nada além do fato de que aquilo foi escrito por alguém bem alfabetizado.

Procuro o número do celular de onde a mensagem foi enviada no Google, mas não aparece nada, o que não me surpreende. Se alguém pudesse rastrear a conta vinculada ao número, teria de ser o departamento de investigações criminais, mas eles não encontraram nada até agora. Pelo menos, ainda estão investigando, o que ainda faz com que eu me sinta um pouco mais segura.

Percorro minhas mensagens, relendo as últimas que Will enviou:

Pensando em, acidentalmente ou de propósito, arranhar o CD de Frozen, da Chloe. Se tiver de ouvir aquelas músicas mais uma vez, vou me enfiar na geladeira mais próxima e fechar a porta!

Parei num posto a caminho de Polperro. Chloe insistiu para a gente ir a um Burger King. Ela realmente precisou torcer o meu braço! ;)

Chegamos em segurança. Não tem Wi-Fi, nem conexão de dados na casa. Eu me sinto em 1991. Bizarro. Mandei isso de uma lanchonete. Espero que vc esteja bem. Bj.

Então foi por isso que ele não atendeu ao telefone. Já está tarde e ele já deve ter posto Chloe na cama. Pego o controle remoto e começo a mudar os canais. Eu também deveria estar dormindo, mas vai ser mais uma noite em claro no sofá para mim. Acho que não vou conseguir dormir de novo, não até que a polícia descubra quem está por trás de tudo isso.

Às seis da manhã de segunda, não tolero o silêncio ou a solidão por nem mais um segundo. Cada estalo no chalé, cada ruído do lado de fora, até mesmo o aparelho de DVD desligando automaticamente, tudo me faz pular. Mesmo quando estou dormindo, me debato e me viro, sem nunca conseguir relaxar. Não que eu esteja com medo de Leanne, se for ela quem estiver mandando as mensagens; o que não suporto é a antecipação. Não consigo relaxar nem me acalmar. Não importa o que faça, assistir à TV, ler um livro, ouvir música, minha atenção está concentrada no telefone. Tentei levá-lo do braço do sofá para a cozinha, para não ficar com ele na mão o tempo todo, mas então comecei a ir até a cozinha de dois em dois minutos, com a certeza de que a trilha sonora do filme qualquer ao qual eu estava assistindo poderia abafar o toque do aparelho. Cheguei a começar a desejar que a pessoa que estava me atormentando me enviasse uma mensagem ou notificação; pelo menos eu teria algo com o que me ocupar. Fiquei andando de um cômodo para outro, procurando desesperadamente por alguma coisa que me distraísse, mas minha cabeça sempre voltava para a sala, para o telefone no braço do sofá. Não importa se estamos trancadas num lugar do tamanho de um armário ou de uma casa: se estamos trancadas, somos prisioneiras, tenhamos ou não a chave.

    Precisei de várias horas para criar coragem e subir na bicicleta de novo. Na semana passada, consegui me convencer de que o atropelamento tinha sido uma coincidência, mas agora não consigo deixar de sentir que alguma coisa ruim está para acontecer. Qualquer sombra me assusta desde que o detetive Armstrong ligou para me dizer que a Leanne ainda está viva, e não vou conseguir relaxar até que ele me diga que ela foi encontrada.

    Eu poderia ligar para Green Fields e dizer que não me sinto bem, mas iria deixar Anne totalmente na mão. Combinei de fazer as sessões de treinamento dos voluntários no início da semana. Além disso, Sheila não foi a única a tirar folga esta semana; duas outras moças ainda estão gripadas. Quem cuidaria dos cachorros? Sem Angharad, e com Barry só voltando na quinta-feira, Anne teria de incumbir uma das moças que normalmente cuida dos animais pequenos para atender os cães. Isso não seria bom para eles, pois não conhecem a Becky nem a Laura, e não seria justo com elas, também. Sei que nenhuma das duas se sente especialmente confortável com as raças mais perigosas. Eu tenho de ir para lá; é o meu trabalho.

    Tento ligar para Will uma vez mais antes de sair, mas a ligação cai direto no correio de voz. Desligo, ligo de novo e volto a desligar. Estou dividida entre contar a ele o que o detetive Armstrong me disse e deixar que aproveite sua semana de folga com Chloe. Sei que ele está esgotado depois dos preparativos para a inspeção da Secretaria de Educação, e a última coisa que desejo é deixá-lo preocupado pelo resto da semana. No entanto, o fato é que prometi que iria ligar para ele caso houvesse qualquer coisa. Ele insistiu. Pude ler as entrelinhas em expressão preocupada: pare de guardar segredos e compartilhe. Não se trata apenas de contar sobre a Leanne; preciso provar que confio nele.

— Will — digo quando o correio de voz atende novamente —, é a Jane. Nada com o que se preocupar, mas surgiram algumas novidades. O detetive Armstrong me ligou sábado à noite para contar que uma das garotas com quem passei as férias no Nepal foi encontrada. É a Leanne, a que eu achei que tinha morrido no incêndio. Ela esteve internada numa unidade psiquiátrica nos últimos anos e foi liberada há mais ou menos dois meses. Provavelmente não tem nada a ver com o que aconteceu, mas... bem... você me disse para te ligar, então estou ligando. — Rio, mas é um riso vazio. — Acho que você está sem sinal no celular porque te liguei durante o fim de semana, então falo contigo quando você receber essa mensagem. Espero que você e a Chloe estejam aproveitando as férias. Estou indo trabalhar agora, então... hum... nos vemos em breve. Tchau!

Percorro minhas mensagens de texto e verifico que não chegou nada novo da Al. Enviei várias mensagens para ela no domingo, começando com perguntas sobre Leanne e se Al achava que a internação tinha realmente sido devido à anorexia, depois, como ela não respondeu, perguntei sobre a sua nova namorada, Liz, e sobre como se conheceram, mas também não houve resposta. Ela pareceu alegre ao falar comigo pelo telefone, mas talvez eu tenha confundido choque com alegria.

Solto a tranca da bicicleta, passo a perna por cima do quadro e me sento no selim. Não culpo a Al por me ignorar. Falar comigo a fez lembrar de Ekanta Yatra, algo que nós duas gostaríamos de esquecer.

Meu dia no trabalho passa sem incidentes, a não ser por um caso de diarreia de um cão recém-chegado, e de Freddy, o papagaio, me chamando de "vagabunda" cada vez que passo perto de sua gaiola. Pouco depois que eu cheguei, recebi seis filhotes de Jack Russell e sua mãe extenuada, vítima do excesso de cruzas. Um dos inspetores os resgatou de um canil clandestino no oeste de Gales, após uma denúncia. Estavam sendo mantidos num local sujo e superlotado, obrigados a brincar, dormir e comer no mesmo cubículo onde também defecavam. O veterinário que os examinou teve de tratá-los contra pulgas, tosse canina e vermes de ouvido, e agora cabia a nós reabilitá-los psicologicamente com a ajuda do terapeuta comportamental antes de tentarmos encontrar novos lares para eles. Odeio canis clandestinos com todas as minhas forças. A ironia é que alguns dos licenciados são ainda piores e vendem os cães para lojas de animais que os revendem para pessoas que não desconfiam de suas origens.

— Tudo bem? — Anne se aproxima de mim junto à porta da sala dos funcionários, com uma jarra de suco de laranja numa mão, uma pilha de copos plásticos na outra. — Não está nervosa por causa da noite com os voluntários, não é?

— Não, por Deus — digo, forçando um sorriso. — Desculpe, só estava pensando naqueles filhotes de Jack Russell. Estavam completamente cobertos de cocô. Tive que dar dois banhos neles para ficarem limpos.

— Eu sei. — Ela balança a cabeça. — Esses criadores desgraçados tinham que ser enforcados. Mas — ela olha para o mar de rostos nervosos e animados diante de nós — pelo menos você vai ter ajuda. Uma pena a Angharad ter saído; ela parecia ótima.

Solto um ruído que deveria soar afirmativo e Anne se afasta para colocar a jarra e os copos na mesa desmontável do outro lado da sala. Green Fields não tem orçamento disponível para incluir biscoitos para a hora do intervalo.

— Certo. — Dou um passo para o centro da sala e bato uma palma. Sete rostos cheios de expectativa se voltam para mim. Um homem com uma camisa polo azul à esquerda da sala se empertiga um pouco mais na cadeira. — Em primeiro lugar, bem-vindos e muito obrigada a todos por estarem aqui esta noite. Como vocês sabem, Green Fields conta apenas com doações e não conseguiríamos manter este lugar funcionando sem a ajuda de nossos adorados voluntários. Meu nome é Jane Hughes e sou responsável por cuidar dos cães que chegam a Green Fields, mas já trabalhei em todas as diferentes áreas do abrigo. Gostaria de começar contando um pouco da história de Green Fields e...

Enquanto prossigo com o discurso de boas-vindas, percebo que o bolso esquerdo da minha calça cinza de trabalho está vibrando. Coloquei o telefone para vibrar, mas o olhar de vários dos voluntários está fixo no meu bolso, então não tenho escolha a não ser fazer uma pausa.

— Me desculpem. — Enfio a mão no bolso. — Vou desligar o celular e...

"Chamada recebida: Al", mostra a tela.

— Sinto muito. — Dou um sorriso amarelo para minha audiência. — Eu realmente preciso atender a essa ligação. Conversem um pouco e eu já volto.

Saio apressada da sala, fechando a porta atrás de mim, e coloco o telefone no ouvido.

— Al? — Está tudo bem?

Há uma pausa, depois um chiado e, então, barulho de trânsito.

— Emma, qual é o seu endereço? — Al parece sem fôlego.

— Honeysuckle Cottage, Bude. Vou te mandar meu CEP. Por quê?

— Estou no carro. Devo chegar aí umas nove horas. Precisamos conversar. Você estava certa. A Daisy não está morta.

— O quê?

— Vou te explicar tudo quando nos encontrarmos. Não fale com a polícia. Me prometa. Prometa que não vai procurar a polícia, Emma.

— Mas...

— Prometa para mim, Emma. Por favor.

— Certo, mas será que você não pode ao menos... Al? Alô, Al? Você está me ouvindo? Al!

O telefone fica mudo e, quando tento ligar de volta, a ligação cai direto no correio de voz. Envio meu CEP, de qualquer jeito, e confiro a hora. Oito e quinze da noite.

— Anne? — Disparo para a recepção pelo corredor, torcendo desesperadamente para que ela ainda não tenha ido embora. — Anne?

— Sim? — Ela para, segurando a porta da recepção aberta com a mão enluvada, o casaco forrado abotoado até o pescoço. Ela está segurando a chave do carro com a mão livre.

— Preciso ir, surgiu uma emergência. Eu não te pediria, a não ser que fosse realmente importante, mas, por favor, converse com os voluntários no meu lugar e depois tranque tudo?

— Mas eu já estava... — Ela aponta para o estacionamento às escuras. Estamos esperando que Derek instale uma luz de segurança desde a invasão, mas ele descobriu algum problema com o sistema elétrico que o deixou atrapalhado.

— Eu sei. — Apoio-me no balcão da recepção com as duas mãos. — Sei que você já estava saindo, mas isso é importante demais. Depois eu compenso para você, juro.

Anne me olha de cima a baixo, aperta os lábios e suspira.

— Tudo bem, mas, se não tiver algum tipo de chocolate ou bolo na minha mesa amanhã de manhã cedo — diz enquanto desabotoa o casaco e o tira dos ombros —, você vai se ver comigo. Eu juro.

Capítulo 48

São oito e quarenta quando chego ao chalé, ofegante, o suor escorrendo pelo rosto. Não há nenhum carro estacionado na rua, nenhum sinal de Al, então encosto a bicicleta na parede lateral e entro em casa. A porta esbarra numa pilha de cartas e me abaixo para pegar e depois passar as duas trancas na porta da frente. Ando pela casa, verifico se todas as janelas estão trancadas e todas as cortinas, fechadas, depois vou para a cozinha e me sento na ponta de uma cadeira para conferir a correspondência. Não há nada relevante; apenas propagandas e contas. Jogo no lixo a publicidade, guardo as contas no aparador e confiro a hora no relógio da cozinha. Oito e cinquenta da noite. Dez minutos até a chegada de Al. Eu me sento de novo e olho o telefone, mas não há chamadas perdidas, mensagens de texto ou notificações do Facebook.

Apoio os cotovelos na mesa e junto as mãos diante do rosto, pressionando os polegares contra os lábios, de olho na porta. Sob a mesa, meus pés batem, *tap, tap, tap*, nas lajotas do chão. Olho para o relógio novamente: oito e cinquenta e dois. Levanto para ligar a chaleira. Coloco um saquinho de chá numa caneca e o tiro de novo, em vez disso, pego uma garrafa de vinho tinto da prateleira. O saca-rolha está na metade de seu trabalho quando desisto disso também. Oito e cinquenta e sete. Faltam três minutos.

Percorro os contatos do telefone até chegar ao número do detetive Armstrong. Al disse para eu não ligar para a polícia, mas não me disse o porquê. É porque ela tem medo de que Daisy a acuse de assassinato?

Mas Daisy não está vindo para cá. Al disse que estava vindo sozinha. Ou não disse? Ela disse que Daisy estava viva, que eu não deveria falar com a polícia, e que me explicaria tudo quando chegasse. Não falou que Daisy não estava com ela. Eu me levanto, vou até a pia e olho pelas venezianas. Meu reflexo me olha de volta. Está tão escuro lá fora que nem consigo ver o final da rua.

Daisy deve ter me enviado as mensagens. Mas por que só agora? Por que esperar cinco anos? Isso não faz sentido, mesmo que tenha sobrevivido à queda. A não ser que Al esteja mentindo. Ela mentiu sobre falar com a imprensa, e me disse que não tinha sido ela quem escondeu os ansiolíticos na sua mochila. Disse que devia ter sido a Leanne, para tentar me colocar contra ela, e acreditei nisso, mas e se eu estivesse enganada?

Dou uma olhada no relógio. Nove horas e dois minutos.

Espero até as nove e dez para ligar para Al. A ligação cai direto no correio de voz.

— Oi, Al, é a Emma. Eu só queria verificar se você não se perdeu. Liga para mim, se tiver acontecido isso.

Coloco o telefone na mesa, vou até a pia e olho pelas persianas. Meu próprio rosto preocupado me olha de volta.

Às nove e meia, abro a porta da frente e vou até a beira da estrada. A rua está silenciosa, a não ser pelo barulho do vento nas folhas e pelo canto distante de um pombo silvestre. Fico junto ao muro durante alguns minutos, tremendo dentro da minha camisa polo, olhando para a escuridão, esperando pelo piscar de faróis na distância, depois me viro para voltar para casa. Estou na metade do caminho quando vejo uma coluna cinza de vapor subindo e se espalhando pelo céu da noite, escondendo as estrelas. Por um segundo, fico confusa: a ferrovia fica ao sul do meu chalé, não ao norte. Mas então me dou conta. Não é uma coluna de vapor de uma velha locomotiva subindo para o céu; é fumaça. Fumaça densa, grossa e asfixiante que sobe de uma construção em chamas. E está vindo de Green Fields.

O cheiro acre de palha, madeira e plástico queimando fica mais forte à medida que me aproximo do pico na colina, com as palmas das mãos suadas, os pulmões queimando enquanto seguro o guidom com força e alterno o peso da esquerda para a direita, esquerda, direita. Os latidos frenéticos que ouço a meio caminho da subida se transformam numa cacofonia quando derrapo pela curva para entrar em Green Fields, mas, apesar de minha ligação desesperada para a emergência antes de sair de casa, não há luzes de bombeiro esperando por mim, nenhum caminhão subindo pelo outro lado, nenhuma sirene. O estacionamento do abrigo está vazio, a não ser por um único Fiat Uno, estacionado num ângulo estranho perto das portas da recepção. Quem quer que seja responsável pelo fogo, ou abandonou o carro, ou ainda está aqui. Olho para a casa da Sheila instintivamente, mas está mergulhada na escuridão. Ainda faltam cinco dias para ela voltar das férias.

Os ganidos, latidos e uivos do canil aumentam, quase como se os cães soubessem que eu cheguei. Largo a bicicleta no chão e corro para o carro parado diante da recepção. Apenas quando estou a uns dez metros de distância dou-me conta de que não está abandonado. Tem alguém no banco do passageiro, com a cabeça apoiada na janela, como se tivesse adormecido durante a viagem e o motorista tivesse deixado a pessoa descansar. Não quero arriscar acordar a pessoa, então dou a volta no carro e empurro as portas da recepção. Estão trancadas. Quem quer que tenha provocado o fogo deve ter encontrado alguma entrada alternativa. Enfio a mão no bolso para pegar minhas chaves e paro. Alguma coisa me provoca um arrepio pela espinha, incerteza, confusão, reconhecimento, e me abaixo para olhar pela janela do motorista para a pessoa lá dentro. É uma mulher. Uma mulher corpulenta, com braços fortes, barriga generosa e queixos duplos acolchoando sua cabeça contra o vidro. O cabelo está mais comprido do que quando a vi pela última vez, jogado sobre a testa, em vez de espetado para cima, ela tem uma nova tatuagem no antebraço direito.

— Al! — Abro a porta do passageiro e tento segurá-la, mas ela é muito pesada. Ela escorrega do banco entre os meus dedos, caindo no cascalho com uma batida, os pés calçados com tênis ainda no banco, metade no carro, metade para fora. — Al! — Afasto o cabelo de seu rosto e bato de leve na bochecha. Está respirando e não há marcas em seu corpo, nenhum sinal de que está ferida. Também não cheira a álcool. — Al? — bato com mais força. — Al, acorda! O que aconteceu? Cadê a Daisy? — Olho para o santuário ao ouvir os gritos de Freddy e os guinchos de Bill e Ben, junto com uma onda de fumaça negra tão densa e acre que começo a tossir. — Al?

Seus olhos continuam fechados, mas ela solta um gemido quase inaudível pelos lábios entreabertos.

— O que foi? — Baixo a cabeça para colocar o ouvido mais perto de sua boca. — Al, fale de novo.

Sinto sua respiração na orelha e, tão baixo que quase não escuto, ela diz:
— Leanne.

— Leanne? O que houve com a Leanne?

Ela move os lábios silenciosamente e sua cabeça rola para o lado.

— Al? Al? — Seguro seus ombros e a sacudo, mas ela está profundamente adormecida. — Al!

Eu a embalo nos meus braços, balançando para frente e para trás enquanto o fogo arde furiosamente atrás da cerca, um ronco contínuo e baixo soando sob os latidos, grasnidos e gritos agudos que me cortam o coração. Não posso deixar Al sozinha, mas também não posso deixar os animais morrerem. Não posso. Não posso deixá-los morrer.

Os galpões de comida se transformaram em enormes fogueiras, despejando a fumaça pelo ar e cobrindo os abrigos dos animais ao redor com cinzas brancas ardentes e palha em chamas. Incêndios menores queimam junto a cada um dos cubículos dos cães, para onde alguém arrastou e acendeu montes de palha, depois jogou tochas acessas pelos buracos da grade, incendiando brinquedos e camas. Todos os cachorros se refugiaram na parte coberta, arranhando as portas, andando de um lado para outro e latindo, ou então, encolhendo-se num canto, com os olhos arregalados de medo.

Enfio a chave na fechadura e corro pelo corredor, cobrindo a boca com a barra da camisa polo enquanto abro uma porta atrás da outra. Os cães batem nas minhas pernas quando os liberto, latindo, ganindo, pulando uns nos outros, desesperados para alcançar o ar limpo e fresco. Pego dois dos cães menores nos braços e espanto os mais lentos pelo corredor, em direção à porta aberta. Saímos do prédio, para o pátio. Vou então para o gatil, mais distante dos galpões de comida e ainda não atingido pelo fogo, mas os cachorros ainda estão confusos e assustados, circulando por todos os lados, latindo para o fogo e pulando em mim, de forma que mudo de ideia e corro para o campo. Lá é seguro e não há risco de correrem para a estrada. Freddy grita para mim quando passo pela gaiola dos animais menores e bica as laterais da gaiola desesperadamente.

— Eu venho te buscar — grito ao passar por ele. São apenas uns cinquenta metros até o campo. Ainda posso pegá-lo, ainda há tempo de tirá-lo de lá. Ele grita quando desapareço na esquina, e eu hesito. Será? Dará tempo mesmo? O ar está pesado com a fumaça. Se eu estou lutando para respirar, como ele vai...

Ele grita de novo e interrompo a corrida. Viro-me para voltar para ele.

Todos os pelos dos meus braços se arrepiam quando o grito não cessa, lancinante, aterrorizado.

Não era o Freddy. Era uma pessoa.

O calor do fogo me atinge no instante em que dobro a esquina. O galpão dos porcos está tomado pelo fogo, a lateral do telhado coberta de chamas, Bil e Ben gritam e correm de um lado para o outro dentro do cercado, jogando-se contra a cerca e cutucando os cadeados com os focinhos. Os cachorros chegam lá antes de mim, pulando em torno do cercado, latindo, arranhando e ganindo para entrar. Se eu soltar os porcos, Jack e Tyson vão atacá-los, mas não estou preocupada com o bem-estar dos porcos. Eles vão acabar com os cachorros num piscar de olhos. A maioria dos cães me acompanha quando corro para cima do campo e escancaro o portão. Eles se lançam para longe, pelo meio do mato alto, encantados com a liberdade inesperada.

Quando volto para pegar Bill e Ben, apenas Willow, Vinny e Stella ainda estão comigo. Ouço um rangido enquanto tento abrir o cadeado do cercado, depois um estrondo quando parte do teto do galpão desaba. Depois, outro grito, um grito que me atinge em cheio quando uma figura pequena e escura, coberta de fumaça, aparece no meio da porta do abrigo e se joga contra ela. A porta resiste firmemente. A tranca de baixo está fechada.

— Leanne! — Puxo o cadeado do cercado, mas está duro e enferrujado e estou tremendo tanto que não consigo segurá-lo direito. — Leanne!

Willow e Vinny pulam nas minhas pernas, Bill e Ben guincham apavorados dentro do cercado.

— Leanne!

Outro estrondo e a lateral do galpão desaba, jogando as labaredas pelo ar. A figura encurralada grita de novo, e o som me atravessa. É um grito de raiva, terror, desespero. Puxo o cadeado de um lado para outro, para frente e para trás, sem tirar os olhos da figura escura que estica os braços para mim de dentro do galpão.

Vamos lá, vamos lá, vamos lá.

Os porcos se jogam sobre mim quando finalmente consigo abrir o portão e tenho de me agarrar à grade para não ser derrubada.

O mundo mergulha em silêncio profundo quando cubro os olhos com o braço, protegendo o rosto do calor intenso e dou um passo para dentro. Os cães param de latir, os porcos, de roncar, Leanne, de gritar e eu, de caminhar.

Leanne tentou me atropelar. Enviou mensagens ameaçadoras. Incendiou Green Fields. Não se importa se os animais morrerem. Tudo o que interessa a ela é me atingir. Dou um passo para trás e as labaredas no barracão saltam e dançam, colorindo o entorno de vermelho, laranja, azul, amarelo, branco. Chega a ser quase belo, quase um banho vivo de cores. Leanne, semioculta numa nuvem de fumaça, estica a mão para mim. Por que eu deveria salvá-la? Ela colocou Daisy contra mim. Encorajou Frank para que viesse atrás de mim. Empurrou a minha mão no fogo. Dou outro passo para trás. Se Leanne não nos tivesse convencido a ir para o Nepal, Daisy ainda estaria viva. Porém, Daisy morreu porque Leanne nos manipulou. Ela e Isaac usaram nossos maiores medos, as dores mais profundas e as inseguranças mais intensas contra nós. Tentaram nos dobrar e depois nos colocaram umas contra as outras.

O teto do galpão range, Leanne grita e o mundo acelera de novo. Não posso dar as costas e deixá-la queimar. Se deixá-la morrer, não serei melhor do que ela.

Eu me abaixo e procuro um galho grosso com o qual vi os porcos brincando no que parece ter sido outra vida. Uma parte do meu cérebro sabe que não há como eu conseguir me aproximar o suficiente para abrir a tranca, mas outra não dá ouvidos à razão, uma parte que acredita que eu posso conseguir, se abrir a tranca, a balança vai se equilibrar. Não consegui salvar Daisy, mas posso salvar Leanne.

Há um momento, quando me aproximo do galpão em chamas e o calor é tão intenso que sou forçada a fechar os olhos, em que me convenço de que acabei de vê-la. A fumaça se abre, por um breve momento nossos olhos se encontram e logo o momento se perde. Porém, naquele breve instante, pouco antes de eu cerrar os olhos com força, permito-me acreditar que ela sabia. Ela sabia que eu estava tentando resgatá-la.

Eu me viro e me afasto, os olhos se enchendo de lágrimas quando tento abri-los novamente. Um estalo, como de uma árvore caindo, e o galpão, e Leanne, desabam.

Capítulo 49

Há uma mulher que não reconheço sentada ao lado da cama de hospital vazia. O cabelo é castanho-escuro, corte chanel, bochechas rosadas e um anel de noivado no dedo anelar da mão esquerda. Ela gira o anel despreocupadamente enquanto observa Jeremy Kyle andar de um lado para outro na televisão. Ela dá um pulo quando pigarreio e desvia o olhar da TV.

Seu peito fica intensamente vermelho.

— Posso ajudar?

— Me disseram que esse era o quarto da Al.

— Ela está no banheiro.

— Certo.

Nós nos encaramos por alguns segundos e pigarreio novamente. Os paramédicos me disseram que é improvável que a inalação de fumaça possa causar danos irreparáveis, mas que eu vou ficar tossindo por algum tempo.

— Você é a Liz?

— Emma?

— Sim.

A ansiedade em seu rosto desaparece instantaneamente, mas é substituída por outra emoção: raiva. Um encarregado empurrando um carrinho grita, "bii, bii!", e sou forçada a dar um passo para dentro do quarto. Mantenho a mão apoiada no batente da porta.

— Sinto muito, Liz.

Os dedos da mão direita voltam para o anel de noivado. Ela mexe nele de um lado para outro, como se fosse um talismã mantendo os maus espíritos a distância, enquanto me lança um longo e expressivo olhar, como se dissesse *"você a abandonou, de novo"*.

— Ela poderia ter morrido.

— Ela estava respirando quando a deixei. Eu sabia que a ambulância e os bombeiros não estavam longe.

— Não sabia, não.

Olho para o chão brilhante e pontilhado.

— Não, eu não sabia.

Ficamos em silêncio. Na TV, Jeremy Kyle emite um ruído alto e dança, lendo os resultados de um detector de mentiras. Tem o público na palma da mão.

— O que aconteceu com os animais? — pergunta Liz.

— Foram transferidos para abrigos da vizinhança enquanto tentamos consertar os estragos do incêndio. Conseguimos acomodar todos os cachorros, menos Tyson. Os porcos já foram faz tempo e perdemos três dos gatos mais velhos e doentes devido à inalação de fumaça, assim como todos os hamsters, roedores e o papagaio, Freddy. — Olho para o teto e pisco, tentando segurar as lágrimas que começam a se acumular sobre os cílios inferiores.

— Sinto muito — diz Liz em voz baixa.

— Toda a equipe de Green Fields está muito chateada.

— Não, não por isso, embora eu lamente pelos animais. Sinto muito por ter sido rude com você, Emma. Você estava diante de uma escolha impossível.

Mordo o interior da bochecha e balanço a cabeça. Se eu falar, vou chorar.

— Emma. — Ouço o barulho do pé da cadeira sendo arrastado sobre o linóleo quando Liz se levanta. Fico tensa quando ela se aproxima, mas ela não me toca. Em vez disso, para na minha frente, com as mãos entrelaçadas diante de si. — O que aconteceu não foi culpa sua.

Balanço a cabeça de novo. Eu não devia ter vindo. Deveria ter ficado com o Will e ligado para o hospital para saber se a Al estava bem. Ele me disse para não vir. Disse que eu estava muito abalada, que eu deveria deixar que ele cuidasse de mim, mas recusei. Ele estava certo, novamente.

— Ela está certa, Emma. Não foi culpa sua.

Al está parada na porta, descalça, usando um roupão azul-bebê por cima da camisola hospitalar, as mãos nos bolsos. O rosto ainda está pálido, mas não é mais aquela palidez mortal. Liz dá um passo para trás e Al se aproxima de mim.

— Al. — Eu me esforço para conseguir olhá-la nos olhos. — Por favor, me desculpe, eu lamento...

Ela me puxa para seus braços antes que eu termine a frase, e me abraça enquanto choro em seu ombro.

— Vou dar um tempinho para vocês — diz Liz, em voz baixa. A sola de seu sapato produz um guincho sobre o linóleo quando ela sai do quarto.

— Overdose de Valium?

— Foi. — Al pega a jarra de água da mesa de cabeceira e enche um copo para si. — Os médicos acham que ela deve ter desmanchado alguns comprimidos na garrafa térmica de chá que me deu quando chegamos a Green Fields. Não acreditam que sua intenção fosse me matar... — Ela para e toma um gole de água. — Ela estava péssima, Emma. Me contou que foi ela quem incendiou Ekanta Yatra. Esperou dois dias pela volta de Isaac e Daisy, e, como não vieram, começou a achar que havia algo rolando e que todos estavam escondendo dela. Isis e Cera tentaram acalmá-la, disseram que Isaac e Daisy provavelmente tinham ido para Pokhara juntos, mas Kane, que estava bêbado, começou a provocá-la. Disse que Isaac e Daisy tinham fugido juntos, deixando-a para trás. Ela acreditou nele, não sei por quê. Disse que nunca tinha se sentido tão feliz quanto em Ekanta Yatra, que finalmente tinha encontrado sua casa, mas que uma parte dela achava que aquilo não iria durar para sempre. De qualquer modo — ela dá de ombros —, ela encheu a cara e ficou com muita raiva quando soube que Isaac a tinha usado apenas para transar com suas amigas. Ela pôs fogo no escritório dele quando todos estavam dormindo. Saiu de lá com seu passaporte numa mão e com todo o dinheiro do Isaac na outra.

— Ah, meu Deus! Ela estava em Pokhara enquanto você ainda estava no hospital?

Al confirma.

— Aparentemente, sim. A gente poderia ter acabado no mesmo voo para Kathmandu, só que ela decidiu ficar em Pokhara um pouco mais. Disse que achava que Isaac e Daisy poderiam estar se escondendo dela e que estava decidida a encontrá-los.

— Por quanto tempo ela ficou lá?

— Uns três meses, foi o que ela me falou. Até que encontrou alguém num bar que lhe disse que tinha ouvido falar do incêndio de Ekanta Yatra, e que havia um rumor de que Isaac estava abrindo um novo retiro na Inglaterra.

— E então ela voltou?

— Isso. Emma, ela estava obcecada por ele. Realmente, não estava bem. Foi por isso que a internaram. Ela usou o resto do dinheiro do Isaac para voar até Aberdeen, e começou a assediar o melhor amigo dele. Alguém do Exército da Salvação passou o contato para ela.

— Li sobre ele num dos e-mails dela.

— Pois é, e aí ela começou a assediá-lo e foi presa quando jogou um tijolo no vidro do carro dele, já que ele não contou para ela onde o Isaac estava. O estado dela era tão absurdo quando a polícia a interrogou, ouvindo vozes, ameaçando suicídio, vendo coisas, e por aí vai, que eles chamaram um médico. E o médico a internou. Ela me disse que tinha gostado do hospital. Todos eram legais com ela, ninguém a julgava, e fez alguns bons amigos lá, mas quando decidiram que ela já estava bem para ser liberada, ela se sentiu como em Ekanta Yatra, tudo de novo.

— A felicidade arrancada dela?

— Isso, e se convenceu de que você era o motivo de tudo. Não me dei conta disso até a gente entrar no carro. Ela me convenceu de que Daisy estava viva e que sabia onde encontrá-la. Ela começou a reclamar, furiosa, assim que a gente pegou a estrada; era como se estivesse com tudo aquilo entalado até aquele dia. Ameaçou se jogar para fora do carro se eu não a ajudasse. Abriu a porta do carro duas vezes. Eu quase bati tentando puxá-la de volta para dentro.

— Foi por isso que você me ligou?

— Foi. Ela me disse o que eu deveria falar. Meu plano era parar num posto de gasolina para te ligar do banheiro, mas ela agarrou o telefone e jogou pela janela. Não tive escolha, a não ser continuar dirigindo. Achei que, quando a gente chegasse à sua casa, daria para chamar um médico, sei lá, mas ela me convenceu a ir para Green Fields. Disse que era a noite dos voluntários e que você estaria lá.

— E quando ela percebeu que eu não estava...

— Ela pôs fogo em tudo assim mesmo. Queria destruir tudo o que você amava. — Al fechou o roupão um pouco mais em torno de si. — Ela sabia um monte de coisas sobre você, Emma. Sabia do seu namorado e da sua filhinha.

— Chloe é filha do meu namorado, Will.

— Certo, bom, disso ela não sabia, mas ficou reclamando de como você tinha uma vida familiar perfeita e o trabalho perfeito e como era injusto que tudo tivesse dado certo para você, enquanto ela não tinha nada. Ela achava que tudo era culpa sua, Emma, o desaparecimento de Isaac e Daisy, o incêndio de Ekanta Yatra, a hospitalização dela. Estava convencida de que você estava por trás de tudo, de que você, sozinha, tinha destruído a vida dela. Acho que foi por isso que ela me procurou. Acho que ela acreditava que eu seria a única pessoa a acreditar nela. — Ela me olha fixamente. — O que não entendo é como ela conseguiu me encontrar.

— Deve ter sido do mesmo jeito que me achou, suponho. Foi só perguntar para alguém.

— Como assim?

— Ela ligou para a minha mãe. Ainda tinha o telefone da minha casa, desde a faculdade, e foi só ligar, dizer que era uma ex-colega, mamãe nem lembra o nome que ela usou, e que estava organizando uma reunião de ex-alunos e se a mamãe poderia lhe informar o número do meu telefone e o meu endereço.

— E sua mãe simplesmente passou seus dados para ela? Mesmo sabendo que você tinha mudado de nome?

Dei de ombros.

— Mamãe nunca entendeu muito bem por que fiz isso. Disse que eu estava sendo melodramática e que, ao mudar meu nome, estava insultando a ela e ao papai. Sinceramente, acho que ela jamais voltou a pensar nisso. Eu não teria descoberto se ela não tivesse me ligado na noite do incêndio.

Ela viu no noticiário e me ligou para saber se eu estava bem e casualmente perguntou se alguém tinha me procurado para combinar um encontro de ex-alunos.

— Merda!

— Depois que a Leanne pegou meu nome e endereço, foi só procurar no Google para descobrir onde eu trabalhava. Todas as matérias de jornal com notícias sobre as coisas que eu fiz para Green Fields estão lá, com fotos e tudo. Não se esqueça de como eu te achei rapidamente pelo Facebook, Al. Literalmente, só precisei de alguns segundos.

— Nossa! — Ela se encosta no travesseiro e olha distraidamente para a TV. Jeremy Kyle tinha sido substituído pelo programa matinal *This Morning*. Os apresentadores Holly e Phillip estavam sentados no sofá, rindo ruidosamente de alguma coisa que o convidado dizia.

— E agora, o que vai acontecer? — pergunta Al, ainda olhando para a tela.

— O departamento de investigações criminais pegou o celular e o notebook da Leanne, estavam na bolsa que ela levou para o seu carro, e acessaram a conta bancária dela. O detetive Armstrong me ligou ontem para contar que ela havia alugado um carro em Bristol, um dia antes do meu atropelamento. Se for o mesmo carro que encontraram abandonado no acostamento, isso provará que ela foi a responsável. Eles só precisam de mais algumas informações para dar o caso por encerrado.

— Não. — Al me olha direto nos olhos. — Não foi isso que eu quis dizer. O que *nós* vamos fazer?

— O que você quer fazer, Al?

— Contar a verdade.

O inquérito durou seis meses. O departamento de investigações criminais trabalhou com a polícia nepalesa e foi feita uma segunda busca pela área do Annapurna, mas não foram encontrados sinais dos restos de Isaac e de Daisy. A vegetação estava muito densa e a área era muito vasta. Al se irritou. Acusou a polícia nepalesa de querer abafar o caso para não prejudicar o turismo, e ameaçou pegar um avião para lá e ir ela mesma procurar, já que eles eram incapazes de fazer a coisa da maneira certa, mas Liz a convenceu a não fazer isso. O caso foi arquivado um mês depois, e Isaac e Daisy ainda são oficialmente considerados desaparecidos. Al ainda se martiriza por causa disso. Acho que ela esperava que, caso fosse processada pela morte de Daisy, mesmo tendo sido um acidente, isso a livraria do peso terrível que vinha carregando nesses últimos cinco anos.

Porém, não é assim tão fácil. Ainda há momentos em que acordo no meio da noite, engasgada com fumaça negra e gritando o nome de Leanne, apenas para Will me abraçar e Jack entrar no quarto e enfiar a cabeça peluda entre nós. Eu o adotei depois do incêndio. O processo contra Gary Fullerton por negligência animal, assim como por seu envolvimento com a invasão, foi concluído com sucesso e Jack ficou livre para encontrar uma nova casa. Eu sabia que ele sofreria para se adaptar a um novo abrigo e ele já havia passado por traumas suficientes por uma vida inteira.

Quando Sheila voltou das férias, três dias adiantados, e examinou os restos queimados de Green Fields, eu apresentei minha carta de demissão; só que, em vez de aceitar, ela me colocou sentada à mesa da cozinha e ficou ouvindo por três horas seguidas eu lhe contar a verdade sobre quem eu realmente era. O único momento em que manifestou alguma desaprovação foi quando contei sobre o verdadeiro motivo de Angharad ter deixado de ser voluntária, mas permaneceu imperturbável quando a adverti de que Green Fields poderia ser atingido caso ela escrevesse uma matéria a meu respeito.

— Aí as pessoas virão ver você em vez dos animais, para variar um pouco. Se você tiver condições de lidar com isso, Jane, eu também posso.

E as pessoas vieram "olhar" durante algum tempo. E não foram apenas os visitantes. Os funcionários mantiveram uma distância desconfiada por alguns dias, e a sala dos funcionários ficava em silêncio assim que eu entrava para pegar meu almoço, mas, gradualmente, ao longo do tempo, as conversas foram retomando os temas normais, tipo quem seria colocado para fora do programa *Strictly Come Dancing*, quem tinha ingressos para o show do Elton John na arena de críquete, e qual dieta era melhor, a do Slimming World ou a dos Vigilantes do Peso, e assim a sombra terrível que o artigo projetou sobre mim foi se afastando. Tenho certeza de que foi Angharad quem roubou a primeira carta que Leanne me enviou. Ela jamais admitiu isso, mas seu artigo especulava que o incêndio havia sido provocado por alguém que tinha algo contra mim, e mencionava que tinha provas disso.

Ainda há uma sombra pairando sobre mim, mas não é algo que outras pessoas possam ver. Os fantasmas de Daisy e de Leanne ainda me assombram. Nenhuma das duas merecia morrer. Leanne estava mentalmente transtornada, e Daisy, bêbada, cega pelo amor e manipulada para se voltar contra mim. Procurei o pai de Daisy depois que a polícia encerrou a investigação e perguntei se poderíamos nos encontrar. Achei que ele fosse recusar, ou gritar e me ofender pelo telefone. Em vez disso, aceitou e veio de carro até Bude para se encontrar comigo. Ele se sentou na minha cozinha e me ouviu contar sobre o que tinha acontecido no Nepal. Não mencionei a faca quando descrevi como Daisy e Al se atracaram na encosta. Não quis que sua última imagem de Daisy fosse dela com uma faca na mão, ameaçando as amigas. Quando concluí a história, achei que ele fosse chorar, gritar ou sair correndo de lá. Em vez disso, ficou sentado sem se mover, com as mãos sobre as coxas, os olhos voltados para o teto. A dor estava marcada em seu rosto, não apenas pela morte de Daisy, mas também pelas duas outras mortes, da esposa e da filha mais nova, pelas quais viveu o luto havia muitos anos. Quando me despedi na porta, abraçou-me com força e me disse que manteria contato, mas eu sabia que não faria isso.

Tentei ligar para a mãe de Leanne, mas ela bateu o telefone na minha cara. Tentei mais algumas vezes até Will me dizer para parar. Isso não a estava ajudando, nem a mim. Fosse qual fosse seu sentimento pela filha e por Isaac, ela não queria compartilhar isso com uma estranha.

Há cerca de duas semanas, encontrei uma foto de nós quatro, tirada num bar do Soho dois dias antes de partirmos para Kathmandu. Todas tínhamos rostos animados, cheias de esperança, e era isso mesmo. Era para ter sido as melhores férias das nossas vidas. Eu estava largando um trabalho que odiava, Al escapando de um relacionamento fracassado, Daisy cheia de planos para a aventura e Leanne... bem, ela estava em busca de um lugar para chamar de lar. Muitas vezes, fico imaginando o que teria acontecido se Daisy tivesse ganhado a discussão lá na pequena quitinete da Leanne em East London sobre para onde levar Al nas férias. Tenho certeza de que

Daisy ainda estaria viva se tivéssemos ido para Ibiza, e não para o Nepal. No entanto, não tenho muita certeza se nossa amizade teria sobrevivido. Nosso relacionamento estava coberto de rachaduras e falhas, desgastado ao limite após anos de discussões fúteis e ressentimentos ocultos. Será que eu teria força suficiente para dar um tempo? Jamais saberei. Eu era uma pessoa muito diferente naquela época.

— Jane! — Chloe entra aos pulos na cozinha com Jack trotando ao lado dela e Will vindo atrás. Nossos olhos se encontram e ele sorri afetuosamente. — Podemos levar o Jack para passear? Por favor! Ele sempre adora sair.

— Jack? Ou você? — Meus olhos vão da expressão cheia de expectativa de Chloe para a boca aberta e sorridente na cara feliz e naturalmente doce e leal do cão ao lado dela. Tem gente que acredita que cães de briga devem ser sacrificados por estarem para sempre, física e psicologicamente, comprometidos demais para levar uma vida normal, mas sei que não é assim. O Jack é forte, mais forte do que as coisas que aconteceram com ele, e agora está cercado de pessoas que o amam e cuidam dele. O passado não precisa definir nosso futuro, não se não permitirmos que isso aconteça.

— Jane? — repete Chloe. — Podemos ir, por favor?

Levanto para pegar a guia, pendurada num gancho do aparador.

— Claro que podemos, querida.

Impresso no Brasil pelo
Sistema Cameron da Divisão Gráfica da
DISTRIBUIDORA RECORD DE SERVIÇOS DE IMPRENSA S.A.
Rua Argentina, 171 – Rio de Janeiro, RJ – 20921-380 – Tel.: (21)2585-2000